背中を預けるには2

Minami Kotsuna

小綱実波

Ruby collection

Contents

登場人物紹介
イオニア
数奇な運命によってグラヴィスと出会い騎士となり、後に戦死した。
グラヴィス
王弟であり、王国軍将軍。親友であるイオニアの死後、厭世的になる。
レオリーノ
絶世の美貌を持つ辺境伯四男。騎士・イオニアとして生きた記憶がある。

ルーカス

イオニアの学友で、王国軍副将軍。レオリーノがイオニアの転生者だと疑う。

ヨセフ

レオリーノの幼馴染で護衛役。女性的な顔立ちだが、気の強い性格をしている。

ディルク

イオニアの弟。現在は王国軍でグラヴィスの副官を務める。

アウグスト

レオリーノの父。ブルングウルト辺境伯。美貌の末子の将来を案じている。

エッボ

イオニアの部下で、特殊部隊の最後の生き残り。イオニアの死にも立ち会った。

フンデルト

レオリーノの侍従。職務に忠実で、レオリーノに心から仕えている。

カイル

現王太子で、グラヴィスの甥。未だ結婚をしておらず、掴めない性格をしている。

ユリアン

レーベン公爵家の嫡男。レオリーノに一目惚れして、求婚する。

テオドール

グラヴィスの侍従。血統主義者で、平民であるイオニアを快く思っていなかった。

背中を預けるには2

茶会

レオリーノは母と義姉《あね》に付き添い、王都郊外のアーヘン伯爵邸を訪れていた。

王都中心部から馬車で半刻《はんとき》程度の距離にある、庭園で有名な邸宅だ。そこで伯爵夫人主催の茶会に参加する。随伴は、母と義姉の侍女と、各自の護衛達である。

護衛の中にはヨセフもいた。

伯爵家はもとより、招待客の誰《だれ》もが、王都でも注目の的であるブルングウルト辺境伯一家の登場に興奮を抑えられなかった。

とくに成年の誓いの儀式で王太子の目に止まるほどの美貌《びぼう》の持ち主である四男が来てくれたとあって、アーヘン伯爵夫人は興奮と喜びを隠せなかった。

伯爵家自慢の庭園を見通せる客間に案内され、そこで主《あるじ》に出迎えられる。春の陽射《ひざ》しに照らされた庭園は、たしかに自慢に値するほど美しく整えられていた。

アーヘン伯爵夫妻は、話題のレオリーノの美貌を間近で見られて大興奮していた。

今日のレオリーノの装いは、女性陣の華やかな昼間用の正装を引き立てるように、亜麻色の上下の揃《そろ》いに白いシャツという簡素なものだ。装飾品といえば、せいぜい家紋を刻印した銀釦《ぼたん》と、喉元《のどもと》にあしらった小さな紫虹《しこう》石の留飾りだけである。しかし、そんな簡素な装いでも、その清婉《せいえん》な佇《たたず》まいは、周囲と纏《まと》う空気が違って見えるほど際立っていた。

誰もがうっとりとレオリーノを見つめていたが、マイアの咳払《せきばら》いと視線で我に返ると、あわててレオリーノから目を逸《そ》らす。マイアの仕草が意味するものを、経験豊かな貴族達はすぐに察したのだ。

それ以降は、ちらちらと視線を感じることはありながらも、表面上はほどよく無関心に扱われた。意図的に無視されることで、レオリーノはようやく緊張を解くことができた。

茶会の席は庭に用意されていた。降り注ぐ陽光の下に、いくつかの大きな天幕が張られ、その下にテーブルと椅子がセッティングされている。

ヨセフの姿を庭先に発見する。どうやら護衛達はみな、庭の隅に配備されることになったようだ。

ヨセフと目が合う。

レオリーノは途端に気持ちが強くなり、笑顔になった。ヨセフも笑みを浮かべて頷《うなず》いてくれる。

「……まあ、お兄様がいらっしゃるなんて！」

エリナの声に、レオリーノはハッと振り向いた。

そこには、エリナの母であるレーベン公爵夫人と、ここ一年ですっかり見慣れたエリナの兄、ユリアン・ミュンスターが笑顔で立っていた。

「やあ、エリナ、辺境伯夫人、ごきげんよう。そしてレオリーノも、ごきげんよう」

「ユリアン様、レーベン公爵夫人、ごきげんよう」

エリナは母が出席することを知っていたのだろう。しかし、兄の登場には驚いている様子だった。

普段は年配が多い茶会に参加するような男ではないのだろう。あらゆる社交の場に引っ張りだこの人気者だと聞いている。いまも、レオリーノとは別の意味で、周囲の視線を集めていた。

レオリーノはユリアンとの再会に戸惑いを覚えた。夜会で別れ際に言われたことを、どうしても意識してしまうのだ。しかし、ユリアンはいつものように、最高位の貴族らしく堂々とした態度で、レオリーノにも礼儀正しく接している。

挨拶《あいさつ》を終えた両家は、高位の貴族に囲まれ緊張した様子のアーヘン伯爵に先導されて、最も眺めが良い席に案内された。

女性達が笑いさざめく後ろを、二人並んで歩く。

そのとき、ユリアンがさっとレオリーノの耳元に口を寄せ、小さく、会いたかったと囁《ささや》いた。

産毛をくすぐるような囁きに、思わず反応してしまう。ユリアンが悪戯《いたずら》っぽい笑顔を浮かべる。

「君が来ると聞いて、いてもたってもいられずに、会いにきた」

再び耳元で囁かれる。

「ユリアン様……」

レオリーノが困惑すると、ユリアンがくっくと笑った。

「安心しなさい。ここで君を困らせるようなことはしないよ、レオリーノ」

レオリーノはうつむいた。意味深な会話に、まだ如才なく切り返すことができないのだ。

がんばらなければと思いつつ、助けを求めるように、ついヨセフを見てしまう。

レオリーノの不安げな表情を見つけると、ヨセフはゆっくりと頷いた。なぜ頷いたのか理由はよくわからないが、そのいかにも真面目《まじめ》に護衛役を果たしますといった風情が可笑《おか》しくて、レオリーノは気持ちの余裕を取り戻す。

ユリアンを見上げて、こちらも周囲に聞こえないように小さく囁きかえす。

「ユリアン様を信頼しています。母と義姉に迷惑をかけたくないので、どうか、これからも僕を困らせるようなことは言わないでください」

勇気を出して、言いたいことを言った。

ユリアンは眩《まぶ》しそうにレオリーノを見つめて、降参だというように両手を挙げた。

「まいったな……少し見ないあいだに、君はなんというか、挑発的な存在になった。降参だ」

レオリーノは、大人を相手に上手く切り返せたことに自信を深めた。

主賓のテーブルでは、レーベン公爵夫人が会話の主導権を握って離さず、女性達を中心に話が弾んでいた。マイアを敬愛するレーベン公爵夫人は、頬《ほお》を紅潮させて、終始マイアの機嫌を取っている。

ユリアンは、お願いしたとおり、レオリーノに意図的に絡むことはしなかった。内心恐々としていたレオリーノだったが、振られた話題に相槌《あいづち》を打つ程度に、なんとかそつなく会話に参加していた。

各テーブルを回り、招待客への挨拶をひととおり終わらせた伯爵夫人が、小柄な女性を伴って戻ってくる。

伯爵夫人が連れてきた女性を見るなり、エリナが笑顔になった。どうやら知り合いらしい。

「ごきげんよう、アントーニア！　お久しぶりね」

レオリーノはその女性を見て首をかしげた。次の瞬間、あっ、と思い出す。赤金色の髪の小柄なシルエットに、見覚えがある。成年の誓いの儀式で隣り合わせた令嬢だった。

「ユリアン様とエリナ様は、娘をご存じですわね。マイア様、レオリーノ様、ご紹介させてくださいな。娘のアントーニアです」

アーヘン伯爵令嬢は、美しい所作で淑女の礼を取り来客達に挨拶をした。

「アントーニア・クロースでございます。ブルングウルト辺境伯夫人、レオリーノ様。この度はお目にかかれて光栄に存じます」

レオリーノも優雅な仕草で返礼する。

レオリーノと目が合ったアントーニアは、丸い頬を赤く染めた。

「あの、私、成年の誓いの儀式で、レオリーノ様と隣り合わせておりました。レオリーノ様は、私のことなど覚えておられないでしょうが……」

レオリーノは微笑《ほほえ》んだ。

「覚えておりますよ。遅れて入室したせいで、あのときは、きちんとご挨拶できず申し訳ありません。

レオリーノ・カシューと申します」

「覚えていてくださったのですね。うれしいです」

レオリーノの笑顔に、その頬をさらに赤く染めながら、アントーニアはうれしそうに笑顔を返した。

「まあ、二人にはそんなご縁があったのね。アントーニア様、お座りなさいな」

マイアが促すと、アントーニアは頷いてエリナの隣に腰掛けた。エリナと目を見合わせて、にっこりと笑い合っている。小柄な身体に見合った小さな丸い顔に、緑色の瞳《ひとみ》がキラキラと輝いて、愛嬌《あいきょう》のある顔立ちの令嬢だった。

「息子とは、儀式の際に何かお話をなさったの？」

「いっ、いいえ。そんな機会はなくて……あの、でも、レオリーノ様のことを、忘れることなんてできません。あの会場にいた全員が、これは夢かうつつかと呆然《ぼうぜん》としておりました。あの後、本当に生身の人間なのかしらと、すごい騒ぎでしたのよ」

レオリーノは無言でお茶を啜《すす》った。生身の人間でなければ、なんだと思われたのだろうか。

「……あっ、すみません」

レオリーノのいたたまれない様子に、アントーニアはすぐに気がついた。

レオリーノは気にしていないと微笑みで答える。エリナが笑いながらアントーニアをフォローした。

「アントーニア、私達もよ。レオリーノに初めてお会いしたときは全員腰を抜かさんばかりだったの」

「まあ。レーベン公爵家の皆様も？」

「……義姉上。クロース家の方々が、本気にされてしまうでしょう」

「嘘《うそ》じゃないだろう、レオリーノ。我々は充分驚いたぞ。母上は実際に腰を抜かしていたからな」

ユリアンがまぜっかえすと、レオリーノはいよいよ困ったように眉《まゆ》を下げた。

アントーニアがほがらかに笑う。

「私もです。あのときはレオリーノ様より先に呼ばれて、本当に良かったと思いました。後だったら、名前を呼ばれたときに腰が立たなくて、椅子から転げ落ちていたかもしれません」

真面目な顔で諧謔《かいぎゃく》の効いた切り返しをするアントーニアに、全員が笑う。

レオリーノはアントーニアに好感を持った。

自分よりよほど闊達《かったつ》で愛嬌がある素晴らしい令嬢だ。何よりレオリーノを前にして、すぐに緊張を解いてくれたことがとてもうれしい。


それからは、社交界デビューの話や、学生時代の思い出を中心に、なごやかに会話が続いた。

「アントーニアはとにかく秀才でしたの。学校でもお勉強ができて、歴史と数学は特に秀でていらして、私達の学年でも有名でしたのよ」

「ま、エリナ様、過分なお褒めのお言葉です。恥ずかしいわ。なんだか褒めてくださいって、ねだっているみたい」

「あら、本当のことよ。よく数学の先生に議論を吹っかける子として、有名だったのよ。先生がある日『君はこれを解いてなさい』って、時間稼ぎのつもりで高学年用の教本を渡したの。なのにアントーニアったら嬉々《きき》として、数日後に全問解いてきて、また質問攻めよ。先生も天を仰いでらっしゃったわ」

「エリナ様ったら！　バラさないでください！」

エリナによるアントーニアの学生時代の逸話に、天幕は大いに盛り上がる。


ひととおり場がなごんだところで、アーヘン伯爵夫人が娘に言った。

「アントーニア、よろしければ、レオリーノ様を我が家の薔薇《ばら》園にご案内してはどう？」

「お母様？」

アーヘン伯爵夫人は、娘の驚きをいなして、にこやかに話し続ける。

「レオリーノ様、我が家の薔薇園には、王都では当家でしか栽培していない珍しい品種がありますの。娘が案内しますから、ぜひご覧になってはいかが?」

ちらりと母を見る。静かに目を伏せて茶を啜る母の様子を見て、この申し出を断るべきではないと判断する。レオリーノは伯爵夫人に頷いた。

「はい。それではアントーニア様、薔薇園まで案内していただけますか?」

「はい。あの、レオリーノ様、すみません……」

レオリーノが手を差し出すと、アントーニアは頬を染めて、おずおずとその手を取った。その様子を、アーヘン伯爵夫人はうれしそうに眺めている。

エリナが心配そうに見守っていると、ユリアンが優美な笑顔を浮かべて、レオリーノ達の同伴を申し出た。

「伯爵夫人ご自慢の薔薇園は、私もぜひ拝見したい。エリナ、我々もアントーニア嬢に案内いただこう」


レオリーノはアントーニアに誘《いざな》われて、薔薇園に向かう。少し距離を空けて、腕を組んだエリナとユリアンの兄妹《きょうだい》がついてくる。

ひどく緊張しているアントーニアをなごませようと、レオリーノは優しい声で話しかけた。

「薔薇園はあの垣根の向こうですか」

壁のように立ち上がった垣根の向こうが薔薇園なのかと尋ねる。アントーニアは頷いた。

「は、はい。あの目隠しの垣根は二重になっております。その向こう側が薔薇園なのですが、垣根のあいだも散策できる小路《こみち》になっております」

「そうですか」

レオリーノが質問したのには理由があった。歩く距離を確認したのだ。

(問題ないかな。でも伝えておくのが礼儀かな)

「アントーニア様、僕は六年前に事故にあって、実は、長時間歩くことができません。ご迷惑をおかけしないように、あらかじめ申し上げておきます」

「えっ？　でも、いま普通に歩いていらっしゃいますが……」

「はい。普通に歩くぶんには問題ありませんが、長時間歩くと、足が少し疲れてしまうのです」

アントーニアは途端に申し訳なさそうな顔をした。

「それでは、母はかえって失礼なことを申し出たのですね……本当にごめんなさい」

「いいえ。うれしいお申し出です。ただ、長く散策することがかなわないので、先にお伝えしておこうと思っただけです。いまの時点では問題ありませんので、どうぞお気になさらず」

レオリーノが優しい笑顔でそう言うと、アントーニアもほっとしたような表情を見せた。

背後を振り返ると、エリナとユリアンが笑いながら手を振った。二人も手を振り返す。

「さ、行きましょう。素晴らしいと評判の薔薇園を見せてください」

「はい」

緩やかな傾斜の坂を、ゆっくりと下っていく。

垣根に近づくと、背後の天幕はもう見えない。どこまでもうららかな春の陽射しの下で、穏やかな空気が流れている。

案内された薔薇園は、たしかに伯爵夫人が自慢するのもわかるほど見事なものだった。

つる薔薇が這《は》わされた東屋《あずまや》を中心に、放射状に薔薇が植えられている。小路に掛けられたアーチにも、色とりどりのつる薔薇が咲きはじめていた。まだ蕾《つぼみ》が多いが、四季咲きの種類は、すでにこぼれ落ちるように満開になっている株もある。

「これは……素晴らしいですね。こんなに見事な薔薇園は初めて見ました」

「まあ、本当ですか？　そうおっしゃっていただいたと聞けば、母も心から喜ぶと思います」

「はい。お世辞ではありません。ブルングウルトはここからずいぶんと北のほうなので、寒さに強い品種以外は、ここまで見事に薔薇は育たないのです」

「まあ、そうなんですね。我が家の領地はかなり南なので、薔薇以外の花もたくさん揃っております」


それから二人は、ゆっくりと薔薇園をひと回りした。円形の回遊路なので、後ろを歩くユリアン達の姿もよく見える。レオリーノは、先程からアントーニアが、チラチラと背後の二人を気にしていることに気がついていた。

「後ろのお二人が気になりますか？」

「……えっ」

アントーニアが驚いた顔でレオリーノを見上げる。優しく微笑むと、さっと頬を赤らめた。


「あの……実は、母にレオリーノ様と二人きりになりたいとお願いしたのは、私なのです」

「？　どうしてでしょう？」

「あの……あのっ」

アントーニアは顔を真っ赤《まか》にして言《い》い淀《よど》む。すると、突然レオリーノの腕を引き、東屋のほうへと促した。レオリーノは引っ張られるままに移動する。

東屋の前で、小柄な身体がピタリと止まった。

「……アントーニア様？」

「あの！　私……実は、レオリーノ様にお伺いしたいことがあって……」

「はい、なんでしょう？」

アントーニアは、胸元で組んだ両手を、もじもじと揉《も》んでいる。しばらくためらった後で、キッとレオリーノを見上げた。

「あの……レオリーノ様は、ユ、ユリアン様の、こ、恋人なのでしょうかっ」

「……え？」

レオリーノは唐突な質問に、ぽかんと口を開けた。

アントーニアの可愛《かわい》らしい顔が、林檎《りんご》のように真っ赤に染まっている。

「私、見ていたんです。夜会のとき……ユリアン様がレオリーノ様と、その……親密なご様子で歩いてらっしゃるのを」

「あの、それは、アントーニア様……」

「一年ほど前から、ユリアン様に本気でお好きな方ができたと王都では噂《うわさ》でした。どなたにでもお優しいユリアン様ですけれど……その、レオリーノ様をご覧になるあの方の目を見て、私……」

アントーニアはそこまで言うと、まるで裁きを待つように、ドレスを握って目を瞑《つむ》る。

ほぼ初対面に近い女性から、なぜ、突然ユリアンとの関係を聞かれているのだろうか。

しかし、とりあえず恋人関係かどうかという質問については、きちんと否定しておかなくてはいけない。

「僕とユリアン様とのあいだには、何もありません。義姉上の繋《つな》がりで、縁戚《えんせき》として親しくさせていただいておりますが」

「ほ、本当ですか？」

「はい。本当です」

レオリーノの答えを聞いた途端に、アントーニアは安堵《あんど》の笑顔を見せた。その表情に、色恋に鈍いレオリーノも、ようやくピンとくる。

「貴女《あなた》は、ユリアン様がお好きなのですね？」

「あうっ……あの、あのっ……いえ」

「？　お好きではないのですか？」

「い、いえ、あの……はい、お慕いしております」

レオリーノのど直球に狼狽《ろうばい》しながらも、アントーニアはついに、観念したように頷いた。

レオリーノはその様子に、優しく微笑む。

「ユリアン様にお気持ちを伝えないのですか？」

「ううっ、レオリーノ様。先程からその、お言葉がまっすぐすぎて、お答えしづらいですわ」

「そうですか？　ユリアン様もアントーニア様のような素敵な女性に想《おも》われて幸せですね。お気持ちが伝わるといいですね」

アントーニアは溜息《ためいき》をついた。

「……その天使のようなお顔で言われると、なんだか奇跡が起こりそうですわ」


そのとき、レオリーノは名案を思いついた。これは彼女にとっても良い機会なのではなかろうか。

「せっかくなので、二人が追いつくのを待ちましょう。その後はユリアン様と交代して、僕が義姉上をエスコートします。そうしたら、天幕に戻るまで、ユリアン様とお話しになれるでしょう？」

「ええっ……そ、そんな……どうしましょう」


恋する女性とはなんと可愛らしいことか。

レオリーノは、すっかりアントーニアを応援したくなった。

「そうしましょう。アントーニア様は、ユリアン様に想いを伝えると良いです」

「……レオリーノ様……応援してくださるのはありがたいのですが、それは無理ですわ」

「？　なぜですか？」

「……レオリーノ様。告白とはそんなに簡単にいかないものなのです。そういうことは……もっと親しくなってからですわ」

レオリーノは、我がことを振り返って納得した。

たしかに好意を持っているからといって、簡単に想いを伝えられるわけではない。

その瞬間、唇に熱を残していった男の顔が、レオリーノの脳裏に浮かんだ。途端に胸がせつなくなる。

「たしかにそうですね。それでは、おっしゃるとおり、散策してまず親しくなりましょう」

「……レオリーノ様は、天使のようなお姿のとおり、少し浮世離れしてらっしゃいますわね」

「？　そうですか？　貴女のユリアン様への気持ちを応援したいのですが、ご迷惑ですか」

「……迷惑ではありません……その、うれしいです。ありがとうございます」

そうして東屋近くで待っていると、エリナとユリアンの兄妹が追いついた。レオリーノは二人の姿を認めると、顔を赤らめている隣の女性に向かって、にっこりと微笑んだ。


茶会は無事に終わった。レオリーノは、馬車での移動と庭園の散策に疲労を覚えていた。それでも今日の外出に満足していた。騒ぎを起こすことなく、無事に社交をこなせたことで、少し自信が芽生えた。

両親とともに見送ってくれたアントーニアは、幸せそうな笑みを浮かべていた。もしかしたら彼女とは良い友人になれるかもしれないと、レオリーノもうれしくなった。

母と義姉に続いて、レオリーノが馬車に乗り込もうとしたときだった。後ろからぐいっと腰が引っ張られる。

驚いて振り返ると、ユリアンの仕業だった。

「君はこっちだ」

「えっ……？」

抗議する間もなく、レオリーノは腰を抱きかかえられ、ユリアンの馬車に乗せられていた。ユリアンも続けて乗り込むと、レオリーノを奥に押し込む。

男の背後で、馬車の扉が閉められた。

途端に車内が薄暗くなる。午後の傾きかけた光が、わずかに小さな窓から入り込むばかりだ。

「……ユリアン様？」

ユリアンがバンバンと馬車の壁を叩《たた》く。ゴトンと一度大きく揺れて、すぐに馬車が動き出した。

レオリーノは驚きのあまり、座席で固まっていた。


「――さて、これで二人きりだ」

「……ユリアン様、どうして……なぜ、こんなこと」

レオリーノは怯《おび》えた。ユリアンが二人きりになりたがった理由がわからない。

馬車が規則正しい速度で揺れはじめる。

レオリーノは座席の端に縮こまるようにして、ユリアンからできるだけ距離を取ろうとした。

その様子を見たユリアンが苦笑する。

「怯えなくていい。辺境伯夫人に、王都まで君と帰る許可はいただいているよ。それに、君の護衛も馬で追従しているだろう」

「王都まで……?」

真偽を問うようにユリアンを見つめると、にこりと微笑み返された。


「そうだ。君と話をしたかったからね」

ユリアンの口調は、どこまでも穏やかだ。先程レオリーノの許しも得ずに、強引に馬車に連れ込んだ人物とはとうてい思えなかった。

王都までは、およそ半刻。

(そのくらい、話をするだけなら……)

戸惑っていたレオリーノだったが、少しずつ警戒を解く。そんなレオリーノの様子を、どこか可笑しそうにユリアンは眺めていた。

「さて……それじゃあ、君の言い訳を聞こうか」

「言い訳……?」

ユリアンが何を言い出したのか、よくわからなかった。レオリーノが首をかしげる様を、ユリアンは微笑んで見つめている。

「そう。君は、先程薔薇園で、アントーニア嬢と私の仲を取り持とうとしたね」

レオリーノは、あっ、と小さく声を上げた。レオリーノは、薔薇園の散策の途中で、エリナのエスコート役を交代すると申し出たのだ。

あのとき、ユリアンはわずかに目を見開いたが、苦笑しながらも快諾してくれた。

（言い訳……って、なんのだろう）

ユリアンの口調は、いつもどおり優しい。

そのせいで、レオリーノは、男が静かに腹を立てていることに気がついていなかった。

「どうしてあんなことをしたんだい？」

「あれは、あの、良いことになればと、思って……」

「ふぅん。良いことね。で、その『良いこと』は、誰《だれ》にとっての？」

それは、アントーニアにとってだ。

ユリアンを想って頬を染めていた、あの可愛らしいアントーニアのために、彼女の恋が実ればと思っての行動だった。

ユリアンと二人きりになれる時間が持てたら彼女が喜ぶのではないかと、単純に名案だと思って行動したのだ。

「レオリーノ、こちらを見なさい」

「……っ」

顎《あご》に指をかけられて、持ち上げられる。レオリーノは、密閉された空間で二人きりの男と、否応《いやおう》なく見つめ合うしかなかった。

レオリーノはようやく気がついた。柔和な表情の奥で、ユリアンの目はまったく笑っていなかった。

それどころか、いつも優美で優しいユリアンの中に、初めて見るような苛立《いらだ》ちが見え隠れしている。

レオリーノは怯えた目でユリアンを見つめた。

「……ご迷惑を、かけてしまいましたか」

「いや？　あの娘の相手などたいしたことはない。聡明《そうめい》なお嬢さんだ。楽しい時間だったよ」

レオリーノは混乱した。自分の行動が迷惑をかけたのでなければ、なんだったのか。

「なら、どうして怒って……」

「どうして？　わからない？　本当に？」

レオリーノは青年の指に顎を捉《とら》えられたまま、首を振った。アントーニアと楽しく話せたのなら、いったい何がいけなかったのだろう。

「あれほど何度も伝えたつもりだが、この頭には何も残ってなかったかな……いいかい。私はまだ君を諦《あきら》めてないんだよ？　そう伝えたよね」

「……っ、それは」

レオリーノはおののいた。

覚えている。夜会でレオリーノの窮地を救ってくれたときに、去り際に言われた言葉だ。だが、求婚の件は、すでに父親から断りを入れているはずだ。

夜会でほのめかされはしたものの、今日のユリアンの態度は、終始適切な距離を保った友好的な振る舞いだった。

それに安心しきって、レオリーノは、ユリアンとの関係は単なる縁戚として落ち着いたと思い込んでいた。

「思い出したみたいだね」

「わ、忘れたわけではありません。ですが、ユリアン様のお気持ちに……もう僕には、そんなこと、ないと思って」

ユリアンは可笑しそうに声を上げて笑った。

「そんなこと、ね。残念だな。君にとって私の求婚は、その程度の価値なのか」

「そんなことありません！　ですが、父上が、そのお話はお断りしたと……だからもう、そのお話はなくなったのだと思って」

「お父上が断ったら『はいそうですか』と、君を愛する気持ちが、すぐに消えるとでも思ったの?」

「でも、でも……」

「僕の気持ちを、君が勝手に決めるのかい?」

さっと青ざめるレオリーノを、ユリアンは愛情のこもった目で見つめながら、言葉で追い詰める。

「もっと可哀想《かわいそう》なのはあの娘だ。あの娘が君になんと言ったのか知らないが、どうせ君は彼女の気持ちを聞いて、無邪気に応援すると唆《そそのか》したのだろう?」

「……っ」

「私が恋い焦がれている相手は、君なのに。彼女がそのことを後で知ったら、恋敵に応援されたことをどう思うか、少しでも考えてみたのかい?」

レオリーノは、その言葉に衝撃を受けた。

ユリアンの言うとおりだ。

健気《けなげ》な女性の恋心を応援したい、そんな安易な気持ちだった。

だが、もしユリアンの気持ちがいまだにレオリーノにあるとアントーニアが知ったら、先程の行為は、彼女の自尊心をどれほど傷つけるだろう。

(僕は……なんて浅はかなことを……)

レオリーノは後悔に胸が苦しくなって、ぎゅっと胸元のシャツをつかむ。その様子を、ユリアンはじっと観察していた。

「君は天使のように無垢《むく》で、許しがたいほどに残酷だな。私の恋情を一顧だにせず、他の女に売り渡そうとするなんて。しかも、そうした自覚もない」

「……っ」

ユリアンは、小さく震える顎を、親指の腹でゆっくり撫《な》でる。

「しかも『彼女に良いことになればと思って』とは。ははは、傑作だな。なんて無邪気で、そして無神経な子だ」

ユリアンは、レオリーノの浅薄な振る舞いを淡々と責め立てる。しかし、その口調は穏やかで、口元にも優しげな笑みを浮かべていた。


レオリーノは耐えきれずに目を伏せた。

「ごめんなさい……ユリアン様、僕が浅はかでした……本当にごめんなさい」

たしかに今日も好意をほのめかされた。しかし、それもユリアンの礼節ある態度に隠されていたため、ある種のからかいのように感じていた。

レオリーノは泣きたくなった。

まさか、まだユリアンが自分に本気の未練を残しているなど、想像もつかなかったのだ。


そのとき、馬車が激しく揺れた。

整備が行き届いてない悪路を通過しているらしい。

ガタガタという振動が、足腰に響く。レオリーノは座席で弾む身体の痛みに、咄嗟《とっさ》に歯を食いしばった。

「……っ」

「おお、行きも感じたが、ここはひどいな……どれ」

レオリーノが押し殺した苦痛を敏感に察したユリアンは、レオリーノの腰をつかむと、おもむろに膝《ひざ》の上に抱え上げ、横向きに座らせた。

「あっ……」

「さあ、こうしているほうが楽だろう」

「ユリアン様……っ！」

咄嗟に男の胸に腕をついて逃れようとする。しかし、細身に見えるユリアンだが、レオリーノが身をよじっても、その腕から逃れることはできなかった。

「だ、大丈夫ですから、下ろしてください！」

「この揺れでは脚が痛むだろう。遠慮せず座っているといい。ほら、こうして固定してあげるから」

ユリアンの言うとおりだった。揺れる馬車の中では、身体を固定されているほうがずいぶんと楽だ。

しかし、求婚を断った相手――いまも未練を告げられた男と、これ以上親密な距離でいたくない。

レオリーノが男の腕の中で身を縮めていると、ユリアンがまた可笑しそうに笑った。

「警戒しているのか。馬車の中で不埒《ふらち》なことなどしないよ。だからそんなに固くならなくていい。もうすぐ悪路は終わるから、じっとしていなさい」

「でも……ユリアン様、お願いです。下ろしてください」

「だめ。人の親切は素直に受けておきなさい」

レオリーノは唇を噛《か》んだ。

毅然《きぜん》と断れない自分がなさけない。何を言っても、ユリアンは放してくれそうになかった。

言葉どおりユリアンが不埒な真似《まね》をしかけてくることはなかった。ただ、しっかりとレオリーノの身体を固定してくれているだけだ。

しばらくして、レオリーノはぽつりとつぶやいた。

「……僕に、怒っていらっしゃるのかと」

「ん？　ああ、怒っているよ、もちろん」

「だったらなぜ、親切にしてくださるのですか」

「君だからだよ。何度も言っただろう。君を愛しているんだ。それに、これはお仕置きだ。実際に、いま君は困っているだろう？」

レオリーノは困り果てて眉尻を下げた。

どれほど優しくされても、ユリアンの想いに応《こた》えることはできない。

レオリーノは、頭を下げて謝罪した。

「……ユリアン様。本当にごめんなさい。僕が浅はかでした。深くお詫《わ》びします。アントーニア様にも謝罪の手紙を書きます」

「ふふ、手紙？　なんと書くつもりだ。僕に求婚されているから、さっきの振る舞いは不適切でしたって？　それは逆効果だよ。止《や》めておきなさい」

「……申し訳ありません」

冷静に指摘されて、ますます身の置きどころがなくなる。アントーニアにどう謝罪すればよいのか、わからない。

「ああ、君は本当に、人の心の機微がわからないのだね」

「……っ、ごめんなさい」

レオリーノは、胸に走る痛みに身体を縮こまらせた。

しばらく二人は無言でいた。

「……ところで、君は自立したいそうだね。仕事に就きたいのだと、君の兄上から聞いたよ」

急に話題が変わり、レオリーノは困惑した。

「はい。ですから……ごめんなさい。ユリアン様とは結婚できません」

申し訳なさそうに断ると、ユリアンは笑った。

「知らなかったとはいえ、あのときは申し訳ないことを言ったね。自立しようと思う決心は立派だ。私も応援するよ」

「あ……ありがとうございます」

これで本当に結婚のことを諦めてくれたかと、レオリーノはほっと息を吐《は》く。

「だが、いまのままじゃ、君は周囲の人間に迷惑をかけるだけだね」

「……え」

そう言って、ユリアンは優しく微笑んだ。

「今日みたいに、君の無邪気な無神経さに傷つく人が、たくさん出てくるかもしれない」

レオリーノは狼狽《うろた》えた。

「そんな……そんなことをするつもりは……」

「どうかな。人の好意を気づかないまま無下にしてしまうことだって、あるかもしれないね。ほら……今日の私にしたみたいに」

ユリアンの口調は穏やかだ。だが、その一言一言に、したたるような毒が含まれている。

レオリーノの脳裏を、なぜか、ルーカスの思いつめた表情がよぎる。

「ねえ、レオリーノ」

思い当たることがあるだろうと、ユリアンが囁く。

レオリーノは悲しくなってうつむいた。

「……ごめんなさい」

「ふふ。そうだね。でも、君が悪いんじゃないよ。君が世間知らずなだけだ」

「おっしゃるとおりです……でも」

「大丈夫だ。まずは色々と学ぶといい。私が君に外の世界を見せてあげよう」

それはどういう意味なのか。

「あの、あの、でも……僕は、貴方《あなた》とは、もう……」

ユリアンはレオリーノの頬をさっと撫でた。どこまでも優しい手つきで、レオリーノを脅かすようなことは何もしない。

「先のことなど、考えなくていいよ。私が君をどう思っているかは、いまは気にしなくていい」

「ユリアン様、でも……」

「しーっ。でも、も、だって、もなしだ。君の心はあまりに未熟だ。誰かに導いてもらわないと」

「……」

「今日みたいに、また浅はかな振る舞いで、人を傷つけてしまうかもしれないよ？」

レオリーノは気がついていなかった。

いつのまにか、馬車は悪路を通り過ぎていた。それにもかかわらず、優美な男の手はゆったりと、膝の上に囲い込んだ華奢《きやしゃ》な背中を撫で続けている。

レオリーノは膝の上に乗せられたまま、言われた言葉を反芻《はんすう》し、思い悩んでいた。その様子を、青年は微笑んで見つめている。

「……こうして、だんだん私にも馴《な》れていくといい」

「……？」

聞き取れなかったレオリーノは、なんと言ったのかと、青年に目で問いかける。

なんでもないよ、と優美な男は微笑んだ。

翼あるもの

レオリーノ達が郊外に外出している頃、王都のブルングウルト邸では、当主代理として、長男オリアーノが王国軍の軍医サーシャの訪《おとな》いを受けていた。

「先日の王弟殿下のお申し出は本気でしたか……」

オリアーノの向かいに腰かけたサーシャは、香り高い高級な茶を堪能しながら頷いた。

「もともとは私の発案なんだ。レオリーノ君の自立を応援したかったからね、それを閣下も了承してくださった。それで、カシュー家としてはどうかな？」

「お申し出は大変ありがたい……しかし、あの子に、殿下やサーシャ先生にご満足いただけるような働きができるとは思えません」

サーシャは、大丈夫、と首を横に振った。

「あんまり特別扱いはしたくないけどね。そこは私が近くで様子を見て、できることからはじめてもらうから安心してほしい。もちろん、お飾りじゃなく、本気で働いてもらうけどね」

「……しかし、レオリーノの容姿のこともあります。王国軍は比較的荒くれ者の集まりと聞く。いや、失礼……だが、レオリーノは、男としてはあまりに頼りない。狼《おおかみ》の群れに、羊を投げ込むようなことになるのではないでしょうか」

サーシャは王国軍の治安を疑われて憤慨する。

「君は王国軍をなんだと思ってるの。たしかに筋肉頼みの男だらけだけど、野盗の集団じゃないんだから。それに閣下の方針で、彼は王国軍には所属させない。勤務させるのは、あくまで防衛宮だよ」

「しかし……」

「防衛宮は文官の集まりだよ？　レオリーノ君と同

じような細身の体格の男性もいる。女性もいないわけではないし。そりゃあ、レオリーノ君みたいに尋常じゃない美貌の持ち主が、そうそう転がっているわけじゃないけど……彼らが荒くれ者の男達に、もれなく襲われているとでも言うのかい」

「いや、そこまでは言ってませんが……」

「防衛宮で働かせるのは、レオリーノ君にとって悪い案じゃないと思うよ。とくに防衛宮《うち》は、閣下が絶対的な存在として君臨……というか、統率しているぶん、他の宮よりも末端まで統制が取れているし」

オリアーノは唇を引き結んだ。

「……しかし、あの子の立場は、あまりに弱い」

「将軍閣下が正式に招聘《しょうへい》するのに？　しかもカシュー家のご子息だよ？　いろんな意味で恐ろしすぎて、手を出す勇気のある奴《やつ》なんてウチにはいないよ」

サーシャがからからと笑う。しかし、その目は笑っていなかった。


オリアーノは苦悩した。

レオリーノ本人には告げていないが、カシュー家は末息子の将来について、すでにひとつの道筋を考えている。

それは、ユリアン・ミュンスターとの結婚である。

レオリーノは、アウグストからレーベン公爵家に断りを入れてその話は立ち消えになったと思っているが、実際は、両家のあいだで保留されているに過ぎない。

レオリーノの心の成長に合わせてゆっくりと事を進めてほしいと、アウグストがユリアンに頼み、ユリアンもそれを了承した。

つまり現時点では、内々にではあるが、ユリアンとレオリーノが将来結婚することは、両家にとってほぼ仮約束に近い状態になっているのだ。


この二年間は、レオリーノがユリアンと心を通わせるための猶予期間に過ぎない。二人のあいだでよほど決定的な亀裂やすれ違いさえなければ、アウグストはレオリーノをユリアンと結婚させるだろう。

真剣に自立しようと考えているレオリーノにとって、父の思惑は裏切りにも近い。しかしそれが、レオリーノを守るために当主が下した決断だった。

（しかし、ここにきてこの申し出とは……）

今回の申し出は、王国軍将軍であり王族のグラヴィス・アードルフ・ファノーレンからの正式な招聘であると、冒頭に伝えられている。

レオリーノを送り届けてもらった際に、グラヴィスから囁かれたときは、まさかとは思っていたが、ついに正式な使者としてサーシャがやってきた。すでに将軍自らブルングウルトに赴き、父に直接話しているという。

異例中の異例といってもいい出来事だ。

いかにカシュー家とはいえ、王族からの正式な招聘を簡単に断ることはできない。急いで当主と連絡を取り、意向を確認する必要があった。

沈黙する当主代理に、サーシャは結論を促すようにたたみかける。

「オリアーノ君。カシュー家の末息子だよ？　普通の場所で働かせてごらんよ？　あの美貌と生まれだ。一瞬で拐《かどわ》かされるよ。それこそ、君達が一番心配していることでしょう？　防衛宮以上に、彼の安全を保障できるところはないと思うよ」

オリアーノは悩んだ。

アウグストの考えはともかく、オリアーノ個人としては、真剣に働く気でいるレオリーノ本人の思いを叶《かな》えてあげたい気持ちもあった。

将軍の庇護《ひご》のもと、サーシャが近くで様子を見ながら、レオリーノのペースで仕事をさせてくれる。しかも、王宮でも最も安全な防衛宮で。

レオリーノの身の安全を確保できる職場環境として、たしかにこれほど良い条件はないだろう。

しかし、生真面目《きまじめ》な性格のレオリーノのことだ。全力で働こうとする姿がありありと目に浮かぶ。

そうなれば、ユリアンと愛情を育むどころの話ではなくなるだろう。


オリアーノはううむ、と唸《うな》った。

簡単には判断がつかない。サーシャはその様子を注意深く観察しながら、キラリと目を光らせた。

「その反応は、そもそもレオリーノ君を本気で外に出すつもりはなかった……ってことかな」

オリアーノのこめかみがピクリと引きつる。

「……ふーん、なるほどね。ユリアン・ミュンスターとの婚約話は、まだ生きてるのか。そりゃあ公爵家に嫁ぐ子を、バリバリと働かせるわけにはいかないもんね」

「まだ正式な決定事項ではありません。それに……本人はまだあずかり知らぬことであります」

サーシャの発言を、オリアーノは言外に認めた。

それを聞いたサーシャは、はあっと大きな溜息をつく。


「……あのさあ、それはさすがにレオリーノ君が可《か》哀想《わいそう》じゃないかな？　あの子は本気で働き口を探そうとしているんだろう？　何しろ職業斡旋《あっせん》所に行って、仕事を探そうとしてたくらいなんだから」

オリアーノは唇を噛んだ。

「レオリーノ君も貴族の子だ。ユリアン・ミュンスターと結婚するのは家同士の決定だと言えば、ちゃんと従っただろうに。一度は話が立ち消えたように思わせておいて、でも裏では本人不在で話を進めているって、そのほうがひどい裏切りだよ」

そのとおりである。

オリアーノはサーシャから目を逸らした。

「……どうしたの？　あれほどレオリーノ君を大切

にしていた、カシュー家のみなさんらしくないよ」

「……当主の決定について、先生にお話しすることはありません」

「まあ、それならそれでかまわないよ。辺境伯がそういうご決断に至った事情も、なんとなく推測できるから。感情的に理解できる部分もある。ただ、私はこうなったら断然、レオリーノ君を応援するね」

「先生！　我が家のことだ！　ご放念ください！」

オリアーノを見つめるサーシャの視線は、ひどく乾いている。

「……ねえ、オリアーノ君。レオリーノ君をつらいことから遠ざけて過保護に守り続けることが、本当に彼の幸せだと思っているの？　力のある男性の庇護のもとでぬくぬく生きたいですと、一度でも、レオリーノ君が君達に頼んだことがあるのか？」

「サーシャ先生……」

「私は戦場で何百人もの死者を見送った。生死を分けるのに、我々医者ができることなんて、実際は本当に少しだけだ。人の生死は神の采配《さいはい》、一瞬の分かれ道なんだ……ねえ、オリアーノ君は見たんだろう？　あの子が、砕けた身体で横たわっている姿を」

——そうだ。いまでもはっきりと覚えている。

あの日、レオリーノは子どもが遊び飽きて放り投げた人形のように、ツヴァイリンクの地面に横たわっていた。

「閣下が偶然にもツヴァイリンクにいらっしゃらなければ、そして私をブルングウルトに瞬時に呼び寄せなければ、あの子の命は、間違いなくあそこで途切れていた。それを、閣下と、私と、君達で！　全員でここまで繋いできた、大切な命なんだよ？」

「先生……」

「奇跡的に命を繋いだことまでは、偶然が重なっただけかもしれない……でもね、切断するかどうかというくらい、酷《ひど》い大怪我《けが》だったんだ。それなのに、何年もかけて、あそこまで歩けるようになったのは、レオリーノ君自身の、死にものぐるいの努力の結果なんだよ？」

サーシャの目は怒りに燃えていた。

「……そんな子が！　『守られるだけじゃなくて、誰かを守れるようになりたい』って、君達のようにカシュー家の男子らしくありたいと、自立しようと頑張っているんだよ？」

「……っ」

「あんなに綺麗《きれい》な容姿も、彼の自立を阻む障害にしかならない。それでも諦めないで、必死に道を模索しているんだ！」

「先生……」

サーシャは、はあっと一つ大きく息を吐いて、自身の興奮を鎮める。

「……ねえ、オリアーノ君。私達には、彼を支えられる立場も、力もある。本当に危うくなる前に守ればいい。外の世界が危険なことは、本人もわかってる。それでも飛び立とうとしているんだ。君は、あの子を羽ばたかせてあげたいと思わないのか？」

そこでサーシャは最後通牒《さいごつうちょう》をつきつけた。

「レオリーノ・カシューを防衛宮に招聘することは将軍閣下の命令だ。その意味を重々わきまえて、一両日中に返答をいただきたい。いいかな？」

オリアーノは言葉を発することができなかった。

「……まずは当主の意向を確認させてください。それまでは正式な回答を控えさせていただく」

「わかった」

「……サーシャ先生、王弟殿下御自らがレオリーノを招聘するなど、普通のことではない。レオリーノに変な噂《うわさ》が立つのは、本当に困るのです」

オリアーノの苦し紛れの反論を一顧だにせず、サーシャは静かな声で駄目押しした。

「それがどうした？　閣下は必ずご意志を貫く。そして、全力でレオリーノ君を守るよ。君達とは違うやり方でね。きっと閣下は、辺境伯にも直接そうお伝えしていることだろう」

そういうことでよろしくね？　と、軽やかに言ってのけると、軍医は再び美味《おい》しそうに茶を啜った。

オリアーノは父に向けて手紙をしたためながら、溜息をついた。

はたして末の弟の身に何が起こっているのか。

王都に来て以来、レオリーノの人生は大きな波に呑《の》み込まれている。錚々《そうそう》たる男達が、レオリーノの人生に次々と介入してくるのだ。ブルングウルトの穏やかな日々が嘘《うそ》のようだ。

オリアーノの脳裏に天使のような笑顔が浮かぶ。

――あの笑顔を、我々は守りきれるだろうか。

幼馴染《おさななじみ》

半刻ほど前、レオリーノ達は二台の馬車で帰宅して家人達を驚かせた。

ブルングウルトの紋章がついた馬車から、マイアとエリナ、そしてレーベン公爵夫人が下りてきた。続いて到着した公爵家の馬車から、ユリアン・ミュンスターに続いて、レオリーノが下りてくる。

どうして他家の馬車に乗って帰宅したのだろうか。

フンデルトは、復路のあいだ主がユリアンと二人きりであったと知り、何もなかったかと心配になる。主の全身を目視で素早く検《あらた》めるが、衣服の乱れもなく、手を出された様子はなかった。

とはいえ、まだ完全に安心しきれない。

この前の防衛宮のこともある。防衛宮でレオリーノの首筋につけられた痕《あと》を知っているのは、フンデルトだけだ。

レオリーノは何もなかったと言っていたが、未遂とはいえ、主が襲われたのは間違いない。レオリーノが大事《おおごと》にしたくないと言うから、訴えなかっただけだ。

そのとき、ユリアン・ミュンスターと目が合った。フンデルトはあわてて頭を下げる。青年貴族が可笑しそうに喉《のど》を鳴らす音が聞こえた。どうやら、彼には侍従が懸念していることがわかっているらしい。

レオリーノはどこか呆然とした様子で、ユリアンと別れの挨拶を交わしていた。終始にこやかなユリアンが、レオリーノの耳元で何かを囁く。

レオリーノは、ためらいながらもこくりと頷いた。

自室に戻るなり、フンデルトの主はソファに座り込んだ。

今日の外出は万事つつがなく過ごせたと、フンデルトはエリナから聞き及んでいた。レオリーノの美貌が騒ぎ立てられることもなく、訪問先の同い年の令嬢とも親しくなり、大成功だったと。

しかし、目の前の主人は喜ぶどころか、むしろ深く落ち込んでいるように見える。肉体的な疲労よりも、むしろ精神的な消耗が大きいようだ。

フンデルトはそっと茶を差し出した。レオリーノが小さい声で、ありがとう、と礼を言う。

正直なところ、フンデルトは、王都に来てからずっと主のことを心配していた。

『もっと外に出て、もっとうまく対応できるように処世の術を学びたい』と、レオリーノが熱で紅潮した顔で決意を語ったのは、つい最近のことだ。

劇的な環境の変化に必死でついていこうと、意気込みが空回りして無理をしているのではないかと、フンデルトは主の体調が心配でしかたがない。

レオリーノは、居場所を見つけられない子どものような、心もとない表情を浮かべている。

フンデルトは、何があったのかと問いかけたい気持ちを抑えこむ。聞いても、自分には正直に話してくれないだろうという直感もあった。

こんなときはと、主の幼馴染でもある護衛役を頼みにすることに決めた。

ブルングウルトにいたときは、幼い頃はともかく、事故以来、レオリーノはほぼ城に引きこもっていた。

ヨセフとレオリーノは幼馴染とはいえ、ここ数年はそれほど頻繁に会っていたわけではない。しかし、王都にきて主人と護衛役として常に一緒にいることで、二人の精神的な距離はまたぐんと縮まっている。

北の男らしく、ぶっきらぼうなヨセフの態度もまた、レオリーノにとってはむしろ気楽なのだろう。一緒にいて過ごしやすい関係のようだった。

フンデルトはレオリーノに茶を用意した後、階下に下りる。ちょうど玄関ホールにいたヨセフをつかまえた。

「ヨセフ！　なぜレオリーノ様が、ユリアン様と二人きりになることに。あれほど目を離さないようにと言ったはずだ！」

ヨセフは途端に悔しそうな表情を浮かべる。

「わかってるよ、フンデルトさん！　俺だって、もちろん二人きりにしたくなかった！」

「ではなぜ」

「……マイア様だよ。マイア様のご指示で、二人で話をする機会を邪魔しないように、と言われたんだよ。そうなったら、俺にはもうどうしようもない」

「なんと……それで、道中の馬車の様子は」

ヨセフが駄目だったと、首を振る。

「馬で並走してたんだけどさ、薄布が引かれててよく見えなかった……フンデルトさん、言いたいことはわかってるよ。悔しいのは俺もなんだ」

唇を噛みしめて、ヨセフは己《おのれ》の無力を嘆く。

「……ここはブルングウルトと違いすぎるよ。ブルングウルトなら、レオリーノ様が行くところ、どこにでも同行してお守りすることができる。でも、王都は違う。俺は平民で、護衛役としては半分しか責務を果たせない。最後の最後で、レオリーノ様の傍《そば》にいられないんだ」

「ヨセフ……」

「俺は護衛として半端者だ。貴族になりたいなんて思ったことはないけど、こうも無力だとつらいよ」

フンデルトはヨセフの苦悩に共感した。

侍従とてそうだ。夜会に随行しても、貴族のしきたりで、侍従と護衛役は会場に入ることはできない。最後に何かあっても、レオリーノが一人で向き合わなくてはいけないのだ。

「ヨセフ、レオリーノ様のお部屋に行ってくれないか。レオリーノ様が何か思い悩んでおられるご様子で……おまえにならば、話をするかもしれない」

「……まさか、あいつが何かしたのか。あの優男が」

「これ、言葉遣いに気をつけろと言っただろう。何かをされたご様子ではない。ないが……」

ヨセフはわかったと、鬼のような形相で頷くと、二段飛びで階段を駆け上がろうとする。

「ヨセフ！　ちょっと待ちなさい！」

「俺が聞き出してくるから。安心してくれ！」

老境に差し掛かった侍従だったが、年齢にそぐわない俊敏な動きでヨセフの袖《そで》をつかんで、すんでのところで引き止める。

「ハァハァ……もうなんたる粗忽《そこつ》者だ……いいかね。そう興奮せずに、落ち着いた感じでお茶をご一緒しなさい」

「大丈夫。まかせてくれ。きちんとやるよ」

力強く頷くヨセフを、フンデルトは心配げに見送ることしかできなかった。

「ああ、そりゃどう考えてもレオリーノ様が悪い」

容赦ないヨセフに一刀両断され、レオリーノはズーンと地の底まで落ち込んだ。背もたれを抱きしめて、そこに顔を埋《うず》める。

「……わかってる。ユリアン様からも叱《しか》られた。本当に反省している……」

「ユリアン様との婚約話がなくなったとしても、自分に惚《ほ》れている男に他の女をあてがおうって、レオリーノ様、それはいくらなんでもひどい」

「……わかってる」

「しかも、相手のお嬢さん、喜んでたんでしょう？女心を弄《もてあそ》んだら、えらいことになるんだぞ」

「……わかってるよ」

白金色の頭は、もはや背もたれにめり込んでいた。

「レオリーノ様は恋愛経験がなさすぎだな。それが一番問題かもしれん」

「…………もう、わかってる！」

ついにレオリーノはソファに突っ伏すと、背もたれの下に頭を潜り込ませた。

レオリーノは自分の振る舞いが許せないのだろう。反省もしているだろうが、自分自身に対する失望、怒り、後悔、そして羞恥《しゅうち》といったさまざまな感情に襲われているに違いない。

ヨセフは、いまこの瞬間だけは、主従の垣根を取っ払って幼馴染として相対していた。

言葉は直球すぎるかもしれないが、溜《た》め込みがちな主人に、思いきり気持ちを吐き出させようという、ヨセフなりの計算でもあった。

しばらくその状態で固まっていたレオリーノだったが、やがてくぐもった声で話しはじめる。

「……ユリアン様に、『無邪気で無神経だ』って言われた」

「……そうでもないと思うけどな。闘病中もずっと、ご家族にも気を遣っていたじゃないか」

「でも、僕が『許しがたいほどに残酷だ』って……」

「ああ？　あのお貴族様がレオリーノ様の言動で傷つくようなタマかよ？　あのお嬢様を傷つける可能性はあったかもしれないけど。あの男に関して言えば、たぶん毛ほども傷ついちゃいないよ」

「……でも、あの方の好意を弄んだことになるでしょう。それは事実だ」

ヨセフは席を立ち、レオリーノが座る長椅子の前にどっかりと座った。背もたれにすっぽり隠れている頭をツンツンとつつく。

「ほら、そろそろ顔を見せなよ」

「……」

「反省してるんだろ。ちゃんと自分の至らないところを、自覚したんだろ？　そしたら、反省した後は前に進まないと」

レオリーノはごそごそと頭の位置を変えて、背もたれのわずかな隙間《すきま》から、ヨセフを見上げた。

その目は濡《ぬ》れていた。

「あの男……って、フンデルトさんに怒られるな。ユリアン様に、なんて言われたんだ。もう一回ちゃんと言ってみなよ」

レオリーノは、唇をわななかせる。

「僕は人の心の機微がわからないって。でも、僕の自立を応援してくれるっておっしゃっていた」

「そうか。案外良い奴なのかもな」

「うん……すごく優しい方だ。でも、このままだと僕が周囲の人間に迷惑をかけるって、人の好意を無下にして、無自覚に傷つけるだろうって……そうお叱りを受けた」

「前言撤回だ、ぜんぜん優しくない……でも、いいか、レオリーノ様。俺はちょっと違うと思うぞ」

「……？」

ほら、出てきなよ、とレオリーノを背もたれの下から引っ張り上げる。ヨセフは主とかっちりと目を合わせた。

「まず、俺も、いろんな人に迷惑をかけて生きている自覚はある」

「……否定できない」

「ちょっとは否定しろよ。レオリーノ様とは、そりゃ立場はぜんぜん違うけどな。たくさん失敗するし、たくさん迷惑をかけていると思う。短気だし。それを日々反省するし、後悔することもたくさんある」

ヨセフは床に座ったまま、主の顔を見上げた。

不安げに揺れるその視線を、しっかりと捉える。

「でもさ……レオリーノ様は俺のことを嫌いじゃないだろ？　俺が完璧《かんぺき》な人間じゃなくても厭《いと》わずに、傍にいていいって、認めてくれただろう？」

「ヨセフ……」

「一緒に王都でがんばろうって言ってくれたじゃないか。身分も立場もぜんぜん違う俺に。口も悪いし、すぐ手も出る俺に。自覚はあるよ。レオリーノ様の幼馴染で気心が知れてるって以外に、なんの取り柄もない俺を……それでもいいと、思ってくれたんだろう？」

レオリーノは頷いた。

「取り柄がないなんて、そんなことない。ヨセフは良いところがたくさんある」

レオリーノのこめかみに貼りついた細い髪を、ヨセフはそっと耳にかけて乱れを直す。

「ありがと。だから、そういうことだよ、レオリーノ様。『完璧な人間であれ』って、誰が言ったんだよ？　レオリーノ様なんか、いまも背もたれに埋もれてべそべそ泣いて、ぜんぜん完璧じゃないだろ」

「う……ひどい。でもそのとおりだね」

ヨセフは笑った。

「いいんだよ、幼馴染として言ってるんだから。でも、そういうことだろ？　それでも俺は、そんな頑張り屋で、ちゃんと反省できるレオリーノ様を尊敬してる。みんな、レオリーノ様の良いところを見つけて応援してくれているだろう？」

「うん……」

「未熟なのは悪いことなのか？　完璧じゃないと、生きていたら駄目なのかよ」

するると、レオリーノは何かを思い出したようだ。

「……父上もそう言ってくれた。完璧でなくとも、生きているだけで価値があるって」

「ご領主様が言うなら、それが正解だ」

ヨセフはもう一度、優しく笑った。

「……でも、人を傷つけるのは良くないよ」

「そりゃそうだ。初めは失敗するかもしれないけど、反省して、ちゃんと謝罪して、次はそうならないようにすればいいじゃねえか。たった一回失敗したくらいで、自分を否定して怯えちゃだめだ。王都でがんばるんだろう？　戦うって決めたんだろう？」

そっけない態度で優しく諭すヨセフの話に、やがてレオリーノはこくりと頷いた。

「そうだ……僕は、戦うんだ。そうだったね」

「だろ？　そしたら、多少誰かになんかを言われて非難されたって、めげるなよ。それで、レオリーノ様は、今回の件は、どうしたいんだ？」

レオリーノの瞳に力が戻っていた。

「本当は、僕の愚かな振る舞いをアントーニア様にも謝罪したい。でも、正直に謝罪しても、それはきっと僕の自己満足だ。彼女をもっと傷つけることになるから……今回は申し訳ないけれど、心の中でお詫びすることにする」

「……うん、そうか」

「そして、今後は浅はかな行動をしないように、本当に気をつけるよ。僕の振る舞いが誰かを傷つけるかもしれないと思うと怖いけど……努力する」

「そうだな。女性と子どもを傷つけるのは、絶対にやっちゃいけないけど……でも、反省したら前に進もう。な、強くなるって決めたんだから」

ヨセフが細身ながら鍛え上げた筋肉で、細い肩を力強く叩く。

レオリーノは痛いと呻《うめ》きながらも、ほんのりと笑顔を見せる。それを見たヨセフも笑顔になった。

「元気出せよ、ご主人様。俺もご主人様をもっとちゃんと守れるように、がんばるからさ」

レオリーノは小さく、うん、と頷いた。

「ありがとう、ヨセフ……自分の心は自分で守るって言ったくせに、結局頼ってしまっているね」

「これは護衛じゃなくて幼馴染だからだぞ。まあでも、今回みたいなことはな……もうちょっと恋愛経験を積めば、色恋に関する心の機微ってやつが理解できるようになるんじゃないか。俺も経験ないからわかんないけどな。兄貴にでも聞いてみるか」

「ふふ、それは別の意味でこわいね」

二人はブルングウルトのことを思い出しながら、小さく笑いあった。ヨセフの兄ロルフは、ブルングウルトでは有名な恋多き男なのだ。

いまだにレオリーノの胸は、後悔と羞恥に痛んでいる。自分の浅薄さを自覚したいまならなおさら、己の振る舞いで、無自覚に人を傷つけることが怖い。

外の世界を見せてくれると言ったユリアンを思い出す。たしかに、自分の行動を客観的に正しい方向に導いてくれる年長者が必要かもしれないと、レオリーノは考えた。

（……お願いしてみようかな。それは、ユリアン様の好意を弄ぶことになるのかな。それでもかまわないとユリアン様はおっしゃってくれたけど……）

すると、ヨセフが唐突に腕を引っ張り、レオリーノを立ち上がらせた。

「……まあ、その前に、レオリーノ様は一人で身を守れるようにしないとだな」

レオリーノは首をかしげる。

「僕は具体的に何をすればいいんだろう」

「護身術だ。がっと来られたら、こうがつんと一発決める感じのやつを、まずは明日から習得するか」

その手に剣を

「だから……こうつかまれたら、こう、肘《ひじ》の関節を下げて……相手が体勢を崩したところで、反対の手で肩を持って、そう、そのまま流れで転がすんだ」

「原理はわかる。実践させてもらってもいいかな」

ヨセフは真剣な主人を見て頷くと、距離を取るように一度下がる。すぐに再び距離を縮めると、レオリーノの胸ぐらをつかんだ。

レオリーノは、教えられたとおりに技をかける。

「……くっ！　……っはあっ！」

「うぉっ」

転がすまではいけなかったが、ヨセフの上体をよろめかせることができた。

「ど、う、ヨセフ？」

「いい感じだ。少なくとも、レオリーノ様にいきなりやられたらびっくりするな。俺も体勢を崩された」

「やった！　すごい、もう一回だけ試させてもらっていいかな？　ヨセフ」

「おお、今度は肩をつかんで転がすところまでやってみなよ」


レオリーノはヨセフの宣言どおり、最低限の護身術は身につけようと、護衛役から特訓を受けていた。居室の椅子や茶卓を壁に寄せて空間をつくり、そこで先程から特訓しているのだ。

ちなみにいま習っている技は、『正面から胸ぐらをつかまれた場合に、敵の体勢を崩してその隙に逃げる』ための護身術である。

イオニアだった頃は、実践的な訓練で体術はひととおり履修していた。そのためレオリーノも、基本的な体術に対する知識は、『なんとなくこういう感じかな』と朧《おぼろ》げながらも記憶している。

問題は、レオリーノの肉体だ。

毎日脚の状態を維持する体操を行っているため、身体はやわらかい。負荷もかけているので、手足には最低限の青年らしい筋肉は備わっている。だが、攻撃できるほどの膂力《りょりょく》はない。

ヨセフも自分の主人の非力をよく知っているので、せめてほんの少しでも、相手を怯《ひる》ませる程度の護身術が身につけば、と思っていた。暗がりなどで無体なことをしかける輩《やから》がいたら、牽制《けんせい》できればよいと。

レオリーノ自身、巧みに戦えるようになれるとはもとより思っていない。だが、久しぶりに身体を動かすことは楽しかった。

息を上げていたが、レオリーノは乳白色の頬を紅潮させて、とても楽しそうにしている。菫色《すみれいろ》の瞳は、技を習得する喜びにキラキラと輝いていた。

一方、部屋の隅に控えたフンデルトは、主人が怪我をしないか、ハラハラとした様子で見守っていた。

落ち込んでいた主人の気が持ち直したことはなによりだが、過保護な侍従としては、主人が怪我をしないかどうにも不安なのだ。

「じゃあ、今度はちゃんと肩までつかんでくれよな。つかめたら、下にぐいっと引き下げるんだ。こう……地面に押しつぶす感じで」

「わかった。できる気がしてきたよ」

「おお、やる気だな。それじゃいくぞ」

そう言ってヨセフが再びレオリーノの胸ぐらに手を伸ばした。レオリーノが習い覚えた動作で、つかんでいるほうの肘に手刀を決めようとした、そのときだった。

「……おまえ達、何をじゃれあってるんだ?」

二人はピタリと動きを止めて、声の主を振り返る。

「ガウフ兄さま!　おかえりなさい」

そこには、カシュー家の三男ガウフが、呆《あき》れた顔で立っていた。

頑健で大柄なカシュー家の兄弟の中でも、最も逞《たくま》しく、武術の才能にも恵まれた男だ。現在は、王都で近衛《このえ》騎士団の内宮警備隊に勤務している。

ヨセフにとってもガウフは幼馴染だ。

「二人して何をやってたんだ?」

ガウフは家具が片付けられた部屋をぐるりと見回す。レオリーノは構えを解いて、うれしそうにガウフを出迎えた。

三人の兄達の中でも、年が近い分、レオリーノにとって最も気安く話せる相手だ。しかし、内宮警備の任務に就いているガウフはかなり忙しく、王都に来てから顔を合わせたのはこれで三度目だ。

「兄さま、おかえりなさい。お仕事おつかれさま」

そう言って軽く抱擁したあと、兄の逞しい肩をポンポンと叩く。ガウフもうれしそうに、そのまま溺《でき》愛《あい》する弟をぎゅっと抱きしめた。

「ああ、おまえに会えなかったのがつらかったな。元気でやっているか?　王都には慣れてきたか」

一昨日《おととい》の失態がよぎったが、わざわざ言うこともない。レオリーノはにっこりと笑う。

「先日はアーヘン伯爵のお宅にも訪問したよ。自分が世間知らずだということも、よくわかったから、少しずつ慣れていこうと思ってる」

「そうか」

目を細めた兄は、励ますように頭を撫でた。短く刈り込んだ濃茶色の髪に青緑色の瞳は、父によく似ている。レオリーノはふと、ブルングウルトにいる父に会いたくなった。

「……それで、おまえ達は何をしてたんだ?」

「ヨセフから護身術を習っていたんだよ」

すると、二人の様子を見ていたヨセフを、ガウフが睨《にら》む。

「ヨー、おまえ、レオリーノに何をさせてるんだ」

「……レオリーノ様が、最悪一人になっちまったときのために、最低限の護身術を教えてる」

ヨセフはガウフの視線にも怯むことなく、飄々《ひょうひょう》とした態度で立っている。

「……ったく、どうせわけのわからない理屈で思いついたんだろうが。やめとけやめとけ。無駄だ」

ガウフの言葉に憤慨したのはレオリーノだ。

「兄さま、ひどい。無駄だってなんで言えるの？　僕だって最低限の自衛ができるようになりたいよ」

ガウフは困ったように頬をボリボリと掻《か》き、しばらく口を開くのをためらっていた。

「なに？　言いたいことがあるなら、はっきりと言ってほしい」

「……あー、リーノ、無茶するなってことだ。せっかくヨセフも護衛に付いてくれることになったんだろ。まかせてろよ」

「……無茶じゃない。さっきもできた。相手を怯ませるくらいの護身は、僕もできるようにならないと」

ガウフは、あーもぅ、と溜息をつく。すると次の瞬間、突然大きな身体が、あっというまにレオリーノの前に立っていた。そして胸倉をつかまれる。

「……ガウ……にいさま、え？」

「ほら、さっきの動作をやってみろ」

レオリーノは兄の意図を理解した。自分に技をかけてみろ、という意味だろう。

レオリーノはうんと頷くと、先程習い覚えたばかりの手刀を、兄の肘関節《ひじかんせつ》に向けて振り下ろす。すると、期待どおり、ぐらりとガウフの上体が揺らいだ。

（やった……！）

上体が崩れたところで、肩甲骨あたりの服をがっとつかむ。そのまま力の流れを意識しながら、くるっと転がせば終わりだ。ガウフがさらに体勢を崩す。

レオリーノは身体を寄せた。

「……やった！　……あっ？　えっ」

次の瞬間、レオリーノは逞しい兄の肩に、荷物のように担ぎ上げられていた。

「…………？」

「ほら見ろ」

何が起こったのかわからなかった。

ヨセフが鬼の形相でガウフに噛みつく。

「ちょっとは手加減しろよ！　騎士団のガウフ様に敵うわけがないだろうが！」

「もとはおまえの責任だぞ、ヨー。レオリーノに護身術はむしろ危ない。なんでわからん」

厳しい叱責に、ヨセフは憮然《ぶぜん》とした顔を見せる。

「なんでだよ。うまくいけば、少しは時間稼ぎになるだろうが」

「だめだ。下手《へた》に対抗すれば、相手を余計に刺激するだけだ」

それはそうだ。レオリーノもガウフの言っていることは、頭では理解できる。だが感情的には、もう少し頑張ってみたかった。

「……もう一回やらせて、ガウフ」

「リーノ？」

いいから、と促すと、渋々ながら、ガウフがレオリーノを下ろしてくれる。そして、だらりと腕の力を抜いた後、再び俊敏な動きでレオリーノの胸元をつかんできた。

（力がなくても……っ、こういうのは要領で転がすことくらいできる……っ！）

レオリーノはもう一度、先程より素早く慎重に技を繰り出した。力のかけどころを考えながら集中する。

　すると、スパーンと綺麗な音がして、ガウフの巨《きょ》躯《く》が見事に床に転がった。やった！　とヨセフが快《かい》哉《さい》を上げる。

「ハァ、ハァ……っ！　どうだっ、ガウフ兄さま！　前言撤回して！」

　いてて、とガウフが横たわったまま、後頭部を擦《さす》っている。兄を投げ飛ばしたことに罪悪感を覚えたが、それ以上に、完璧に技が決まったことに、レオリーノは高揚を覚えていた。

　この身体も捨てたものではない。

「……で？　リーノ、ここからどうするんだ」

「……どう？」

　兄の言葉に、レオリーノは首をひねる。足首に違和感を覚える。足元を見ると、いつのまにか、ガウフにがっちりと足首をつかまれていた。

　その感触に驚いて、レオリーノはおののく。

「ほら、逃げてみろ」

「……ガウフ」

　ガウフの指は力を入れずに、足首をそっと拘束しているだけだ。振り払おうと思えばできるだろう。

　だが、これが現実に起きたことだったら。

　さっと青ざめた弟を、ガウフは優しく見つめる。

「……わかったか」

　暴漢がここまで優しくしてくれることなど、あるわけがない。レオリーノの脚は――とくに左脚は、歩くこと以上の荒々しい動作には向かないのだ。

　ルーカスに拘束されたときもそうだった。

　下半身を拘束されると、脚が壊れる覚悟でもしないかぎり、レオリーノに抵抗する術《すべ》はなかった。

　そしてレオリーノの場合、一度でも無茶をすれば終わりだ。

　やれやれ、といった顔で、ガウフが立ち上がる。

平然とダメージもなさそうな様子を見て、ガウフがわざと弟の技にかかったことがわかった。

「護身術っていってもなあ。この手の護身術は、一瞬暴漢を無力にさせて、その隙に逃げるための時間稼ぎにすぎない。ヨーも、そのつもりで教えてたんだろう？」

兄はレオリーノに現実を見せようとしたのだ。

「ハッキリと言うけどな。おまえの脚では、たとえ時間稼ぎしても走っては逃げられん。だから技をかけたりして、相手を下手に煽《あお》らないほうがいいんだ」

レオリーノは唇を噛んだ。

「そんな顔をするな。現実を見ろ、レオリーノ」

ガウフの言うことはいちいち正論だ。


悲しげにうつむく弟を痛ましげに見つめながらも、ガウフはヨセフにも声をかける。

「ヨー、おまえは剣を持てば無敵だ。おそらく王都でおまえの剣に敵う奴はいない……だがな。守るのはおまえ自身じゃない。護衛対象者が、万が一のときにどういう行動ができて、何ができないかも考える癖をつけろ。それも護衛の基本だ」

近衛騎士団で内宮警備を担当し、日夜貴人の警護にあたるガウフの言葉には、説得力がある。

ヨセフは顔を歪《ゆが》めた。

「レオリーノ様……ごめん」

レオリーノは悔しかった。

この身体では、やはり何もできないのか。生半可な護身術で一時的に逃れることができたとしても、追いかけられたら逃げることはできない。

ならば、どうすれば良いのか。


「わかった……護身術は、体術は諦める」

レオリーノの目には、強い決意が宿っていた。

「ヨセフ、その代わりに、僕に短剣の使い方を教えてほしい」

「……おい、リーノ？」

「レオリーノ様？」

「逃げることができないなら、いっそ致命傷を与えられるようになればいい……そういうことだよね」

「なっ、リーノ！　正気か」

驚愕《きょうがく》する兄に向かって、レオリーノは頷いた。

「僕は守られるばかりの存在になりたくない。お姫様のように扱われて、ずっと安全なところに閉じこもっているのは、絶対にいやなんだ」

「リーノ……おまえ」

「もちろん、ヨセフに守ってもらうよ。でも、どうしてもヨセフが傍にいられないときがある。そのときに無力なのは、絶対にいやだ」

そのときノックの音が響いた。いったん兄弟は会話を中断する。

侍従が扉を開けると、そこには、長兄オリアーノの専任侍従が立っていた。

「レオリーノ様、オリアーノ様がお呼びです」

「……兄上が？」

「はい。ガウフ様もご一緒に、いますぐ来ていただくように、と」

防衛宮への招聘

「……僕が、サーシャ先生のところで働く？」

オリアーノが頷く。

書斎には、長兄の他に母マイア、三男のガウフ、なぜかヨセフも呼ばれていた。

「サーシャ先生からの申し出だ。防衛宮でサーシャ先生のお手伝いをするかたちで働いてみないか、と」

レオリーノがいかに世間知らずでも、それがきわめて特例の申し出だということはわかった。

「それはとてもありがたい申し出です……ですが、僕に医学の知識などありません」

「サーシャ先生は問題ないとおっしゃっている。直接治療行為などに携わるわけではなく、衛生部隊の一員として、主に事務仕事などに携わるだけだと」
「で、でも……」
説明する長兄の表情も、どこか彼自身が戸惑って
いるようにも見える。あわよくばレオリーノから断
ってほしいとでも思っているような、困惑と苦悩を
滲《にじ》ませる顔つきだった。
レオリーノにとっては、これ以上ない申し出だ。
だからこそ長兄も、レオリーノに話を持ちかけてく
れているのだろう。

（でも……なぜ？）

その疑問が尽きない。
普通に歩けるが、この脚は健常者のように立ち働
くのには向いていない。高等教育を受けているとは
いえ、学校にも通ったことなく常識にも欠けている。

突然降ってきたこの申し出には、何か裏があるの
だろうか。
レオリーノなりに想像してみるが、しかし『カシ
ュー家の息子』という生まれ以外に、なんの力もな
い自分を採用したところでメリットがあるとも思え
ない。
それとも、防衛宮とブルングウルトで、何か秘密
の約定でも結ばれたのだろうか。

（その約束の印として、末子の身柄が預けられると
か……まさかそんな）

マイアは年齢を感じさせない美しい顔に、困った
ような表情を浮かべている。
ガウフは初耳らしく、納得していない様子で長兄
以上に眉間《みけん》に皺《しわ》を寄せていた。
「兄上、俺は反対です。リーノを防衛宮で働かせる
なんて冗談にもならない」

ガウフの噛みつくような態度を長兄はなだめる。

「レオリーノがどこで働くよりも安全だ、と。とくに防衛宮では、レオリーノの安全を保障しながら、サーシャ先生が自ら仕事を監督してくださると」

「そうだとしても、サーシャ先生の目が届かないところもあるだろう！　そのときにリーノに何かあったら、どうするんですか！」

「ヨセフも一緒に働かせることにする。護衛ということは防衛宮内では公にせず、同僚というかたちで。このことはサーシャ先生にも了承いただいている」

隅に控えていたヨセフも、これには驚いたようだ。思わずレオリーノと二人で目を見合わせる。

「……兄上、これほどの特例など聞いたことがない。学校にも通っていないレオリーノを防衛宮で働かせて、それどころか、護衛を同行させてもよいと？　異例にもほどがあるだろう」

ガウフの言うとおり、レオリーノが知りたかったのもそこだ。ありがたい申し出だが、事情が読めない。

動揺を隠せないレオリーノの様子に、オリアーノは溜息をついた。

「……サーシャ先生の発案とのことだが、それを受けるかたちで、将軍閣下御自らが『レオリーノを防衛宮で預かる』とおっしゃっている。レオリーノが自立をしたいのなら支援したいと……しかし、それが真のご意図なのかどうかはわからん」

「将軍閣下御自らが？　いったいなぜ」

「すでに父上と直に話をされたらしい。閣下にそこまでされては、我が家としてもこのお申し出をお断りするのは難しい」

「……さっぱりわからん。なぜこのようなことに」

(ヴィーが僕を呼んでくれているって……なぜ？)

レオリーノは知らずに唇に指先を当てて、記憶に残っている感触を反芻していた。

　執務室で奪われた口づけ。かすかに羽先で触れられたような、淡い熱。

（僕に個人的に興味を持ってくださっている、なんてことは……だからキスしてくれた、なんてことは……ないよね）

　レオリーノは、願望混じりの妄想をあわてて消し去る。グラヴィスのような大人の男性が自分に興味を抱いてくれているなど、都合の良い妄想もいいところだ。あのときの会話を思い出して、レオリーノは、今度は急に、不安と哀《かな》しみに襲われた。

（もしかしたら、僕がイオニアと同じ菫色の瞳を持っているから？　でも……）

　グラヴィスは、この目にイオニアの面影を投影するルーカスに向かって、言ってくれたではないか。

『レオリーノ自身を見てやれ。レオリーノ・カシュ一として生きる、この子自身の命の輝きを』と。

　そうだ。グラヴィスは、応援してくれているのだ。サーシャからレオリーノが仕事を探していると聞いて、それで手を差し伸べてくれたに違いない。

　素直にそう考えるのが、一番しっくりとくる。

　そうであれば、今回の異例の申し出に裏の事情などなく、単純にグラヴィスの厚意から出た話だと思っていいのかもしれない。

　それまで黙って様子を見ていたマイアが、末息子に話しかけた。

「レオリーノ、外の世界で働く覚悟はありますか」

「母上……はい、それはもちろん。でも、防衛宮というのは、あまりに突然でびっくりしました」

「不安なの？」

レオリーノは正直に頷いた。驚いてはいるが、気持ちは前向きだ。しかし、実際に話を受けるとなると、別の不安が沸き上がってくる。

「いえ、うれしいです。でも、僕のこの脚でどこまできちんとお勤めできるか……せっかくのサーシャ先生のご厚意に、迷惑をかけてしまうのではないかと思うと不安です」

マイアは、葛藤《かっとう》する末息子を見つめてこう言った。

「無理して働く必要はないのよ、リーノ」

「母上？」

「旦那《だん な》様が質実に暮らしていらっしゃるから理解していないようだけど、我が家には、資産もちゃんとあるの。貴方とガウフには爵位は引き継がれないけれど、私が持参金として持ってきた領地の良いところを、貴方はすでに引き継いでいるの。だから一生働かなくても、生きていくのには困らないのよ」

レオリーノは実家の財政状況を改めて把握した。

三人の兄と比べて穀潰《ごくつぶ》しともいえる自分が、ずっと経済的に迷惑をかけているのではないかと、不安に思っていたのだ。迷惑をかけていることには変わりないが、経済的には問題なさそうで安心した。

「貴方の目指す自立というのが、将来の経済的な不安から来ているのならば、それを気にするのはおよしなさいね」

レオリーノは頷いた。母の言葉はとてもありがたかった。

しかし、経済的な自立が必要ないとしても、働きに出る必要がある。

あの悲劇を招いた、黒幕が誰なのか。

それを探るための手立てとして、働き口を得て、外部の人と繋がる機会がどうしても欲しい。

そういう意味でも、防衛宮は情報収集にうってつけの職場だ。

やはり、サーシャの申し出を受けたい。自分が役に立つかどうかは不安でしかないが、それでも与えられた仕事をがんばってみたい。

レオリーノの思考が、ガウフの大声で乱される。

「母上！　俺は反対です！」

「ガウフ。これはレオリーノの気持ち次第よ」

レオリーノは困惑した。

三番目の兄は、王都で働き先を見つけることを応援してくれているのだと思っていた。それなのに、先程からずっと反対している。防衛宮で働くということは、そんなに難しいことなのだろうか。

しかし、次の瞬間、ガウフの口から飛び出た言葉に、レオリーノは激しい衝撃を受けた。

「話が違うではありませんか！　レオリーノを本当に働きに出すなんて聞いていません！」

「……ガウフ！」

オリアーノの叱責に、ガウフはハッとレオリーノを振り返る。小さく舌打ちして、視線を逸らした。

「……どういう意味、ですか」

「……」

ガウフは目を合わせようとしない。

レオリーノは、長兄を縋《すが》るような目で見つめた。

「……僕を働きに出すつもりはなかったのですか？最初から……？」

「……レオリーノ」

「応援してくれたのは、どうせこの脚では仕事が見つからないだろうと思ったから？　……それとも、仕事を見つけても反対するつもりだった？」

沈黙が、家族の答えだった。

レオリーノは、声が震えるのを必死でこらえる。

「オリアーノ兄様……父上も、そのつもりだったの？　二年間王都でがんばってみろって、父上がおっしゃったことも……ぜんぶ、嘘だったの？」

　オリアーノが顔を歪める。

「父上がおまえを応援するお気持ちは、嘘ではない」

「でも、自立はさせるつもりはなかった。そういうことなのでしょう？」

「レオリーノ……我々は、ただおまえが心配なだけなんだ。夜会に出てもわかっただろう。私達は、おまえが拐かされやしないか、不幸な目にあわないか、ただ心配なだけなんだ」

　レオリーノは耐えきれずにうつむいた。そうしないと涙が溢《あふ》れてしまいそうだった。男としては恥ずべき、あの夜会での出来事を持ち出されたことがつらかった。

「……僕は、これからも一生、家にこもって生きていくべきだと？」

「レオリーノ、聞きなさい」

「……結局のところ、ユリアン様でも誰でもいいから、庇護者を見つけて、守られて、家に閉じこもっているべきだと……そういうことですか？」

「……レオリーノ！」

　レオリーノは首を振って、それ以上の会話を拒否した。

　何を聞かされても、いまはただつらいだけだ。

　自分が人並みより脆弱《ぜいじゃく》だということは、レオリーノも自覚している。しかし、改めてつきつけられたその現実は、あまりにつらかった。家族から自立を応援されていると信じていただけに、なおさら。

（でも……負けちゃだめだ。自分を卑下して、みんなの言いなりに、おとなしく安全な場所に閉じこもっていたらだめなんだ）

　ここで諦めるわけにはいかない。王都に来た目的を果たすためにも、愛情という名の籠《かご》の中から、一歩踏み出さなくてはいけないのだから。

レオリーノは決意を胸に、きっと顔を上げた。

「……僕、サーシャ先生のお申し出を、ありがたくお受けしようと思います」

「自棄《やけ》になるな。俺は反対だ。レオリーノ」

ガウフの反対に、レオリーノは首を振った。

「つつしんでお受けしますと、そのようにお返事ください、オリアーノ兄上」

レオリーノはそう言うと、家族一人一人と目を合わせ、頭を下げる。

「母上、兄様達……これまでずっと見守ってくださって、本当に感謝しています」

「……リーノ」

「これからもご心配をおかけするかもしれないけど、でも、どうか止めないでください。最初に父上と約束したとおり、二年間は頑張らせてください。それまでに、自分でもう立てないと思ったら、そのときは言いつけに従います」

マイア達は哀しそうな、そしてなぜか眩しいものを見るような目で、頭を下げる末息子を黙って見つめている。

レオリーノは頭を下げ続けた。

ふぅと、マイアのこぼした溜息が響く。

「……お受けするからには、きちんと働いてカシュー家の気概を見せるのですよ、レオリーノ」

「母上!?」

ガウフが叫ぶ。

レオリーノは頭を上げて、母を見た。

手招きされるままに近づくと、両手をぎゅっと握られる。近くで見た母の目尻《めじり》には、細かい皺が寄っていた。よく似た白く細い手だが、やはりもうレオリーノのほうが大きい。

「私達が過保護すぎたのね……貴方はもう、こんなに大きくなって、すっかり大人になろうとしていたのに……私達がずっと、可愛い天使のままでいてほしかった。私達の我儘《わがまま》だったのね」

「母上。心配をかけてごめんなさい」

マイアは頷くと、きっぱりとした声で告げた。

「頑張ってみなさい。いけるところまで」

「母上……」

優しく引き寄せられて、そのままコツンと額を合わせた。

「いつか機会があれば、旦那様のお考えもちゃんと聞いてみなさい。貴方には自分の道を進む権利がある。でも、貴方には義務もある。カシュー家の一員として、家長の決めた決定に従う義務が」

「……はい」

「貴方はオリアーノやガウフと同じ、ブルングウルト王家の血脈で、同時にファノーレン王家の血を引くカシュー家の一員よ。いつか、厳しい選択を迫られるときがくるかもしれない。そのときは自分の義務を果たすことを忘れないでね」

「……はい。承知しました」

それまで黙って様子を見ていたヨセフを振り返って、レオリーノは聞いた。

「ヨセフ、僕と一緒に防衛宮に来てくれる？」

ヨセフはコクリと頷く。

「どこまでも一緒に行くよ、レオリーノ様」

その頼もしい言葉に、レオリーノは花が綻《ほころ》ぶように微笑んだ。

防衛宮

「――役立たず」

すれ違いざまに投げつけられた、悪意に満ちた囁きに、レオリーノはきゅっと唇を噛んだ。それでもまっすぐ前を向いたまま、振り返ることはなかった。

「っ、てめえら！　いまなんて言った⁉」

レオリーノの代わりに、隣のヨセフが振り返って怒鳴る。衛生部の内勤部隊の青年達だった。バタバタと走って逃げていく。

「ヨセフ、行こう」

ヨセフはまだ怒っていたが、レオリーノが腕に手をかけると、ハアッと息を吐いた。


二人が向かっているのは、防衛宮の最奥にある資料室だ。目的地まで少し遠回りだが、二人は常に、人気《ひとけ》の少ない廊下を選んで歩くようにしている。

しばらくすると、隣で歩くヨセフを見上げて、レオリーノがつぶやいた。

「……あんなことでいちいち怒ってたらキリがないよ。僕が役立たずなのは、本当のことなんだから」

ヨセフが整った顔を激しく歪める。

「あいつらはやっかんでるだけだ」

「うん、でも、彼らがそう感じるのもしかたがないよ。僕は雑務を免除されている。サーシャ先生に特別扱いされているのは事実だから」

レオリーノはうつむいた。ヨセフは、主の萎《しお》れた様子に奥歯を噛む。


サーシャはレオリーノの体調に配慮して、人目につきにくい仕事を与えてくれた。

「レオリーノ様と奴らの立場は同じじゃない」

「ヨセフ、それは違う。防衛宮で働く立場としては身分の上下なんてない……とにかく、僕にできることを地道に頑張るよ。そのうち、わかってもらえたらいいんだけど」

「レオリーノ様……」

「大丈夫。何を言われても、諦めたりしないから」

レオリーノはそう言って微笑む。その顔は、以前よりひと回りも小さくなっている。

防衛宮に勤めてからひと月、レオリーノは日々苦悩の中にいた。

「カウンゼルさん、レオリーノです」

防衛宮の資料室は、埃《ほこり》と古い紙の匂《にお》いがする。

中庭に面する広い窓があるが、四隅の壁がすべて書棚となり、そこに膨大な資料が収納されている部屋はどこか薄暗かった。

重要な機密書類は、さらに奥の管理庫に厳重に保管されている。手前の資料室にあるのは、防衛宮に勤める者なら誰でも閲覧可能な書類や記録である。

レオリーノとヨセフは、窓の近くの大きな机の傍に、このひと月で見慣れた男の姿を認めた。男の周囲で、埃が逆光にキラキラと舞っている。

カウンゼルと呼ばれた男は、何かの資料を熱心に読んでいたようだ。呼びかけに顔を上げると、ようやく二人の存在に気がついた。

「カウンゼルさん、こんにちは」

「やあ、レオリーノ君、ヨセフ。今日も調べ物かね」

「はい。今日から、衛生部から山岳地方への医療部隊の派遣と物資の補給についての記録を調べさせてもらいたいと思います。十八年前のツヴェルフ侵攻時と、五年前の大規模討伐、それぞれ資料の閲覧許可をいただきたいのですが、よろしいでしょうか」

カウンゼルは優しそうな顔で、もちろんだよと頷く。レオリーノは緊張を解いて、ほんのりと笑顔を浮かべた。

防衛宮に通いはじめてひと月。その一挙手一投足に視線を注がれ、常に緊張を強いられているレオリーノにとって、特別視することもなく、適度な距離で付き合ってくれるカウンゼルは貴重な存在だ。

針のむしろの状況で日々神経を擦り減らしているレオリーノにとって、書庫通いは唯一の癒《いや》しといってもいい。二人は、穏やかな人柄のカウンゼルが大好きになっていた。

「奥の管理庫を見るかい？」

カウンゼルは巨躯を起こし、腰にある鍵束《かぎたば》にジャラリと触れた。

鷹揚《おうよう》な動作で立ち上がった男は、レオリーノよりも、頭二つ分ほど大きい。しかし、その左腕――軍服の下には、あるべきものがなかった。

カウンゼルは、もともと山岳部隊に所属していた戦闘部員だったという。しかし、十八年前の戦争で負傷し片腕を失ったため一線を退き、それ以降、防衛宮の資料室を管理する職に就いている。サーシャによると、隻腕にもかかわらず、いまだに現役の戦闘部員を倒してしまうほど強いらしい。

防衛宮の最高機密を守る、いわば『番人』として、カウンゼルはこの書庫を任されているのだった。


レオリーノとヨセフが奥の管理庫に入らせてもらうのは、これで二度目だ。

そこに窓はなく、資料室以上にひんやりと暗く、古い紙の匂いがした。管理庫の中は、何重かの柵《さく》で区切られている。何度か鍵を通さないと、最深部にはたどり着けない。

レオリーノが閲覧を希望した資料は、機密の中でも、比較的軽いものだったらしい。

「このあたりから二十年前だから、十八年前の戦争はここから。五年前はこのあたりだよ。相当な量があるけど、まず資料室に運び出そうか」

「はい、ありがとうございます。カウンゼルさん」

レオリーノは、カウンゼルに追加のお願いをしてみることにした。

「カウンゼルさん。できれば同時期の武器や食糧の調達と、各部隊の行動記録も合わせて閲覧させてもらいたいのです」

「ほう。ずいぶんと大掛かりな調べ物だね。衛生部とはあまり関係ない資料だが？」

レオリーノはだめですか、と小首をかしげた。

「何を調べるつもりだい」

「はい。あの……実は、各部隊の被害状況と、戦闘のための備えとの関連を調べてみたいのです」

カウンゼルは、おやという顔でレオリーノを見る。入ってわずかひと月の青年が、面白い着眼点で切り込んできたのだ。

サーシャからは、学校にも通ったことがない、超のつくほど箱入りの世間知らずだと聞いていた。

実際に会った青年は、たしかに天使と見紛《みまが》うばかりの浮世離れした麗人であった。大概のことには驚かない自信があるカウンゼルでさえ、その美貌を初めて見たときは、言葉を失うほど感動した。

しかし、このひと月でレオリーノと話をする機会が増えるにつれ、その外見に惑わされずに観察してみれば、大変思慮深い青年であることがわかってきた。たしかに世慣れておらず、何事もマイペースで素直すぎるが、頭も悪くない。

それにしても面白い視点だ。どうして思いついたのだろうと、カウンゼルは首をひねった。

「それは、サーシャ先生の指示かい？」

「いえ、サーシャ先生からは、衛生部隊の人員と物資の現場調達の管理方法がずさんなので、そこを整理するようにとのご指示です。後半は……単なる僕の、個人的な探究心です……」

バツが悪くなったのか、レオリーノの口調が徐々に萎《しぼ》んでくる。カウンゼルは慰めるように微笑んだ。

「どうしても調べたいのかい？」

「はい。無理にとは申しませんが……横の連携が取れる方法が見つかれば、現場の被害を最小限にできる可能性があるのではないかと、僕なりに思ったのです……下っ端のくせに、生意気でしょうか」

カウンゼルは首を振った。元最前線にいた身としては、その研究意欲は大いに歓迎すべきものだ。

しかし、レオリーノが見たがっている資料は参謀部の管轄で、衛生部所属のレオリーノが閲覧するためには、別途許可が必要となる。

「後者の資料はさらに上の機密だから、参謀部の許可が必要だね。少し待てるかな？」

レオリーノはパァと明るい表情になった。いつまでも見ていたくなる麗しい笑顔だ。素直に感情をあらわにするレオリーノが可愛くてたまらない。

カウンゼルは照れたようにガシガシと頭を掻く。

「その天使みたいな笑顔には、どうにも弱いね。許可が下りるかは約束できないが、ま、参謀部には少しツテがある。私からもお願いしておこう」

「ありがとうございます！　カウンゼルさん」

カウンゼルはもはや完全に孫を見るような心境で、レオリーノをあたたかく見つめた。


「持出禁止の資料もあるが、防衛宮内なら持ち出せるのもある。いますぐ持っていくかい？」

「はい。衛生部の空き部屋を借りようと思います」

「あぁ、それなら……さすがにレオリーノ君に運ぶのは無理だな。かなりの量になるから箱に入れておこう。後でまとめて、誰か取りに寄越《よこ》すとよいよ」

レオリーノは悲しげな表情になる。

「……あの、時間がかかってもよければ、僕とヨセフで運びます」

「レオリーノ様、俺が何回か往復して運ぶよ」


二人のやりとりで、カウンゼルには、なんとなく察するものがあった。レオリーノは、いまだこの防衛宮において孤独なのだ。

資料室ではいつもニコニコと笑顔でいるが、その顔は、初めて見たときよりさらにひと回り小さくなっている。心労で体重が落ちているのだろう。

カウンゼルは、レオリーノを取り巻く状況の難しさを、サーシャから聞いていた。

カシュー家が心配していたとおり、レオリーノの存在は、予想以上に外の世界では浮いていた。

その尋常ならざる美貌と、浮世離れした雰囲気のせいで、防衛宮でも明らかに目立ってしまったのだ。

反発したのは若手だった。

彼らにとって、レオリーノの存在は、例えて言うならば、王族の姫君のようなものだ。遠目から眺めているだけなら良い。目が眩《くら》みそうなその美貌も、眺めているだけならば、これほど鑑賞に適したものはない。

しかし、レオリーノは彼らの同僚として、防衛宮にやってきた。衛生部とはいえ、王国軍の仕事は簡単なものではない。末端貴族や平民の青年達にとっては、必死で獲得した憧《あこが》れの職業だ。

なぜレオリーノばかりが特別扱いを、という嫉妬《しっと》心。そして、本人を目の前にしたときの、その匂い立つような美しさに惑わされそうになる恐れ。

様々な感情が複雑に捻《ねじ》れた結果、レオリーノは、すっかり同僚達に距離を置かれてしまったのだ。

もうちょっとすんなりいけると思ったんだけどねぇと、サーシャが嘆いていたことを思い出す。カウンゼルもその状況がよくわかっていたが、サーシャ同様に、黙って見守っている。

いまレオリーノに必要なのは、同情や慰めの言葉ではない。与えられた任務を全うしたいという、彼の意欲を支援してあげることだ。

カウンゼルは自分にできる助け船を出した。

「よかったら、好きなだけここで作業に励むといい。あの一角なら自由に使ってくれてもかまわないよ」

レオリーノはうれしそうに微笑んだ。

「ありがとうございます！　あの……もし、ご迷惑でなければ、明日からここで作業をさせてください」

そう言って頭を下げる。揺れる白金色の髪が、窓から差し込む光を受けて、キラキラと輝いた。

「武器調達と現場の行動記録は、参謀部の許可が取れるまで待つといい」

「はい、お願いします！」

意気込んで頷く健気な様子に胸を打たれ、カウンゼルは応援してあげたいという思いを強くした。


会議終了後、幹部達が各々に席を立つ中、参謀部隊長であるステファン・ストルフが、衛生部隊長のサーシャに声をかけた。

「そういえば、サーシャ先生のお声がかりで入ったカシュー家の四男はなかなか興味深いですな」

サーシャは首をかしげた。

「レオリーノ君？　ストルフ参謀長に興味を持ってもらえるとは、彼もやるねぇ」

「ええ、何しろあの美貌だ。最初はかたちばかりの招聘かと思いきや、彼自身が面白い研究をしているようなのでね、興味を持ってしまった」

「おお、あれのことか！　その節は、資料の閲覧に許可を出してくれてありがとう。たしかに面白い着眼点だよね」

会議室には、サーシャとストルフの他に、グラヴィスとディルク、そしてルーカスが残っている。ルーカスはレオリーノの名前が出た瞬間に、わずかに顔を歪めた。


「レオリーノ君はなんの業務に就いているんです？」

ディルクの質問にサーシャが答えた。

「いまは、派兵時における衛生部隊の配備と物資補給の管理方法を整理させてるよ」

「へえ。それはそれは。しかし、のっけから難しい仕事を……まだひと月ですよ。いくらなんでも、やりこなせそうなんですか」

「できそうだよ。ディルク君、キミ、レオリーノ君をただの世間知らずの箱入りだと思ってるでしょ」

「実際そうじゃないですか」

懐疑的なディルクに向かって、王国一の天才医師はニヤリと笑った。

「ディルク君、なめてるねぇ。彼は学校にこそ通ってないけど、さすがブルングウルトと言うしかない、学校を出た子と同等……もしかしたらそれ以上に高度な教育を受けてるんだよ。言葉は悪いけど、ちゃんと使いモノになってるよ」

「へえ！　それはすごい。しかしそうだったとしても、王国軍のイロハもまだわかっていないでしょうに。最初から難題に取り組ませましたねぇ」

それにはサーシャも首をかしげる。

「それが不思議なんだよねえ。どういう教育をされてきたんだか、今年入隊してきた新人達よりも、すでに我が軍の全体感を把握してるんだよね」

「どういう意味ですか？」

「うぅん？　働くことには慣れてないんだけど、なんというか、我が軍の組織や仕組みに関して、いっさい疑問とか戸惑いがないんだよね」

グラヴィスは手を止めて、医師の話に耳を傾けた。

「どこから知識を得たのかわからないんだけど、すっと実務に馴染《なじ》んじゃったの。あれには、私もびっくりしたねぇ。存在はものすごく浮いてるけど」

「以前ちらっと話したときも、わりと詳しかったですね。王国軍にもともと憧れてたのかな？」

ディルクも首をひねる。

「そもそも、衛生部の管理方法がずさんなのは、ほらまあ、見る人が見たらすぐわかるじゃない？　でもね、書類の整理を頼んだら、ちゃんと中身まで読み込んでさ。『あちらとこちらの派遣先で、人員と物資の管理方法が統一されてないのはなぜですか？』と、やんわりと指摘されちゃってさ」

やぁ、まいったまいったと、書類業務が苦手な医師は頭を掻いた。

ストルフがサーシャの言葉に目を瞠《みは》る。

「ほう。入宮してひと月でその着眼点を持てるのがすごいな……おい、ベルグント。入隊した頃のおまえより優秀かもわからんぞ」

ディルクにとって、ストルフは参謀部時代の元上司だ。若い頃の自分をよく知る男のからかいにディルクは苦笑しながらも、たしかにと頷く。

「俺の入隊当時なんか、組織構造を覚えるだけで必死だったなあ。それを考えるとすごいかも」

ストルフは俄然興味を持ったようだ。

「ううむ、あの申請を聞いたときは首をかしげたが……なるほど、参謀部に欲しいくらいだな」

「ストルフ参謀長！　ダメダメ。冗談でもレオリーノ君はあげませんよ。さすがに参謀部の激務に耐えられるような体力はないし、慣れない生活にひと回りも痩《や》せちゃって、実は心配してるんですから」

それまで黙って部下達の話を聞いていたグラヴィスが、初めて口を開いた。

「あれの体調は大丈夫なのか」

「ええ、大丈夫です。気苦労で食欲が落ちているのでしょう」

「気苦労だと？　原因はなんだ」

「あ、また閣下は過保護を発揮して。うぅん、まぁ予想していたことなんですが、予想した以上に、周りから浮いてしまって」

会議室に居残った一同は沈黙した。当人を思い浮かべるほどに、その理由が思い当たるのだ。

「まぁ、ぶっちゃけて言うと、若手の同僚達との関係です。衝突するまではいきませんが、仲良くどころか、存在を無視されてます」

「衛生部はなぜそんな状況を放置しているんだ！」

ルーカスが怒る。しかし、サーシャは首を振った。

「いまの時点で上から介入したら、余計に悪くなるだけだ。レオリーノ君が外の世界で生きていくためには、必ずいつか乗り越えなくてはいけない壁だし」

参謀長も唸る。

「ううむ……たしかにあの美貌と育ちでは、簡単に市井に馴染むのは難しかろうな」

「ええ。でも、本人の心はまだ折れていませんから。それはヨセフ君からも聞いています。一生懸命、彼なりに居場所を模索していますよ。もう少し、彼自身のがんばりを信じてあげたいんです」

グラヴィスがサーシャに確認する。

「カシュー家からは？　何か言われているか」

「いいえ。ブルングウルトの秘蔵の宝石ですからね。若干ヒヤヒヤしてますが……毎日きちんと出勤していいます」

「ふぅむ、思った以上に骨があるな。あの外見からして軟弱だと判断していたが、馬鹿でもない……失礼、だが正直、ここまで実務的に使えそうだとは」

ストルフの言葉に、サーシャも同意する。

「レオリーノ君の根性は信じてましたけどね。実務に関しては、正直私も意外でした。簡単な事務仕事くらいからはじめさせるつもりが、いきなり衛生部の一番ずさんな管理の問題を指摘してくれてね。ゆっくりとですが、丁寧に仕事をしてくれています」

ストルフが苦笑する。

「その流れで、十八年前のベーデカー山脈とツヴァイリンクへの部隊派遣についても調べたいと言ったのか。勤勉なことだ」

何気ない参謀部長の言葉を聞きとがめたのは、グラヴィスだった。

「……ストルフ、どういうことだ？　レオリーノが何を言ってきたと？」

「はい。実は、書庫係のカウンゼル経由で、彼が面白い申請を上げてきましてね。十八年前のツヴェルフ戦の、山岳部隊の派兵に関する機密書類を閲覧したいと申請してきたのです」

グラヴィスの目が、わずかにその光を強くした。

「……なぜレオリーノが、山岳部隊の派兵に興味を持ったのかわかるか」

「衛生部隊の管理方法を整理する流れで、衛生部と参謀部で横の連携を強化すれば、もっと被害を少なくできるのでは、と思ったそうです」

元上司の言葉を聞いたディルクが驚く。

「ちょっと待ってください。いくらレオリーノ君が聡明でも、さすがに入宮してひと月の素人《しろうと》が考えつくような発想ではないですよ」

かつて参謀部における上司と部下だった二人が、顔を見合わせて唸る。

「そこだ。だから私も彼に興味を持ったのだ。あれはブルングウルトの教育の賜物《たまもの》か。いや、カウンゼルも言っておったが、そもそも着眼点が、新人のそれではない。このままでは、我らが参謀部の不備も彼に指摘されそうだな」

グラヴィスがストルフに重ねて聞いた。

「それで、どうしたんだ」

「はい。十八年前の派兵の記録は、機密ではあるものの、閲覧を渋るほどの情報ではありません。参謀部から閲覧の許可を出しました」

グラヴィスはしばらく考え込む。

やがて、ディルク、と副官を手招きした。


ディルクはすぐに応じ、グラヴィスに近づく。将軍の口元に耳を寄せた。すると、耳打ちされた指示に、ディルクが瞠目する。

「は、はぁ。それはかまいませんが……？」

グラヴィスは副官に向かって頷いた。そしてその場に残った幹部達を見回す。

「あれの研究内容は都度報告するように」


話があると言って、ルーカスがついてくる。グラヴィスはディルクを退室させ、ルーカスと二人きりになった。

「話したいのは、レオリーノのことか」

ルーカスの顔はこわばっていた。その琥珀色《こはくいろ》の目は、ひどく剣呑《けんのん》な光を帯びている。

「殿下がレオリーノ・カシューを防衛宮に招聘した真意を、改めて伺いたい」

「それを聞いてどうするつもりだ」

「……もし、『イオニア』に関することなら、俺にも聞く権利はあるはずだ」

グラヴィスは溜息をついた。

「レオリーノを防衛宮に呼んだことと、イオニアとのことは無関係だ」

「だが、先程の話を聞いて、殿下が何も引っかからなかったとは言わせない」

「偶然かもしれないだろう」

「偶然？　イオニアの生まれ変わりでなければ、あんな成年になったばかりで、世間の風にあたったこともないような小童《こわっぱ》が、なぜ十八年前の派兵に興味を持つんだ！　こんな偶然がそうも続くものか！」

憤懣《ふんまん》を押し殺したルーカスにも、グラヴィスはその表情を動かすことはなかった。

ルーカスは憤った。

「殿下……貴方は先日こう言ったな。貴方の中にも、俺と同じ想《おも》いがあると……だが、俺は信じられない。俺だけが、いまもあいつの死に囚《とら》われている」

星空の瞳がルーカスの視線を捉える。

「貴方とは違う……！　貴方と俺の、イオニアへの想いは違う」

ルーカスの血を吐くような叫びにも、目の前の男の表情は変わらない。

「……あの子が、もしイオニアとなんらかの関係があるとして、改めておまえはどうしたいんだ」

グラヴィスの問いかけに、ルーカスが奥歯を噛む。

その様子を、星空の瞳がじっと観察していた。

「……あの子がもしイオニアの生まれ変わりなら、俺は、あの存在を諦められない」

「では、あの子がイオニアとなんの関係もない……ただのレオリーノ・カシューなら？」

ルーカスはその質問に戸惑った。そして、己の内に潜む感情をたしかめる。

「レオリーノ・カシューなら……？」

「そうだ」

「……」

レオリーノはたしかに信じられぬほどの美貌だ。だが、あの存在に惹《ひ》かれるのは、それが理由ではない。

ルーカスが求めているものは、ただひとつ。あの赤毛の青年の存在だ。

「……それが、おまえの答えなんだな」

グラヴィスは答えあぐねるルーカスに、わずかに苛立ちの感情を滲ませた。

「おまえがレオリーノ自身を求めていないのなら、たとえイオニアの生まれ変わりであろうがなかろうが、あの子はおまえのものにはならん」

「なぜだ!?　……もしあの子がそうなら、俺にも権利はあるはずだ！」

「権利？　おまえにはなんの権利もない」

「貴方ならあると言うのか！」

グラヴィスは首を振った。

「もちろん、俺にもそんな権利はない。あの子はあの子自身のものだからな」

「ならば……」

「だが、いずれ俺のものにする」

「……！」

ルーカスは、信じられない思いでグラヴィスを見た。男は、うっすらと笑みを浮かべている。

相変わらず淡々とした口調だが、ルーカスは、グラヴィスの目が金色に輝いていることに気がついた。

「聞こえたか」

「閣下……だが、あの子が」

ルーカスは唾《つば》を飲み込みながら、反論を試みた。

「だがもし、あの子が本当に、イオニアの生まれ変わりだったら……」

すると、今度こそグラヴィスははっきりと笑った。

「どちらでも結果は同じだ。まあ、あの子がイオニアの生まれ変わりでないほうが、おまえと揉めなくていい。俺は『レオリーノ』が欲しいんだ」

「……では、俺が、本当にレオリーノ自身に惚れて、あの子を欲しがったらどうする」

「さて、そうなれば話は別だが……どうするかな」

ルーカスはぐっと奥歯を噛みしめた。そうしていないと、静かな威圧に気圧《けお》されてしまいそうだ。

「……貴方は、彼の自立を支援しようと、防衛宮に招聘したのではないのか」

「別に両立しないわけではないだろう。俺の手の届く範囲で働けばいい。俺にはその力がある」

ルーカスが初めて見るような、いっそ優しげに見える笑顔だった。


「……なんだその顔は。信じていなかったのか。言っただろう……俺もおまえと同じだと」

「殿下……」

「ルーカス。おまえは、俺にとって唯一無二の存在だ。いっそ誰よりも親しい友とさえ思っている」

グラヴィスの眼差《まなざ》しの強さに、ルーカスは震えた。

「おまえがレオリーノ自身を欲しがるのなら、まだいい。正々堂々と戦おう。だが、イオニアの面影を感じるというだけで、あれに迂闊《うかつ》に手を出すなよ」

ルーカスは、何も答えられなかった。

「もし、イオニアの代替品としてレオリーノを利用するならば……」

星空の瞳が金色に光る。

「残念ながら、おまえとはここまでだ」

悪意

「レオリーノ。今日こそ話がある」

「僕はありません」

レオリーノ！　と名前を呼びながら、三番目の兄ガウフがバシンと食卓を叩く。給仕をしていた侍従が飛び上がった。レオリーノはうんざりしたような目で兄を見る。

「ガウフ兄さま、行儀が悪いです。侍従達を驚かさないでほしい」

「行儀など知ったことか！　……いい加減、話を聞かせてもらうぞ」

「ガウフ兄さまが言いたいことはわかってる。僕は大丈夫だから！　もう、放っておいてください」

「大丈夫なものか！　素直に言え。そんなに痩せ細って……防衛宮での仕事が大変なんだろうが」

「痩せてません」

「嘘つけ！　どう見ても痩せただろうが！」

レオリーノは食後のお茶を啜り、そそくさと席を立つ。それを追いかけるようにガウフの声が響く。

「レオリーノ！　待て！　父上に言いつけるぞ！」

レオリーノはついに地団駄を踏んだ。

「もう……！　言いつけてくれてかまいません！　では、行ってまいります！」

「レオリーノ！」

母と長兄夫婦が去った後のブルングウルト邸は、日々殺伐としていた。それもそのはず、レオリーノが防衛宮に通いはじめてから、二人の兄と末っ子のあいだで、昼夜このやりとりが繰り返されているのだ。それがもう、ふた月近く続いている。

レオリーノは徐々に、自宅にいることが苦痛になってきた。相変わらず、兄達が過干渉で過保護だからだ。とくに、すぐ上の兄ガウフは、いまだにレオリーノが働きに出ることそのものを許していない。

兄達の行動が、愛情ゆえの過干渉だということはわかっている。無下にもできないが、それでもだんだんわずらわしく感じてきているのは事実だ。

（ありがたいけど……でも、いまは口出ししないで見守ってほしいなあ……）

玄関ホールで護衛のヨセフと合流した。

「おはよう、ヨセフ。今日もよろしくね」

「おはようございます、レオリーノ様」

レオリーノが微笑みかけると、ヨセフも笑い返してくれた。鍛えた細身の身体に剣を帯びたヨセフは、とても見た目が良い。

「いつも思うけど、ヨセフは本当に格好いいねぇ」

「はぁ？　何を言ってるんだ？　俺に世辞を言ってもなんも出ないよ」

「お世辞じゃないよ」

嘘ではない。ヨセフは王国軍の軍服がとても似合っていた。細身ながら引き締まった体格が、禁欲的な濃紺の軍服に包まれることでさらに際立っている。女顔ながら剣呑な表情と相まって、かなり強そうに見えた。

実際、性格はかなり不思議な青年だが、剣を持たせたら、ブルングウルトでも一、二を争う天才なのだ。

レオリーノは、同じくらい強そうに見えたらいいなと、自身を見下ろす。

（ベルトのところがぶかぶか……貧弱すぎる）

レオリーノがあわててベルトを締めようとすると、見送りのフンデルトがそっとその手を止めた。

「これ以上、お腰を細く見せてはなりません」

「？　でも格好が悪い。きちんと着ないと、身だしなみを疑われてしまう」

「格好が悪いくらいがちょうどよいのです」

「フンデルトさんの言うとおりだ。それも体重を戻せば解決する話だ。さ、行こうレオリーノ様」

釈然としなかったが、レオリーノは促されるままに馬車へ乗り込む。

馬車で防衛宮前に乗りつけるのはさすがに憚《はばか》られるため、王宮の表門で下車し、そこから歩いて防衛宮まで向かうのが二人の日課だった。

たしかにレオリーノは防衛宮に勤務しはじめてから、誰からもわかるほどその身を細らせていた。

最初は慣れない毎日の外出に、そして休みなく働き続けることに、まず体力が追いつかなかった。

六年前の事故以来寝込むことも多く、どちらかといえば脆弱な身体が悲鳴を上げた。とくに脚は、一日の終わり頃には、棒のような感覚になる。

毎日フンデルトに入念に揉んでもらうことで、なんとかやりこなす日々だ。

サーシャは、衛生部において新人が担当する立ち仕事を、最初から免除してくれた。それだけでもずいぶんと、身体的な負担は軽減されている。

肉体労働が免除されていることが、相当な特別扱いであることを、レオリーノもわかっている。そのせいで、同僚達に疎ましく思われていることも。

あれだけ明確な敵意を示されれば、否応《いやおう》なく気づこうというものである。

最初は遠巻きにレオリーノを見ていた同僚達も、最近は敵意を隠そうとしなくなっていた。

直接的に手を出されることこそなかったが、ものを隠されたりすることは日常茶飯事だし、通達もまともに伝えられない。すれ違いざまに暴言を吐かれることもよくある。

レオリーノを目の敵にしている一人の青年の顔を思い出して、レオリーノは朝から憂鬱《ゆううつ》になった。

「また、あの金髪坊主のことを考えてるのか？」

向かい合わせに座ったヨセフが、レオリーノの懊《おう》悩《のう》を敏感に察する。

「金髪坊主……なんで、わかったの？」

「わかるよ。どよーんと暗い表情をして。今日の報告会で顔を合わせるのが憂鬱なんだろう？」

気にしたってしかたないだろ、と慰めてくれる。

「いや、もう、知ったことか！　って、開き直っているよ。でも伝達書類を隠したりするのだけは、本当に止めてほしい。任務に差し支える。それは赦《ゆる》されることではないだろう？」

「そういうまともな理屈が通じる相手なら、はなからあんなネチネチした嫌がらせはしないだろ。あいつがレオリーノ様を嫌うのは、単純に嫉妬だよ。わかるだろう？」

レオリーノは頷いた。

「わかるよ。僕が特例で、サーシャ先生に優遇されているからでしょう」

「それだけじゃない。あいつはこれまであの整ったツラで、衛生部でもチヤホヤされていたんだろう。それが、レオリーノ様みたいな人外の美貌が来たんで、そういう意味でもやっかんでるんだよ」

「それは彼に代わって、僕がチヤホヤされるから？　防衛宮のどこで僕がチヤホヤされてるんだ。いや、確実にチヤホヤされていない。むしろどちらかというと冷遇されているよね？」

「チヤホヤされるわけがないだろ？　そんなの恐れ多すぎる。端《はな》から気軽になんて無理なんだよ。気軽に寄ってきやがったら、あいつらを尊敬するよ」

「……ヨセフ？　そういう話じゃないの？」

「それとこれとは別だよ。わかんねぇかな」

レオリーノは途方にくれた。自分が察しが悪く、気が利かないことは自覚しているが、護衛役のほのめかしは本当によくわからない。

「まあ、気にしたところで、相手を変えることはできないってことだよ、レオリーノ様」

「とりあえず、刺激しないように、今日も資料室でおとなしくしている」

ヨセフは頷いた。

二十日ほど前から、カウンゼルの厚意によって資料室の隅を作業場として使わせてもらっている。二人はサーシャの許可を得て、最近はもっぱらそこに入り浸っていた。

王宮で馬車を見送ると、レオリーノは防衛宮までの道のりをマントを深々と被《かぶ》り、顔を隠した。それはそれで目立つのだが、顔を晒《さら》しておくよりよっぽど安全であるという理由だ。ヨセフは堂々と顔を晒しているのだが、レオリーノはそれが悔しい。

「それにしても、ディルクさんが手伝いに来てくれたときはびっくりしたね」

「あぁ……あいつね。俺、あいつが苦手だ」

「どうして？　ものすごくいい人だよ？」

苦々しい顔をするヨセフに首をかしげながら、レオリーノはそのときの様子を思い出して微笑んだ。

グラヴィスの副官が、ひょっこりと資料室に顔を出したのは一昨日《おととい》のことだ。

「参謀部の元上司から聞いて、手伝いにきたよ」

ディルクは穏やかな顔に笑みを浮かべ、悪戯《いたずら》が成功したような顔でレオリーノ達の前に現れた。

そういえば学生の頃から十八年前のツヴェルフ戦を研究し、そのおかげで参謀部に入ったと言っていた。レオリーノは、ディルクが手伝いを申し出てくれたことがとてもうれしかった。

それと同時に、少しの後ろめたさも感じる。

レオリーノが十八年前の山岳部隊の派兵状況や一連の行動記録を調べたいと言った本当の理由は、誰にも告げてはいない。

もちろん閲覧させてもらうからには、衛生部の管理方法の整理とともに、部隊間のより緊密な連携方法を検討するつもりでいる。

しかし、その真の狙《ねら》いは、イオニアと同時期に特殊部隊に組み込まれ派兵された、エドガル・ヨルクの過去を探ることだ。

ラガレア侯爵は、王都での彼の足跡は何ひとつたどれなかったと、父アウグストに報告していた。しかし、それもいまとなっては信用ならない。

レオリーノは自分の目で、わずかな可能性でもいいから、ヨルクが誰と繋がっていたか、その手がかりとなる情報を探したかった。防衛宮に来てこれほどすぐ、その手がかりとなる可能性がある情報にたどり着けるとは思っていなかったが、この機会を逃すわけにはいかない。

（ディルクに、怪しまれないようにしないと……）

レオリーノは気を引き締めた。どうしてもディルクを前にすると、たくさん話を聞いてなつきたくなってしまうのが困りものなのだ。

「でも、着実に進んでるんだろう？　もうすぐサーシャ先生に報告できそう？」

「うん。まず一回目の報告としては充分だと思う。実務に関しては、どうしてもわからないことが多いから、あとは現場に叩いてもらって、最終的に実践的なものに仕上がればいいと思っている。ここからはもっと現場との共同作業になるね」

「俺は、レオリーノ様がそんなにおっとりほんわかしたナリで、普通に防衛宮でバリバリやれてるのが、本当に尊敬だよ」

「あはは、ヨセフ、バリバリって。さすがに身内贔《びい》屓《き》にもほどがあるよ」

レオリーノは苦笑した。

これほど容易に王国軍の全体像を把握して、事務仕事に没入できたのは、ひとえにイオニアの記憶のおかげである。十八年経《た》っても、王国軍の基本的な機関がほぼ変わっていなかったことも幸いした。

自分でも狡《ずる》いなとは思う。しかし、イオニアであった過去を、ヨセフに告げることはない。

『衛生部隊の人員と物資の管理方法』の新しい案については、早くも目《め》処《ど》が立ちつつある。

山岳地帯やツヴァイリンクといった、王都から遠い国境線は、王都から人員と物資を運ぶのは時間もかかり無駄も多すぎるため、いくつかの中間拠点が置かれている。その拠点と防衛宮とのやりとりにおいて、拠点ごとに管理方法にばらつきがあった点を是正する研究である。

レオリーノには、山岳部隊に派遣されたときの記憶がある。とくに寒期の雪に閉ざされた山岳地帯で、イオニアは大変苦労したのだ。

北西部の山岳地帯はとくに作戦の展開が難しく、被害も出やすい地域だ。山岳地帯の手前の町に数箇所の拠点があるが、レオリーノはそこの使い方について言及するつもりだ。

拠点に備蓄しておくべき物資を、投下した部隊数に応じて傾斜配分する。かつ拠点間には参謀部の定期の連絡網があるが、衛生部はそれを活用できていない。

これまで衛生部は、王都と各拠点間での連携管理しか行っていなかった。参謀部の定期の連絡網に相乗りするかたちで、衛生部も物資と人員を拠点間で最適配分できるようになれば、さらに迅速に前線で機能することになるだろう。

こういう小さな改善の積み重ねが、最前線の犠牲を少しでも減らすことになる。

そのことを、レオリーノはイオニアの記憶から知っていた。雪の降る山岳地帯で、そしてツヴァイリンクで、たくさんの部下を、同僚を、上官を喪《うしな》ったからだ。

その改善案を提案する際の基礎資料として、実際の戦闘時の記録から改善効果を試算したいと考えている。

なぜなら、レオリーノのような実績のない下っ端からの提言など、おそらく一顧だにされないからだ。

実際の数字を見せたほうが、聞く耳を持ってもらえる可能性が高い。それが組織だ。

そしてそれが、エドガル・ヨルクの足跡をたどるために過去の記録を閲覧させてもらう代償にもなる。

レオリーノ達は、いつものように衛生部の一角の小部屋に向かった。

レオリーノが書きまとめている資料は、資料室から毎回持ち帰り、都度帰る前にこの鍵付きの部屋に保管しているのだ。しかし、鍵を開けてその部屋に入った瞬間、レオリーノとヨセフは顔を曇らせた。

「……どういうことだよ……」

ヨセフが唸る。たしかに鍵をかけて帰宅したはずなのに、部屋の中の棚がめちゃくちゃに荒らされていた。

床に散らばった書類や資料。誰かが侵入し、荒らしたのだ。明らかに嫌がらせだ。

レオリーノが、鍵付きの棚に駆け寄る。そこにはレオリーノが書きまとめていた研究資料があった。ほっとしつつも、念のためパラパラとめくる。すると、その一部が抜き取られていることがわかった。

犯人と思しき人物達が頭に浮かぶ。

「レオリーノ様……まさかあいつらが」

レオリーノは唇を噛みしめた。個人的な攻撃ならいいのだ。いくらでも耐えてみせる。

「……でも、これはさすがに許せない」

レオリーノは、その目に強い怒りを浮かべていた。

レオリーノ達が、衛生部隊の主執務室に入るなり、視線が集中する。

いつもなら、誰とも目を合わさないようにうつむきがちなレオリーノだったが、今日ばかりは昂然《こうぜん》と顎を上げて、執務室内を見回した。

堂々とその美貌を晒したレオリーノの存在感は、圧倒的だった。執務室がシンと静まり返る。

しかし、中程の席にたむろしている数名の男達だけは違った。

彼らはレオリーノ達が入ってくるなり、意地が悪そうな笑みを浮かべた。レオリーノを見ながら、隣り合った同僚に何かを囁いて、クスクスと含み笑いをする。その笑い声が、静まり返った執務室に奇妙なほど響きわたった。

「やっぱりあいつか……」

数名の男達の中心には、ヨセフが言うところの金髪坊主――バルト・エントナーがいた。防衛宮の中では比較的小柄で、金髪碧眼《へきがん》の秀麗な容姿をしている。レオリーノより一歳上の子爵家の次男で、なぜか入宮以来、レオリーノを目の敵にしている青年だ。

レオリーノとヨセフの視線をたどり、執務室中の人間がエントナー達に注目する。彼らは執務室中の視線を集めても、悪びれる様子もなく、意地の悪い顔で嗤《わら》っていた。

(やったのは自分です、ってあからさまに白状してるなぁ……)

隠す気はないのだろうかと、レオリーノは呆れた。とにかくレオリーノに対して何かいやがらせをしたかったのかもしれないが、防衛宮内の一室を荒らすなど大問題だ。場合によっては処罰される可能性だってあるのに。

レオリーノ憎さのあまり、自分達が起こしたことの結果がどうなるかを考えなかったのだろうか。

レオリーノは小さく溜息をつく。そして横に立つヨセフと目を合わせた。ヨセフも落ち着いた様子で見返してくるが、その口元はうっすらと笑っていた。

「……ヨセフ、落ち着いているね」

「いや、どうぶっ飛ばしてやろうかと考えてるけど……それにしても馬鹿だなと思って」

最後の一言には同意である。

「僕達の平和を守るために、ぶっ飛ばすのは最終手段にしてね。まずは穏便に話してみる」

ヨセフは頷いた。

「レオリーノ様の初陣だ。見守ってるよ」

レオリーノはその言葉に苦笑した。

そして、一直線にエントナー達のもとに向かう。


周囲は黙ってその様子を眺めていた。最初はニヤついていたエントナーとその取り巻き達も、まっすぐ向かってくるレオリーノに、露悪的な笑みを引っ込めて、警戒心をあらわにする。


「エントナーさん、話があります。少し、時間をもらえませんか」

「……なに？　僕にはないけど」

エントナーは子どもっぽく、ぷい、と顔を背けた。

（……えええ？）


レオリーノは困惑した。どう考えても、軍人が同僚相手に見せる態度ではない。

イオニアの記憶をたどっても、王国軍にこれほど子どもっぽい人間はいなかった気がする。それとも、内勤の人間は命のやりとりに晒されないせいで、規律を遵守する精神が薄くなるのだろうか。

エントナーのような人種の思考が理解できず、レオリーノは困惑したが、とりあえず、話をしないことにははじまらない。

それに、レオリーノには、大事にせず穏便に収めたい理由もある。

できればどこか人目につかないところで話したかったので、少し脅してみることにした。

「ここで貴方がしたことを話しても良いのなら、いますぐに話します」

「はあ……!?　いきなり失礼だな！　僕が何をしたって言うんだ」

レオリーノは表情を変えなかった。

「では、やはりここで話しましょう……みなさんが聞いていますが、僕はそれでもかまいません」

エントナーはレオリーノを呪《のろ》い殺しそうな顔で睨みつけると、乱暴な動作で席を立った。

「おい、行くぞ……っ！」

周囲の取り巻きの肩を叩くと、どこか後ろめたい表情で二人のやりとりを見ていた男達も立ち上がる。

レオリーノは頷くと踵《きびす》を返し、エントナー達とともに部屋を出ていった。


レオリーノ達は、人気のない階段の踊り場で足を止めた。

「こんなところまで連れてきて、なんの用だよ」

レオリーノが振り返る。その美貌に、男達は一瞬魂を奪われて、言葉を失《な》くした。呆《ほう》けたような仲間達の様子に気づいたエントナーが、苦々しげに彼らを肘で小突くと、バツの悪そうな顔をする。


（どうやって話したらいいのかな……とにかく穏便に、資料だけ返してもらえればいいのだけど）

レオリーノは小さく息を吐いた。人の気持ちを巧みに読んで話を進める術など、持ち合わせていない。

結局、単刀直入に切り出すことにした。


「エントナーさん、僕の研究資料に心当たりはありませんか？」

「……はぁ？　突然何を言い出すかと思ったら」

「資料を置いていた部屋が荒らされて、一部の資料が紛失していました。心当たりがありませんか」

「は！　いきなり盗人扱いか。いかに君がブルングウルト辺境伯家の者でも、許しがたい侮辱だぞ！」

「僕の生まれは関係がありません。生まれによって防衛宮内で発言力の大きさが決まるなら、貴方達に対して、すでに違った対応を取っているでしょう」

エントナーの背後にいる男達は、レオリーノの言葉にギクリと怯んだ様子を見せる。しかし、エントナーだけはさらに怒りを爆発させた。

「生まれで優遇されていないだと!?　いまだって、普通に歩けているじゃないか。それなのに『脚が悪いから』といって、きつい肉体労働を免除されてるんだから、君が優遇されていないわけないだろう!?　それとも、そのお綺麗な顔でサーシャ先生に取り入ったわけか」

レオリーノは淡々と話すように努めた。

「僕がいくつかの業務を免除されているのは事実なので、その点については否定しません。でも……僕の顔でサーシャ先生が云々《うんぬん》、という発言は、撤回してください。サーシャ先生に対する侮辱です」

しかし次の瞬間、これだけは言わねばと、精一杯眦《まなじり》に力を込めて、エントナー達を睨みつける。

「……でも、そのことと、貴方達が今回したことは関係ありません。部屋から盗んだ書類を返してください。あれは重要な研究なんです」

「ハッ、あんなとりとめもない落書きが、重要な研究だって？　どれだけ自分に自信があるんだよ！」

語るに落ちた。

「まるで、僕の書いた『落書き』を実際見たことがあるようですね。エントナーさん」

エントナーは、しまったという風に唇を噛む。

「資料を返してください。返していただければ、今回のことは不問にします」

「……っ、だから知らないって言ってるだろう！」

レオリーノは深々と溜息をつく。話がいっこうに穏便な決着に向かって進まない。

「……エントナーさん、貴方は、自分が何をやったかわかりますか」

「僕はやってない！」

「……僕を防衛宮から追い出したいなら、かまいません。僕をどれだけ嫌ってもいいです」

でも、とレオリーノはその菫色の瞳で、ひたりとエントナーの視線を捉える。

エントナーは静かなその視線に気圧《けお》されて、初めて怯んだ様子を見せた。

「貴方は僕の評判を損ねようとしたのかもしれない。でも、どんな仕事でも、防衛宮で行われる仕事は、その過程も結果も担当した個人のものではありません。すべて防衛宮のものです」

「……」

「貴方達は僕の仕事の詳細を知らないでしょう。たしかに落書きかもしれない。あの研究は、結局役に立たないかもしれない。しかし、貴方が盗んだのは、僕のものではありません。防衛宮のものなのです」

「……っ！　だから……言いがかりだって」

「――お願いです。資料を返してください」

レオリーノは頭を下げる。

雲の上ほど高位の貴族が頭を下げたことに、エントナー達は目を見開いた。

「心当たりがないと言うなら、それでもいいです。とにかく……今日中にあの部屋に、該当する資料が戻ってきたらいいなと思っています。それだけです」

それまで黙って見守っていたヨセフが、頭を下げ続けるレオリーノの横に進み出た。

「話は聞いたよな。部屋を荒らされてあの資料が盗まれたと、レオリーノ様が上に報告したら、ことは防衛宮全体でもっと大事になるぞ」

「……っ、それは！」

「何しろ、優遇された高位貴族のお坊ちゃまからの報告だからな。おまえ達が知らぬ存ぜぬと言い張っても、どこまで隠しきれるかわかんないぞ。それに、防衛宮内で盗難があったなんて、これほど王国軍の評判を貶《おとし》めることが赦されると思うか？」

エントナー達はぎくりと身を震わせた。ようやく自分達がしでかしたことが、単なるいたずらを超えた悪質な規律違反だと自覚したのだ。

どうする……と、エントナー以外の男達が動揺しはじめる。

（素直に返してくれるかな……どうだろう。返してもらえたらいいな）

ヨセフの言葉を聞きながら頭を上げる。すると、悔しそうに顔を歪めたエントナーと目が合った。

「……なんで君だけ楽な仕事ばっかり、優遇されて……君はたしかに『特別』かもしれない。でも、僕は、君みたいな甘やかされた奴が大嫌いだ！」

それが本音か。

レオリーノは奥歯を噛みしめた。

一連の嫌がらせが嫌われているせいだとわかっていても、やはり面と向かって言われると、つらいものがある。

「僕はたしかに、みなさんのやる気を削《そ》いでいるのかもしれません。先生が僕をここに不要な存在だと判断するなら……僕はその判断に従います」

「言ったな……！　僕だけじゃない。みんなが思ってる！　君みたいな恵まれた人が、ズケズケと僕達の世界に入ってこないでくれ！」

レオリーノは静かに目を伏せた。

すると、ヨセフが隣でぽんと背中を叩いた。

「レオリーノ様、気にすんじゃねえぞ」

レオリーノはヨセフを感謝の思いで見つめた。

一緒に戦おうと誓ってくれたヨセフ。大切な幼馴染で、いまは護衛役でもある。

（そうだ、手を伸ばせばそこに、ちゃんと味方でいてくれる人がいる……イオニアの頃も、そうだったじゃないか）

イオニアにも、愛してくれる家族がいた。支えてくれる親友もいた。大切なものは、この手でつかめるくらいあれば充分だ。そう考えると気が楽になり、レオリーノは気持ちを強くした。

エントナーの憎々しげな視線を、怯むことなく受け止める。


「──君たち、こんなところで何をしているの？」

突然階上から響いた声に、踊り場にいた全員がビクリと身体を震わせた。

見上げたそこには、衛生部の長であるサーシャが立っていた。後ろに副官オマールも控えている。

「さっき執務室に行ったら、君達がつるんで出ていったと、みんなが騒いでいたよ？　ずいぶん、めずらしい組み合わせだね」

「サーシャ先生……」

サーシャの声は穏やかだったが、その目はまったく笑っていなかった。

「それで、こんなところで何を話していたのかな？　執務室で話せないこと？」

「お、おい……エントナー、どうする」

「……」

あわてたのは、後ろめたいことがあるエントナー達だ。しかし、レオリーノも困っていた。なるべく穏便に事を収束させたかったからだ。

同僚から悪質ないたずらをされていることが実家に伝わったら、どうなることか。レオリーノは、過保護すぎる家族によって、防衛宮で働くことを止められることだけはなんとしても避けたかった。

「サーシャ先生、申し訳ありません。研究の件で……あの、エントナーさん達に相談したいことがあって」

「……ふぅん、そう？　でも、それこそ執務室で話せないことなのかな」

サーシャとレオリーノは黙って見つめ合う。普段は柔和なサーシャの無表情は、とても怖かった。

どうこの場を切り抜けようかとレオリーノが苦心していると、張り詰めた空気にそぐわない、のんびりとした声が階下からかけられる。

「あれ？　レオリーノ君。こんなところで何してるの？　そろそろ資料室で集合じゃなかったか」

そこには、踊り場を訝《いぶか》しげに見上げているディルクがいた。そういえば、まもなく資料室で落ち合う約束の時間だったと、レオリーノはあわてた。

「あ、サーシャ先生もいますね。衛生部の皆さんお揃いで、どうしましたか？」

「ご、ごめんなさい。ディルクさん……あの、すぐ行きます」

しかし、階上のサーシャから再び声がかかる。

「レオリーノ君、まだ話は終わってないよ」

「サーシャ先生……」

階上と階下を交互に見遣《みや》りつつ、この場をどう収めるべきかと必死に頭をひねる。

すると、背後にいたエントナーが、代わりに低い声で答えた。狼狽えているレオリーノと違って、先程までの激昂《げきこう》が嘘のように、落ち着いた外面《そとづら》を取り戻している。

「レオリーノ君が言ったとおり、僕達はただ話をしていただけです」

「……ふぅん、そう。レオリーノ君、そういうことでいいのかな」

「は、はい」

レオリーノは頷くことしかできなかった。

「では、僕達は業務があるので、これで失礼します」

行くぞ！　と言って、エントナーが取り巻き達を連れて、その場を立ち去ろうとする。

レオリーノは、自分の横を通り過ぎようとするエントナーの腕を、咄嗟に身体をひねってつかんだ。

「あのっ……さっき言ったこと、お願いします！」

「……っ！　わかったよ！　放せよ！」

エントナーに思いきり腕を振り払われる。

「……っ」

その反動で、レオリーノの身体が大きく後ろに傾いた。

（しまった……！）

咄嗟に、すがるものを求めて手を伸ばす。しかし、そこにつかめるものは、何もなかった。

エントナーの驚愕した顔が見える。

「レオリーノ様！」

「レオリーノ君！」

ヨセフの叫び声が響く。遠くにサーシャとディルクの叫び声も聞こえた。

次の瞬間、何か固く、あたたかいものに、ぎゅっと包まれるのを感じる。

虚空へ放り出されたレオリーノの身体は、ヨセフに抱きしめられたまま、衝撃に弾みながら階下に叩きつけられた。

罪と罰

ふっと、意識が覚醒《かくせい》する。

「――そのまま頭を動かさないで……ディルク君、レオリーノ君を持ち上げてくれる？　……どっちも極力動かさないように、そっとだよ」

「わかりました」

誰かに身体が持ち上げられる。

「……っ」

「レオリーノ君、気がついたか。良かった。話せる？　どこか痛いところはあるか」

ディルクの声だ。

すぐさま、もう一度床に寝かされると、ディルクが離れていった。

周囲であわただしく動く気配を感じるが、全身に受けた衝撃のせいか、視線がぐるぐると揺れている。

「ディルク君、ヨセフ君に声をかけ続けてくれ。意識は戻らない？」

「戻りません」

「わかった……エントナー、おまえ達！　担架を持ってこい」

ばたばたと駆け出していく足音。

（何を喋《しゃべ》っている？　誰が…………）

「先にレオリーノ君を診《み》る。レオリーノ君、ああ、意識はあるね。よかった、答えられるかな？」

サーシャの声だ。

「君は階段から落ちたんだ。覚えてるかな……いいかい？　これから少し触るよ」

（……階段から落ちた……そうだ、僕が、ふらついたせいで……それで、ヨセフが……）

衝撃に全身が痺《しび》れている。身体のあちこちに触れられるあいだに、レオリーノは徐々に意識がはっきりしはじめた。必死に目の焦点を合わせる。

「……せんせい……もうしわけ、ありません」

「大丈夫だから。頭は痛い？　脚の感覚はあるかい？　どこか痛いところは」

目眩《めまい》がひどかったが、頭は痛くない。

次に、レオリーノは意識を下半身に向けて、足先を動かしてみる。

「……っ、だい、じょうぶです。もうしわけありません」

「良かった。いまは謝罪はいらないから黙って。あとでちゃんと話そう。さ、他のところも触るよ」

素早く全身の状態をたしかめられる。

左手首を触られたときに、レオリーノの身体が震えた。鋭い痛みに、今度こそはっきりと覚醒する。

（そうだ……僕を庇《かば》って、ヨセフ……！）

「先生……」

「ああ、手を捻挫《ねんざ》しているね。でも、折れてはいないよ。良かったね、ヨセフ君のおかげだよ」

「先生……ヨセフはどう……」

「……あっ、まだ動いちゃだめだよ。レオリーノ君、ヨセフ君を診るから離れるね。オマール、レオリーノ君が無茶しないように押さえてて」

サーシャは副官にレオリーノを委ねると、ヨセフのところに移動した。


レオリーノは必死にもがいて、身体を横に向けた。

意識がなく横たわっているヨセフが見えた。

ヨセフの横には、真剣な表情のディルクがいる。

上着を脱いで、ヨセフの頭の下に敷いてくれていた。

「ヨセフ……！　ヨセフ……！」

レオリーノは必死で護衛の名前を呼んだ。

かすれた声に気づいたディルクが、痛ましげな目でレオリーノを見る。


バタバタと足音がして、担架を持ったエントナー達が戻ってきた。

一瞬、エントナーと目が合ったが、すっと逸らされる。レオリーノはまだ身体を動かせないため、見守ることしかできない。

青ざめた顔で横たわるヨセフが、とても弱々しく見える。レオリーノは震えが止まらなかった。自分が軽症ですんでいるのは、ヨセフが咄嗟にレオリーノを抱き込んで庇ってくれたおかげだ。


「ディルク君、ヨセフ君を静かに抱えてくれる？

──そう、ありがとう。担架にそっと……そうだ」

「私が運びます。おい、そこのおまえ。おまえも手伝え」

ディルクはエントナーの取り巻きの一人で、体格に恵まれた男を指名した。男は狼狽えながらもディルクの指示に従って、担架の片側を担ぐ。

「オマールは、レオリーノ君をそのまま抱えて運んでくれるかな」

レオリーノは、サーシャの副官にそっと抱き上げられた。必死で手を伸ばすものの、ヨセフを乗せた担架は、どんどん先に行ってしまう。

「ヨセフ……ヨセフ……」

「カシュー君、落ち着いて、暴れちゃだめだ」

レオリーノはやがて、強い目眩とともに、再び意識を失った。


目を覚ましたとき、レオリーノは見知らぬ部屋にいた。壮麗な装飾のない木板の天井が見える。

「……目が覚めたか」

低くなめらかな声とともに、額に大きな手が乗せられた。少しひんやりとした指が、そっと前髪を撫で起こす。

――この指の感触は知っている。触れられても怖くない、この指は……

「……閣下」

グラヴィスが枕元に座っていた。レオリーノの視線を捉えると、男はゆっくりと頷く。

なぜグラヴィスがいるのか、ここはどこなのか。知りたいことはたくさんあったが、からからに渇いた喉からなんとか声を絞り出して、真っ先に知りたいことを尋ねる。

「…………閣下、僕の護衛は……ヨセフは」

「大丈夫だ。先程目が覚めたと、サーシャが報告に来た。頭を打っているが、大事はないそうだ」

安堵のあまり再び気が遠くなりかける。しかし、額に当てられた掌《てのひら》の感触が、レオリーノの意識を優しく繋ぎ止めた。

「……ありがとうございます」

レオリーノは礼を述べた後、しばらく自失していた。そのあいだも、グラヴィスは何も言わずに、ゆっくりと頭を撫で続けてくれた。

徐々に気持ちがしっかりとしてくる。

「ご迷惑を、おかけしました。閣下は、どうして」

「ディルクから報告を受けた。おまえが階段から落ちたと聞いて肝が冷えたぞ。大きな怪我がなくてよかったが、手首を痛めてしまったな」

左手の肘をつかまれて、そっと持ち上げられる。手首には包帯が分厚く巻かれていた。

痛いというより、ずきずきと熱く脈動する感覚がある。

「サーシャとディルクから経緯は聞いた。あの踊り場で、衛生部の若造達と何を話していた。何か報告することはないか」

レオリーノは咄嗟に否定する。

「何も……あのときは……仕事の相談を……」

「サーシャの副官が調べたところによると、おまえの研究資料が置かれている部屋が、荒らされていたそうだな」

「……それは」

「もう一度、聞くぞ。俺に言うことはないか」

レオリーノは、再び首を振る。

もう、なんのために意地を張っているのかわからなくなっていたが、同僚との問題を安易に上官に言いつけるような男だと思われたくなかった。

「……そうか。ならば、状況から判断して処分することにしよう。それで問題ないな、サーシャ」

グラヴィスがサーシャの名前を呼んだ。レオリーノが視線を巡らすと、大きな身体の陰になっていたが、グラヴィスの後ろにサーシャが立っていた。

レオリーノはあわてて身を起こそうとするが、グラヴィスによって再び寝台に縫いとめられる。

問題を起こしてしまった申し訳なさに、レオリーノは必死でサーシャに詫びた。

「先生……ご迷惑をおかけして、本当に……本当に申し訳ありません。それと、ヨセフを助けてくださってありがとうございます」

サーシャが少し疲れた表情で笑う。

「閣下から聞いたかもしれないけど、ヨセフ君は大丈夫だよ。あの子は、見かけによらず丈夫だねぇ。レオリーノ君を全身で庇って背中からもろに落ちたけど、骨折も捻挫もしてなかったよ」

レオリーノは信頼する医師の言葉に安堵した。

「そうですか……よかった」

「頭を強く打ってたから、それが心配だったけどね。さっき意識も戻った。いまのところ受け答えもはっきりしているし、危険な兆候もないから、心配ないと思う。ただ、頭を打っていると、突然何があるかわからないからね……今晩は、こちらで彼の身柄を預かって様子を見るよ」

「ありがとうございます。あの……ヨセフは、すぐに元気になりますか……？」

サーシャは力強く頷いてくれた。

「うん。全身を打っているし、後頭部にでっかいたんこぶができてるから、しばらく痛むだろうけどね。まぁ数日様子を見て、後遺症も出なかったら大丈夫だよ。良かったね……あの高さから、一人抱えて落ちたんだ。大怪我になってもおかしくなかった」

後悔のあまり顔を上げることができない。どうしてこうも人に迷惑をかけてしまうのかと、レオリーノは自分の至らなさがなさけなくて、悔しかった。

「すべて僕の不注意のせいです。あんなところで、脚のことも忘れて迂闊に動いたせいで……お詫びのしようもありません」

「リーノ君……」

「先生。こんな問題を起こしてしまって、僕は、衛生部にいる資格はありませんか。もうここで働かせていただくことはできないでしょうか」

レオリーノの縋るような声に答えたのは、サーシャではなくグラヴィスだった。

「防衛宮を去るのはおまえじゃない」

「……え？」

「おまえに怪我をさせた男、エントナーといったか。その男と、取り巻きとやらのことだ」

「……どういう、意味ですか？」

レオリーノの額を撫でる指が頬をたどる。レオリーノはその感触に小さく震えながらも、背後にいるサーシャに目で問いかける。サーシャは苦虫《にがむし》を噛み潰《つぶ》したような顔をしていた。

「エントナー達はクビにする。ついでにサーシャも減俸だ」

レオリーノはグラヴィスの発言に驚いて、身体を起こす。

「な、なぜですか……!?」

「俺が招聘したおまえに、理由がどうであれ、怪我をさせたんだ。赦されることではない」

レオリーノは、咄嗟に目の前にかざされたグラヴィスの指をつかんだ。

「待って……！　閣下、待ってください……っ！」

とんでもないことだ。

レオリーノの資料を盗んだのは事実だが、たとえそうだとしても、レオリーノが勝手に体勢を崩して、階段から落ちて怪我をしたのだ。まさかそのせいで、彼らが処罰されるなんて。

グラヴィスの言うことが信じられず、レオリーノは必死で言い募った。

「彼らを辞めさせるなんて……それに、サーシャ先生も罰せられるなんて……！　階段から落ちたのは、僕自身の不注意のせいです！　彼らは何もしていません！」

レオリーノはサーシャを見る。

「サーシャ先生も、何かおっしゃってください……！　現場を見ていたではありませんか……僕が踏ん張れずに、体勢を崩しただけなのです！」

　しかし、サーシャは首を振った。

「レオリーノ君、閣下は、今回の経緯をすべてご存じだ。エントナー達によって君の部屋が荒らされたことも」

「でも、それでも……階段から落下したのは、僕自身のせいです。それにサーシャ先生は、それこそなんの関係もないではありませんか」

「彼らの君に対する嫌がらせを知っていながら、状況を放置して介入しなかったのは私だ。結果的に、君とヨセフ君は階段から落ちた。大きな怪我がなかったのはたまたま幸運なだけであって、私の監督不行き届きだったのは事実なんだよ」

　レオリーノは泣きたくなった。とんでもない問題を起こしてしまった。

「違います！　僕が彼らを呼び出したのです。それで勝手に落ちて……最初から、僕がサーシャ先生に報告してればよかったのです。それなのに」

　必死で縋るレオリーノの手を、グラヴィスが大きな手で包み込む。

「レオリーノ、これはおまえに対する罰でもある」

「……僕の？　で、でも……」

「おまえの行動の結果によっては、おまえではなく他者が処罰されることもあると、自覚するといい」

「……っ」

　レオリーノは衝撃を受けた。

「俺がここにおまえを招《よ》んだということは、それほどの意味を持つんだ……自分の価値を安く見積もるなよ、レオリーノ」

　グラヴィスの言葉に、震えが止まらなくなる。

「でも、でも閣下……！　お願いです。彼らを辞めさせるなんて、そんな大事にしないでください！」

　グラヴィスは再び包帯の巻かれた左手を優しく持ち上げて、細い指先を揃えて握り込む。

　星空の瞳が冷たく瞬き、レオリーノの脳髄を恐れに痺れさせた。

「おまえは、俺の決定に異を唱えるつもりなのか」

「……っ！　ち、違います。でも……」

（たとえそうだとしても、僕だけが優遇されていいわけじゃ、絶対ない……！）

だから必死で言い募った。

「エントナーさん達を辞めさせるなら、僕も罰してください！　僕もクビにしてください！」

レオリーノの必死の抗弁に、グラヴィスは小さく笑う。そしてサーシャに静かに問いかけた。

「サーシャ、おまえの意見も聞いておこう」

「……閣下。この度のことは、静観と言いながら放置していた私の責任です。彼らも未来ある若者。今後はきちんと監督しますので、今回は、なにとぞご寛恕《かんじょ》いただけるとありがたく」

「――わかった。考えておこう」

レオリーノはその言葉に脱力した。

グラヴィスは明確に断言こそしなかったが、エントナー達の処遇については、考慮してもらえる余地ができたのかもしれない。

「だが、レオリーノ、おまえに対する罰はまた別だ」

グラヴィスがレオリーノの身体をおもむろに抱き上げた。

その腕は優しかったが、小さな動きにも全身が軋《きし》んで、レオリーノは思わず苦痛の呻き声を上げてしまう。

「閣下……！　レオリーノ君も身体を打っているんです。乱暴な扱いは……！」

サーシャを振り返って、グラヴィスが笑う。

「するわけがなかろうが。打ち身の痛みくらい我慢しろ」

「……はい」

「おまえの護衛役は、今晩はここで様子見だ」

いきなり担ぎ上げられて驚いていたレオリーノだったが、ヨセフと離れると聞いて狼狽した。

「僕はヨセフに付き添います……今晩はここに、ヨセフの傍にいさせてください」

「ならん。まもなく夕刻だ。おまえの身柄を置いておくには、ここは警備が薄すぎる」

エントナー達と話をしたのは、まだ午前中の早い時間だったはずだ。思わず窓を見たが、カーテンが引かれているせいで、空の色で時刻を推し量ることができない。

グラヴィスに顔を覗き込まれる。

「それとも、家に帰るか？」

帰りたくない。

手首の怪我も、ヨセフが帰ってこないことも、家族に上手《うま》く説明する自信がない。

それに、たとえ心配ないと言われても、ヨセフの傍に付き添っていたかった。

「今日は帰りません。おとなしく病室に控えていますから……だから、ここにいさせてください」

必死で言い募るレオリーノだったが、そうか、と答えたきり男は返事をしてくれなかった。

白い布に包《くる》まれた身体が、もう一度しっかりと抱えなおされる。

「サーシャ、このまま連れていく」

「……階段から落ちたばかりです。くれぐれも様子を見てください」

「おまえに言われるまでもない」

グラヴィスとサーシャの会話についていけず、レオリーノが、不安でたまらないといった目で問いかける。その様子に、グラヴィスは眦《まなじり》を細めた。

「安心しろ。おまえの護衛の身柄はサーシャが預かると言っていただろう。サーシャが大丈夫と言えば、大丈夫だ」

「……はい。でも、付き添いたい……お願いです」

レオリーノを軽々と抱き上げている逞しい腕に、一瞬力が込められる。レオリーノは、無意識におののいた。

「ならん。おまえは俺のところに連れていく」

レオリーノの身体を包む上掛けがひらめく。

白い残像を残して、二人の姿は病室から空気に溶けるように消えた。


ぐっと一瞬臓腑《ぞうふ》が絞られるような感覚を覚えたかと思うと、次の瞬間、レオリーノはグラヴィスの腕に抱かれたまま、豪奢《ごうしゃ》な邸宅の一室に移動していた。

不安な様子で室内を見回す。

濃紺と差し色の碧色《みどりいろ》と金色で構成された部屋は、王宮のように天井が高かった。柱や天井にも精緻《せいち》な装飾が施されており、とうてい一般の邸宅のそれではない。置かれている家具もどれも大きく、どっしりと落ち着いた重厚なものだった。

天井まである高い窓から、空が見える。薄闇に覆われはじめているところを見ると、グラヴィスの言うとおり、もう夕刻なのだろう。

(ここはどこだろう……)


「俺の離宮だ」

「えっ……？」

ということは、ここはグラヴィスの住まいである王族専用の離宮か。どうりで全体的に構えが大きく豪奢なはずだ。しかし、なぜ王弟の離宮に連れてこられたのかわからない。

グラヴィスは敷布に包まれたレオリーノを抱えたまま、部屋の奥中央に置かれた寝台に向かう。

「閣下……？」

レオリーノを片手に抱き変えると、上掛けを片手でまくる。レオリーノを包んできた敷布を器用に剥《は》がして床に放り投げながら、華奢な身体を寝台に横たえた。

「おまえはここで休んでいろ」

グラヴィスはレオリーノの上に上掛けを掛けると、首元までしっかりと覆う。そして枕元に座った。

「おまえを護衛のひとりもいない状態で、防衛宮に寝かしておくわけにはいかんからな」

「ヨセフもあそこにいます」

グラヴィスは小さく笑う。

「馬鹿者が。気絶して使い物にならない護衛役といてどうする」

「……」

「ここなら警備も厚い。俺は執務があるから、一度は防衛宮に戻らなくてはならんが、俺が戻るまでは、ここでおとなしく寝ているんだ。いいな」

混乱して頭がまとまらない。

「レオリーノ。返事をしろ」

「はい……」

いい子だ、と病室のときのように、さらりと額を撫でてから、グラヴィスは立ち上がった。

「テオドール」

「――はい」

いつのまにか扉の近くに人が控えていることに気がついて、レオリーノはビクリとおののいた。その男がいつ部屋に入ってきたのか、気配をまったく感じなかったのだ。

部屋が広すぎて、扉近くに立つ男の顔は、横たわるレオリーノからよく見えない。

その名前と、そして声に聞き覚えがある。

そうだ、とレオリーノは思い出した。グラヴィスの侍従だ。たしかモロー伯爵家の出身だったはずだ。

（……あれからずっとヴィーの侍従なのか）

平民出身のイオニアは、テオドールに疎まれていた記憶がある。王族の傍に平民が堂々といることを、侍従として苦々しく思っていたのだろう。

「レオリーノをここでしばらく休ませる。薬湯を持ってこい」

「承知いたしました。ちなみに、そちらの方は」

「ああ、おまえは初めて会うのだったな。ブルングウルトの四男、レオリーノ・カシューだ。先月から防衛宮で俺が預かっている」

「……なるほど、この方がカシュー家のご子息でしたか」

「そうだ。これからも会うことになるだろう。これが目を覚ましたら、何か食べさせるように。あと、手を痛めている。侍医に指示して替えの湿布を用意しておいてくれ」

「承知いたしました」

家格的にはカシュー家が上だが、伯爵家の出で王弟の侍従を務める男なら、公の立場はテオドールのほうが上だ。

レオリーノはあわてて身を起こして挨拶しようとするが、グラヴィスの腕に遮られて、またあえなく寝台に転がされてしまう。

寝転がったままで礼儀もあったものではないが、はじめましてと、せめて挨拶だけはと声をかけた。

テオドールには届いたのだろうか。侍従は無言のまま、静かに部屋を出ていった。

困惑するレオリーノの様子に、グラヴィスは小さく笑った。

「気にしなくていい。まずは休め。いいな」

「……で、でも」

「帰りにまたあの護衛役の様子は見てきてやる」

「ありがとうございます……でもなぜ、僕は閣下の宮殿に？」

レオリーノは先程から知りたかったことを、ようやく尋ねることができた。

「言っただろう。おまえを防衛宮に無防備に置いてはおけない。おまえも、家に帰りたくないと言っただろう。だから連れてきた」

「僕は、ヨセフと一緒に防衛宮で過ごさせてもらえれば、それで充分です」

「それは許可できないと言っただろう。何度も同じことを言わせるな。それこそ甘えだぞ、レオリーノ。おまえの警護のために、通常の人数以上の人員を割けというのか」

レオリーノは、その叱責に小さく息を呑んだ。自分のために警護の人手を余分に割くことになるなど、考えたこともなかったのだ。

「思ってもみなかったという顔だな」

「申し訳ありません……」

「それに、今回の騒ぎに関して、俺はまだおまえへの罰を申し渡していないだろう。もう忘れたか？」

何か言おうとしても言葉にならないのか、レオリーノの唇が小さく震えている。それを見たグラヴィスは、わずかに口角を上げた。

レオリーノは起き上がろうとするが、再びグラヴィスの手でシーツに縫い止められる。

「だからおとなしく休んでいろと、言っているだろう。なぜ起きようとする。何度も言わせるな」

「罰を受けるべき人間が、殿下の宮殿でのうのうと休んでいるなんて、そんなことは許されません」

「いいからここにいろ。おまえを離宮につれてきたのは、それが俺にとっても都合が良いからだ」

「……でも」

「……これ以上脅かすと、おまえが不安で休めなくなるな。処罰の件は帰ってからだ」

グラヴィスはもう一度レオリーノの額を撫でると、頭上から顔を寄せてくる。

怯えたように見開かれた菫色の瞳と、星空の瞳が、息がかかるほどの距離で見つめあった。

「おまえは、俺がブルングウルトから預かった、大切な預かりものだ。それを防衛宮の中で傷つけられたんだ。見過ごせる問題ではない」

「そんな、大げさな……怪我をしたのは、僕自身の不注意のせいです！」

「それは単なる結果だ。問題は、そうなる原因がおまえの周囲に存在していたことだ。わかるか？」

わからない。

レオリーノは思考がまとまらず困惑しきっていた。

「もうひとつの理由は、怒りだ。俺の怒りがおさまるまで、おまえを俺の視界に入れておきたい」

「閣下……？」

「わからなくていい。これは俺の我欲だ」

レオリーノは頷くことしかできなかった。

「とりあえず、おまえを預かることは、おまえの家にも伝えておこう。あの護衛役が回復するまでは、ここで過ごすといい」

「……え？」

「ここから防衛宮に通えばいいだろう」

レオリーノは耳を疑った。

「そ……そんなこと許されません」

「――許されない？　誰にだ」

グラヴィスが首をかしげる。

（誰に？　……誰にだろう……）

レオリーノは半ば呆然としたまま言いつのる。

「……ぼ、僕が、閣下の宮殿にこのまま滞在するなど、父がけして許さないと思います」

「カシュー家が許そうが許すまいが関係ないだろう。俺が許可しているのに、他の誰の許可が必要だ」

「でも、あ、あまりにも……」

もう一度額に大きな掌が当てられた。前髪がかきあげられて、くしゃりと掻き乱される。

「あまりにも、なんだ」

レオリーノは泣きたくなった。どう答えれば適切なのかまったくわからない。

すると、くっくとグラヴィスが含み笑った。

「不謹慎とでもいうのか。おまえは外泊のひとつも許されないのか。成年を迎えた男のくせに」

「いえ、でも……」

「おまえが箱入りなのはわかっている。一度も家族と離れて過ごしたことがないのだろう」

レオリーノの顔に血が昇ってくる。子どもだとからかわれて、恥ずかしくなった。

「……たしかに、家族以外と過ごしたことがありません。でも、僕が言いたいのは……」

「ああ、わかっている。子どもだと揶揄《やゆ》したわけではない。むしろ逆だ。おまえもようやく、自分の容姿がどう見られるかを自覚したのだろう」

つまりレオリーノの容姿で外泊をすると、そういう意味で誤解される可能性がある、と言いたいのだ。

「……もう少し信頼してもらえるように、男らしくありたいと思っています」

「誰にどう思われようが、おまえが誰かに守られることなく外泊することは、これからもないだろう」

レオリーノは唇を噛みしめる。こうして、己の無力を思い知ることがつらい。

そのとき、グラヴィスが小さく、空気に溶けるほどの声で囁いた。

「その手に、もう一度《力》が欲しいか……？」

レオリーノは菫色の目を瞬《しばたた》いた。

「……いま、なんて……？」

二人の視線が、再び交錯する。

男はなんでもないと言って、口角をわずかに引き上げた。

「深窓の令嬢のように扱われるのは不満か」

「……不満です。男らしいというのには、少し頼りないかもしれませんが、でも」

「その気概は立派だが、普通の令嬢のほうが、まだ世事に長《た》けているのも事実だ」

「そんな……」

「ここにいるのが怖いのか」

男の視線から逃れることはできない。

「俺の傍にいるのが怖いか、と聞いている」

レオリーノは、自然と首を横に振っていた。

この胸のざわめきは、恐怖ではない。恐怖よりも、もっと甘く、もっと恐ろしいものだ。

近すぎる美貌も、体温も、何もかもが、レオリーノの胸をざわめかせる。

なぜか、無性に男の視線から逃れたくなった。できればどこかに隠れてしまいたい。だが、その視線に縫い止められたまま、レオリーノは指先ひとつ動かすことができなかった。

これでは本当に女性のようではないかと、レオリーノは、自分自身のままならぬ感情に混乱する。

グラヴィスのことが好きなのは自覚している。この胸のざわめきは、だからなのだろうか。それとも、そもそも自分が女々しい性根なのだろうか。

しかし、このまま黙っていても、目の前の男の鋭い眼差しから逃れることはできない。

結局、素直に答えることしかできなかった。

「……閣下のことは、怖くはありません」

レオリーノの小さな答えに、グラヴィスは頷いた。

「怖くないなら、ここにいても大丈夫だろう」

「僕がここにいることは、問題ないのでしょうか」

「何が問題だ？　このまま俺に慣れればいいだけだ……ああ、薬湯が来たぞ」

レオリーノは再び驚いた。いつのまにか、薬湯が入っていると思《おぼ》しき杯を持ったテオドールが、グラヴィスの後ろに控えていたのだ。それにしても、気配がまったく感じられなかった。

ようやく間近でその姿を見ることができたテオドールは、たしかにその顔に年齢を刻んでいたが、細身で謹厳な雰囲気は変わらないままだった。

「閣下……僕は、手首の怪我以外は大丈夫です。熱も出ていません」

「あの護衛役ほどではないが、おまえも全身を打っているだろう。念のために飲んでおけ」

そう言われては従うしかない。

グラヴィスの腕に支えられながら起き上がる。テオドールはグラヴィスに薬湯を手渡すと、すぐに部屋を出ていった。

レオリーノは、男に促されるまま苦い薬湯を飲み干すと、再び寝台に寝かされる。

グラヴィスが立ち上がる様子を見つめながら、レオリーノは気になっていることを尋ねる。

「閣下、僕の罰というのは……」

「帰ってからだ。それまで休んでいろ。いいな。指示は守れよ」

グラヴィスはそう言い残すと、フッとその場から消えた。


見慣れない宮殿の居室に一人残され、レオリーノは放心していた。

何がどうなって、グラヴィスの宮殿にいることになったのか。防衛宮に一人で置いておくことができないと言われたが、王宮全体が昼夜問わず厳重な警備が敷かれている。そこで、ヨセフとともに病室にこもっているだけだ。

グラヴィスが懸念するほど危険なことがあるとは思えないが、自分のために警備を増やすのかと咎《とが》められると、考えが甘いのかもと反省する。

カシュー家の人間が、将軍に招聘されて防衛宮にいるということは、レオリーノが考えている以上に、大変なことなのかもしれない。

言いつけどおり寝転んだまま、視線だけを巡らせて室内を見回した。

寝室だけで、レオリーノの部屋の四倍くらいの広さがあるだろうか。とにかく広い。

高い天蓋《てんがい》と、さらに高い天井には、夜の星空が描かれている。グラヴィスの瞳にちなんだ意匠だろうか。

こうして寝転んでそれを眺めていると、濃紺の壁紙や緞帳《どんちょう》の色と相まって、夜の帳《とばり》の下に放り出されたような気がする。

徐々に身体が重くなっていく。

薬湯に眠くなる成分が入れられていたのだろう。強制的に眠りに引きずり込まれる感覚は、レオリーノにとって馴染みが深いものだ。

室内にはかすかに、冬の森のような香りが漂っていた。

（ヴィーの匂いだ……）

本格的に意識がフワフワとしはじめる。

ヨセフに会いたい、と強く思った。大丈夫だと言われたとしても、顔を見て無事をたしかめたい。

——僕がここにいるのは間違っている。

自分を守ってくれた大切な護衛役に会って、早く日常を取り戻したかった。

「ヨセフ、ごめんね……ごめんなさい……会いたいよ……」

レオリーノは眠りに引きずり込まれていった。

罪に濡れる唇

額を撫でる指に、意識がふっと呼び戻される。

ゆっくりと瞼《まぶた》を上げると、枕元にグラヴィスが座っていた。

男は軍服の上衣を脱いで、ゆったりとした白いシャツと黒いズボンの姿になっていた。

大きな影が、蝋燭《ろうそく》の灯《あか》りを遮っている。

レオリーノは、蝶《ちょう》の羽のような金色の睫毛《まつげ》を震わせながら、菫色の瞳でじっと男を見上げている。

「……おかえりなさい」

グラヴィスが、わずかに眉を上げる。レオリーノ自身は、自分が無意識に家族にするように挨拶したことに、気がついていなかった。

「食事も摂《と》らずに、よく寝ていたようだな。身体はどうだ。どこか痛いところはあるか」

レオリーノは寝起きのぼんやりとした頭で、身体に神経を巡らせる。全身が少しだるいが、手首以外は、とくにひどく痛むところはない。

「……大丈夫です。ありがとうございます」

「では、もう遅い時間だが、何か食べるものを用意させよう」

レオリーノは首を振った。

昼も食べていないが、とくに空腹は感じない。食欲がなく、用意されても食べられそうもなかった。

だんだんと意識がはっきりしてくる。

「そんなことより、僕の罰を申し渡してください」

「起き抜けにそれか」

レオリーノは身を起こした。寝台から下りようとしたところでグラヴィスに止められるが、レオリーノはそれを断った。

「起きます。きちんと御前で話をさせてください」

「……いいだろう」

グラヴィスは頷くと、レオリーノの膝裏に手を通して抱き上げた。

「閣下……!?　自分で歩きます！」

「靴も履いていないのに歩くつもりか？」

レオリーノはグッと息を詰めた。

そういえば、靴を履いていない。当たり前だ。これまで寝かされていたのだから。

前室の長椅子に下ろされた。グラヴィスは向かいの一人がけの椅子に座る。

グラヴィスは、たいていの男が見上げるほどの逞しい身体つきだ。にもかかわらず、いっさいの無骨さを感じさせない、その見惚《みと》れるほど洗練された動きは、高貴な血筋がなせる特別なものなのだろうか。

レオリーノは礼儀を思い出し、背筋を伸ばした。

何を聞いても動揺しないように、きちんと処罰を受け止めようと、気を引き締める。

グラヴィスは、先程見せていた優しい目つきと違い、冷徹な目をしていた。

「さて、まずはお前の言い分を聞こうか」

素直に自白するしかない。サーシャも言っていた。グラヴィスは、すでにすべてを知っていると。

「……僕は、今回のエントナーさんとの個人的な軋《あつ》轢《れき》による問題を大事にしたくありませんでした。だから、個人的な話し合いで解決しようとしました」

「なぜだ」

男の迫力にうつむきそうになるのを、レオリーノは必死でこらえる。

「……同僚に嫌がらせを受けていることを、サーシャ先生や家族に知られたくなかったからです。それで大事になって、家族にそのことを知られたら、防衛宮で働くことを反対されると思いました」

「その結果、どうなった」

「……護衛役のヨセフに、怪我をさせてしまいました。僕自身も負傷しました。結果として、隠し通すことができないほどの問題になってしまいました。

すべては、僕の浅はかな考えのせいです」

「……では、どうすべきだったと？」

レオリーノはキュッと奥歯を噛みしめた。出だしから間違っていたことは、もう自覚している。

最初からサーシャに報告していればよかったのだ。エントナー達のことを、規律を守らないと批判しながら、自分こそが規律に従って対処すべきところを、個人的に処理しようとした。

ヨセフも言っていたではないか。本来なら防衛宮内で、部屋を荒らすどころか資料を窃盗するなど、たとえいたずらであっても、王国軍の権威を揺るがす悪質な犯行だと。それはすなわち、グラヴィスの権威に瑕疵《かし》をつけることに他ならないのだ。

「……個人的に対処すべきではありませんでした。部屋を荒らされたことを、まず上官であるサーシャ先生に報告すべきでした。申し訳ありません」

レオリーノは深く頭を下げた。

「そのとおりだな。我が防衛宮内で起こった盗難事件を、事情はどうであれ、きわめて個人的な理由で隠蔽《いんぺい》しようとした。明確な規律違反だ……それで？」

「それで……？」

グラヴィスは、静かに言葉を重ねる。

「それ以外に、おまえの犯した罪はなんだと思う」

レオリーノは必死に考えた。しかし、どれほど考えてもわからなかった。

「……わかりません」

「自覚していないか。まぁそうだろうな。自覚していたら、簡単に過ちは犯さないだろう」

「申し訳、ありません……」

「おまえはエントナー達の処罰に関して、俺の決定に異を唱えた。覚えているか」

「……っ」

「上官の決定を、おまえが却下したんだ」

レオリーノは瞬時に顔を青ざめさせた。

「何か、そのことについて言うことがあるか？」

「……ありません」

優しすぎるほど穏やかなグラヴィスの声は、レオリーノにとっては針のむしろだった。

そうだ。本来ならば、グラヴィスとは天と地ほども立場が違うのだ。無位の事務官が、将軍の判断を覆そうとした時点で大罪である。

なぜ、いつのまにこれほど立場を忘れて、無自覚に男に甘えてしまったのだろう。

イオニアの記憶がそうさせたのか。あの頃の距離感に、無意識に甘えてしまったのだろうか。

（ちがう、そうじゃない……僕が悪い。僕が立場をわきまえなかっただけだ……）

なにが「僕もクビにしてください」だ。

「しかも、おまえは自分の価値を無意識に天秤《てんびん》にかけて、俺に対して交渉の材料にしたな。ずいぶんと可愛らしい真似《まね》をしてくると、あのときは大声で笑いそうになったぞ」

グラヴィスはくっくと笑う。

「だが、いい交渉だったぞ。おまえの戦い方は、ある意味間違っていない」

レオリーノは、自分の愚かさにのたうちまわりたくなった。

「……閣下……申し訳、あっ」

グラヴィスは優雅に立ち上がると、レオリーノの身体をひょいと掬《すく》い上《あ》げて膝の上に乗せた。

「自分の価値を見誤るなと言っただろう。だから、おまえが俺に対して、おまえ自身を取引材料に使ったのは悪くなかった」

「僕自身を、取引……？」

「自覚がないか」

間近に迫った男らしい美貌が、悪辣《あくらつ》に笑う。

「俺にとって、おまえはそれほどの価値がある。おまえもそれを無自覚に受け入れている」

自意識過剰だと指摘されたのだと思った。

レオリーノは蒼白《そうはく》になってうなだれた。

「責めてないぞ。良い傾向だ」

優しい言葉のひとつひとつが、茨《いばら》のようにレオリーノの心を締め上げる。

「レオリーノ、顔を上げろ」

優しく、だが強引に顎を持ち上げられる。レオリーノは、後悔と恥辱にまみれた顔を、男の前に無様に晒した。

「僕の罰は……」

「エントナー達の除籍処分だ。サーシャの監督責任も、もちろん問う」

「…………っ」

先程は考慮すると言っていたのに、と、レオリーノは呆然とした。

「おまえが初動の対処を誤り、おまえ自身を危険に晒した。その愚かな行動の結果、エントナー達の防衛宮での将来を奪った。そういうことだ」

「閣下……僕が防衛宮を辞めます。だから……」

レオリーノは必死で声を振り絞った。

「ならん。防衛宮に招いたかぎり、おまえの進退を決める権利はすでに俺にある。もう二度と、おまえの進退は交渉材料にはならないぞ、レオリーノ」

「ちがいます……お願いです。ちがうのです……」

そうではない。自分の進退が天秤にかけられるとも、ましてやグラヴィスに対する交渉材料になるとも思っていなかった。

「おまえに下手に手を出すとこうなると、これで周囲に知られるだろう。周りはますます、おまえを特別扱いする。それに耐えながら、これまでどおり防衛宮での仕事に励むといい」

「……僕を処罰してください」

「それがおまえの罰だ。つらいぞ、特別扱いは」

レオリーノは、静かに涙をこぼした。

「いいか。甘えたくないとか、自立したいとか愚かな考えで、下手な行動を取るな……隠し事もだ」

挫《くじ》いた手を取られて、包帯がほどかれる。

現れた手首は本来の華奢な輪郭を失って、無残にも腫《は》れあがっていた。患部に冷たい唇が触れる。

痛くはない。だが、熱い患部に触れた冷たさに、レオリーノはビクリとおののいた。

グラヴィスは、彼にとってレオリーノは価値があると言う。

その『価値』とはいったいなんだ。どういう意味なのだ。単に将軍と内勤の下っ端の関係だったら、こんなに近い距離にいられるわけがない。

グラヴィスは線引きする一方で、レオリーノが誤解するほど、近くに引き寄せる。

だから、混乱するのだ。だから、距離感を見誤ってしまうのだ。

レオリーノはこの混乱を処理する術《すべ》を持たなかった。息苦しさのあまり、喘《あえ》ぐ。

「……おまえを傷つけるものは、たとえおまえ自身でも、二度と許さないからな」

レオリーノを断罪したその唇で、グラヴィスは白い頬に伝う雫《しずく》を優しく吸い上げる。

——もう、何もかもこの男のせいにしてしまいたい。

悔恨の涙を吸って濡れた唇は、そのままわななく小さな唇を塞《ふさ》いだ。

蜜《みつ》と涙と

蕩《とろ》けるような刺激に、レオリーノは喘いだ。男の肉厚な舌が、唇の隙間《すきま》からするりと挿し入れられる。

「…………！」

濡れた粘膜が絡み合うたびに淫《みだ》らな音が漏れる。生まれて初めて、他人によって口腔《こうこう》内の敏感な粘膜を探られる感触に、華奢な身体が大きく跳ねた。

レオリーノは混乱した。

必死でいやいやと首を振って唇をほどこうとする。しかし、顔を仰向《あおむ》けにさせられたまま、レオリーノはグラヴィスによって、口腔内の官能の在《あ》り処《か》をくまなく暴かれた。縮こまる小さな舌は、肉厚なそれに搦《から》め捕《と》られ、裏側を優しく舐《な》めくすぐられる。

（なんで……？　どうして？）

グラヴィスの巧みな舌が、レオリーノの全身に、毒のような官能を容赦なく注ぎ込む。

あまりにも甘く淫らなその感覚が受け止めきれずに、レオリーノは目眩がした。

息継ぎの仕方がわからない。徐々に目の前が暗くなっていく。レオリーノの細い指が、逞しい肩に食い込んで、必死にその窮状を訴えた。

レオリーノの苦悶《くもん》に気がついたグラヴィスは、ほんのわずか唇を離して、猶予を与える。ようやく与えられた空気を、レオリーノは必死で貪《むさぼ》った。

しかし、はぁはぁと息継ぎする小さな唇は、再び容赦なく男のそれに捕らえられる。

「んっ……んっ……や、や……」

「……ほら、鼻で息をしろ」

「やっ、で、できない……」

泣いて鼻が詰まっているレオリーノは、涙をこぼしながら訴える。

グラヴィスは愛《いと》おしそうに目を細める。笑いながら、たまに猶予を与えて、レオリーノに息を吸うように促した。息継ぎはできるようになったが、唇はけして解放してもらえない。

口腔から全身に伝わってくる強烈な快感が、レオリーノは怖くてたまらなかった。

（こわい……もう気持ちいいのが、こわい……ヴィー……こわい）

自分でも知らない、自分の中に棲《す》む何かを暴かれてしまう。これ以上の刺激は、もう欲しくない。

必死で肩を叩いて、放してほしいと訴える。捻挫している左手の痛みに、思わず呻いた。

男の長い腕が、背後から肘をつかんで固定する。それだけで、もう腕が動かせなくなった。

膝の上に座らされてなお、レオリーノの頭は男の鼻先にしか届かない。それほど、グラヴィスとレオリーノのあいだには体格差がある。

「なんで……なんで、どうして……っ」

息継ぎの合間に必死で訴えても、非力な抵抗などなんの意味もなかった。男の手加減のない、甘い侵略は続く。

背骨の数を数えるような指が、そのまま後頭部を優しくつかむ。顔を大きく仰向かされると、再び、より深く唇を重ねられた。

レオリーノの小さな口内は、男の舌でいっぱいいっぱいになった。

「ほら……もっと開け……」

「やっ……も、あ……んぅ……」

口内に溜まっていく甘い蜜は、どちらのものなのだろう。レオリーノは、溺《おぼ》れてしまいそうだった。

溜まり続ける蜜をどうしていいかわからないまま

喉で喘いでいると、ついにゆるんだ唇の端からこぼれてしまう。

レオリーノは恥ずかしさにひくひくと喉を震わせて涙をこぼした。グラヴィスは、指の腹でこぼれた蜜を拭《ぬぐ》いながら笑う。

「おまえの蜜は甘いな」

掬いとったそれをペロリと舐め取る男の舌を、レオリーノは直視できずにうつむいた。

「は……溺れ死ぬなよ」

「……っく……ん」

「ほら、飲め」

親指で喉をさすられる。

レオリーノは涙をこぼしながら、その指に唆されるままにコクリと蜜を飲んだ。

グラヴィスは満足そうに口角を引き上げると、すぐさま再びレオリーノの唇を塞いだ。


（なんで、なんで？……言うとおりにしたのに……！）

「……やっ……んくっ」

「……今度は、おまえの蜜を飲ませてくれ」

レオリーノは身体に手を回されると、またぐような姿勢を取らされた。太腿《ふともも》の裏を支えられて、逞しい胴体に細い身体が強く押しつけられる。

「っく……いやっ」

レオリーノは、生まれて初めてグラヴィスを見下ろしていた。こんなときでも、イオニアの記憶がよみがえってくる。レオリーノはそれを制御できない。

（ああ、ヴィーだ……）

男の顔に、星空の瞳をした少年の面影が重なる。齢《よわい》を重ねても変わらない、輝く星空の瞳。

初めてその瞳を見たときの記憶が押し寄せてくる。

胸がぎゅっと引き絞られた。

「レオリーノ……」

後頭部を引き寄せる優しく強引な腕に、逆らえなかった。男の巧みな舌は小さな舌を掬いとると、優しく歯で甘噛《あまが》みしながら吸り上げる。

ジュッと、唾液《だえき》が溢れ出るのを感じた。

グラヴィスに自分の唾液を啜られるなど、耐えがたいほど恥ずかしい。しかし、レオリーノに抵抗する術はなかった。

次々と溢れてくる蜜を啜られる。グラヴィスは、これ見よがしに喉を鳴らした。

「やはり甘いな」

「や……っ、ま、まっ……てくだ……」

逞しい肩に手をつき、必死にくずれそうな身体を支える。

初心者には酷なほど、性交をそのまま模したような接吻《せっぷん》が続けられた。あまりに淫らな官能のやりとりに、レオリーノはついに惑乱しはじめる。

菫色の瞳からこぼれた涙が、次々とグラヴィスの頬に落ちた。

「ここも、少し熱くなってる」

何を囁かれたのか、一瞬意味がわからなかった。

逞しい腕に腰を引き寄せられて、レオリーノは自身の昂《たかぶ》りに気がついた。

「あっ……いやだ、いやあ！」

「おまえも男なんだな。さっきの口づけで感じたんだろう」

いつのまにか、下腹に熱が集まっていた。

「や……いや……いや」

腹筋に押しつけられるようにして腰を揺さぶられ、直接与えられた強烈な刺激に、レオリーノは声もなくのけぞった。

「うっ……いや、いや」

「何がいやだ。怖いのか」

「こわ……こわいです……もういや……」

突然はじまった性的な行為が怖い。

無垢なレオリーノにとって、男の腕力も、自分自身の反応もすべてが怖かった。

この生々しさの前では、イオニアの記憶などまったく役に立たない。しょせん、レオリーノ自身の経験ではないからだ。

「お願いです……放してください……こわいです」

レオリーノは正直に答えた。

グラヴィスに自分の生々しい欲望を曝《さら》け出《だ》すことなど、とうてい許されることとは思えない。

自分がどうなるかわからない。それが何より、怖くて恥ずかしい。欲望をむき出しにした先に、何が待っているのか、想像すればするほど怖くなる。

レオリーノは混乱の極みにあった。


（なんで僕に、こんなことをするんだろう……これじゃまるで……）

グラヴィスは顫を上げて泣き濡れた目を覗《のぞ》きこんだ。怯えの向こうに、官能が蕩けている。初心《うぶ》な青年の羞恥と混乱の奥に、官能が芽生えはじめている。

その様子を、グラヴィスは堪能した。

しかしレオリーノは、それに耽溺《たんでき》するどころか、ひどく怯えた様子で、ひくひくと喉を痙攣《けいれん》させながら泣き続けている。

初めての経験に惑乱して嗚咽《おえつ》を漏らすレオリーノの様子をさすがに哀れに思ったのか、グラヴィスは抱えあげていた腕から解放して、再び膝の上に座らせた。涙で汚れた青年の頬を拭う。

混乱していた感情が、徐々に落ち着きを取り戻す。

しばらくして嗚咽が収まると、レオリーノは下を向きながらポツリとつぶやいた。

「……閣下がこんなことをするから、僕は距離感がわからなくなる……甘えてしまいます」

「もっと際限なく甘えるといい」


その言葉に、レオリーノは無性に憤りを感じた。

立場をわきまえなかったと叱責したのは誰だ。

甘えさせてくれるというなら、レオリーノが望んだとおり、サーシャやエントナー達の処分も、穏便にしてくれたらよかったのだ。

王国軍の中でも、特別扱いされることを耐えて生きろと言う。それがレオリーノの罰だと言う。

たしかに、レオリーノはますます孤独になるかもしれない。

しかし、その代償で特別扱いされることを覚悟しろと言うのなら、レオリーノの希望をなんでも聞いてくれればよいのだ。

レオリーノは無意識に男を詰《なじ》っていた。


「甘やかしてなんて……くれないくせに」

「相当甘やかしていると思うが？」

レオリーノは唇を噛んだ。


（だめだ……これ以上、ここにいたら、言ってはいけないことを言ってしまいそうになる……）


男の腕の中で身をよじる。腕がほどかれた。

レオリーノは、ふらつきながら立ち上がる。

「どこに行く」

裸足《はだし》に感じる、ひやりとなめらかな絨毯《じゅうたん》の感触。

「もう閣下の傍にはいられません……僕は愚かなので、貴方との適切な距離感がわからなくなる」

「だめだ」

つかまれた手を、咄嗟に振り払う。後悔したが、レオリーノは衝動を止められなかった。

上官に対してありえない態度だろうが、知ったことではない。先に距離感をおかしくさせたのは、グラヴィスのほうだ。

もう、これ以上ここにはいられない。

レオリーノの未熟な心は、それほど追いつめられていた。

「裸足で、上着も着ないでどこに行くつもりだ」

「かまいません。裸足でも歩けます」

広い部屋をよろめきながら歩き、扉を苦労して開ける。重い。自分で部屋の扉を開けたこともないような人生だ。そのことをつくづく自覚する。

幅広い廊下はシンと静まり返っていた。点々と燭《とも》が灯った薄暗いそこには、いくつもの大きな扉が並んでいる。レオリーノは衝動のままに歩き出した。

精一杯の早足で歩く。

背後から、ゆったりとした歩みが追いかけてくる。

「離宮《ここ》から防衛宮までは、歩いて一刻はかかるぞ」

レオリーノは、前を見たまま首を振った。

「……それでも、這ってでも戻ります」

「王宮の中で、この前の夜会のときのように暴漢に襲われたらどうする」

長い廊下を歩ききって、階段にたどり着く。

レオリーノの足では駆け下りることができない。

それでも精一杯の速度で下りようとすると、焦りすぎたせいか、足をもつれさせた。

すかさず、後ろから伸びた逞しい手に支えられる。

「急ぐな。階段を転げ落ちるぞ」

「……っ、放してください！」

レオリーノは泣いていた。自分がなさけなかった。どうしようもなく悔しかった。

階段を半ばほど下りたところで、音もなく現れた数名の近衛兵達に、ずらりと前を塞がれる。

レオリーノは涙をこぼしながらも、武装した男達を睨んだ。

「……そこを通してください」

「なりません」

男達の一人が代表して答える。

レオリーノがついに大声で叫んだ。生まれて初めての絶叫だった。

「そこを通せ！　僕は帰る！」

そして、無理やり、男達のあいだに突っ込もうとする。

近衛兵達は狼狽した。泣き濡れている美貌の客人に、直接触れていいものか迷ったのだ。無謀にも立ち向かってくる細い身体を怪我させまいと、兵士達は腕を伸ばす。

「触るな」

その瞬間、グラヴィスが腕を伸ばして、華奢な身体を掬い上げた。

「――ここまでだ、レオリーノ」

「……いやだ！　ヨセフのところに帰る……放してください！　帰ります！」

「行かせないと言っただろう」

レオリーノは男の腕から逃れようと、がむしゃらに暴れた。しかしその甲斐《かい》もなく、長い時間をかけて必死で歩いた廊下を、一瞬で連れ戻される。

レオリーノは、涙が止まらなかった。

グラヴィスの居室に戻るなり、そのまま寝室に運ばれ、寝台にいささか乱暴に降ろされた。

「いっ……！」

レオリーノの口から、呻き声が漏れる。先程痛めた腕に、衝撃が響いたのだ。

「痛い？　こんなに優しく扱ってくれる暴漢はいないぞ」

嘲《あざけ》るような冷たい声に、また腹の底からふつふつと悔しさが沸き上がった。

グラヴィスが頭の脇に両手を突いて、覆いかぶさってくる。レオリーノはその胸に手をついた。

「俺の手を拒むことは許さん」

「やだ……っ、いや！　いまは嫌です！　近寄らないで！　触らないでください！」

頭上から静かな怒りの気配が降ってくる。怯えながらも、レオリーノは必死で抵抗した。

「……放してください！」

「だめだ」

「……っ！　や！　なんで……！」

押し返そうとする腕を、簡単に捕らえられる。

「さ、触らないで……もう、こんなことしないでください」

「俺に触れられるのが嫌なのか」

どうしても男を押し返すことができず、せめてもの抵抗で目元を覆い隠した。

「……違います。ただ、いまは嫌なのです」

腕を取られて、無理矢理剥がされる。泣き濡れた顔を晒されて、レオリーノは涙をこぼしながら、男を睨むことしかできなかった。

「だったらなぜ拒む。無理やり連れ戻したことを怒っているのか」

「……閣下の力に、自由にされるのが嫌なのです。閣下の傍にいると、何ひとつままならなくなる。無力な自分を、その都度こうして思い知らされるのが、つらいのです」

グラヴィスの小さな溜息が聞こえた。途端にレオリーノの胸が、張り裂けそうに痛くなる。

レオリーノはかぼそい声で弱音を吐いた。

「……貴方が、僕をどう扱いたいのかわからない」

「何度も教えただろう？」

「説明なんてされていません。もう嫌です……これ以上、貴方に混乱させられるのは、つらい……それくらいなら、もうどうなったっていい！」

するとグラヴィスはレオリーノの顎をつかんで、無理やり視線を合わせてきた。

「おまえが自分を守ろうとしないからだ」

「自衛なら、ちゃんとしています！」

「いい加減に、己の弱さを認めるんだ、レオリーノ！」

レオリーノは思わず身をすくませた。初めて、グラヴィスに大喝されたのだ。

「弱いことがなぜ悪い？　なぜ『いまの自分』から、そうやって目を背けるんだ」

「……っ」

菫色の目が揺らぐ。グラヴィスは、視線を外すことを許さなかった。こっちを見ろときつく睨む。

「おまえがこだわっている『強さ』とはなんだ！」

「こだわっている強さ……」

「身体が弱いことは恥ずかしいことか？　肉体的な弱さは罪なのか。それほど美しく生まれついて、いったい何が不満だ。なぜ自分を恥じる。なぜ、そうもかたくなに『強く』あろうとするんだ！」

「違う！　僕が、僕がなりたいのは……」

顔がぼやけるほどの距離で、二人は睨み合う。

「肉体的に頑強であることや、男らしい姿かたちがそんなに重要か？　俺やルーカスのような『わかりやすい強さ』が、なぜそれほど必要なんだ」

「でも……！　弱いのはいやだ！」

「弱いからなんだ！　生きている資格がないとでも言うつもりか？」

「閣下にはわからない！」

レオリーノが叫んだ。グラヴィスは眉間に皺を寄せたまま、喘ぐ青年を見下ろす。

「貴方には、わからない……っ」

こんなに癇癪《かんしゃく》を起こしたのは、生まれて初めてのことだった。

子どもっぽい、愚かな真似だとわかっていた。今度こそグラヴィスに失望されるかもしれないと、不安でたまらなかった。

しかし、心の中に渦巻く激情を我慢できない。

「僕だって納得しようとした！　こんな風に生まれついたことを受け入れようと。怪我をしたことも……でもやっぱり、こんな身体はいらない！」

男が身体を起こした。

のしかかっていた圧が消えて、ほっとすると同時に、寂しさを覚えてしまう。そんな女々しい感情を覚える自分が、また嫌になる。

レオリーノは伸ばされた手を拒み、身体をよじって寝台に突っ伏した。

「レオリーノ……現実を見ろ」

レオリーノは拳《こぶし》で寝台を叩きながら、首を振る。

「いやだ！　成年なのに、一人で外出もさせてもらえない、こんな身体なんかいらない！　……守られるだけなんて……僕はむしろ……」


——貴方を守れるくらい、強くありたかった。

「僕がどんなに非力でも、どれほど頼りなくても、僕は、ただ守られて、安全な世界に住んでいたいわけじゃないのです……」

グラヴィスは、青年が思いのたけを激情のままに吐き出す様子を、じっと見つめていた。

サーシャから聞いていたレオリーノは、おっとりと穏やかな性格で、おとなしい印象だった。怪我の痛みにも耐え、訓練にもけして泣き言を言わず、辛抱強く耐えてきたという。

実際に会っても、その印象は変わらなかった。目を離せば、あっというまに不埒な手に捕らわれて傷ついてしまう、かよわい壊れ物のような存在。

しかし、いま目の前にいるレオリーノは、自分に課せられた運命に抗《あらが》い、乗り越えたいと全身全霊で訴えていた。

　その泣き顔はまるで癇癪を起こした子どもだ。髪はくしゃくしゃに乱れて、顔は真っ赤に染まり、瞼も腫れあがっている。次々とこぼれ落ちる涙のせいで、頬にはいくつも白い跡がついている。

　だが、そんな状態でもレオリーノは美しかった。

「レオリーノ……」

「や……いや！」

　拳を開かせて、掌を重ね合わせる。繋がれた指を解《ほど》こうと、レオリーノは必死でもがく。

　その抵抗はあまりに儚く、まるで小鳥がもがいているようだ。

　細い手足はどこもかしこも頼りなく、グラヴィスがさほど力を入れるまでもなく、あっというまに捕らえられてしまう。

「もういやだ……こんな」

　レオリーノの思いの強さに比べると、あまりにももろい肉体は、いっそせつないほどに哀れだ。

「レオリーノ……」

　もっと自由に、羽ばたかせてあげたい。そう思う気持ちと同じくらい、腕の中に大切に閉じ込めて、風にも当てずに守ってやりたいと思う。

　グラヴィスは、胸の奥から溢れ出しそうな感情をぐっと呑み込んだ。

「……俺の庇護を、抵抗せずに受け入れてくれ」

　ひくっと細い喉が震える。

　レオリーノは驚いた。グラヴィスが、レオリーノに懇願してみせたのだ。

「自立したいという、おまえの思いを尊重したい。だから防衛宮に招《よ》んだ」

「……」

「だが、これ以上は妥協できない。おまえにとって残酷なことかもしれんが、防衛宮では、俺の庇護下で守られて過ごすことを受け入れないかぎり、これ以上自由を与えることはできない」

レオリーノの目に、大粒の雫が盛り上がる。

ひくひくと震える唇がどうにも哀れだ。しかし、グラヴィスは言葉をごまかすことはしなかった。

「おまえはまだ、本当の命の危険も、自由を奪われる怖さも知らない。だが……たとえおまえが、その危険に自分自身で立ち向かいたいと思っているとしても、俺が、それを許せない」

「なぜ。どうして、僕にそこまで……」

わからないか、とグラヴィスがその目を光らせながら囁いた。

「今度こそ、この手で守り抜くと決めたからだ」

「今度こそ……」

「──俺はかつて取り返しのつかない失敗をした。だから、二度と同じ轍《てつ》は踏まない」

男の目は暗かった。


守れなかったのはイオニアのことかと、心の中だけでグラヴィスに問いかける。男の美しい瞳の奥に、深い傷が垣間見《かいまみ》えるような気がした。

胸の奥がヒリついて、痛くてたまらない。


（ヴィー……ヴィー……）


ヒックヒックと、悲しそうにしゃくりあげはじめた細い身体を、グラヴィスがそっと抱きしめる。

「自分が守りたいと思う人間に、逆に守られるしかない悔しさは、俺が一番知っている」

レオリーノはぎゅっと目を瞑《つぶ》った。

「俺は……かつて大切な人間に守られるばかりで、救うことができなかった。そんな己の無力さに歯噛《はが》みし絶望したことも、数えきれないほどある」

「閣下……ぼっ、僕は……ただ」

「だから、おまえが傷つくことを見過ごすことなど、絶対にできない……たとえおまえが、俺の庇護を望んでいなかったとしても」

グラヴィスは、レオリーノの泣き濡れた顔を、優しい目で見下ろすと、湿り気を帯びたその前髪を、そっと指でかきあげる。

「レオリーノ、いいか。どんなおまえでも、価値があるんだ。自分を否定するな、そして、ありのままの自分を受け入れろ」

その言葉の重みに、レオリーノは圧倒された。

「……僕はただ、強くありたかったんです」

「わかっている。おまえの気持ちはよくわかる」

今生でも、逃れられない運命だった。

かつての自分が血と忠誠を捧《ささ》げた男を、もう一度、好きになってしまった。

叶うことなら『レオリーノ』として、男の隣に立つ資格が欲しかった。無謀な望みかもしれない。でも、少しずつでも前進すれば、いつか男の役に立てるのではないかと思っていた。

(貴方が、背中を預けられる存在でいたかった……)

でも、もう諦めるべきなのかもしれない。

「おまえは無防備で、自分を大切にしない。それが、俺は何よりも恐ろしい」

「っ、閣下……」

「──レオリーノ、俺の力を受け入れてくれ。俺を拒むな。おまえに無理強いをしたくない」

もう一度、強く抱きしめられる。

「俺に、今度こそ守らせてくれ」

泣き濡れた顔に、グラヴィスのひんやりとした唇が降ってくる。その唇は、涙で束になった睫毛をくすぐり、濡れた頬をたどって雫を吸い上げる。

「これほど健気に美しく生まれついたことを、否定するな。おまえの心は充分強い。そうだろう」

おまけに、驚くほど頑固だ——そう言うと男は、レオリーノの小さな頭に、こつんと額をぶつける。

その甘い痛みにレオリーノの心が千々に乱れる。

「……だったら、もうこういうことをしないでください。僕にはまだ、何が正解なのかわからない」

男はそれには答えなかった。


（なんで、こんな風に触れてくるの……？）

「ぼ、僕は閣下にとって、なんですか……」

「明確な言葉が必要か？　聞いたら、戻れないぞ」

そう言うと、レオリーノの唇をかすめるようにして奪う。一瞬でその熱は離れていった。

——答えを知りたい。でも、知るのが怖い。

レオリーノの心はついに決壊し、平衡を保てなくなった。強い目眩に襲われて、レオリーノは本気の弱音を吐く。

「だめです。も、しないで……こわ、こわい……」

「わかった。怖がらせたな。もう何もしない。約束する」

いまさら手加減してくれても、後の祭りだ。

レオリーノの感情の蛇口は、完全に壊れていた。


子どものようにしゃくりあげて嗚咽する姿に、レオリーノが本当に限界を迎えていることがわかった。

「本当に限界だな……もう一度薬湯を飲むか？」

言葉も出せないまま、レオリーノはただ首を振る。

落ち着かせるように、男がしばらく頭を撫でていると、徐々にレオリーノの目がうつろになっていく。

そのまま見守っていると、蝶が羽を休めるように、ゆっくりと睫毛が伏せられていった。

「……レオリーノ？」

腕の中の哀れな小鳥は、気絶するように、眠りの中に逃げていった。

振動で起こさないように、そっと身体を離す。

グラヴィスは机の上に置かれていた湿布と包帯を取りにいった。レオリーノを手当てするためだ。

寝台の端に座ると、華奢な左手首を持ちあげる。そして、慎重な手つきで手当てをはじめた。

泣き汚れた小さな顔。寝息が濡れている。唇はまだ、ひくひくと震えていた。

追い詰めすぎたと、憐憫《れんびん》の情が湧《わ》く。

未熟なレオリーノが男の行為に惑乱するさまは、そうさせた張本人であるグラヴィスが哀れに思うほどだった。

レオリーノは自分に好意を持っている。

それは奪った唇の甘さから、そして触れた膚《はだ》の、初心にわななく反応から、如実に伝わってきた。

レオリーノの心は未熟すぎて、男が仕掛ける駆け引きに応《こた》えることができない。しかし、その甘い身体は別だ。グラヴィスから快感を与えられることを、心で怯えながらも、身体はすでに受け入れている。そのことに自覚さえなく、また隠す術を持たない。

その無自覚さが、また哀れで、愛おしい。


レオリーノが何もわからないうちに、大人の手練手管で、その幼い心と身体を搦め捕ることなど、男にとっては容易なことだ。ただ優しい庇護者の顔で、真綿でくるむように守ってやればいい。

だが、それではだめなのだ。


レオリーノは、この年になるまでずっと、ほとんど世間の風に当てられずに守られてきた。それこそ大切な宝石のように、城の奥深くにしまい込まれて。

しかし、その優しい檻《おり》を出て、自ら自立しようとしている青年を、本人の承諾なしに別の檻に入れることはできない。

レオリーノ自身の意志で、グラヴィスの腕の中に自ら入ってくることが重要なのだ。

なぜならば、これからもレオリーノに身体的な自由はないからだ。レオリーノが普通の男子として生きることは、絶対に無理だ。それを自覚しなくてはならない。

ブルングウルトの血が持つ重みを、レオリーノはまったく自覚していない。そして彼自身の価値も。

その宝石のような存在は、本人の意思にかかわらず、絶対的な庇護を生涯必要としている。


レオリーノ自身が、どれほどこの手から羽ばたこうともがいても、自由に飛び回ることを許せるのはあくまでグラヴィスが認めた安全な範囲の中だけだ。

グラヴィスは、今回そのことを、徹底的にレオリーノに教え込んだ。


グラヴィスにとって自分はなんなのかと、泣きながら聞いたレオリーノ。グラヴィスの中では、すでにその問いの答えは出ている。

——だが……その前に、解くべき謎がある。

レオリーノが隠している秘密が二人のあいだに横たわっているかぎり、レオリーノもグラヴィスも、前に進めない。

その鍵は、やはり赤毛の青年の存在だ。

グラヴィスは、そっと白金色の髪を撫でた。

「……早く、おまえの中にある秘密を見せてくれ」


目が覚めたとき、レオリーノは一人で寝台に寝かされていた。天鵞絨《ビロード》の重厚な垂幕の隙間から、朝日がわずかに滲んでいる。

（そうだ……昨日《きのう》は、あのまま寝て……？）

眠りに落ちた記憶がない。横たわったまま何度か瞬《まばた》きをして、眼球の奥に沈殿する眠気を追い出そうとする。

おそらく昨夜は泣きすぎたのだろう。寝起きにもかかわらず、こめかみの奥がずきずきと痛む。瞼も開きづらい。

しかし、体調はけして良くないが、不思議と心は凪《な》いでいた。昨夜の激情が嘘のようだ。寝台のぬくもりをもぞもぞと堪能しながら、レオリーノは昨夜のことを反芻する。

「俺の力を受け入れろ」と、グラヴィスに言われた。グラヴィスの庇護下で生きることを受け入れないかぎり、これ以上の自由は与えられないとも。

その言葉に、ようやくレオリーノは、防衛宮で働き続けるための条件を知った。

イオニアの記憶にいた、グラヴィス・アードルフ・ファノーレンは、もうどこにもいない。代わりに、どこまでも傲慢《ごうまん》に、圧倒的な力でレオリーノを支配する、完璧に成熟しきった男がそこにいた。

レオリーノのなけなしの気概など、男の一握りで握りつぶされてしまった。嫌というほど味わわされた屈辱と官能の余韻は、いまだに身体の奥にくすぶっている。

隙間から差し込む朝日が、徐々に明るさを増す。片腕を持ち上げて、目元を隠す。

まだ、もう少し自分の体温に逃げていたかった。

(ヴィー……)

目元を強く押さえても、瞼に焼きついた男の残像は、消えてくれない。よりいっそう鮮やかに、その完璧な美貌が浮かび上がる。

レオリーノは、自分のなさけなさに落ち込んだ。

グラヴィスの強引で独善的な態度に、あれほど憤っていたくせに。過敏になった心を刺激されたくなくて、あれほど触れないでと拒んだくせに。

それなのに、惑乱の果てに気絶するように朝を迎え、そして、空っぽになった胸の中に残っていたのは、狂おしいほどの甘苦しい喜びだけだった。


どれだけ心が反発しても、あの手に触れられることを拒めなかった。強引に注ぎ込まれた官能に、レオリーノは怯えながらも歓喜した。


どれほど夢に見ても、しょせんは夢だった。実際の体感は、あまりに圧倒的だった。

無垢なレオリーノにとって、自分よりも大きな男にのしかかられるのは、好悪の感情を超えて本能的に怖い。しかし、男は強引に甘すぎる蜜を注ぎ、レオリーノの蜜もまた、容赦なく奪った。

身体のあちこちが不随意に反応してしまうのも、生まれて初めてのことだった。

正直に許しを請わなければ、どうなっていたのだろうか。


(でも拒めない。あの人が好き……好きなんだ)

垂幕の隙間から差す光が角度を変えて、やがてレオリーノの頬にかかる。


起きなくては。

どれほど現実に向き合いたくなくても、太陽は昇り大地を照らし、やがて、星の瞬く夜に世界が覆われ、そして再び朝が来る。

これまでもそうだった。

イオニアとしての生を生きていたときも、今生においても、どれほどつらくても、必ず朝は来る。

そうやって、一日一日を必死で生きてきた。

──それしかできない。これからも進むしかない。

怪我したほうの手に気をつけながら、レオリーノはゆっくりと身を起こす。

神経を巡らせて身体の状態をたしかめる。これも怪我して以来の習慣だ。四肢のあちこちがかすかに痛むものの、ちゃんと動くようで安心した。

やはりヨセフのおかげで、手首以外に怪我はない。

「そうだ……ヨセフ……！」

レオリーノは垂幕に手を伸ばす。

すると、まるでタイミングを見計らっていたかのように、外側から垂幕が引かれた。

「……っ」

飛び込んできた眩しい光に、咄嗟に目を瞑る。

「──目が覚めたか」

低くなめらかな声に、レオリーノの身体がびくりと震えた。

「身体はどうだ。どこか痛むか」

「……」

昨夜のことを意識するあまり、すんなりと言葉が出てこない。

「レオリーノ」

男に名前を呼ばれると、それだけで従わなくてはと思う。しかし、やはり気まずい。

貴族としての振る舞いの基本は、身分と礼節をわきまえることだと、レオリーノは渋々と自分に言い聞かせる。たとえそれが、昨夜散々いじめられた相手だったとしても。

「おはようございます。身体は、大丈夫です」

その声はかすれて、震えている。グラヴィスに対する複雑な感情があからさまだ。

「顔を上げろ」

レオリーノは、無言で拒否する。王族に対してありえない態度だとわかっていたが、寝起きの顔を見られたくない。とくに泣きすぎて腫れあがった顔など、絶対に見せたくない。それに、昨夜は入浴さえしていないのだ。

床に小ぶりな室内履きが用意されていた。

ちらっと目で問いかけると、履けと促される。

昨夜は興奮のあまり、裸足で廊下を歩いてしまった。冷静になってみると、なぜそんなことができたのかと、自分の暴挙が信じられなかった。

用意された室内履きに、ありがたく足を通す。立ち上がろうとすると、男に肘を支えられた。

瞬間的に男に対する反発心が芽生えるが、結局レオリーノは、素直にその手を受け入れた。

侍従が傍に控えていないいま、手を貸して支えてもらえるのは、正直ありがたい。レオリーノの左脚はすぐにこわばってしまうため、寝起きはどうしても姿勢が安定せずふらついてしまうのだ。

王族であるグラヴィスから過剰なほどの気遣いを受けているにもかかわらず、レオリーノは意地になったように顔を上げなかった。

言葉にする勇気はないが、思うところがあるのだと、せめて態度で示したかったのだ。その思考自体が、すでに男に甘えているのだということを、レオリーノはまったく自覚していなかった。

一方で、グラヴィスはその甘ったれた意固地な様子を見て、内心で笑っていた。無自覚に甘えを見せるレオリーノの幼さが、どうにもおかしい。

昨日あれほど教えたのに、やはり無意識に男の愛情を信じきって、依存している。自分の意思で反抗していると思い込んでいるが、実際のところは、グラヴィスにどんな態度を取っても本気で怒られないと、本能でわかっていて、甘えているのだ。

不自由だと怒り、また怯えながらも、男の腕の中で小さな翼を伸び伸びとさせはじめた小鳥が、グラヴィスは愛おしくてしかたがない。

「ふ……『こわいこわい』って、俺の前でベソベソと泣いたのが、そんなに恥ずかしかったのか」

「……っ、違います！」

顔を上げて恨めしげに睨むレオリーノに、グラヴィスは確信犯的な笑みを浮かべる。

目が合って、しまったと思ったが、後の祭りだ。

「目が腫れているな。昨日は怖がらせたか」

「……大丈夫です。昨日は、でも……」

「今日は防衛宮で、護衛の傍で過ごすといい。あの護衛次第だが、いずれにしても一度家に帰るんだな」

「……はい。承知しました」

グラヴィスの指に顎を取られ、視線を搦め捕られる。レオリーノは戸惑いながらも、目を逸らさずに、男の強い視線を受けとめた。

「……もう落ち着いたか？　まだ俺が怖いか。あんなに『こわい』と泣かれるとは思わなかった。大声を出して、怖がらせたな」

昨夜が嘘のように、グラヴィスは優しかった。

レオリーノはコクリと頷いて、男の謝罪を受け入れた。

いまは落ち着いており、むしろ恥ずかしいという気持ちのほうが強い。

本当は、いまも逃げだしたくなるような感情を抱えている。昨日は心理的にも限界を迎えるほど追い詰められた。

それでも、自分自身の気持ちを探ってみると、この男の腕から、本気で逃げたいとは思っていないのだ。

怖かったが、離れたくない。それはもはや、自分でも制御できない、いびつな感情だ。

だから、正直に言うことにした。

「閣下のことは……怖くありません。でも、心が千々に乱れてしまいます。それが怖い」

目を合わせながらしっかりと答えると、グラヴィスは目を細めた。彼なりに、レオリーノの心情をおもんぱかっていたのだろう。

「思ったより元気そうだな。俺を怖がって寝台から出てこないかと思ったぞ。繊細すぎる見かけのわりに、おまえは案外図太いな」

「……ですから、閣下を怖がってなんていません」

レオリーノは広い部屋を見渡した。

昨夜と同じ、グラヴィスの寝室だ。濃紺と碧と金を主体とした重厚な色でまとめられ、華美な装飾品などもない質実剛健とした雰囲気だが、やはりすべてが最上級のつくりだ。

レオリーノはあることに気がついた。レオリーノが寝かされていたのは主寝室だ。もしや、王族たる離宮の主を寝室から追い出してしまったのかと、いまさらながらレオリーノは申し訳なくなった。

おそるおそるグラヴィスを見上げるが、とくに不機嫌には見えない。

この離宮全体が男のもので、部屋は何十とある。レオリーノは深く考えるのをやめた。余計なことを言って、またからかわれるのは嫌だった。

寝室を出ると、そこはさらに広い前室だ。

「……あの、洗面室を借りてもよいでしょうか」

生理的な欲求を覚えたのと、何より昨夜から入浴をしてないことが耐えがたかった。せめて少しでも清潔にしたい。

グラヴィスは頷いて、対角にある扉を指し示した。礼を言って、そそくさと洗面室に向かう。

洗面室に入った瞬間、レオリーノは思わず驚嘆の声を上げた。

さすが王族の宮殿である。脱衣所を兼ねた洗面室だけで、レオリーノの部屋がすっぽり入るほどの広さだ。すべてに余裕があり、水も豊富に湛《たた》えられていた。

奥にある扉を開くと、そこは床から天井まで天然石が張られた湯殿だった。

天窓から燦々《さんさん》と陽射しが降り注ぐ湯殿は、石壁がキラキラと輝いている。円形の大きな浴槽には、早朝にもかかわらず大量の湯が溜められ、もうもうと湯気を立ち昇らせていた。

湯を使わせてもらいたいと思ったが、王族のための湯殿である。とりあえず顔を洗うだけで我慢した。洗面盤に溜められた水で顔を洗い、自分でできる身繕いを整える。それだけでもずいぶんとさっぱりした。


小さくノックの音が響くと、グラヴィスの侍従テオドールが入室してきた。

（テオドール、やっぱりいかめしい感じのままだ）

「レオリーノ様のお着替えを用意しました。本日はこれをお召しください」

そう言って侍従が差し出してきたのは、ぴしりと折り目の当てられた軍服と、新品のシャツだった。それに靴もある。昨日の今日で、どうやってレオリーノに合う寸法のものを用意したのだろう。

レオリーノは首をかしげながらも、てきぱきと服を広げるテオドールに丁寧に礼を言った。

テオドールは「他に何かご入用ですか」と尋ねる。

「……あの、湯殿をお借りすることはできますでしょうか。湯を使わせていただきたいのです」

慇懃《いんぎん》な態度にビクつきつつ、レオリーノは湯殿を使わせてほしいと頼んだ。身体の汚れを落としたい。それに、あの巨大な湯殿がとても気になる。

「かまいません」

「ありがとうございます……それで、あの、できればどなたか、手伝いを寄越してもらえると助かります。あの……手を怪我しております……」

いつもなら、専任侍従のフンデルトが入浴を手伝ってくれる。いまは左手首も痛めているため、なおさら入浴の介助が必要だった。

無理を承知でお願いすると、テオドールは、承知しましたと頷いて、すぐに消えた。

レオリーノはほっと息を吐く。


とにかく、早く湯を使いたい。せめてシャツだけでも脱いでおこうと、いそいそと釦《ぼたん》を外そうとする。

すると、洗面室の扉が開く音が聞こえた。

テオドールが早速介助をしてくれる使用人を寄越してくれたのだろう。レオリーノは釦に苦戦しながら、使用人に声をかける。

「……服を脱ぐのが難しくて。手伝ってくれる?」

「いいだろう」

低くなめらかな声が洗面室に響いた。レオリーノは仰天して後ろを振り返る。


洗面室の入口に、シャツと黒いズボンという簡素な服に身を包んだ男が、腕を組んで立っていた。

「……っ? ……か、閣下、どうして」

グラヴィスが大股《おおまた》に近づいてくる。レオリーノは狼狽して後退《あとずさ》った。

「入浴を手伝ってほしいと、テオドールに申しつけただろう」

「はい。でも……でも」

長い腕が伸びてくると、レオリーノのシャツの釦に、手をかけた。

「待って、待ってください……!」

レオリーノはあわててその手を制止しようとするが、グラヴィスによって、あっというまにシャツの前をはだけられてしまった。

真っ白な膚が、朝日の下であらわになる。

レオリーノは困惑と羞恥の極みに目眩を覚えた。

（なんで、どうして……？）

レオリーノは、信じられない思いで男を見上げる。

しかし、はるか頭上にある男らしく整った美貌は、相変わらず表情を読ませてくれない。

「僕がテオドールにお願いしたのは……誰か侍従を寄越してくださいと言ったのです！　ど、どうして閣下がこんなことを……」

グラヴィスが首をかしげる。

「俺にはできないとでも言いたいのか。俺は普段から一人で入浴するから身体を洗うのも慣れているぞ」

「そ、そうではなく……だめです。閣下にそんなことをさせるなんて、だめです、ぜったいに……！」

目眩がする。

この国の王族で、最高位の将軍でもあるグラヴィスが、まさか本気で入浴の介助をするというのか。

必死ではだけられたシャツをかきあわせる。しかし、無傷なほうの手で押さえているうちに、ズボンの前立てのフックを外されてしまう。

「なん……あっ」

咄嗟に大きな手をつかむが、優しく振り払われた。

「痛めている手を使うな」

「でもっ」

「期待されても、何もせんぞ」

「ちがっ……違います！」

揶揄《からか》われているのがわかったが、咄嗟に反応してしまう。悔しさに顔を真っ赤に染めているうちに、くるりと身体をひっくり返されて、穿《は》いていた下着ごとズボンを引き下ろされる。

レオリーノはあっというまに、生まれたままの姿を男の前に晒していた。

（いやだ！　恥ずかしい……恥ずかしい！）

使用人になら、裸を見られてもかまわない。

しかし慕っている相手に、この貧弱な裸を晒すことなど、とうてい耐えられない。しかも相手は、男なら誰もがうらやむほど完璧な肉体の持ち主なのだ。

「嫌です！　は、恥ずかしい……こんなななさけない身体を、貴方に見られるのは嫌です……！」

羞恥心《しゅうちしん》で心が焼き切れそうになって、レオリーノはその手を必死で拒んだ。

「恥ずかしがることはない。俺もおまえの身体も、大きさ以外につくりは変わらん」

そんなのは詭弁《きべん》だ。

レオリーノは必死で身体を隠そうとする。しかし、抵抗の甲斐なく、あっというまに湯殿に連れ込まれる。浴槽の端にある段差に腰掛けさせられると、いきなり頭の上から、ザバッと湯をかけられた。

「ぷわっ……」

張りついた前髪を払って、男を見上げる。すると、また容赦なく湯がかけられる。濡れた白金色の髪を、大きな手が後ろになでつけた。

立ち昇る湯気に、グラヴィスの髪も服も、みるみる湿気を帯びる。水滴が滴る前髪を男がかきあげると、高く秀でた額があらわになった。

グラヴィスの瞳に散った金色が、キラキラと煌《きら》めく。朝日を反射するその瞳の美しさに、レオリーノの鼓動がドクンと跳ね上がった。

「閣下……」

下腹の奥に溜まっていた熾火《おきび》が、徐々にレオリーノの中で燻《くすぶ》りはじめていた。


レオリーノはグラヴィスの視線から逃れるように、必死で縮こまっていた。

「侍従の真似をするとは思わなかったが、とはいえ、おまえの裸身に初めて会わせる侍従が触れるのを許すわけがない。ここは俺の宮殿だぞ」

グラヴィスはそう言うと、雪原を思わせる真っ白な膚が徐々に薄紅色に染まっていくさまを、楽しそうに眺めていた。

「……こんなに綺麗な身体を、無防備に俺以外の男に晒すつもりだったのか？」

レオリーノの大きな瞳が、みるみる潤みはじめる。

「なんだ、元気になったと思ったら、また泣くのか。大丈夫だ、落ち着け」

レオリーノの裸身を検《あらた》め、グラヴィスは失望を呑み込んだ。


（……やはり、何もないか）

えぐれたように細い腹に指を這わせる。レオリーノがビクリと震えた。真っ白い陶器のような膚が、湯を弾いて輝いている。しかし、そこにグラヴィスが求めていた【しるし】はなかった。


たった一度だけ、イオニアと情を交わした、卒業式の夜を思い出す。

グラヴィスに抱かれ、自ら快感を追い求めていたイオニアの身体には、腹から背中にかけて剣で刺し貫かれた傷痕《きずあと》があった。

グラヴィスを守り抜いた証の傷だ。

その傷痕に手をかけて、お互いの腰が快感に蕩けるほど、何度も揺さぶった。

そのときの、いびつに隆起した傷痕の感触が、まだこの指に残っている。


レオリーノの白い膚にほんの少しでも【しるし】があったら、それが、真実にたどり着くための大いなる福音となったに違いない。グラヴィスは、そんな未練がましい思いを抱いていた。

（やはり、そう簡単に答えは見つからないか）

「閣下……？」

レオリーノはグラヴィスの行動に動揺していた。

男の真の目的を知れば、レオリーノも屈辱を覚えるだろう。強引に裸に剥《む》いておきながら、身体のどこにもイオニアらしき【しるし】が見つからないと、勝手に失望するなど、レオリーノの尊厳を無視するにもほどがある。

「……閣下に身体を見られるのが恥ずかしいです。こんな貧弱な身体……見せたくありません」

細身の身体を必死に隠そうとするレオリーノの様子に、男の中に罪悪感と憐憫の情が湧き上がる。

「なぜだ？　とても綺麗な身体だ。どこも恥じることはない」

その言葉は真実だ。レオリーノの身体は、とても美しかった。

「でも……戦う男の身体ではありません」

「それはそうだが、すべての男が戦うわけではなかろうに、なぜいつも、そんなことを気にする」

「それはそうなのですが……でも」

グラヴィスには、レオリーノが自分の肉体を恥じる理由がわからなかった。

人並み外れて大柄なグラヴィスに比べれば小柄とはいえ、レオリーノとて平均的な背丈くらいはある。横はまったく足りていないが、肩も綺麗に張り、手足はとくに、ほっそりと優美に長い。

これはむしろ機能訓練の賜物《たまもの》だろうが、うっすらと、つくべきところに筋肉もついている。えぐれたような腹と、片手でつかめそうなほど細い腰だけは頼りないが、本人が気にするほど、みっともなくも貧弱でもない。

たしかに、男性的ではないかもしれない。

「おまえ、髭《ひげ》は生えるのか？」

「……髭……？」

グラヴィスの質問に、レオリーノは深く考え込む。

愚問だったかとグラヴィスは苦笑した。

ついでに腕を持ち上げて、青年の脇《わき》を覗き込む。

そこも、残念なほどにつるりとしていた。

これはもう、持って生まれた体質なのだろう。男性としての特長を備えているが、男らしいというにはかなり無理がある。

ただでさえ白金色のキラキラした体毛なのに、全身ほとんど、産毛のようなものしか生えていない。陰毛も地肌が透けて見えるほどささやかだ。

レオリーノ本人は不本意だろうが、全身が白くつるりとして、まるで陶器の人形のようだった。

（……いや、人形などではないな）

胸の尖《とが》りは、誰の手もついていない証のようにいかにも小さく、淡い色をしている。ささやかな柔毛の下には、初々しい色合いの性器が覗いている。

どこもかしこもなめらかで、抱き心地の良さそうな身体だった。無垢なくせに、ほのかに色気を醸し出して劣情を煽ってくる。

そんな、血の通った、罪深い身体だ。

グラヴィスがおもむろにレオリーノの左脚を掬い上げる。レオリーノは身体をこわばらせた。

小さな膝から伸びる白い脛《すね》には、直線的な傷と縫い痕が、足首近くまで続いていた。

六年前の傷痕だ。

左脚の膝から下の骨が折れ、腱《けん》が傷ついたと、治療したサーシャは言っていた。傷がいびつなのは、折れた骨が露出したせいなのかもしれない。

「……あの日の傷か」

「はい」

傷をそっと指でたどる。薄い皮膚は盛り上がったりへこんだりして、なめらかさを欠いている。

イオニアの腹の傷痕に、とてもよく似ていた。

グラヴィスは、もう一度指で傷痕を撫でる。

「……あのときおまえに手が届いていたら、こんな怪我を負わせることはなかったのに」

「そんな……あのとき閣下が、僕をブルングウルトに運んでくださらなかったら、僕はいま、ここにはいないでしょう。父からも、サーシャ先生からも、そう教えられました」

レオリーノの感謝に、グラヴィスは微笑んだ。

完璧に美しい肢体についた、唯一の瑕疵《かし》。だが、それはけして醜いものではない。

下手をすると切断する可能性もあったかもしれない脚だ。それに、歩くには充分な機能を備えている。右脚に比べると頼りないが、筋肉もちゃんとついている。それ以上、何を求める必要があるのか。

ここまで回復するのに、何よりレオリーノ自身が、血の滲むような努力を重ねたに違いない。

「傷痕は醜いかもしれませんが……」

「醜いなんてことがあるか。これほどの大怪我で、むしろよく歩けるようになった。頑張ったな」

傷をたどるグラヴィスの指に、いっさいの性的なものを感じなかったからだろう。レオリーノは身体の力を抜いて、素直に男に脚を委ねていた。

「……はい。サーシャ先生と、そして家族にも助けてもらいました。そのおかげで、歩けるようになりました……感謝しています。ただ……もう走ることはできませんが」

「走る必要はないだろう。歩ければ充分だ。俺も、走ることなど滅多にないぞ」

レオリーノは、男の言葉にほんのりと笑った。

「閣下には《力》があるから……僕以上に走る必要はありませんね」

「年を取るにつれて《力》も増してきたからな。俺一人で国内を移動するくらいなら、ほとんど消耗することはない……そうだな、そう言えば馬にもあまり乗らないな」

「羨《うらや》ましいです。僕も、誰にも頼らずに、どこにでも行けるようになりたい」

グラヴィスが微笑んだ。

「俺の《力》が羨ましい、か……面と向かって言われたのは初めてだな」

「そうでしょうか。誰もが、そう思うと思います」

「俺を羨ましがる必要などない。おまえも、どこにでも行ける。たとえ、他の者よりその歩みがゆっくりだとしても――おまえ自身の足で」

「はい……」

「おまえが成し遂げたことを、誇りに思うといい」

グラヴィスの表情は変わらない。だがその瞳は奥に柔らかい光を湛えて、レオリーノを見つめている。

レオリーノは救われたような気がした。

「だからもう、自分の肉体の脆《もろ》さを、誰かと比べて卑屈になるのはやめろ。おまえは美しい。脚の傷も、すべてだ。自信を持つんだ」

「はい……」

「さっき、誰にも見せたくないと言ったのは、本心だぞ。こんな美しい身体を、誰にも晒すなよ」

「……はい。でも、僕の専任侍従には、やっぱり見られてしまうと思います」

レオリーノが小さい声で言い返す。グラヴィスは、それはしかたがないと、小さく笑って頷いた。

グラヴィスは湯桶《ゆおけ》を浴槽に突っ込んで、ザバッと湯を掬った。

「さあ、髪を洗ってやる。頭を下げて目を閉じろ」

「……閣下にこんなことをしていただくなんて……お叱《しか》りを受けます」

「誰が叱るんだ。俺がおまえの世話を焼きたいんだから、別にかまわんだろう。いいから、素直に世話を焼かれていろ」

レオリーノの頭を下げさせると、グラヴィスは豪快に湯をかける。侍従とは違って、いささか乱暴であったが、性的な意図を感じない手つきにレオリーノも緊張を解いて、素直に従った。

頭髪用の石鹸《せっけん》を手に垂らして、白金色の柔らかな毛をかき回すと、やがてモコモコと泡が立ってきた。白金色の髪は白い泡に溶け消えて、やがて泡そのものが輝いているように見える。

大きな手でわしゃわしゃと擦《こす》る。自分の頭を洗う要領で力を込めていたら、呻き声が聞こえてきた。見ると、小さな頭がぐわんぐわんと揺れている。

グラヴィスはあわてて、指先の力を弱めた。

何度か湯をかけて手早く泡を落とすと、かたちのよい頭の輪郭があらわになった。

レオリーノの額には、濡れて艶《つや》を増した髪がいくつもの筋を作っていた。

グラヴィスは、そのなめらかな髪に指を通す。前髪をかきあげて視界を確保してやると、レオリーノはその瞳に感謝の色を湛えて、笑みを浮かべた。

雛鳥《ひなどり》のように従順な青年に、グラヴィスの胸中に愛おしさが溢れる。

「……おまえは、本当に……」

「閣下……？」

「いや、なんでもない」

グラヴィスは再び、長い指で濡れた前髪を梳《す》いた。ついでに、親指でつるりとした額を撫でる。薄紅色を帯びていたレオリーノの顔が、真っ赤に染まった。

「身体を洗うぞ」

レオリーノに背を向けるように促す。真っ白な背中が男の眼前に晒された。

細い首から続く背骨の輪郭。左右対称の肩甲骨。引き絞られるように細い腰から、柔らかそうな臀部《でんぶ》に続く、白くなめらかな膚。触れるのがためらわれるほど、繊細で美しい。

そして、やはり【しるし】は、どこにもなかった。

グラヴィスは手早くレオリーノの身体を洗い上げていく。性器までも洗われそうになり、レオリーノは真っ赤な顔で、自分でやりますと男の手を拒んだ。片手で身体を擦りはじめるが、その手つきはおぼつかない。

全身泡まみれになったところで、グラヴィスが浴槽に浸《つ》かるように命じる。

レオリーノはいそいそと浴槽に身体を沈め、一度泡を湯に溶かした。表面に浮いた泡が、あふれる湯で流れていく。ようやくひと息ついた。

「左手首は湯につけるなよ。温まったら痛むぞ」

グラヴィスのシャツはびしょ濡れになっていた。

「閣下が濡れてしまいました……ごめんなさい」

レオリーノは恐縮しきって詫びたが、男はとくに気にした様子もなく、湯殿から出ていった。

ほぅ、と一息ついて、レオリーノは湯船の中で緊張を解いた。全身を湯で隠せたことで、ようやく完全に力を抜くことができる。

(緊張した……すごく緊張した……!)

まさか、王族であるグラヴィスに入浴を介助されるとは思わなかった。あまつさえ、全身を丸洗いされる羽目になるとは。

使用人とは違って乱暴な手つきだったが、ともかくグラヴィスの手に、性的な意図はいっさい感じられなかった。

グラヴィスに身体を洗わせたことがもし周囲に知られれば、大変なことになる。とはいえ、使用人にも身体を見せるなと命じられたのだ。片手が不自由なレオリーノに、グラヴィスの手を拒む選択肢はなかった。

ブクブクと鼻先まで湯に沈めて、先程の出来事を反芻する。昨日から、あまりにも心を揺さぶられることが多すぎる。ようやく落ち着いたと思ったら、またこんなことになってしまった。

ドクドクと脈打つ鼓動が徐々に落ち着いてくると、レオリーノは自分が失望していることに気がついた。

あの長く優美な指が、もしかしたら不埒ないたずらを仕掛けてくるのではと、怯えながらも、どこかで期待していたのかもしれない。

「自意識過剰すぎて、かなり恥ずかしい……」

昨夜のことを怖がりながらも、結局は悦《よろこ》んだのだ、自分は。

そう思うとなさけない。

グラヴィスの指が触れるたびに、下腹部に熱がこもりそうになるのを必死でこらえた。肉体的なふれあいに免疫がないのだから、しかたがない。

レオリーノにも、男としての欲望はある。

万が一下腹が反応してしまったらと、実は恐々としていた。

それと同時に、わずかに熱のこもった男の視線に、正直ホッとしていた。貧弱な身体だと哀れみの目で見られでもしたら、レオリーノは自己嫌悪で、さらに落ち込んでいただろう。

脚の傷を見る。白い脚に残る薄赤い傷痕は、湯に滲んでいっそういびつに見えた。

醜い傷痕を優しく撫でてくれた、男の指の感触を思い出す。

「……『頑張ったな』って、言ってくれた」

その言葉だけで、これまでつらかったことが報われた気がする。

昨夜もそうだ。

これまで誰にも言えなかった、悔しさ。

レオリーノが家族にも言えず抱えてきた苦悩を、グラヴィスは受けとめてくれた。

グラヴィスは『己の弱さを認めろ』と言った。その言葉を信じて受け入れるのは、レオリーノにとって恐怖だったが、同時に希望でもあった。

（……僕がイオニアの生まれ変わりだと知っても……失望しないで、信じてくれるだろうか）

グラヴィスなら、ありのままを受け入れてくれるかもしれないと、レオリーノの期待が膨れあがる。

「――レオリーノ、傷に障る。そろそろ出てこい」

湯殿の扉が開き、グラヴィスが声をかける。

「は、はい……！」

考え事に耽《ふけ》っていたら、ずいぶんと長く湯に浸かっていたようだ。

レオリーノはあわてて顔を上げる。鼻下を湯につけてブクブクさせていたその様子を、グラヴィスは若干呆れたような顔で見ていた。子どもっぽいと思われたのかもしれない。レオリーノの紅潮した顔が、いっそう赤くなった。


次の瞬間、レオリーノの目が点になる。

グラヴィスの手に大判の布が広げられていたのだ。

まさか、グラヴィスに侍従の真似をさせるわけにいかない。では、この状況をどうすればいいのか。

「ほら、早く来い」

「は、はい……」

いつまでも裸で突っ立っているわけにもいかない。

結局、レオリーノは、グラヴィスの広げた布に包まれていた。

「……自分から俺の腕の中に来たか。なかなかいい兆候だ」

「……はい？」

首をかしげるレオリーノに、グラヴィスはなんでもないと、小さく笑った。

いささか乱暴な手つきで水気を拭われる。あらかた水気がなくなると、布にくるまれたままひょいと抱えあげられた。

洗面室に戻ると、休憩用の大きな長椅子に連れていかれ、そこにポンと下ろされた。

「そこで待っていろ。俺も身体を洗ってくる」

「えっ？」

グラヴィスは濡れた衣服を手早く脱ぐと、逞しく隆起した筋肉を堂々と晒して、あっというまに湯殿に姿を消す。

レオリーノは一人残された椅子の上で、呆然と自失していた。そして、ばっちり見てしまったグラヴィスの裸体の見事さに圧倒されていた。

（記憶よりも、ずいぶんと身体が大きい気がする。腕も脚もすごく逞しくて、すごかった……）

鍛え上げられ筋肉の隆起が陰影をつくる肉体は、男性美の極致だ。惚れ惚れするほど美しかった。

「はぁ……」

思わず自分の身体を見下ろす。グラヴィスは綺麗だと言ってくれたものの、比較すると、悲しいくらい貧弱でたよりない。

レオリーノは長椅子の上でおとなしく待っていた。いつまで裸でいなくてはいけないのだろう。季節的に裸でいても寒くはないが、侍従が着衣を手伝いに来てくれる気配がまったくない。

そのとき、レオリーノはあることに思いいたる。

「……ま、まさか」

もしや、着替えもグラヴィスが介助してくれるつもりだったらどうしようと、焦る。

せめて自分で着衣できるところまで頑張ろうと、レオリーノはあわてて、用意してくれた服を探す。手首を痛めていても、指なら動かせる。

レオリーノは裸身に布を巻きつけたまま立ち上が

って、用意された服を取りにいく。

「……あれ？」

先程持ってきてくれた服の一式に、下穿《したば》きがない。

レオリーノは途方に暮れた。

すると、身体を包む布からなんともいい匂いが立ち昇る。レオリーノはスンと鼻を鳴らした。

「この匂い……」

凍土に聳《そび》え立《た》つ樹木の皮のような香りと、ほんのわずかな獣性を帯びた刺激的な香り、そして水気を帯びた、冬の夜の気配。

高貴で謎めいた、複雑味のある香りだ。いつのまにか、すっかり慣れ親しんだ匂いでもある。


（ヴィーの匂いだ……なんで？）


その瞬間、ハッとあることに気がつく。レオリーノは、自分の二の腕をくんくんと嗅《か》いだ。

その匂いは、レオリーノ自身から香っている。まちがいない。これはおそらく、グラヴィス専用に作られた石鹸の香りだ。

「ヴィーと……同じ香りになってる……！」

レオリーノは言いようのない恥ずかしさに、全身を紅潮させた。グラヴィスに抱きしめられているようだと、つい馬鹿なことを考えてしまう。すると、そんな不埒な考えのせいで、レオリーノの全身がさらに熱を帯びていく。

「……え？」

レオリーノは、自身の肉体の変化に気がついた。

「待って、待って。だめだ、こんなときに、ばかなのか、僕は……！」

布地の中の肌が熱を上げていた。わずかに汗ばむと、ますます強く香りが立ち昇る。先程湯殿でこらえた欲望が、じわりと男の香りによって兆しはじめている。レオリーノはますます焦った。

「や、だめ……ばか！　反応したらだめ！」

キュッと戒めるように、布の上から硬くなりつつあるそれを押さえるが、その刺激にさえ初心な身体は反応して、ますます主張しはじめてしまう。

急いで長椅子に戻って蹲《うずくま》る。

レオリーノは泣きたくなった。

身じろぎすればするほど、若い身体の熱は上がり、同時に官能を刺激する香りも強くなる。

そうしているうちに、レオリーノの欲望は、戻れないところまで勃起《ぼっき》してしまった。

（どうしよう……どうしよう……）

そのとき、待たせたなと言いながら、グラヴィスが湯殿から戻ってきた。

レオリーノは、絶望で目の前が真っ暗になった。

グラヴィスは手早く濡れた身体を拭うと、そのまその布を下半身に巻きつけた。

筋肉が隆起した上半身を無造作に晒した状態で、さっさと自分だけ衣服を身につける。

その様子をレオリーノは呆然と眺めていた。

なぜ、先に湯から上がったはずのレオリーノが、まだ裸なのだろうか。

「レオリーノ、来い。服を着せてやる」

グラヴィスがこちらを振り向いた。羽織っただけのシャツの隙間から、逞しく隆起した筋肉が覗く。引き締まった腹筋から、下衣に見え隠れする下腹の繁みまでもが、はっきりと見えた。

レオリーノは凄《すご》みのある男の色気にあてられて、強く目眩を覚えた。

「どうした？　早く来い」

そう言ってグラヴィスに手招きされるが、レオリーノには、長椅子から動けない事情があるのだ。

「あの……あの……」

先程よりは幾分か落ち着いたものの、まだとうてい歩ける状態ではない。

しかしその熱を鎮める術も、また誤魔化《ごまか》す術も、レオリーノは持っていなかった。

レオリーノはうつむいて、男から気を逸らそうと試みる。

（そうだ、ヨセフが待っているんだから……！）

「何をしているんだ」

「ひゃああ！」

いつのまにかすぐ傍にいたグラヴィスに驚いて、レオリーノはとんでもない声を出して飛び上がってしまった。

「どうした？　様子がおかしいな。湯あたりしたか」

「あ……あ……」

グラヴィスは長椅子の前で膝を折ると、レオリーノの湿った髪を梳くように撫でつけた。

男の指がかすめるようにして地肌を刺激する。その感触に、レオリーノは激しくおののく。

間近に迫る男の全身から、レオリーノを甘く苦しめる香りが濃く立ち昇っている。カッと一気に体温が上がったのが自分でもわかって、レオリーノは身体を縮こまらせた。

グラヴィスと違い、レオリーノはいまだに全裸で、たよりない布に包まれているだけだ。

レオリーノだけがその身体を疼《うず》かせている。その惨めさといったらなかった。洗面室にも、窓から燦々《さんさん》と朝日が降りそそいでいる。

（こんな明るいところで！　僕は変態だ……！）

逞しい胸が、いい匂いで誘惑してくる。

レオリーノは謎の衝動にかられて、グラヴィスの胸元に手を伸ばした。自分をおかしくさせる元凶を隠さねばと、男が羽織っただけのシャツに指をかけて、突然釦を留めはじめる。

「……おまえは何をしている」

グラヴィスはレオリーノの奇行に首をかしげた。

「か、閣下のお召し物の、ま、前が開いていて……それで、釦を留めようとしています」

しかし手首を痛めている上に、人を世話することに慣れていないレオリーノの指は、最初の釦の時点で、すでに躓《つまず》いていた。

グラヴィスは溜息をついた。

「おまえがやる必要はない」

もたもたといじっているが、いっこうに成果を出せない指を、グラヴィスはつかんで止めた。

「テオドールの役目だ。俺の服に関しては、侍従なりのこだわりがあるらしいからな」

「そ、そうですか……では、テオドール様におまかせします」

「そんなことより、素っ裸のおまえこそ、早く服を着ろ。それに怪我した手を使うな。ほら、立て」

優しく起こそうと促す手に、レオリーノはついに観念した。うつむきがちに自身の窮状を訴える。

「……申し訳ありません。いまは、立てません」

「どうした。どこか痛むのか」

「違います……あの、あの……いま」

グラヴィスが眉を顰《ひそ》める。

「男が言《い》い淀《よど》むなと言っただろう」

叱責され、いよいよレオリーノは涙目になる。

「レオリーノ」

「……」

「……どうした？」

グラヴィスは、ようやくレオリーノの様子がおかしいことに気がついた。

よく見れば、顔だけではなく、布からわずかに覗く首筋も肩も真っ赤に紅潮して、全身をもじもじと悶《もだ》えさせている。

潤みきった目と、浅い呼吸。そしてグラヴィスを縋るように見上げるまなざし。そこには、ほのかな色気が混ざっている。


グラヴィスはそこで、レオリーノの置かれている状況を察した。

「おまえ、発情しているのか」

揶揄《からか》うつもりはなかったが、レオリーノはその言葉に顔を真っ赤にして、泣きそうな顔でうつむいた。

「も、申し訳ありません……」

恥ずかしそうに萎れる。その様子が、なんとも哀れで、そして愛おしい。

「あっ……閣下！」

グラヴィスはレオリーノの隣にどっかりと座ると、レオリーノの身体を膝の上に抱き上げる。恥ずかしがらせないように背後から抱えた。それでもいたたまれないのか、小さくなっている。

「どうした？　身体を洗われて興奮したか」

「ちが、います……」

「溜まっていたのか？　まぁ、十八だからな。若いときは、木の股《また》を見ても勃《た》つというものだ」

「たまっ……!?　ちがいます……！　あの、ここにいたら、閣下の匂いと同じで……だから」

「匂い？」

レオリーノは恥ずかしそうに頷いた。

「……着替えが揃っていなくて、この状態で待っているしかなくて……それで、それで」

「なるほど、それで？」

「はい。そ、それで、裸のままでいたら、僕の身体から、閣下と同じ匂いがするなと思って……嗅いだら、やっぱり、同じ匂いがするから、身体が熱くなって……それで、それで、おかしくなったのです」

グラヴィスは天を仰いだ。咄嗟に口元を覆って表情を隠す。

この青年は、グラヴィスの匂いに欲情したのだと、恥ずかしがりながらも告白しているのだ。

「申し訳ありません……僕、変なんです」

男の独占欲が膨れ上がっていることなど考えもせず、いかにも申し訳ないといった風情で、レオリーノは窮状を訴えてくる。なんと他愛もない。

グラヴィスは柔らかな首筋に鼻を近づけて、クンと匂いを嗅いだ。レオリーノは男の体温におののき、細い身体をブルリと震わせる。

たしかに、いつも使っている石鹸の匂いがする。特別に調合された香料を練り込んだ石鹸だ。

「……ああ、たしかに俺と同じ匂いになっている。おまえ自身の匂いと混ざって、いい香りだ」

「あの、あの……」

レオリーノが自分の匂いに染まっている。その事実にグラヴィスは深い満足を覚えた。馴染みのある香りに、レオリーノ自身の青々しい白い花のような匂いが混ざって、なんとも良い香りをさせている。

その匂いがあまりにも美味《おい》しそうで、グラヴィスは思わず、美しく伸びた首筋に唇を押しあてた。

「あっ……」

湯上がりの柔らかい肌は、想像以上に甘い。そして、信じられないほど柔らかい。

これは、本当に男の肌なのだろうか。

薄い膚を遠慮なくその唇で味わいはじめた男の行動に、レオリーノはあわてふためく。

「閣下！　閣下！　お願いです……！」

「……なんだ」

「できましたら、少しお時間をいただいて、あの、これを……し、始末したいです」

「これを始末したい」というのは、すなわちここで自慰をさせてくださいと懇願しているのか。

（言うに事欠いて……この子は）

　グラヴィスはいよいよ耐えきれなくなり、細い肩に顔をうずめて笑いをこらえる。無垢で世間知らずにもほどがある。

「——ああ、もうおまえには敵わない」

「ごめんなさ……あの、閣下……ごめんなさい」

　男の苦笑いに、レオリーノは狼狽した。

「——レオリーノ、俺はおまえよりずいぶんと年上だが、まだ枯れてはおらんのだぞ」

「は、い……はい？　枯れ……？」

「その可愛い口で『始末したい』と言われて、俺がはいどうぞと、一人で慰めさせるとでも思ったのか？」

「えっ？　……かっ……？　待っ」

　次の瞬間、グラヴィスは振り仰いだレオリーノの唇を軽く塞いだ。

「……っ？」

　くるりと身体をひねると、レオリーノを長椅子の上に横たえる。乾きかけた白金色の髪が、長椅子の上に散らばった。

　欲情と混乱、そして怯えが入り交じる瞳が、何をするのかと、もの問いたげに見上げてくる。

「脚を開け」

「あっ……なっ」

　グラヴィスは両膝《りょうひざ》を割って、そのあいだに腰を据えた。

「なっ……な」

　レオリーノの弱みである脚に体重を掛けないように、グラヴィスは細心の注意を払う。それでなくとも、大柄な男が無造作にのしかかれば、この華奢な身体は潰れてしまう。

「こんな格好、恥ずかしいです！」

レオリーノはいまさら抵抗しはじめた。やはり全体的におっとりと育てられている。

密着した下腹にあたる感触。たしかに布の下に、こりっと固い欲望が育っていた。レオリーノは無意識にもじもじと腰を揺らめかせて、男から逃げようと必死だ。

「ああ、おまえのこれが固くなっているのが、よくわかる。ふふ、若いな」

「あうっ……やだっ」

さらに腰を密着させてゴリッと刺激すると、菫色の瞳が、はっきりと欲情に潤みを帯びた。

「閣下……僕、一人でなんとかしますから……！」

「こんなに旨《うま》そうなおまえを放っておけるか」

「……っ」

レオリーノは怯えたように、左右に首を振った。逃げようとするが、当然男が許すわけがない。

胸元を覆う布地を引き下げると、真っ白な胸元があらわになる。

「……やっ、いやだっ、なに？」

うっすらと張った青年らしい胸筋の上に、淡い色の乳輪の中でおとなしくしている乳首があった。

グラヴィスの指では、つまんで撚《よ》り合わせることもできなそうな小さなそこは、唇よりもさらに淡い色を滲ませている。

いずれ可愛がりやすい大きさまで育ててやろうと思いながら、親指の腹で擦ってやる。

「やだっ……いや！」

首筋を舌で愛撫《あいぶ》しながら、同時に両方の乳輪ごと優しく刺激すると、小さな頭がいやいやと左右に振られる。しかしかまわずに、少し強めに弄《いじ》り続けると、やがて、薄く柔らかかったそこが凝り、存在を主張しはじめた。

身体を離して胸を見下ろすと、乳輪ごとぷっくりと膨らんで、小さな乳首は、懸命に勃ち上がって愛らしく主張している。なるほど、あちこち敏感で仕込み甲斐のありそうな身体だった。

「小さいくせに、もう気持ちいいと言ってるぞ」

くりくりと乳首をいじめると、レオリーノは、あっあっとあえかな声を上げてのけぞった。

「そこ、あっ、そこ……あっ、どうして？」

「ここを弄られたら、やがて下も気持ちよくなる。素直に感じるといい」

「閣下、そこは、その、あまり関係ないのです……僕がつらいのは、お気づきかもしれないのですが、下の腰のものなのです。あの、僕の……っん」

レオリーノが泣きそうな顔で、とんでもないことを言いはじめた。

「……もういいから黙れ」

「ん！　……んぅ……」

グラヴィスはレオリーノの唇を深く貪る。

最初から容赦なく舌を使い、昨夜覚えたレオリーノが感じるところを舐めねぶり、蜜を溢れさせる。

しばらく丹念に舌で口内をねぶると、やがてレオリーノの身体から、完全に力が抜けた。

グラヴィスの腹に当たっている昂りは、引き返せないほどに硬くなっている。無意識に布地に擦りつけて刺激を得ようとする様子が、なんとも愛らしくみだらだ。

手軽な快感を与えて熱を解放させるだけのつもりが、無垢な痴態に煽られて、本気で愛撫したくなる。

グラヴィスは低い声で囁いた。

「――いいか、少し黙っていろ」

「かっか……」

「ただ、気持ちよくなっていれば、すぐに終わらせてやる。何も怖いことはない」

男によってさんざん貪られた口が、うまく回らなくなっているようだ。思考もぼんやりと快感に溶けはじめているのか、レオリーノは蕩けた瞳で、無心に男を見上げている。グラヴィスの胸に、愛おしさが溢れる。
自分自身の欲望もじんわりと高まったが、グラヴィスは奥歯を噛んでこらえた。
愛情をともなった欲情を誰かに感じたことなど、十八年ぶりのことだ。

——これはイオニアに対する裏切りなのだろうか。

一生に一度の恋だと、思っていた。
恋情というにはあまりに狂おしい、イオニアへの執着は、十八年前のあの日に、心の柔らかい部分を根こそぎ奪って息絶えたのだと、そう思っていた。
しかし、この腕の中にいる青年を、どうしようもなく愛おしいと思う心に、嘘はつけない。

——愛おしい。愛おしくて、たまらない。

レオリーノの中にイオニアの痕跡《こんせき》を探しつづける自分が愚かしく感じられるほど、この想いの種類は明らかだ。
グラヴィスは自嘲《じちょう》する。この愛おしさは、自分の心が無意識に用意した免罪符なのかもしれない。

——それでもかまわない。この柔らかく甘い存在を、いますぐ自分のものにしたい。

このまま抱いてしまおうか。
そう思ったとき、レオリーノの真っ白な腹部が、目に飛び込んできた。

「……っ」

腹から大量の血を流した赤毛の青年の姿が、グラヴィスの脳裏に浮かぶ。
レオリーノに凶暴なまでに煽られる、愛おしさと独占欲。同時に、どうしても真実をたしかめたいという未練が、まだグラヴィスの中にある。

暴走しかけたグラヴィスの欲望を、理性がギリギリで押し留《とど》める。

「……まだだ、レオリーノ。まだ、おまえを奪うことはしない」

「ん……あ」

真実を手繰り寄せたところで、どうするのか。これほどレオリーノを愛おしいと思う心が、それで何か変わるのだろうか。

（レオリーノ……おまえ自身が愛おしいのだと、確信を持って言えるときが来たら、そのときは）

そのときは、言葉を尽くして、愛を乞《こ》うのだ。二度と、運命には翻弄《ほんろう》されない。あの頃とは違う。

運命は、もはや我が手にある。

今度こそ絶対に、昔のような過ちは犯さない。


「……俺はまだ、おまえに何も言ってない。だから、ここでおまえを奪うつもりはない」

「……かっか」

「いいか、可愛い口は塞いでいろ——これ以上、俺の理性を飛ばしてくれるなよ」

レオリーノは涙をこぼしながら、コクリと頷いて、自分の口の前に拳を当てる。

その仕草に、再び男の理性が焼き切れそうになる。

布地の下で解放を待つ青年の昂りに、今度こそ直に指を這わせる。

レオリーノは背筋を反らせて、与えられる快感を受け入れた。張りつめた欲望は、その先端から透明な蜜を次々と滴らせ、男の指で解放される瞬間を待ちわびている。

やがてレオリーノの口から、小さな拳では抑えきれない、甘い悲鳴が漏れはじめた。

『盾』の意味

時間にしてみれば、ほんのわずかだったのかもしれない。だがレオリーノにとっては、まさに嵐《あらし》に翻弄されたようなひとときだった。

レオリーノは、生まれて初めて、自分以外の手で官能の極みに追い上げられる感覚を知った。

先走りに濡れた屹立《きつりつ》を大きな手で包まれて、蜜を吐き出せと甘やかに促される。そのあいだずっと、喘ぎ乱れる唇に、震える肩に、そして充血してぷっくりと膨れた胸の先に、幾度も口づけを受けた。腰から下が蕩けてしまいそうな気持ちよさだった。

乱れた呼吸が徐々に落ち着いてくる。ゆっくりと頬を撫でていた男の指が、やがて離れていった。

レオリーノはぼうっとしたまま、視線だけで男の背中を追いかける。

グラヴィスが手巾《しゅきん》を持って戻ってくる。身体を清めようと伸びてくる手を、レオリーノは重い腕を持ち上げて制止した。理性とともによみがえる自分の痴態が、後悔となって襲ってくる。

「……自分でできます。ご迷惑をおかけして、申し訳ありません」

「そうか」

レオリーノはゆっくりと身体を起こした。羞恥に耐えながら、受け取った手巾で、己の吐き出した蜜で汚れた部分を黙々と拭う。

全身がいまだに甘だるいしびれに支配されている。他人の手によって現実に性感を刺激される感覚は、信じられないほど強烈だった。

レオリーノは、布を身体に巻きつけて裸身を隠す。その様子を見守りながらも、グラヴィスが何も言わずに放置してくれるのがありがたかった。

「レオリーノ、着替えを用意させた。服は自分で着られるか？　ああ、……そうだ、その前に」

男が再び重量を感じさせぬ優美な足取りで近づいてくる。その手に湿布と包帯を持っていた。

「手当てをしよう。ほら、手を出せ」

「はい……ありがとうございます」

レオリーノは素直に手を出す。練薬を塗りつけた湿布で患部を覆うと、グラヴィスはその上から、手際よく包帯を巻いていった。


昔は、もっと王族らしい王族だったように思う。何が彼を変えたのか、ずいぶんと気安く世話を焼いてくれるなと、ぼんやりとした頭で考える。


包帯が患部に綺麗に巻かれていくうちに、やがてレオリーノの心も静かに凪いでいった。

年を重ねてもグラヴィスの完璧な美貌に、年齢による翳《かげ》りはまったくない。むしろいっそう成熟し、男性的な美しさがまばゆいほどだ。


しかし、笑うとわずかに目尻に皺が寄ることを、レオリーノはすでに知っている。

レオリーノとイオニアは同じ人間ではない。

夢の中で記憶を共有することで繋がっているが、別の人生を生きている別々の人間だと、レオリーノ自身は感じている。

だがこの魂は、目の前の男の存在にだけは、永遠に囚《とら》われ続ける運命なのかもしれない。


（好きだ。やっぱり特別なんだ、ずっと……）


グラヴィスは最高位の王族。そしてファノーレンの力の象徴でもある。

レオリーノは貴族として生まれた。だからこうして、幸運にも再び目をかけてもらい、たまたま近くにいることができる。それだけだ。

異能も持たず、王国軍で戦うこともできないレオリーノがグラヴィスを恋慕したとて、この思いは、どこにもたどり着くことはないだろう。

(それでも……もしグラヴィスが、少しでも僕に好意を持ってくれているのなら)

傍にいたい。叶うことならば、この身が滅びる日まで傍にいさせてほしい。レオリーノの心の中に、むくむくと欲が沸き上がる。

この想いが報われなくてもいい。ただ、ずっとグラヴィスの傍にいるための、大義名分が欲しかった。

(……もし、僕にイオニアの記憶があると告げたら、あの頃のように、傍にいさせてもらえるだろうか)

その目に希望と不安を宿したまま、レオリーノはいつしか縋るように男を見つめていた。視線に気がついたグラヴィスが顔を上げる。


二人の視線が交錯する。

内なる欲求が、嵐となって解放を求める。レオリーノは気持ちが抑えられなかった。

「……閣下」

レオリーノはついに、喘ぐように喉を開いた。

「――聞いてほしいことがあります」

「なんだ」

「おかしな話だと思うかもしれません。でも、本当は、僕は……」

黙って続きを待つグラヴィスの目が、金色に輝いている。

(……どうか受けとめて。僕を信じてください)

レオリーノは緊張にひりつく喉から、必死に言葉を絞り出そうと試みる。

「閣下、僕は、僕には……」

前室に鋭いノックの音が響いた。二人のあいだにピンと張っていた緊張の糸が、その瞬間にぶつりと切れる。レオリーノは冷水を浴びせられたように、一気に現実に引き戻された。

「――殿下、そろそろご自身のご用意を」

そこにはテオドールが立っていた。

「レオリーノ殿もご準備を。殿下はお忙しく時間がありませんので」

「……っ、は、はい。申し訳ありません」

レオリーノがあわてて身をひこうとすると、その瞬間、指先がギュッと強く握られた。

「……っ？」

「テオドール、出ていけ」

そこには、酷《ひど》く真剣な目でレオリーノを見つめる男がいた。レオリーノの胸が、激しく鼓動を刻む。

「出ていけ、いますぐ」

グラヴィスの命令に、即座に扉が閉まる。

再び二人きりになる。レオリーノの鼓動が、ドクンと跳ねあがった。

「……いま、何を言おうとした」

手を強く握られる。手加減のない力だった。

「……っ」

「レオリーノ、言え。いま、何を言おうとした」

レオリーノはしかし、黙って首を横に振る。

膨らんでいた勇気が、『現実』という針につつかれて、すっかり萎んでしまった。

グラヴィスは険しい表情で続きを促す。

「レオリーノ、言え」

「なんでもありません。もう、お時間だと……お邪魔して申し訳ありませんでした」

そう言ったきり、レオリーノは固くうつむいたまま顔を上げようとしなかった。

グラヴィスが根負けする。

荒ぶった感情をこらえるように、グラヴィスはひとつ、大きく溜息をついた。

「……たしかに時間切れだな」

グラヴィスが立ち上がる。

男の体温が離れていく寂しさに、レオリーノはひそかに唇を噛んだ。

「着替えに手伝いが必要か」

「……ありがとうございます。大丈夫です。最後だけ、侍従の手をお借りするかもしれませんが」

うつむきながらも、レオリーノはしっかりとした声で答えた。

これ以上なさけないところを見せられない。グラヴィスにもたらされた、混乱と官能に包まれた濃密な時間から、現実に戻らなくてはいけないのだ。

『レオリーノ』としての人生は、これからも続いていく。カシュー家の息子として、現実の軛《くびき》から逃れることはできない。

「レオリーノ、話の続きはまた次の機会だ。いいな」

そう言うと、グラヴィスは踵を返した。


その背中に頷きながら、レオリーノは再び希望を抱いた。

いつか、秘密を告白する機会があるかもしれない。そのときこそ勇気を出して、自分には『イオニア・ベルグント』の記憶があると告白するのだ。

そして、精一杯役に立てるようになるから、傍にいさせてほしいと、グラヴィスに懇願してみよう。

レオリーノは強い決意を抱いた。


グラヴィスは内心のいらだちを抑えて、寝室で待つ侍従のもとへ向かう。

レオリーノは、あのとき何かを言いたがっていた。その内容がひどく気になったが、テオドールもギリギリまで邪魔しないように控えてくれていたのだろう。実際に時間の猶予はなかった。

テオドールは準備をして、静かに控えている。グラヴィスが近寄って頷くと、早速主の身なりを整えていった。

　本来は衣装係の仕事だが、グラヴィスがまだ少年の頃、暗殺者が衣装係になりすまして侵入して以来、身支度を整えるのはテオドールの仕事になっている。

　侍従は手際よくグラヴィスのシャツを下衣に差し込み釦を留めると、逞しく完璧な身体の線が映えるように整えていく。

「殿下は、あの方をどうなさるおつもりですか」

　頭ひとつ分ほど低い侍従を見下ろす。

「テオドール、その質問の意図はなんだ」

　侍従の薄水色の瞳と、かっちりと目が合う。

「あの方はカシュー家のご子息です。戯《たわむ》れに手を出してよい相手ではありません」

「俺のやることに異を唱えるつもりか」

　グラヴィスが低い声で、踏み込むなと警告した。

　テオドールは落ち着いた様子で淡々と作業をする。主の境界線を誰よりもよくわきまえている侍従は、次にグラヴィスの袖元《そでもと》の飾りに手を移した。

「あの目に、私も見覚えがあります。……彼の面影を、お感じになったのですか」

「テオドール」

　テオドールは手を止めて謝罪する。

「申し訳ありません。しかし私は、殿下のご意向を正確に把握する必要があります」

　幼い頃から付き従い、この年までずっと傍にいる唯一の側仕えだ。絶対的な忠誠を誓っている男がここまで言うのなら、と、グラヴィスは、テオドールに真剣に向き合うことにした。

「何が聞きたい。時間はないぞ」

「はい。ご準備を整えながら、お聞きいただければ」

　グラヴィスは了承の印に頷いた。

「レオリーノ殿をこれからもお傍に置くおつもりですか。かつての、イオニア・ベルグントのように」

「……」

「お見かけするかぎり、レオリーノ殿は剣など振り回せそうもないほど華奢な方だ。あの美貌以外に、殿下のお傍に侍ることができるような能力がレオリーノ殿にあるとは、とうてい思えません」

その発言に眉を顰めつつも、グラヴィスは苛立ちを抑えた低い声で答えた。

「おまえの言うとおり、あの子に戦うのは無理だ。そういう意味で、あれに俺の背中を預けようとも思ってはいない」

テオドールはもう片方の袖口《そでぐち》に手を伸ばし、飾り釦を留める。

「それでも、お傍に置いておかれるおつもりですか」

テオドールは、主の全身をいま一度検分した。主の身支度を完璧に整え、侍従の本分を尽くす。

グラヴィスはしばらく沈黙していたが、ゆっくりとテオドールに頷いた。

「そうだな……そうするだろう」

「なぜ、とお伺いしてもよろしいでしょうか」

グラヴィスは首をひねると、わずかに考え込む。

「テオドール。俺にはもはや『盾』も『護衛』もいらん。俺は、あの頃よりはるかに強い。違うか？」

「違いません。いま現在、この大陸で最も強いのは殿下です」

「そうだ。だから、あの子に『イオニア』の役目は求めてない。むしろ逆だ」

「逆、とは」

すると、グラヴィスが小さく微笑んだ。

「だから、逆だ。俺が、あの子の『盾』になりたいんだ。あの子が、背中を預けられるような存在になりたい。そう思っている」

テオドールは驚いた。長らく仕えているが、これほど穏やかな表情を浮かべて誰かのことを語る主を、侍従は初めて見たのだ。

「殿下……」

「おまえは、あの子の肉体的な弱さを指摘した。たしかにそうだ。だが、レオリーノが弱いのは肉体だけだ」

「そうでしょうか。そうは思えませんが」

「肉体は弱いままかもしれんが、心は弱くない。辛抱強い努力家だ。頑固なところもある。自分の存在価値を信じることができれば、将来は必ず、強くなるだろう」

「……」

「だから俺は、あの子を守る『盾』になろう。俺には戦をすることしかできんが……だが、あの子を守れるくらいの権力《ちから》はある」

テオドールは黙ったまま、最後にグラヴィスの肩章にマントを付ける。

「……あの菫色の目を、なつかしく思われたのかと思っておりました」

「……そうか。おまえにもそう見えるか」

テオドールは頷いた。

「あの目には驚きました。あの瞳だけを見れば、彼が生まれ変わったのかと思うほどです」

「たしかに、あの子の中に、あいつの面影を探しているのは事実だ。だが、これはもう、ルーカスと俺がかかった呪《のろ》いみたいなものだからな」

グラヴィスは、最後に手渡された剣と剣帯を手に取り、自ら腰にぶらさげた。この作業だけは、男はいつも自分自身で行うのだ。

「だが……そうだな。やはり、あの子はイオニアとは違う」

テオドールは無言で顎を引いた。

「自由にはばたかせてあげたい。それと同じくらい、できることならば、片時もこの腕から出したくない──そういう存在だ」

テオドールは一瞬目を見開くと、すぐに生真面目な表情を取り戻した。侍従らしい威厳を崩さないその様子に、グラヴィスは苦笑する。

「年甲斐《としがい》もないと、笑ってもかまわんぞ。俺自身も、己の変わりように驚いている」

「――いえ。ただ、殿下に再びそのような方が現れたかと思うと、感慨深いものがあります」

「どういう意味だ」

「イオニア・ベルグントがいたとき、私は……閣下のお気持ちを、正しく推し量ることができませんでしたから」

グラヴィスは、イオニアを目の敵にしていた、若かりし頃のテオドールを思い出す。

そうか、とだけ言って、レオリーノを迎えにいくために、グラヴィスは再び浴室に足を向けた。

「テオドール……俺に尽くすように、あの子に心を配ってほしい。いいな」

その命令に、テオドールは深く腰を折って応えた。


グラヴィスが前室から出ていくのを見届けて、レオリーノも立ち上がる。痛む左手に苦心しながらも身支度を整えはじめた。おぼつかない手つきだが、どうにかひとりで衣服をすべて身につける。

「……よし！　だらしないかな？　……ん、でも、上出来だ。もし見苦しければ直してもらおう」

仕上げを侍従に頼もうと、前室の扉を開ける。

わずかな隙間から、グラヴィスとテオドールの姿が垣間見《かいまみ》えた。扉をさらに開けて踏み出そうとしたそのとき、漏れ聞こえてきた二人の会話に、レオリーノは身体をこわばらせた。


「――――あの美貌以外に、殿下のお傍に侍ることができるような能力がレオリーノ殿にあるとは、とうてい思えません」

自分のことが話題になっている。

こめかみが緊張にドクドクと脈を打ちはじめる。

すると、グラヴィスが侍従に答えた。

「おまえの言うとおり、あの子に戦うのは無理だ」

レオリーノの視界が暗くなった。

冷たい声でグラヴィスは続けた。

「そういう意味で、あれに俺の背中を預けようとも思ってはいない」

その瞬間、レオリーノが胸に抱いたばかりの決意と希望は、あっけなく砕け散った。

静かに扉を閉じる。それ以上、二人の会話を聞き続ける勇気はなかった。


グラヴィスの言葉が、頭の中で繰り返される。

レオリーノとして生まれ変わっても、何か功績を残せば、いつかグラヴィスに認めてもらえるのではないかと……もう一度、イオニアのように、この血と忠誠を彼に捧げることができるのではないかと思っていた。

自分の愚かさを悔やみながら、同時にレオリーノは、単純な自分に虚《むな》しい期待を抱かせた男を恨んだ。

同時に、悲しくなった。

(弱くてもいいというのは、嘘《うそ》だったのかな……)

あたたかな春の陽射しが降り注いでいるにもかかわらず、胸の奥が冷たくなっていく。鼓動を打つ場所のさらに奥が、悲しみで冷えていく。

レオリーノは、ぼんやりと、己の手を見つめていた。一度も戦ったことがない柔《やわ》な手。


やがて扉が開き、軍服に身を包んだ男が再び姿を現した。レオリーノを見て微笑む。

その目に愛情が感じられるのは、レオリーノの欲深い思いが見せる錯覚なのだ。

身のほど知らずの期待を抱いてしまった。

これからは、ちゃんと立場をわきまえなくては。

レオリーノは胸の痛みを隠して、男の表情を目に焼きつけた。

すれ違う心

レオリーノを庇って階段から落下したヨセフは、なんと自力で立ち上がっていた。それどころか、すでに王国軍の制服をきっちりと身につけている。

「ヨセフ……よかった……！」

「レオリーノ様？　どうした!?」

病室で再会するやいなや、貴族らしからぬ振る舞いで突進してきたレオリーノに、護衛役は驚いた。

「僕の不注意で、怪我をさせて……本当にすまない」

「いや、レオリーノ様を守ることができてよかった」

「打ったところは大丈夫？」

ヨセフの全身に視線を走らせる主の様子に、ヨセフは苦笑いする。

「頭を打ってたんこぶができているけど、切ったりしてないから。サーシャ先生も問題ないって。身体も……ほら、まああちこち痛ぇけど……動かせるし、大丈夫だよ」

ヨセフは安心させるつもりで身体を動かしてみせたが、痛みで顔を歪めてしまう。途端にレオリーノの大きな目が潤んだ。ヨセフは困り果てる。

「レ、レオリーノ様、大丈夫だから」

「本当に痛かったでしょう。僕が、あのときあそこで、ちゃんと踏ん張れていたら……ふがいない主人で、本当にごめんなさい」

「……レオリーノ様？」

主の様子がどうもおかしい。レオリーノのほうがヨセフを庇って階段から落ちたのかと思うほど、なぜか憔悴《しょうすい》している。

左手首に包帯を巻いているが、それ以外に主が怪我をしている様子はない。しかし、普段なら完璧な弧を描く二重の目も、一晩中泣きはらしたかのように、腫れて赤くなっている。よく見ると、うっすら隈《くま》も浮いていた。

もしや、昨日からいままで、ずっと泣いていたのだろうか。


「なんか……俺より、レオリーノ様のほうが弱ってるんだけど……」

ヨセフは、背後に立っているサーシャとディルクに助けを求めた。男達も、レオリーノの様子がおかしいことに気がついているようだ。

ヨセフは励ますようにレオリーノの肩に手を置く。

「レオリーノ様、どうした？」

「ヨセフ……ヨセフ……」

するとと無意識なのか、レオリーノは萎れた様子で身体を小さくして、護衛役の腕に潜りこんできた。

「どこか痛い？」

「痛くない……」

ふるふると首を振りながら、レオリーノがさらに身を寄せてくる。慎み深い主が、これほど人目をはばからず慰めを求めてくるなんて。

その様子にただならぬものを感じたヨセフは、子を守る母獅子《じし》のような態度で、おそらくその原因であろう、背後の男を睨みつけた。

レオリーノの後ろに、腕を組んだ将軍が立っている。

初めて近くでまみえた将軍のまとう覇気は、やはり常人のそれではない。ヨセフの背中に、じんわりと汗が浮かぶ。いかに怖いもの知らずのヨセフも、グラヴィスの前では膝の震えを抑えきれなかった。

しかし『無謀』と書いてヨセフと読むような男である。レオリーノを庇うように引き寄せながら、将軍をキッと睨みつけた。

二人のあいだで何かあったと、ヨセフは確信した。

サーシャにあらかじめ聞いていたところによると、ヨセフが防衛宮で休んでいるあいだ、レオリーノは屋敷に戻らず将軍の離宮に保護されていたという。

「……将軍様、レオリーノ様になんかしただろう」

ヨセフの腕の中で、レオリーノの身体が跳ねる。

「……ヨセフ君！　将軍に失礼な口を利くな！」

ディルクの注意にヨセフは舌打ちする。そして、猫のような眼《め》をさらに吊《つ》り上げて、レオリーノの背後に立つ男を睨み上げた。

一方のグラヴィスは、感情を読ませぬ冷たい目で、無言でヨセフを睥睨《へいげい》している。


ヨセフと再会するなり、レオリーノは様々な感情が溢れ出すのをこらえきれなかった。公の場にもかかわらず、護衛役に縋りついてしまう。

レオリーノは、ヨセフが、グラヴィスに対して必死に虚勢を張っていることに気がついた。


ヨセフに悪いことをしたと、レオリーノがあわてて離れようとするが、ヨセフはぐっと、主の背中に回した腕に力を込める。

「こんなに落ち込んで……何をしたんだ」

国王を除けば、この国で最も権力を持つ男である。ファノーレン国内だけではない。大陸中にその勇名を轟《とどろ》かせる男だ。グラヴィスに対峙《たいじ》して平然としていられる者など、そうそういない。

しかし、大切な主のためならどこまでも攻撃的になれるのが、またヨセフという男だった。

丹田に力を込め、他者を威圧する覇気を纏う男に対して、主に何をしたのかと目で問いかける。


グラヴィスが、おや、と片眉を上げた。どうやらヨセフに関心を持ったようだった。

「肝が据わっているな。名はなんという」

「……ブルングウルトの、ヨセフ・レーヴです」

「レーヴ……たしかブルングウルト自治軍に、そんな男がいたな。その息子か」

「はい」

「階段から落ちたレオリーノを守ったことは賞賛に値する。よくやった」

喧嘩腰《けんかごし》で将軍を睨みつけていたヨセフは、突然お褒めの言葉をもらったことに拍子抜けする。

「は、はあ……」

「だが、レオリーノが無謀な行動をしようとしたら、諫《いさ》めるのもおまえの役目だ。それを忘れずに、これからも務めに励め」

「……わかりました。でも、それより将軍様に聞きたいことがある。レオリーノ様に何をしたんだ」

ディルクがあわててヨセフをたしなめる。

「ヨセフ君！　閣下に対してなんて言葉遣いだ！」

グラヴィスは副官に尋ねる。

「この男は、礼儀をブルングウルトに置き忘れてきたのか」

「はぁ……閣下のおっしゃることは否定しませんが、最初からヨセフ君はこんな感じです」

上官と副官が揃ってヨセフを見つめる。ヨセフは男達の視線に、気まずげに身じろいだ。

「まあ、レオリーノを守りきる気概と腕があるのなら、礼儀なんぞどうでもいい」

「ヨセフ君は、厳密には王国軍には入軍していませんからね。同じ平民出身のよしみもあるので、僕がおいおい指導しますが、レオリーノ君を守る思いは疑いありません」

するとと、レオリーノがヨセフから身を離して、グラヴィスに向かって頭を下げた。

「……僕の護衛が申し訳ございません。不敬をお許しください」

顔色が冴《さ》えなかった。ただでさえ儚《はかな》げなレオリーノが萎れている様子は、グラヴィスを含め、その場にいる全員を心配させた。

「レオリーノ、どうした」

「……いえ。我が家の者の失礼をお詫びします」

その堅苦しい答えに、グラヴィスが苛立ったのがわかった。サーシャとディルクが固まる。

「閣下……レオリーノ君も疲れているようです。本日はこのまま、ヨセフ君とともに帰宅させてよろしいでしょうか」

グラヴィスは頷いた。

「いいだろう。だがその前に話がある。レオリーノ、こちらへ来い」

レオリーノはしばらく逡巡《しゅんじゅん》していたが、おとなしく命令に従う。レオリーノの身体を、グラヴィスは無事なほうの腕をつかまえて引き寄せた。乱暴な動作ではなかったが、レオリーノはその勢いにたたらを踏んだ。

「おいっ」

抗議の声を上げるヨセフを、咄嗟にディルクが制止する。これ以上、グラヴィスを刺激してはまずいと感じたのだ。

「おまえ達は少し外せ」

グラヴィスは苛立ちの気配を湛えていた。

再び抗議の声を上げようとしたヨセフの口を塞いで、ディルクが黙らせる。

サーシャはめずらしく眉間に深い皺を刻んでいた。

「──閣下。乱暴なことは止めてください、レオリーノ君は」

「わかっている。ただ話をするだけだ」

非難めいた医師の視線を、男は冷たく弾《はじ》き返す。それ以上話をする気がないという合図だ。

どこか途方に暮れたような様子のレオリーノに、サーシャは退席するべきか逡巡した。

しかし、レオリーノを見下ろしている男の目をよく見れば、案外理性的で、同時に心配げな光が宿っている。

「閣下、会議のお時間をお忘れなく……サーシャ先生、ヨセフ君、行こう」

ディルクはそう言うと、腕の中で暴れるヨセフを羽交い締めにしたまま、医師とともに退室した。


シンとした病室の中で、グラヴィスとレオリーノは二人きりになる。

レオリーノからわずかに怯えの気配を感じると、グラヴィスは脅かさないように、寝台に腰を引っ掛けるようにして目線を下げた。腰を落とすことで、肩までしか届かないレオリーノと、視線を合わせる。

「……どうした」

捕らえた腕を優しくゆさぶると、レオリーノがようやく目を合わせた。

先程まで宝石のように輝いていた菫色の瞳は、哀しげで、すっかり心を閉ざしていた。

「……なんでもありません。閣下には、本当にご迷惑をおかけしました」

「そんな言葉が聞きたいのではない……どうした。そんなに萎れている理由はなんだ」


つい一刻ほど前まで、グラヴィスの腕の中で華奢な身体を震わせながら、初めての快感に甘く泣き濡れていたレオリーノ。

昇りつめた高みからゆっくりと下りてくる様子を見守りながら頬を撫でてやると、無意識だろうが、子猫のように目を細めて、長い睫毛を震わせる。

身体とともに、心まで委ねきっていたのに。

ほんのわずか目を離した隙に、心に壁を作って殻に閉じこもってしまった。

何かが、レオリーノの心を閉じさせたのだ。しかし、グラヴィスには、その理由がわからなかった。わからないことに、苛立ちを感じていた。

レオリーノの小さな顔には、うっすらと隈が浮かび、明らかに疲れて見える。

その様子に胸が痛む。なるべく優しく聞こえるように、グラヴィスはゆっくりと話しかける。

「今朝、何かを話そうとしていたな。それが原因か」

「……いえ。本当になんでもないのです。ただ、これまで閣下に甘えすぎていたと、反省しています」

グラヴィスは眉を顰める。

「甘えてもかまわないと言っただろう」

レオリーノは首を振った。

「それではだめだと、気がついたのです」

「……」

「閣下の言うとおりです。僕は、無意識に閣下に甘えすぎる……甘えすぎていました。防衛宮に仕える者として、臣下として、あまりにも節度をわきまえていませんでした。そのことにようやく思い至り、反省しているのです」

グラヴィスは小さく溜息をついた。その吐息にも、レオリーノは怯えたように身体を震わせる。

グラヴィスは安心させるように、細い身体を優しく抱きしめる。

「……どうした。レオリーノ、なぜ心を閉じている。いったい、何があったんだ」

レオリーノがいやいやと身をよじって、男の腕から逃れようとする。

「レオリーノ」

「もう、僕にかまわないでください。もう、こんな風に、しないでください。ぼ、僕は、僕は……だって僕は……」

グラヴィスは眉を顰めた。レオリーノは喘ぐように一つ大きく息をすると、理性を取り戻そうとするように、必死で拳を握って何かをこらえている。

外の世界を知ったばかりの、未熟で繊細なレオリーノの心。そんな柔《やわ》な心を、昨夜から揺さぶりすぎているという自覚がある。

レオリーノの様子を見て、グラヴィスは、これ以上青年を刺激しないように、ゆっくりと腕を緩めた。男の勘が、これ以上レオリーノを追い詰めてはならないと告げていた。

レオリーノは護衛役と二人で早めに帰宅した。心労の色濃い使用人達を見て、家人達にも心配をかけたと、レオリーノの胸が痛む。

とくに、一晩中心配しどおしだったにちがいないフンデルトには、重ねて詫びた。いつも以上にかいがいしく世話をされ、全身をくまなく検められる。

手首の怪我に気づいたフンデルトが、痛ましそうに顔を歪める。主治医を呼ぶと騒ぐ侍従をなんとかなだめると、レオリーノはようやく自室で一人になることができた。

レオリーノは一人掛けの椅子に座り、今朝の出来事を反芻していた。

グラヴィスとヨセフが睨み合っているあいだも、レオリーノは揺らぎ続ける自身の感情を抑えるのに必死で、周囲を気にする余裕がなかった。

レオリーノにとって、グラヴィスは強烈な引力だ。グラヴィスが近くにいると、それだけで頭がいっぱいになる。

どれだけ心が乱れても、自分から距離を置くのは難しい。どうしても惹かれてしまうのだ。あの圧倒的な、唯一無二の存在に。

しかし、レオリーノの心は未熟で、とても脆い。レオリーノは防衛本能から、男と無意識に距離を置きたがっていた。誰も自分を傷つけない、安全なブルングウルトに逃げ帰りたいと夢想していた。

なのに、グラヴィスの腕の囲いが外れたときに感じた、絶望。

「ヴィー……」

レオリーノはたまらずに、両手に顔を埋めた。

ノックの音が響く。

「レオリーノ、話がある。時間をもらえるかな」

次兄のヨーハンだった。

ヨーハンの青緑色の瞳は、真っ黒に見えるほど濃い色になっている。兄達の中でも最も柔和な次兄がこれほど怒っている様子を、レオリーノは生まれて初めて見た。

いつも優しいヨーハンに、こんな表情を向けられるようになったのかと、次兄と向き合いながら、レオリーノは寂しさを感じていた。

「昨夜は将軍閣下の離宮に泊まったそうだね。閣下の離宮から使者が来たときは仰天したよ」

レオリーノは表情を変えないように努める。

「……はい。ご厚情を賜りまして、一晩、寝食のお世話をいただきました」

「そうか。しかし、ご使者から私達が聞かされたのは、ヨセフが怪我をしてサーシャ先生のところに預けられていること。そして、おまえの身の安全のために、将軍閣下がおまえの身柄を預かる、ということだけだった。それ以上の詳細も、何もなかった」

「そうですか。でもご使者がお伝えしたとおりです」

レオリーノは、今回の顛末《てんまつ》を兄に告げるつもりはなかった。いまは己の愚かさや甘さに対する悔しさ、そして重苦しい感情が胸にあふれて、誰に対しても整然と説明することができない気がしていた。

少しずつ、レオリーノと家族のあいだに秘密が増えていく。

そのまま無言で兄を見つめていると、ヨーハンはふぅと溜息をついた。兄の顔にも薄く隈が浮いて、とても疲れているように見える。

レオリーノはそれを見て、改めて家族に心配をかけたことを申し訳なく思った。

「……心配をかけてごめんなさい」

「ああ、心配したよ。私達の天使に何かあったのかと。とくにフンデルトは、心配のあまり倒れそうになっていた」

なあ、とヨーハンが侍従を振り返る。レオリーノは、もう一度兄と侍従に謝罪した。

「それで、その手の怪我については、報告するつもりはないのかな」

「……これは、たいした怪我ではありません。離宮で手当てしていただき、腫れも引きつつあります」

「どうして怪我をしたのかな」

レオリーノは当たり障りのない答えを考えた。

「足の踏ん張りがきかず階段から落ちそうになったところを、ヨセフが助けてくれました。手首をひねった程度で済んだのも、ヨセフのおかげです」

嘘ではない。ヨーハンは眉を顰める。

「そうか、ヨセフが……それで、手首の他に、怪我したところはないんだね」

末弟が頷くのを見て、ヨーハンはようやく眉間の皺を緩める。レオリーノも緊張を解いた。

「ああ……オリアーノ兄上とガウフがここにいなかったことを、幸運に思うんだね、レオリーノ」

「そうですね。あの二人は、ヨーハン兄上よりも心配症ですから。ガウフなんて、自分は捻挫なんて日常茶飯事だったのに」

ヨーハンは苦笑する。

「そうだね。おまえが防衛宮で同僚に危害を加えられたとわかったら、あの二人は父上に直訴して、おまえを即刻ブルングウルトへ送り返していただろうからね」

その言葉に、レオリーノは息を呑んだ。

驚きのあまり次兄をまじまじと見つめていると、ヨーハンが笑う。

「どうして知っているのか？　という顔だね」

「……」

「蛇の道は蛇だよ、レオリーノ。うちが王都にツテもない田舎《いなか》貴族とでも思っているなら、それは間違いだからね」

　三人の兄の中では、最も優しく柔和な次兄が、突然とてつもなく怖い男に見えた。

「兄上……」

「おまえは私達の宝だ。大事な家族なんだよ。今回は、閣下が処罰をくだされるそうだが、そうでなければ、私達が黙っていなかったかもしれない」

　たしかエントナーと言ったかな？　と、ヨーハンが首をかしげる。

　レオリーノは、キュッと拳を握りしめた。

　すべてバレているのならば、しかたがない。

「……兄上。たしかに彼らとは多少の諍《いさか》いがありましたが、階段から落ちたのは、彼のせいではありません。僕の足が踏ん張れなかったせいです」

「ああ、それはどうやら本当らしいね。これで故意に突き落とされたとあったら、いかにおまえに甘い私でも、少し考えるところだったよ」

　レオリーノは唇を噛んだ。

「……今回の件を、父上に伝えるつもりですか」

「おまえがこれ以上、無防備に振る舞うなら、話は別だよ。閣下とも、その点では合意している」

「……それはどういう意味ですか」

「先程将軍閣下の使者がいらっしゃって、謝罪のお言葉をいただいた。あくまで私的な謝罪で、公にはしないとのことだが、今後はよりいっそう、おまえの身辺に気を配ってくださるとのことだ」

　兄のその言葉に、レオリーノは全身が重く、砂が詰まったような感覚に陥った。

　グラヴィスは、カシュー家がすでに事態を把握しているのを知っていたのだろう。その上で、レオリーノがごまかしきれないと予測して、先んじて謝罪の言葉を届けたに違いない。

――何もかもが、自分の上を通り過ぎていく。

(誰もが僕を弱いものとして、安全な籠《かご》の中に閉じ込めようとする)

自分に対する嫌悪感が膨れ上がって、レオリーノは深く落ち込んだ。

「……閣下とも約束いたしました。もう、危険な目にはあわないように重々注意いたします」

ヨーハンは頷いて立ち上がった。

「今回は私の胸の内に留めておくことにするよ。それで、夕食は食べられそうかい?」

レオリーノは首を振ると、次兄の退室を見送ろうとする。

「……ああそうだ、フンデルト。あれをレオリーノに渡しなさい」

ヨーハンがそう言うと、部屋の隅に控えていたフンデルトが、レオリーノに一通の手紙を差し出した。

封蝋《ふうろう》の紋に見覚えがある。

「ミュンスター家から、僕に……?」

「そうだ。レーベン公爵家主催の夜会の招待状だ。きちんとお返事をしなさい。ああ、それとユリアン殿と出かける約束をしていると聞いたよ。先日お目にかかったときに、近々おまえを誘いにくると言っていたよ」

「そうですか……」

兄が退室した後、レオリーノは再び椅子に座り、手の中の書状をしばし見つめて考え込んだ。

招待状を開けると、ヨーハンが言ったとおり、夜会に招待する旨の定型文が、流麗な装飾文字で記されていた。ひと月後に公爵家で行われるそれは、さぞかし大規模で豪華なものなのだろう。

晩餐会の誘い自体は、気鬱《きうつ》なものだ。

定型文の下に『近々誘いにいく。会えることを楽しみにしている』と、男性的な筆致で書かれた一文が添えられていた。そこにユリアンの署名がある。

（そうだ……ユリアン様も言っていた。僕は外の世界を見て学ぶ必要があると）

レオリーノは揺らいだ。

ユリアンの求婚は断ったが、彼は気にしなくていいと言ってくれた。その言葉に甘えてもいいものか悩むが、縁戚であるユリアンと一緒に行動するのであれば、家族に止められることはないだろうという打算もあった。

それに、レーベン公爵家に出入りすることができれば、彼らの親戚《しんせき》であるラガレア侯爵についても、なんらかの情報を得ることができるかもしれない。

レオリーノはひそかにそう考えていた。

（……いま自分にできることを、やってみよう）

レオリーノはユリアンの誘いに乗る決意をした。

この招待状に返事をすれば、きっと近々ユリアンが訪れてくることだろう。

「フンデルト。ユリアン様のご招待をお受けしますと、お返事をしてほしい」

孤独のそばに

バルト・エントナーと衛生部の同僚二名は、軍規違反によって王国軍から正式に除籍処分になった。

具体的な違反行為の内容が公にされることはなかったが、水面下では誰もが、レオリーノ・カシューに関する悪質な迷惑行為だと理解していた。

レオリーノは上官であるサーシャに改めて謝罪し、自身に対する処罰を求めた。今回の事件に関するレオリーノの罪は、違反行為の報告を怠ったことだとして、サーシャから三日間の謹慎を申し渡された。

それは実際のところ、護衛役のヨセフが休養するための期間だったのかもしれないと、レオリーノはひどく恐縮していた。

その事件以降、レオリーノはこれまで以上に、防衛宮内で遠巻きにされる存在になった。もともと人並み外れた美貌とその出自によって、入宮したときから、同僚達とのあいだに常に壁は存在していた。

しかし、レオリーノにとって『孤独』は罰にならない。

王都の学校に通っていた同僚達には想像もつかないだろうが、レオリーノの人生には、これまで同世代と交流する機会はほとんどなかった。

そして、レオリーノは自覚していなかったが、イオニアの記憶は、レオリーノの対人意識に深いところで影響を与えていた。

人間の身体を一瞬で破壊できる《力》を持ち、実際にそれを行使してきたイオニアは、自ら壁を作ることで、誰かを物理的に傷つけることを避けていた。

レオリーノも、自分の行動で誰かの人生を狂わせてしまうことをとても恐れていた。

レオリーノは与えられた研究課題に没頭し、一日のほとんどを資料室で過ごしていた。

そんなレオリーノにも、少しばかり人間関係に変化があった。

ディルクが定期的に資料室に顔を見せてくれるようになったのだ。これはレオリーノにとって、大いなる喜びとなった。

ディルクは資料室に顔を出しては、研究の進捗《しんちょく》を確認して、その都度的確な助言をくれた。彼が参謀部だった頃の知識と、将軍の副官として全体の戦略を俯瞰《ふかん》できる立場を最大限に活《い》かした助言だ。とくに参謀部と衛生部の連携についてはありあまるほどの知識を、惜しみなくレオリーノに授けてくれた。

レオリーノは、ディルクのことを一方的に好ましく思っていたが、ディルク自身も、レオリーノとヨセフを気に入ってくれているようだった。グラヴィスの完璧な美貌を見慣れているせいか、最近はレオリーノの容姿を意識することもなく、自然と後輩扱いをしてくれる。

ディルクがまだ少年だった頃の記憶しかないせいか、最近は年上の親戚といったような感覚で懐いている。

サーシャから与えられた課題は、ほぼかたちになりつつあった。

世間知らずのレオリーノだったが、自分の研究がどういった意味合いを持つのかは自覚している。

新人の研究としてはあまりに専門的すぎるのではと内心怯えていたが、なぜか誰からもその点を指摘されることはなかった。

レオリーノの研究が実戦に投入されれば、衛生部隊員と物資の供給効率を大幅に上げられるだろうと、ディルクも太鼓判を押してくれていた。さらに参謀部と連携することで、兵士達の生存率も上げることができるだろう。

自分の研究が少しでも役に立つのならばと、レオリーノ自身も報われる思いだった。

レオリーノは研究と同時に、怪しまれない程度にエドガル・ヨルクと、その周辺の記録を探り続けた。

山岳部隊の一下士官の記録をたどるのは、かなり難航した。実際にわかったことはほとんどなく、そのことがレオリーノを落胆させた。

エドガル・ヨルクはツヴァイリンクで大怪我して長期休養していた。その怪我は、間違いなくイオニアが死ぬ直前にヨルクの腹に《力》を行使したときのものだろう。

いまとなっては、イオニアがエドガルにとどめをさせなかったことが、すべてに繫がっている。

彼が生き延びていなければ、ツヴァイリンク侵攻の背後に黒幕がいる可能性は、永遠に闇《やみ》に葬られたままだっただろう。

一方で、エドガルがからくも生き延びたことで、六年前、レオリーノは彼とともに外砦から落下し、二度と走ることができない身体になった。

エドガルの身請け先として、兄夫婦の住所が判明した。兄夫婦は数年前に亡くなっているらしい。

エドガルは、イオニアと同様に異能者だった。必ず、エドガルの異能に目をつけて、彼に接触してきた人物がいる。

レオリーノは、せめてもの手掛かりに、近々必ずエドガル・ヨルクの兄夫婦の身辺を探ろうと誓った。

しかし、その方法は模索中だ。

実際のところ、レオリーノの生活は過保護すぎるほど徹底的に守られている。毎日王宮まで馬車で往復し、防衛宮内でも、常に護衛役が付いている。

帰宅してからは家人の目がある。誰にもばれずに自由な時間を確保する隙はなく、また一人でどうやって外出してよいのかも、正直わからない。

少しでも外で行動する経験を積もうと、レオリーノはユリアンの誘いに乗ることにした。

招待状に返信をすると、すぐにユリアンから遊びの誘いがあったのだ。次の休暇には、初めてユリアンと出かけることになっている。

あの日以来、グラヴィスとは会っていない。

何度か、遠くからその姿を見かけた。視線が交錯したような錯覚に陥ることもあった。ただ、二人の距離は、それ以上近づくことはなかった。

グラヴィスが苛立ちを募らせていることを知らないまま、レオリーノは、目の前の日々をこなすことに必死になっていた。

馬の競り市

レオリーノはユリアンと王都郊外の馬の競り市場を訪れていた。

ユリアンと会うのは以前の茶会以来である。いつも通りの温厚で優しい完璧な紳士ぶりに、レオリーノは徐々に緊張を解いていった。


「ユリアン様、これで大丈夫でしょうか？」

「ああ、いいよ。上手く顔も隠せているから、そのままずり落ちないように気をつけなさい」

「はい」

マントの上から頭を優しくぽんぽんと叩かれる。

レオリーノの気持ちも徐々に高揚してくる。頬を紅潮させてうれしそうに笑うその様子を、向かいの席に座るユリアンは微笑んで見つめていた。

夜会の招待状に書かれていたとおり、ユリアンは、ほどなくしてレオリーノを外出に誘ってきた。

『大人の遊び』とは、はたしてどんなところに連れていかれるのだろうかと一抹の不安を覚えていたが、行き先が馬の競り市と聞いて驚いた。聞けば、レオリーノを連れていくのにふさわしい場所として、ユリアンは、ヨーハンにいくつかの候補を提案したそうだ。

そして、ヨーハンが許可した場所が、この競り市だということだった。

　その顛末を聞かされたときは、兄のあまりの過保護ぶりに、レオリーノは思わず頭を抱えてしまった。ユリアンに呆れられただろうかと、レオリーノは恥ずかしさに頬を染める。

「いや、良かったよ。この競り市が立つのは、年に二回しかないからね。ヨーハン殿にここも駄目だと言われたら、どうしようかと思っていたけれど」

「申し訳ありません……」

「はは、かまわないよ。結果として君を連れてこられたんだからね。この競り市では素晴らしい若駒が見られるだろうから、楽しみにしておいで」

「はい」

　レオリーノは微笑んだ。脚に怪我を負うまでは、乗馬を学んでいたこともある。久しぶりに近い距離で馬を見ることができると思うと、楽しみでしかたがなかった。

　もう二度と一人で騎乗して野原を駆け回ることはできないだろうが、もし叶うのなら、もう一度馬の躍動する筋肉と一体になって、風を受ける感覚を味わってみたい。


　王都を囲む城壁を出てから郊外へ半刻ほど馬車を走らせると、競りの会場に到着する。外からすでに活気のある騒音が聞こえていた。レオリーノは興奮を抑えられなかった。

「ユリアン様、もう外に出てもよいですか？」

「はは、待ちきれないみたいだね」

「はい！　こんなに賑《にぎ》わいのあるところに来たのは、生まれて初めてです」

　レオリーノの弾んだ声に、ユリアンがクスクスと笑う。

「みんないい馬を手に入れようと必死だからね」

「そうなんですね。今日はユリアン様も、新しい馬を探すのですか？」

「さて、どうだろう。飛び抜けた仔《こ》がいればだが。

我が家にも素晴らしい馬達がいるよ。ほとんどは領地に置いているが、王都の邸《やしき》にも、何頭か連れてきている。よかったら今度見においで」

「はい。レーベン公爵家の馬なら、さぞや素晴らしい馬達なのでしょうね」

ユリアンは扉に手を掛けると振り返った。

「ここは貴族以外の平民もいるから、気を抜かないように。会場中に警備体制が敷かれているから、基本的に安全な場所だけど、何があるかわからないからね。絶対に私から離れないように。いいね？」

「承知しました」

今回の外出にヨセフは同行していない。レーベン公爵家側から、手厚く警護するから護衛は不要と申し出があったのだ。

カシュー家は難色を示したが、結果的に、レオリーノは一人で公爵家の馬車に乗り込んだ。

直前に知らされたヨセフは怒っていたが、レオリーノ自身は一人で出かける良い練習になると思っていた。

「脅かしてしまったけれど、レーベン公爵家の護衛達も警護しているから、安心しなさい」

レオリーノはコクコクと頷いた。言いつけは守るから、早く外に出たい。そう言わんばかりの様子を、ユリアンは微笑ましく見つめていた。

「よし、では行こうか」

レオリーノは軍馬以外で、これほど多くの馬を見たのは初めてだった。これほど多くの人が騒然とたむろしている場所に降り立つことも、生まれて初めてだった。

フードがずり落ちないように気をつけながらも、あちこちをキョロキョロと眺めてしまうのを止められない。

「ほら、キョロキョロしないで。迷子《まいご》になるよ」

ユリアンに背中を押される。

競り市は、貴族から商人まで多くの客が訪れて、大いに賑わっていた。名馬の産地として名高い南部の平原地方から、一歳を超えた若駒が集められており、そのほとんどが乗馬用の種ということだった。

「ほら……囲いの向こうに馬がいるのが見えるかい？　人混みに流されないようにね」

会場には、馬が入れられた囲いがいくつも配置されていた。中央に巨大な天幕が張られているが、どう、やらその天幕が競りの会場らしい。

ユリアンが巧みに人混みをかきわけて、柵囲いの近くまで連れていってくれる。

レーベン公爵家の護衛役が周囲を警備しているとのことだったが、あまりの賑わいに、護衛達を識別することはできなかった。

柵の中には十頭ほどの馬達がいた。囲いの中は広く、馬達が自由に歩けるようになっている。柵の周囲には、多くの客達が鈴なりになって、口々に興奮した様子で何かを喋りながら、これから競りに出される馬達を熱心に観察していた。

落ち着いた様子で草を食《は》む栗毛の牝馬《ひんば》。頭をブルブルと振っている青毛の牡馬《ぼば》。中には足を踏み鳴らしてかなり興奮している馬もいた。囲いの中にいる数名の世話人達が、馬の様子を観察し、興奮した馬をなだめている。

どの若駒も生命力に満ち溢れて、とても美しかった。陽光に艶《つや》やかな毛が輝いている。

風を切って走ることができる馬達は、レオリーノにはとても眩しい存在だ。

夢中になるあまりフードがずり落ちそうになると、気づいたユリアンがすかさず直してくれる。レオリーノはユリアンを振り返ると、フードの下から、まばゆいほどの笑顔を見せた。

「ユリアン様、すごいです！　とても、とても美しい馬ばかりです！」

興奮を隠せないレオリーノの様子に、ユリアンが笑った。

「それぞれの囲いごとに、馬の値付けの範囲が決まっているんだ。ここの馬達は、商人や下位貴族向けだろう。今回出品された馬達の中では並の値段だよ」

「ええ？　こんなに美しいのに？」

「向こうの囲いに行くほど、値が高い優秀な馬ばかりだ……ほら、見てごらん。あちらのほうが、馬の数が少ないだろう？　より貴重な馬達だ」

指し示された方向を見ると、たしかに一つの囲いに収められている馬の数が少ない。まだよく見えないが、一番奥の柵の中には四頭の馬がいた。

「あの奥の馬達が、一番高いということですか？」

「そうだ。あそこの囲いに入れられているのが、今回の競り市の目玉だ。国内でも有名な名馬を親に持つ仔達だろう。見にいくかい？」

レオリーノは頷いた。

柵の中の馬はどの仔も力強く生命力に溢れている。レオリーノには、どの馬も比べようもなく美しく輝いて見えた。

しかし、人混みをかき分けてたどり着いた一番奥の囲いに収まっていた四頭は、馬に疎《うと》いレオリーノにも特別だとわかるほど、素晴らしい馬達だった。

美しさと力に溢れた完璧な馬体。

レオリーノはあまりの感動に、しばし言葉を失った。

「どうだい？　見に来た甲斐があっただろう」

「はい……どの馬もとても美しいですが、ここにいる馬達が特別なことは、よくわかります」

「君はどの子が気に入ったかな？」

レオリーノはその問いに首をかしげた。

優劣がつけられないほどの馬も美しいが、レオリーノの目は、自然と奥にいる芦毛《あしげ》に吸い寄せられた。銀色に輝く毛並みの優美な牝馬だった。馬体は比較的大きく引き締まって、見事な力強さだ。

若駒らしからぬ落ち着いた様子で、スッと首をもたげている。艶々とした尻尾《しっぽ》を機嫌よさそうに揺らしていた。

「あの芦毛の牝馬が、とても綺麗だと思います」

「芦毛を選ぶとは、とても君らしいね。たしかにとても綺麗な子だ。近くで見せてもらうかい？」

「そんなことができるのですか？」

驚いてユリアンを見上げると、端整な美貌の青年は不敵に笑った。

「馬主達が最も自分の馬を紹介したい人間は、誰だと思う？」

その言葉に、レオリーノは、ユリアンがファノーレン一の富豪であるレーベン公爵家の跡取りであったことを思い出した。

たしかにレーベン公爵家の財力をもってすれば、この市場の馬すべてを買い占めても、なんらその懐は痛まないだろう。

あちこちからユリアンに対する視線を感じていたのは、そういう理由だったのだ。しかし、最高位の貴族であるユリアンに直接声をかけられる者は、そうそういなかったようだ。

「馬が怖くないなら、近くで見せてもらおうか」

「はい。でも、そんな我儘なことをお願いしてもよいのですか？　迷惑ではないでしょうか」

ユリアンが笑う。

「君は本当に可愛いな。馬を競り落としたいと思う者なら、普通にお願いすることだから、特別無茶なお願いではないよ」

「でも、僕は自分のお金を持っていないので、競りに参加する資格はありません」

「大丈夫。私がいるだろう。君に楽しんでもらうためにここに来たんだ。さ、少し待ってなさい」

レオリーノは生まれてこのかた買い物をしたことがなく、自分が自由にできる金があるかどうかも知らない。また、こうした場で、高位貴族の特権を行使することにも慣れていなかった。

しかし、気に入った芦毛の馬を近くで見ることができるという誘惑に負けて、ユリアンの厚意に素直に甘えることにした。

ユリアンが手を挙げると、柵の内側にいる管理人と思しき男が寄ってくる。ユリアンが小さく男に向かって何事かを囁くと、男は頷いて、すぐに芦毛の近くにいる馬丁らしき男に合図を送った。すると、馬丁が芦毛の手綱《たづな》を取り、こちらに向かってくる。

「うわぁ……うわぁ……！」

優美な足取りで近づいてくる美しい馬に、レオリーノは感嘆の溜息を漏らした。

芦毛の牝馬の堂々たる歩みは、むしろ人間を従える女王のような風格であった。

少し手を伸ばせば触れそうなほど近くに、芦毛が立ち止まる。

「ああ、間近で見るほど、本当に綺麗な子だね。この子はどこの生まれだい」

ユリアンの質問に、馬丁が誇らしげに答える。

「はい、旦那様。ヘクスター領の産です。たいそうな美人でございましょう？」

「たしかに美人だ。これだけ立派な子だ。ヘクスター領といえば、名馬エロクウェンテの血統かな」

「はい。父馬がエロクウェンテ、母馬がガーレです」

「おお、母馬はガーレか。なるほど、この毛色は、たしかにガーレの血筋だな」

「牝馬のわりに躰《からだ》の大きなところは、エロクウェンテに似たんですな。ガーレの仔だけあって素晴らしい足を持っています。間違いなく昨年生まれた仔のなかでは、ダントツに良い馬ですよ」

ユリアンと馬丁の話は、レオリーノの耳を素通りしていた。レオリーノはひたすら熱心に、芦毛の馬をうっとりと眺めていた。

すると、芦毛はレオリーノに興味を持った様子で、ブルルと頭を振りながら距離を縮めてくる。

馬を脅かさないようにそっと柵の上に掌《てのひら》を乗せる。すると、芦毛は鼻を近づけて、フンフンと匂いを嗅いできた。あたたかく湿った鼻息がくすぐったい。

レオリーノはうれしくてクスクスと笑った。

「美人同士、気があったようだね」

レオリーノはユリアンを見上げて微笑んだ。

「とても優しい子です――この子の名前は、なんというのですか?」

馬丁に向かって尋ねると、馬丁は顔のよく見えない青年の問いにも丁寧に答えた。

「坊ちゃま、まだ正式な名前はないのでございます。この馬の主になる人が決めるので」

「それは……名前を呼ばれたことがないのは、可哀《かわい》想《そう》ですね」

レオリーノの残念そうな声に、馬丁は慌てた。

「いえ、呼び名はあることはあるのですが、正式な名前ではないだけです」

「なるほど。それでは、この子は、これまではなんと呼ばれていたのですか?」

「『アマンセラ』です、坊ちゃま。夜明けに生まれた子なので『暁の光』という仮名をもらっています」

「……アマンセラ。素敵な名前です」

そう呟《つぶや》くと、レオリーノは、アマンセラ、と名前を呼びながらもう一度掌を差し出した。

アマンセラはレオリーノの呼びかけに応えるように、小さく首を振りながら、掌をグイグイと鼻面で押してくる。気位の高そうな見かけのわりにとても人懐っこい馬だ。

レオリーノは甘くかすれた声で笑った。

「名前を呼ばれて喜んでいるようです」

「ふふ、アマンセラと触れ合えて、僕もとてもうれしい。素晴らしい馬を見せてくれてありがとう」

レオリーノが感謝の言葉を述べると、馬丁は深々と頭を下げた。そしてアマンセラを、再び柵を囲んでいる紳士達に見える位置に連れていく。

後ろ姿までも優美な馬にうっとり見惚れながら、レオリーノは満足げな溜息をついた。

「楽しかったかい？」

「はい、とても！　ユリアン様、今日は連れてきていただいて、本当にありがとうございます」

すると、突然ユリアンが意外なことを聞いた。

「君はあの子が欲しくないかい？」

「？　いいえ。とても素晴らしい馬ですが、僕は自分のお金を持っていないので、競りに参加することはできませんから」

レオリーノが首をかしげると、ユリアンが微笑む。

「ふふ……これまで私の身分と富にたかってくる相手しかいなかったから、君のその無欲さは、私にとっては宝石のように思えるよ」

「それはどういう意味でしょうか」

「君のためにあの子を競り落としてあげようか、と言っているんだよ」

レオリーノは驚いた。

「そんなことは絶対にいけません！」

「なぜ？　私は、私自身の財産を持っているよ。それも潤沢に。私なら、あの子を手に入れて君に贈ることができる。金のことなら心配することはない」

「それは存じ上げています。でも、馬がとても高価なことは僕でも知っています。ユリアン様にそんな高価な贈り物をいただくいわれがありません」

「つれないことを言うね。私の好意は受け取れないとでも？」

レオリーノは少し困ってしまった。ユリアンの目は笑っているようだが、わずかに機嫌を損ねているようだった。

しかし、馬はさすがに高価すぎる。ユリアンがここまで言うのならば、どれほどアマンセラが高額でも、必ず競り落とすだろう。しかし、これほど法外な贈り物をもらっては、カシュー家も返礼に困ることになる。

レオリーノは周囲から顔が見えてしまうのを覚悟で、マントを少しずらして、頭半分ほど上にあるユリアンの顔を見上げた。

「ここに連れてきていただいただけで、もう充分にユリアン様のご好意はいただきました」

「なんと。君は本当に無欲だな」

「いいえ、無欲なのではありません。現実的なだけです」

「どういう意味かな？」

「馬丁も言っておりました。アマンセラの足は素晴らしいと……だから、あの子を全速で走らせることができる主人のところへ行くべきです。僕のような出来損ないでは、アマンセラは、それこそ宝の持ち腐れになるでしょう」

ユリアンが目の奥の苛立ちを消し、真面目《まじめ》な顔つきになる。

「すまなかった。私の配慮が足りなかったね」

レオリーノは首を振った。

「いいえ、ユリアン様のお気持ちはとてもうれしかったです。でも、あの馬を僕が所有するなんておこがましい。あの子にはもっとふさわしい主人がいるでしょう。誰よりも速く駆けるアマンセラを、いつか見ることができたらとは思いますが、それ以上の贅沢《ぜいたく》は望みません」

「そうか。君がそう言うのなら」

納得してくれたらしいユリアンに、レオリーノは安堵した。ユリアンの面子《メンツ》を潰さずに断ることができてよかった。

「――さて、疲れたかい？　ここには出店もあるのだよ、少し覗いてみるかい？」

「出店？　というと、ここでは馬以外のものも、売り買いされているのでしょうか」

「そうか。出店も初めてか。ささやかだが飲み物などが買えるのだよ。では、少し覗いてみよう。疲れたら休憩所が用意されているから、そこで休めばいい。競りも見てみたいだろう？」

レオリーノは、たしかに少し疲労を覚えていた。

ユリアンの言葉に素直に頷く。

そのとき、「ユリアン殿」と、背後から話しかけてくる男がいた。

その声を聞いた瞬間、レオリーノは震えた。力強くかすれた声に、胸を締めつけられるような感情が呼び起こされる。振り向いてその顔を見なくても、その男が誰なのか、レオリーノにはわかっていた。

「これは……ブラント副将軍。ごきげんよう」

ユリアンが笑顔で挨拶を交わした相手は、王国軍の副将軍ルーカス・ブラントだった。

（……そうだ！　アマンセラはヘクスター領の産だと言っていたから……）

先程の馬丁とユリアンの会話を思い出す。

ヘクスター伯爵家はルーカスの実家だ。たしか、家督はすでにルーカスの兄が継いでいるはずだ。

ルーカスとこうして直に対面するのは、強引に部屋に連れ込まれたあの日以来だ。防衛宮で遠くからその姿を見かけたことがある。しかし、むしろルーカスがレオリーノと会うのを避けているのか、これまで直接会う機会はなかった。

あの日、ルーカスのイオニアへの強すぎる未練を目の当たりにして、レオリーノは激しく心を揺さぶられた。

圧倒的な体格差によって、まったく抵抗できずに男に翻弄されたあの日。

狂おしいほどのイオニアへの執着。そこから垣間見えたのは、突然途絶えてしまった恋情に懊悩し続ける男の、十八年間の苦悩だった。


レオリーノはあの後、ルーカスに対する罪悪感に胸を痛めた。その罪悪感の正体は、己の正体を隠している後ろめたさ、そして、ルーカスの想いに応えることができないという悲しみだ。

ルーカスのことを考えるたびに、胸に突き刺さるような痛みを感じる。いまもそうだ。

しかし、このまま隠れているわけにはいかない。


レオリーノは挨拶の機会を探った。

ルーカスとユリアンは、そのまま和やかに話しはじめる。マントを目深に被《かぶ》っているせいか、ルーカスはレオリーノの存在に気がつかない。

「突然声をかけてすまない。管理人から、ユリアン殿が当家の馬を気にかけてくれたと聞いてな」

「おお、それでわざわざ声をかけてくださったのですか。副将軍閣下も、こちらへは馬を探しに？」

「いや、領地にいる兄の代理だ。アマンセラの初競りを見届けてほしいと頼まれたのだ」

「なるほど、そうでしたか」

なめらかに会話を続けるユリアンに、レオリーノは徐々に困惑しはじめた。

レオリーノは防衛宮に勤務している。ルーカスは上官にあたるのだ。ユリアンもそれを知っているだろうに、なぜかレオリーノに挨拶させようとしない。

（ユリアン様……どうして？）

割り込んで挨拶するわけにもいかず、レオリーノは、二人の会話を黙って聞いているしかなかった。

「馬の育成は、馬狂いが高じた兄の道楽だったのだが、道楽も長年続くとなかなか磨かれてきた。今年の子は、貴殿から見てもとくに素晴らしいだろう？」

「ええ。先程間近で見せてもらいましたが、父馬と母馬の良いところを受け継いだ、完璧な子ですね。誰があの馬を競り落とすのか楽しみです」

ルーカスは、おやという風に眉を上げた。

「貴殿があの子に興味を持ってくれたのかと思っていたが」

「ええ、先程まではそれも考えていたのですが」

「それは競りに参加しないという意味か？　ああ、いや、詮索《せんさく》してすまない。アマンセラの買い手がろくでもなければ、俺が競り落とせと、兄から指示されていてな」

「なんと。はは、ヘクスター伯爵は天《あま》の邪鬼《じゃく》でいらっしゃるのでは？　それならば、そもそもあの馬を競りにかけなければよかったのに」

「そこが、繁殖にまで手を出した馬狂いの複雑な心理なんだろうな。競りに出してどれほどの値がつくのか、知りたくもある。だが納得できる相手以外に売りたくない、ということなんだろうが……レーベン公爵の馬房に入るなら、兄も安堵しただろうに」

ユリアンは肩をすくめた。

「残念ながら、連れがあの馬は眺めているだけでいいと言ったのでね。今回は見学していることにしようかと」

その言葉に促され、ルーカスがユリアンの隣に佇む青年に視線を投げる。

「ところで、そちらは？　ユリアン殿のお連れか」

レオリーノはこのタイミングだと思った。挨拶をしようと、フードを下ろそうとする。しかし、グイとユリアンに肩を引き寄せられて、レオリーノは腕を上げることが出来なくなった。

「ええ、彼は、私の恋人です」

「……っ」

レオリーノはユリアンの発言にびっくりした。

思わずユリアンを見上げるが、次の瞬間ギュッと肩を抱きすくめられる。その痛みに、抗議の声を呑み込んだ。

（なぜ？　どうしてユリアン様はそんな嘘を！）

「……貴殿はレオリーノ・カシューに求婚していたと聞いたが」

「はは、副将軍閣下もその噂をご存じでしたか」

ユリアンは乾いた笑いで応えつつも噂そのものは否定しない。ルーカスは眉を顰めた。

レオリーノは、ユリアンの発言を否定する機会を完全に逸してしまった。

もはやこのタイミングでフードを下ろし、ルーカスに挨拶する勇気はなかった。むしろ顔を見られないようにと、ひたすら縮こまるしかなかった。

「……噂は、単なる噂だったということか？」

ルーカスの声は低く、なぜか苛立っているような気配を帯びている。

「今日は単なる気晴らしです。事情をお察しいただけると助かります」

ルーカスから、さらに怒りの気配が立ち昇る。敏感にその怒気を感じたレオリーノは、首をすくめた。

しかし、ルーカスの苛立ちには理由があった。

ユリアンはレオリーノへの求婚も否定せず、一方で、いまの連れは『気晴らしの恋人』だと言った。

つまり、今日連れてきている相手は、かりそめの戯《たわむ》れ相手だとほのめかしたのだ。

箱入りで世間知らずのレオリーノには、ユリアンが言外に匂わせた意味を察することはできなかった。しかし、ルーカスはそれを正しく理解していた。


レオリーノの立場を軽んじているようなユリアンの発言に、ルーカスは強い嫌悪感を抱いた。しかし、ルーカスに青年を糾弾する資格はない。

ルーカスは胸に渦巻くものを感じながらも、ユリアンには無言で頷くに留めた。

「では、我々はそろそろ失礼します」

「……ああ。邪魔をしてすまなかった」

「いえ、アマンセラは本当にいい馬だ。良い買い手が決まることを祈っています」

ルーカスはその言葉に頷いた。

「感謝する。レーベン公爵家が競りに参加しないのは残念だが」

ユリアンも頷くと、残念そうな声で答える。

「私も残念です。しかし、あの馬に素晴らしい値がつくことは間違いないでしょう」

「ああ、まもなく競りがはじまる。それではユリアン殿……そしてお連れの方も、楽しんでいかれよ」


ルーカスは最後までレオリーノに気がつくことなく去っていった。

勇猛名高い副将軍の際立った存在感は、多くの人でごったがえす市場の中でも、かなり目立っている。ルーカスが歩くと、ごったがえしている人混みが自然と割れていく。その光景は壮観だった。

男の背中が見えなくなると、レオリーノはようやく緊張から解き放たれた。膝から崩れそうになる。

「はは、副将軍閣下に、君の正体はバレなかったようだね」

レオリーノは身を捩ってユリアンの腕から逃れた。唇を噛みしめて、渦巻く思いを落ち着かせる。

レオリーノは抗議の思いをその視線に込めて、フードの奥からユリアンを睨んだ。

「……なぜ、副将軍閣下に、あのような嘘をおっしゃったのですか」

「気に障ったかい？」

「気に障ったとか……そういうことではありません。あんな嘘が露呈したら、後から取り返しがつかないことになります」

ユリアンが首をかしげる。

「君は目立つだろう。下手に顔を見せると大騒ぎになる。この人混みで、それはあまりに危険だよ。それとも、無防備に顔を晒してでも注目を浴びたかった？」

そう悪びれずに言われると、レオリーノはまるで自分のほうがダダをこねているような感覚に陥った。

「それは嫌ですが……結果として副将軍閣下に嘘をついたのは、僕にとっては本意ではありません」

「よしんば君だとバレたとして、私の恋人だと思われることがそんなに嫌なんだと思うと、悲しいね」

「い、嫌とかではなく、ただ……」

言いたいことがうまく伝えられないもどかしさに唇を噛むレオリーノに、ユリアンがにっこりと微笑みかける。

「嫌じゃないのなら、そんなに深刻にならなくていいだろう？　面倒なことにならなくてよかったと思っていればいい」

「ユリアン様……」

ユリアンは、わかっていてはぐらかしているのだ。レオリーノは悔しかったが、こんな場所で言い合いを続けるのはみっともないことだと、ぐっと我慢した。

「さあ、人も増えてきた。競りを見に行こうか？　それとも、出店で何かあたたかい飲み物でももらうかい？」

レオリーノは迷った。緊張から解放されて疲労を覚えていたのだ。それに、ユリアンに対するモヤモヤとした気持ちも、まだ残っている。このまま会場を回って楽しむ気分にはならなかった
「レオリーノ？」

「ユリアン様、申し訳ありません。できれば、馬車で休んでもよろしいでしょうか」

ユリアンが秀麗な眉を顰める。

「さっきのことが気に障ったのかい？」

それもたしかだが、それ以上に理由があった。

「いえ、少し疲れてしまいました。それと、人が多くなって、たぶん僕には……ここから離れないとあぶな……っ、あっ」

人にぶつかった。

競りの会場である中央の天幕に向けて、来場者達が次々と移動をはじめていた。なるべく間近で馬を見るためか、いい席を確保しようと、我先にと天幕に押し寄せてくる。

レオリーノは群衆に押されて、たたらを踏んだ。あちこちぶつかられて、体勢を上手く維持することができない。マントで存在感を消しているレオリーノを気遣う客などいなかった。

いざというときに踏ん張りがきかないレオリーノは、このままでは転倒してしまうかもしれないと、身の危険を感じる。

「……たしかに危ないな、ここから抜け出そう」

「はい……うわっ」

ユリアンの腕から数歩離れただけで、細身のレオリーノは人波に翻弄された。ユリアンが厳しい表情で手を伸ばす。

「レオリーノ！　離れてはだめだ！　危ないから、

早くこちらに来なさい」

「は、はい」

レオリーノが頷いてユリアン近寄ろうとしたそのとき、会場中に大きなラッパ音が響いた。

「競りが始まるぞ！」

興奮した声がそこかしこから上がると、来場者が天幕に向かって一斉に移動しはじめる。

レオリーノは踏ん張れなかった。


（しまった……！）


「レオリーノ！　早く手を伸ばしなさい！」

「ユリアンさま……っ」

レオリーノは必死で手を伸ばした。しかしユリアンの手にはわずかに届かず、そのまま後ろに流された。ユリアンが名前を呼ぶ声も、周囲を取り囲む男達の騒音に消えていく。


レオリーノは、あっというまに流れに呑まれてしまった。

たとえ一瞬はぐれても、ここで転倒して踏まれるよりはましだ。レオリーノは人波に身をまかせるようにして、必死で足を動かした。

しばらく揉まれて流されて――気がつけば、レオリーノは人混みから、ポンと弾き出されていた。
藁《わら》を積んだ馬車が近くにある。移動すると、そこに手を突いて身体を支え、詰めていた息を吐き出す。

「ハア……ハア……すごい人……こけなくて本当によかった」

ヘナヘナとその場で蹲《うずくま》る。生まれて初めての人混みは、とても怖かった。

跳ねる心臓を落ち着かせようと、レオリーノは必死で深呼吸を繰り返す。

（ユリアン様と合流しなきゃ……）

　まだ来場客の移動は続いている。下手に動くよりは、ここで待っていたほうが見つけてもらいやすいかもしれないと、レオリーノはしゃがみこんだまま考えた。

　きっと、ユリアンと護衛達が探してくれているだろう。ここにいるのは、比較的裕福な商人や貴族達だ。当面は安全に違いない。

「おいアンタ……そんなところに蹲ってどうした？　大丈夫か」

　すると、背後から男に声をかけられた。

「えっ……はい。大丈夫です」

　レオリーノは油断して、そのまま男を無防備に見上げてしまった。身体をかがめてこちらの様子を窺《うかが》っていた商人風の男と、目が合う。

「うわっ……すげぇ……！」

　レオリーノの美貌を真正面から見た男が、感嘆の声を上げる。

　レオリーノはあわてて顔を隠したが、後の祭りだ。

「なぁなぁ、もう一回その顔を見せてくれよ」

　あわててその場から立ち去ろうとするが、男が邪魔する。

　馬車と男に挟まれて、レオリーノは身動きが取れなくなった。

「なぁ、怖いことしないから。顔を見せてくれよ」

　男は興奮したような声で、腰をかがめてフードの下を覗き込もうとする。

「……っ」

　レオリーノは必死に顔を背けたが、男が顔を覗き込んでくるのを避《よ》けようもなかった。

　レオリーノの美貌をまじまじと見つめて、男は再び感嘆の声を上げる。

「こりゃすごいなぁ！　……男か？　男だよな？　アンタみたいな綺麗な人は、生まれて初めて見た。信じられねぇ……妖精《ようせい》か天使を見てるみたいだ」

男の目はうっとりと熱を帯びていた。

レオリーノの全身を舐めるように値踏みしはじめる、その視線には見覚えがある。

夜会のときにレオリーノを取り囲んだ男達と、同じ目だ。レオリーノの人格に関係なく、獲物として値踏みし、あわよくば手にかけようとする狩人《かりうど》の目。

レオリーノは腹を決めた。

ここで怯えた様子を見せては負けだ。男はその話し方からして、明らかに商人だ。ならば身分の差に敏感だろうと、高位の貴族に見えるように、なるべく毅然とした態度を取りつくろう。

フードに掛かっていた男の手を払った。

「触るのを許可した覚えはない。手を放しなさい」

男はびっくりしたように目を見開く。レオリーノの口調に、その身分を察したのだろう。ほんの少し媚《こび》を売るような態度に変わる。

「はぁ、お貴族様のお坊ちゃまか。綺麗なだけじゃなくて、さすがの気位だなぁ」

「……親切に、声をかけてくれてありがとう。連れがいるので失礼する」

「おっと、な、まだいいでしょう？　坊ちゃまの名前を教えてくださいよ」

男の横をすり抜けようとしたとき、男の手が肩にかかった。その手の感触に、レオリーノはついビクリとすくんでしまう。それを見た男は、途端にうれしそうな笑みを浮かべた。

「連れが見つかるまで俺が一緒にいますよ」

「結構だ。連れはすぐに来る」

「ああ……本当になんて綺麗なんだ。キラキラしてるよ……な、もうちょっといいでしょう？　坊ちゃんも競りに参加するのかい？」

饒舌《じょうぜつ》に話しかけてくる男に距離を詰められて、レオリーノはいよいよ困り果てた。

とにかく触られたくない一心で、執拗《しつよう》に伸びてくる手を必死に躱《かわ》すが、男はひたすらしつこい。徐々に、吐息がかかるほど近くに身体を寄せてくる。

「それ以上、近づかないでほしい」

レオリーノはきっと男を睨む。男は頬《ほお》を染め、照れたようにほんの少し身を引いた。

レオリーノは、胸元に忍ばせていた短剣に手をかけた。

自衛できるようになりたいと思った日から、少しずつヨセフに訓練を受けていたのだ。自傷しない程度に扱えるようになってから、外出の際には常に短剣を身につけている。

この手で人を傷つけたことはまだない。しかし、人間の急所なら、記憶の中に刻まれている。

刃物を出せば騒ぎにはなるだろうが、少しくらい騒ぎを起こしたほうが、ユリアン達もレオリーノを見つけやすいかもしれない。

そこまで考えると、レオリーノはマントの下で懐に手を差し入れ、短剣を握った。

しかし、レオリーノが剣を抜こうとしたまさにそのとき、二人のあいだに差し入れられた太く逞しい腕によって、男は背後に弾き飛ばされていた。

太陽に照らされた草原のような青々しい香りが、鼻腔《びこう》に飛び込んでくる。

「何をしている」

（ルカ……？）

レオリーノが見上げたそこには、広く大きな背中があった。先程別れたばかりのルーカスが、レオリーノと男のあいだに、壁となって立ちはだかっていたのだ。

「この人はレーベン公爵家の方の連れだ。商人風情が手を出していい相手ではないぞ」

ルーカスが冷厳な顔つきでずいと男に身体を寄せると、その威容に恐れおののいた男は、何やら言い訳しながら後退りした。

「い、いや、そのお坊ちゃんが気分が悪そうだったんで、俺は親切心で声をかけただけで……」

「お連れ殿、そうなのか」

男の言い訳を確認するように、ルーカスが振り向いた。その瞬間、ルーカスの目が驚きに見開かれる。

「…………レオリーノ……どうして」

「……副将軍閣下」

ルーカスはしばしレオリーノと見つめ合っていたが、やがて小さく舌打ちすると、商人をさっと一瞥《いちべつ》し低い声で命令した。

「……見逃してやるから、行け」

「はっ……はいっ」

男があわてて人混みに消えていく様子を、レオリーノは呆然としながら眺めていた。そのあいだも、ルーカスの視線はレオリーノから逸らされることはなかった。

固く鍛えられた武人の手が、壊れものに触るように慎重な手つきでレオリーノの手を持ち上げる。

剣を扱う男の指先の固さとぬくもりに、レオリーノは小さく身体を震わせた。

このぬくもりを覚えている。男の心根がどれだけ優しく、情に溢れ、またその手がどれだけ優しく疼く身体を慰めてくれていたのか、イオニアから引き継いだ記憶に刻まれている。

「……来い。話がある」

逃げようと思えば逃げられただろう。

しかし、レオリーノにその手を振り払うことはできなかった。

陽光が降り注いでいた明るい場所から、いまは天幕が影を落とす場所に二人は立っていた。

先程まで間近に聞こえていた若駒の嘶《いなな》く声が遠い。巨大な天幕からは、競りの開始を待つ男達の喧騒《けんそう》が漏れ聞こえてくる。

レオリーノはフードを下ろして、ルーカスの前に顔を晒した。あらわになったその美貌を、どこか苦い表情でルーカスは見つめている。

「……ユリアン殿の連れだと思って助けたら、まさかおまえだったとは」

「申し訳ありませんでした」

レオリーノは深く頭を下げた。

しかし、謝罪の後の言葉が続かない。ルーカスも、天幕の陰までレオリーノを連れてきたものの、何から話せばよいのか迷っているようだった。

「……なぜ、あのときに明かさなかった」

「あのときは……挨拶のタイミングを逸してしまいました。本当に、申し訳ありません」

「おまえは、ユリアン殿と恋仲なのか。あるいは、もうすでに婚約しているのか？」

その言葉にハッと頭を上げると、ルーカスがその視線に複雑な感情を滲ませて、レオリーノを見下ろしていた。レオリーノは必死で首を振った。その誤解だけは、解いておかなければならない。

「婚約なんてしていません。ユリアン様と、こ、恋人なわけでもありません。あれは、あの場をやりすごすために……」

「やりすごす？　なぜ俺に対しておまえの存在を隠す必要があった？　ユリアン殿は、なぜ俺に偽りを言ったのだ」

ルーカスが怒気をあらわにする。レオリーノは必死で首を振った。

「……ユリアン様のお考えは、僕もわかりません。ただ、あの場で僕が注目を浴びないようにと」

「だから、顔を晒さなかったと？」

ルーカスはそれを言い訳と捉えたのか、低い声で嘲笑《あざわら》う。

「……あるいは、おまえが、俺と顔を合わせたくなかったのか」

レオリーノは思わず目を見開いた。

「いいえ！　そんなわけありません！　副将軍閣下と顔を合わせたくないなんて、そんな」

「おまえがそう思うのもしかたがないことを、俺がしたからだろう。おまえも……ほら」

「……っ」

おもむろに伸ばされた手に、レオリーノは反射的に身をすくめる。その様子を見たルーカスは顔を歪め、力なく手を下ろした。レオリーノは胸が痛んだ。

「おまえに怖がられても当然のことをした自覚はある……あのとき傷つけたことを、どれほど後悔しているか……言い訳にしかならんが」

レオリーノの胸中に、言いたいことがたくさん渦巻いていたが、上手く言葉にならない。

（ルカ……貴方を怖がってなんかいないよ）

十八年の歳月を経てもなお、狂おしいほどにイオニアを求め続けてくれる男を、嫌うことなどできなかった。

『親友』、そして『恋人』という名の共犯者だった男。イオニアの気持ちが誰にあるのかを知っていながら、死ぬまで変わらぬ愛情を注いでくれた男だ。

それに、肉体的には誰より近い距離にいた。

レオリーノにとっても、イオニアと共有する記憶の柔らかい部分に、深くその存在を根づかせている特別な男なのだ。

グラヴィスとは別の意味でルーカスを愛していると気がついた直後には、もう永遠の別離がきてしまった。あの日ツヴァイリンクで、イオニアの命とともに、炎に焼かれてしまったルーカスへの想《おも》い。

あのとき伝えられなかった想いの残滓《ざんし》は、いまも記憶にこびりついて、レオリーノを苦しめている。

豪放磊落《ごうほうらいらく》で、おおらかで、太陽のような男だった。

そんな男が、いまは後悔を纏ってうつむいている。

そうさせてしまったのが自分であることに、レオリーノは泣きそうになった。

レオリーノは気がついていた。ルーカスが自分に求めているのが、あくまでイオニアの面影だということに。

狂恋の果てに歪んだ認知によって、ルーカスはレオリーノにイオニアを重ねている。

しかしレオリーノは、ルーカスが全身全霊で愛した赤毛の戦士ではない。たとえイオニアの魂と記憶を受け継いでいても、『レオリーノ・カシュー』としての人生を生きる無力な只人《ただびと》だ。

「ルーカス様……」

レオリーノは苦悩の表情でルーカスを見上げた。

その身長は、男の肩先にしか届かない。

あの頃なら、ほんの少し顎を上げるだけで微笑み合うことができた。手を伸ばせばすぐに肩を組めるような、そんな関係だった。

しかしいまはもう、レオリーノがどれだけ精一杯見上げても、男がかがんでくれないかぎり、目線の位置は同じ高さにならない。

ルーカスは『レオリーノ・カシュー』を愛しているわけではない。だから、レオリーノは男の想いに応えることができない。想いに応える資格もない。

立場も年齢も違う。親友にも、恋人にも戻れない二人。それなのにこうして向き合っていることが、とてもせつない。

（気がついて、ルカ。僕は、貴方が愛した男じゃないんだ。貴方にとって僕は無価値だから。だから、そんなに苦しそうな顔をしないでほしい。そして早く……僕に失望して）

レオリーノはようやく口を開いた。

「もう一度申し上げますが、僕が副将軍閣下を嫌うことなど、絶対にありえません」

自責の念に駆られている男に、せめてそれだけは伝えたかった。レオリーノは思いを込めて、琥珀色の瞳を見つめる。

「レオリーノ……」

「あの日に、もう謝罪はいただきました。僕はそれを受け入れた。だからもう、あのときのことは僕にとって終わったことです。それよりただ虚しくて、後ろめたくて……だから貴方に会えなかった」

「……どういう意味だ」

「僕はやはり、閣下の求める人にはなれないと、あれからずっと罪悪感を感じていたからです」

そう言うと、レオリーノは胸のあたりをギュッとつかんだ。そこには隠し持っている短剣がある。

レオリーノは、ルーカスの前に両手を差し出した。

「僕のこの手を見てください」

ほっそりとした白い手を、ルーカスは食い入るように見つめた。

「この手……たよりないでしょう？」

「……レオリーノ」

「僕のこの手は、閣下が求める人のように強くないんです。短剣を振り回すのがせいぜいです」

「……イオニアが強い男だったと、なぜおまえにわかる」

レオリーノは少しためらった。

「あの後、将軍閣下から伺いました」

「……そうか。グラヴィス殿下が……おまえにあいつの話をしたのか」

自嘲気味に嗤う男をしばらく黙って見つめた後、レオリーノは再び口を開く。

「……それに、あのときの僕の扱いが……とても容赦なかったから。だから、気がつきました」

「……」

「僕と貴方の体格差をおもんぱかる余裕があれば、貴方はきっとあんな振る舞いはしなかったでしょう」

その言葉に、ルーカスは息を呑んだ。

「……俺は」

「あのとき、副将軍閣下は僕にイオニアの面影を重ねていたのでしょう。きっと彼は、僕よりずっとずっと逞しくて強かったから……だからあのとき、貴方はあんな風に乱暴にしても、僕が壊れないと思っていた」

レオリーノは少し悲しそうな顔をした。

「……副将軍閣下に、気がついてほしかったのです。僕が、イオニアじゃないということに……」

「なさけないと笑われるかもしれませんが、誰の手が伸びてきても、僕はきっと怯えると思います」

「……レオリーノ」

「さっきだって、あの商人に何をされるかと、とても怖かった。もし力に訴えられたらどうしようかと思って、少し覚悟もしました。もちろん、できるかぎり抵抗はしようと思っていたけど」

男に迫られていたときのことを告白すると、ルーカスが太い眉を顰めた。

「だから、先程貴方の手に反応したのは、それが貴方だからではありません。力の強い男性であれば、誰でも、僕にとっては警戒してしまう存在です」

レオリーノには、男に力で屈服させられる恐怖がすでに根づいてしまっていた。

「……その原因の一端は、あのときの俺の振る舞いなんだろう」

「そうかもしれません。あのときは怖かった。貴方の力に振り回されるばかりで、僕は無力で……ただ泣くことしかできなかった。それが男として、とてもなさけなくて屈辱でした」

「……すまない」

「いいえ。ただ……」

甘くかすれた声。

「それだけ、僕が弱い人間だということです」


ぽつりと二人の間に投げ出された言葉を、ルーカスは無言で拾い上げ、胸の奥で噛みしめた。

「ルーカス様……僕をもう一度、ちゃんと見てくださいませんか」

あれほど名前で呼べと強要していたにもかかわらず、レオリーノが「ルーカス様」と呼んだ瞬間、男は酷《ひど》く狼狽えた。

二人の視線が交錯する。

「レオリーノ……」

「──貴方の目には、誰が映っていますか」

見上げる菫色の瞳は、哀しみの色に染まっていた。

「僕は、貴方の目に映っているでしょうか」

「レオリーノ……おまえは」

ルーカスの中で、青年の姿が徐々に輪郭を纏いはじめる。

「おまえは……」


そこに立っているのは、菫色の瞳以外はイオニアとは似ても似つかない、華奢な青年だった。

背丈はルーカスの肩にも届かず、体重もおそらく半分くらいしかないだろう。逞しく鍛え上げられたイオニアとは比べようもなく、慎重に扱わねばすぐに壊れてしまいそうなほど、もろく儚い青年だった。

──ごめんなさい……僕はイオニアじゃありません。

あのとき、レオリーノは泣きながら謝っていた。

出会ったときから感じていたのだ。イオニアが戻ってきた、と。この稀有《けう》な菫色の瞳は、絶対に間違えようがないと。そして、ルーカスはいまも、自分の直感が訴えることを無視できない。

だが、現実に、いまここにいるのは、イオニアではない。何度見ても、イオニアではなかった。

その瞬間、ルーカスはようやく、十八年もの妄執の果てに変質していた己の歪んだ執着を自覚した。

（イオニアの面影を求めるあまりにこの青年の存在を否定し続けてきたとは……なんて、俺は愚かな……）

これほどか弱い青年に、ルーカスは勝手に戦士の肉体を持った恋人を重ね合わせ、心が欲求するままに手荒く扱った。レオリーノであることなど、あのときは意識の外に吹っ飛んでいた。

『この子自身を見てやれ』

あの日のグラヴィスの言葉が、いまさらながらルーカスの胸をギリギリと締めつける。

ルーカスが求めていたのは、『イオニア』がこの手に戻ってくることだけだった。レオリーノが何を感じ、何を思っているかなど、正直に言えば、これまで考えたこともなかった。

グラヴィスが言ったとおりだ。

たとえレオリーノがイオニアとなんらかの関係があったとしても、レオリーノ自身の了承を得ずに、この青年に手を出す資格などなかったのに。

十八年に及ぶ未練に、むしろこの青年を巻き込んでしまったのだ。

「――おまえは、レオリーノ、なんだな」

レオリーノは途方に暮れたような表情のまま、こくりと頷いた。

その首の細さ、頼りなさにルーカスの胸が痛む。

その存在をたしかめるように、差し伸べられていた手を、再びそっと掬い上げる。レオリーノに振り払われることはなかった。

壊れもののような手だ。

男としても一際大きなルーカスの手と比べると、たやすく握りつぶせるほど、細く小さい。

その手が、そっとルーカスの手を握り返す。その柔らかな熱が、男に胸をかきむしりたくなるような後悔を与えた。

「強くありたいと思ったのです」

「……レオリーノ」

「身体はともかく、せめて心だけでも。でも……この身体で僕は、生きていくしかない……どうか、それをわかってください」

同じ色の瞳。同じ葛藤の感情。

だが、いま目の前でルーカスを見つめているのは、風にも折れそうな頼りない身体で、懸命に強く生きようとあがいている一人の青年だった。

それは、ルーカスが初めてレオリーノに正面から向き合った瞬間だった。


そのとき、複数の足音が近づいてくる。

ルーカスはレオリーノを引き寄せた。腕の中に庇いながら、足音の方角を睨みつける。現れたのは、ユリアンだった。

「レオリーノ！　ここにいたのか！」

ルーカスの腕の中で、華奢な身体がびくりと震えた。

ユリアンがひどく心配そうな表情を浮かべて駆け寄ってくる。その背後に、商人風の服装の男達が追随していた。その身のこなしと剣呑な目つきを見れば、男達が商人ではないのは明らかだ。おそらくレーベン公爵家が準備していた護衛達だ。ユリアンとともにレオリーノを探してくれていたのだろう。

「ユリアン様、ごめんなさい」

ルーカスの腕から抜け出すと、傍に駆け寄ったユリアンがレオリーノの肩を抱きしめる。

「……ユリアン様」

「私から離れてはだめだと、あれほど言っただろう？　とても心配したよ」

「申し訳ありません。踏ん張りきれずに、あのまま人波に流されてしまいました」

「大丈夫だったかい？　怪我はしていないか」

「はい。副将軍閣下に助けていただきました」

レオリーノはその視線に感謝の念を込めて、ルーカスを振り仰いだ。その様子に、ユリアンは秀麗な美貌をわずかに歪めながら、ルーカスに対して硬い声で礼を言った。

「副将軍閣下。レオリーノを助けていただき、ありがとうございました」

「……いや」

「それに先程は、この子の存在を隠すような真似をして申し訳ありません。事情はお察しいただけると幸いです」

ルーカスはむっと表情をこわばらせる。

ユリアンも硬い表情のまま、レオリーノの肩をもう一度ギュッと抱き寄せると、その頭にフードを被《かぶ》せた。

「ユリアン様？」

「レオリーノ、君は馬車に戻っておいで。今日はもう帰ることにしよう。私もすぐに行くから」

「でも……」

「今日の君の保護者は私だ。さ、護衛達に馬車まで送らせる」

ユリアンはレオリーノを背後の男達に引き渡す。

「あっ、あの、副将軍閣下にご挨拶を」

護衛達に取り囲まれたレオリーノは、困ったようにルーカスを振り仰ぐ。

「ルーカス様、助けていただいてありがとうございました」

それに応えるように、ルーカスが片手を挙げた。

「――レオリーノ」

「は、はい」

ルーカスは、目尻に優しく笑い皺を寄せた。

「おまえが興味があるのなら、今度、我が軍の訓練を見せよう。それは壮観なものだぞ」

レオリーノは驚いたように目を見開く。

そして、ルーカスの言葉の意味を理解すると、すぐにうれしそうに笑顔を浮かべた。

「はい！　ぜひ、ぜひ見学させてください」

「それに……またアマンセラにも会わせてやろう」

「はい、もしかなうのならば、ぜひ」

アマンセラ云々の発言の意味がわからなかったが、ルーカスがレオリーノ自身に歩み寄ってくれようとしていることがわかる。

不器用な優しさを示してくれるルーカスの様子に、レオリーノは胸が熱くなった。

これから、ルーカスとどういう関係になれるのかはわからない。はるか上の階級の、上官と部下。立場どおり、それだけの関係かもしれない。

だが、たとえそれだけでもかまわない。

記憶の中の柔らかな部分にいる男と、もう一度『レオリーノ』として、新しい関係で繋がることができるのなら。

「ルーカス様、ありがとうございます」

レオリーノは、花のような笑みを浮かべた。

それを聞いたユリアンが苦々しい表情を浮かべていたことに、レオリーノは気がつかなかった。

レオリーノは見惚れるような笑顔を残して、護衛達に取り囲まれながら馬車へ戻っていく。

そして、ルーカスとユリアンは二人きりになった。

さて、とユリアンが振り返る。微笑みの奥で、その目はひどく醒《さ》めている。二人は、しばし無言で睨みあった。やがて、ユリアンの口元が弧を描く。

「何か、私におっしゃりたいことがあるようですね。ブラント副将軍閣下」

「……いや。先程レオリーノを挨拶させなかった貴殿の意図は、レオリーノから聞いた。そして貴殿と婚約しているわけでもないと」

「レオリーノは自覚していないだけです」

その言葉にルーカスは眉を顰める。

「どういう意味だ」

「そのままの意味です。レオリーノは、遅かれ早かれ私のものになると、ここではっきり申し上げておきましょう。噂は真実だということです」

「レオリーノは否定していたが」

美貌の青年は苦笑を漏らした。

「当家とカシュー家のあいだでは、すでに道が敷かれつつあるという意味ですよ」

「……そこに、レオリーノ自身の意思は反映されているのか」

さあ、と肩をすくめる青年を、ルーカスは苦々しい思いで見つめた。

「あの子を見て、閣下もわかったでしょう。あの美貌とか弱さでは、ほんの片時も一人にすることはできない。自立を目指していますが、実際は、どこまでいっても、無垢で世間知らずのお姫様だ」

ルーカスは怒りを覚えた。

しかし、ユリアンの言葉を否定することはできない。ほんのわずか目を離しただけで、レオリーノがよからぬ輩《やから》を引き寄せてしまうのは事実だ。あの青年は、一人にするにはあまりに美しすぎるのだ。

「あの子には可哀想なことだが、あれほどに麗しい容姿では、普通の男子として扱うのは難しい。だからこそあの子の身の振り方については、周囲が段取りをつけてあげる必要がある」

「……それが貴殿との結婚ということか」

ユリアンの言い分に納得できる部分もある。しかし、レオリーノを自分の将来も決められない愚か者のように扱う姿勢は、とうてい許容できない。

真摯《しんし》な態度で心の裡《うち》を開いてみせたレオリーノ。まだ少年を抜け出したばかりの年頃でありながら、ルーカスの痛みに、精一杯寄り添おうとした。

それによって、ルーカスは歪んだ執着心の闇に落ちかけたところを、すんでのところで踏みとどまることができたのだ。

「貴殿の言い分はレオリーノに対する侮辱だ。防衛宮でも精一杯できることをやっている。あの子を信じて、もっと自由にさせるべきだ」

ユリアンは、おやという風に眉を上げる。

「レオリーノはカシュー家の子なのですよ。この国にとって、カシュー家がどんな存在か、しょせん伯爵家ご出身のブラント副将軍閣下には、ご理解いただけないと見える」

ルーカスは拳を握って怒りをこらえた。

「副将軍閣下にとっては、ブルングウルトが我が国にとって軍事的な要衝だということが重要なのでしょうが……」

ユリアンの目がキラリと光る。

「しかし、我々にとっては違う。血統を重んじる我々にとって、カシュー家の血筋は、それほどに重みがあるのです」

「それがなんの関係がある」

「関係がある？　大ありですよ。カシュー家はご存じのとおり、ブルングウルトの旧王家です。二百年にわたり、濃密にファノーレン王家と血を交わらせてきた、いわばもうひとつの王家の血筋だ。我が公爵家などとは比べ物にならないほど、彼らの中には、王家の血が濃く流れているのですよ」

「……」

「その中でも、レオリーノの存在は特別です。祖母君であるエレオノラ姫のお血筋を明らかにする、あの容姿。そして、マイア様よりもさらに研ぎ澄まされた、大陸でも並ぶ者がないほどの類稀《たぐいまれ》な美貌。まさに、二つの王家の血の融合の象徴です……もし女子であったならば、どれほど掛け値なしの存在であったか」

「……貴殿は、レオリーノが男子であることさえも否定するのか」

ユリアンが軽やかな笑い声を上げる。

「そんなわけがないでしょう。レオリーノがむしろ男子で僥倖《ぎようこう》だと思っていますよ。女子であったならば、確実にカイル王太子の正妃として召されていた。王族の姫なら国外に嫁がされますが、あの血筋がファノーレン国外に出ることはありませんからね」

ルーカスはユリアンの笑顔に、どこかうすら寒いものを感じていた。

「当代の子息に姫はいない。それはすなわち、カシュー家の外にその血が出ることはないということだ。しかし、レオリーノはあの様子だ。男子ながら、庇護者としての伴侶《はんりよ》を必要としている。だからこそ、この私にも手が届くチャンスが生まれたのです」

ルーカスは歯ぎしりをした。ユリアンは、レオリーノ本人ではなく、その血筋を欲し、尊んでいるように聞こえるのだ。

「貴殿は、レオリーノ自身を愛しているのか」

「愛……？」

ユリアンは不思議そうに首をかしげると、しばし考え込んだ。ルーカスは苛立ちをこらえながら、ユリアンの答えを待つ。

「さて、なんと言えばよいのか……そうですね。正直に言いましょう。これほどの欲望を感じるのは、実は初めてなのです。私には、これまで手に入らないものはありませんでしたから」

「……貴殿ならばそうであろうな」

ルーカスの苦々しげな皮肉に、ユリアンは乾いた笑みを浮かべる。

「傲慢な物言いであることはわかっています。だが事実だ。欲しいと思ったものは、モノも、人も、望めば、すべてを手に入れることができた」

「……」

「欲しいものを片端から手に入れ続けた結果、私の人生はいつしか、何を見ても、誰を見ても、熱くなることはなくなっていました」

ユリアンは遠くを——レオリーノが待つ馬車の方角を見つめた。

「だが、レオリーノをひと目見たとき……あの清らかな美貌にまみえた瞬間、目眩がするほど感動したんです。とうてい生身の人間とは思えなかった」

ユリアンの頬がわずかに紅潮する。

「ひと目見た瞬間から、どうしても欲しいと思った。だからレオリーノを伴侶に欲しいと、衝動的に父に申し出ました。公爵家の跡継ぎは望めなくなることもわかっていて、それでも、レオリーノを心から欲しいと思った……しかし、生まれて初めて手に入らない可能性があると、父に言われました」

「……」

「公爵家の跡継ぎを残す義務のことを言っているのではありません。カシュー家には、公爵家の申し出を退けられるほどの権威があるからです。王族の姫をもらうほうが、よほど簡単だ。それほどあの血筋は尊い……だからこそ、どうしても手に入れたい」

「手に入れたい、だと……？」

ルーカスは先程までの、レオリーノへの自分自身の感情を言い当てられたような思いだった。

レオリーノの人格を無視した、欲望の投影としての存在価値。

「このままいけば、アウグスト殿は、私にレオリーノを託してくださる可能性がある。この状況は大いに利用させてもらいます。誰にも邪魔はさせません」

「レオリーノの気持ちはどうなる」

「……なるべく優しくしてあげたいとは、思っています。だが、手に入れてからでもいいでしょう。あの宝石を手に入れたら、生涯にわたって、風にも当てずに大切にするつもりです。はたして、これは愛ではないのでしょうか。副将軍閣下」

ユリアンの問いかけは、いっそ無邪気なほどだ。

ルーカスにはわからなかった。

平民の男を一途《いちず》に愛し抜いたルーカスには、血統への執着が根強いユリアンの心情が、どうしても理解できない。

ルーカスがイオニアに出会ったのは十二歳の頃だ。半成年になったばかりの少年が、その目に固い決意を滲ませて、黙々と己の役目を果たそうとしていた。その健気でひたむきな生き方に惹かれたのだ。身分など関係なかった。

イオニアが平民だろうが、男だろうが、それでも愛することをやめられなかった。

絶対に自分だけのものにならないこともわかっていた。せめてその身体だけでも手に入れたいと願い、しかし、強引に手に入れたことを後悔し続けて……けして報われることはないとわかっていても、ひたすら愛を注いだ。

ルーカスにとって、愛というものは、無私で相手に差し出すものだった。愛情のかたちを比べることはできないと、頭では理解している。しかし、ルーカスには、レオリーノに対するユリアンの感情が本物の愛だとは、とうてい思えなかった。

「……貴殿のそれは、愛とは言わん」

「そうでしょうか。この執着が愛でなければ……愛というものが、私はわからないのかもしれない。でも、どちらでもかまわない――私は、どうしてもあの子を手に入れたいのです」

だから、と、ユリアンは冷たい目で、ルーカスを睨んだ。

「副将軍閣下。私の邪魔をしないでいただきたい。さもなければ、貴方は私の敵になってしまう」

「俺は、レオリーノの意志を尊重する。それだけだ」

二人の男は、再び冷たく睨みあう。

「それでは、私はこれで。あの子を保護していただき、ありがとうございました……御礼はまた改めて。失礼します」

そう言って、ユリアンは優美な仕草で踵を返した。

運命の足音

「――はぁ、やっぱりそういうことなんだね……ユリアン殿がレオリーノ君に執着していることは、気がついていたけど。それに、例の婚約話もまだ生きているんだね。レオリーノ君はあんなに自立したくて頑張っているのに、本当にかわいそうだなあ」

将軍の執務室には、副官の他に、ルーカスと軍医サーシャが揃っていた。

サーシャは憤懣やるかたないといった様子で、行儀悪くソファに沈み込む。普段は朗らかなディルクも、話を聞くにつれて、眉間に皺を寄せていった。

「カシュー家の血統かぁ……平民の俺には理解できない世界ですよ」

「私もだよ、ディルク君。下位貴族の私にも縁がない世界だ……まったく、血統至上主義の輩《やから》はこれだから」

「閣下。聞きづらいのですが、カシュー家の価値は、それほどのものなのでしょうか。公爵位でもないのに？」

副官の質問にグラヴィスは頷いた。

「ユリアン・ミュンスターが言ったことは事実だ。

ファノーレンにとって、昔もいまも、最も重要な貴族はブルングウルト辺境伯家だ」

ディルクは驚く。同時に首をかしげた。

「しかし、辺境伯が中央の政治に深く関わっているわけでもないですよね？」

「それは代々の当主が、計算づくであの地に引きこもっているからだ。旧ブルングウルト王国を治めていた血脈にして、あの広大な辺境の自治権を与えられ、また自軍を有することを認められている。厳密に言えば、ファノーレンで唯一、王家以外に領地を所有している貴族だ」

「ええと？　つまり？」

「あらゆる貴族の領地は、王家によって与えられている。いわば爵位に対して貸与している形式だ。つまり爵位が取り上げられれば、その領地もまた王家に返還されることになる」

「はあ……」

「だが、ブルングウルトだけは別だ。あそこは、権利上もカシュー家の土地なんだ。極めて稀なる自治権を有している。概念的には同盟に近い。それがブルウングルト……現在のカシュー家だ」

ディルクはふぅと溜息をついた。

「そんなに凄い名家だとは……ぜんぜん偉ぶってている感じもないですが」

「実直で飾り気のないあの気質は、地勢から生じたものだろう。彼《か》の地は大陸の中でも、地理的に最も難しい地域だ。彼ら以外に、諸国との力の均衡を保ちながらあそこを治めることは難しい。それは歴史を好むおまえもよくわかるだろう」

「はい……ええ、まあ」

「ブルングウルトの独立を許せば、あるいは、どこかの国にあの土地を奪われれば、ファノーレンを取り巻く情勢は一気に変わる。それほどあそこは、各国の均衡を簡単にひっくり返せる要衝だ」

「だから……王家も定期的に人質を送っていると」

サーシャの皮肉めいた発言に、グラヴィスは苦笑しながらも頷いた。

「そうだ。王家は三世代に一度ほど、王族の中でも濃い血を、婚姻によって交わらせている。血が濁らないように、良い筋を選んで。ゆえにカシュー家は、辺境伯という地位でありながら、実際はどの公爵家よりも王家の血が濃い。言うなれば、王家の血は、あの一族の我が国への忠誠の対価――貢物だ」

知識で知っていても、実際のところ平民であるディルクには、どうしてもピンと来ない。


「わかりやすく言おうか。王太后と辺境伯アウグストは、祖母が異母姉妹。つまり又従姉弟《またいとこ》だ。同時にマイア夫人とは、同母の兄妹の又従姉妹《またいとこ》でもある。マイア夫人は我が父王の従兄妹《いとこ》であり、俺とカシュー家の兄弟も、また又従兄弟《またいとこ》にあたる。あそこの兄弟は、父方と母方両方からファノーレンの直系王族の血を引く、いわば準王族だ」

ディルクは溜息をついた。まったくわかりやすくない。しかし、ファノーレン王家と相当に濃い血縁関係であることだけがわかった。初めて知るカシュー家の血筋の凄さに、ディルクは絶句した。

あの健気でおっとりとしたレオリーノが、この国においてどれほど高貴な血を持つ青年なのかを、改めて理解し、そして青ざめる。


(そんな貴重な預かりものをウチで怪我させたら、そりゃ閣下の面子も潰れてしまうな。おっかねぇ)


レオリーノとヨセフが怪我をした一連の事件の顛末について、ディルクは内心、エントナー達の除籍処分は厳しすぎると思っていた。

しかし、いまの話ですっかり合点がいった。あの処分は、カシュー家に対する政治的な配慮の意味合いも大きかったということだ。

「この二百年の婚姻関係をたどると、あの兄弟達に流れる王家の血は、末端の王族よりもよほど濃い。なにしろ直系筋からの血脈で、マイア夫人は、とくに父方のヴィーゼン公爵家からも王族の血を引いている。彼女より濃い王家筋の姫といえば、その母のエレオノラ姫だけだ。だから血統至上主義者どもにとっては、カシュー家は、王族の次に執着している貴重な血脈なんだ」

ルーカスとサーシャは、グラヴィスの話を複雑な思いで聞いていた。

下位貴族出身の妾妃《しょうひ》から生まれた現国王と、ファノーレン王家の血を引くフランクル王家出身の正妃から生まれたグラヴィス。血統至上主義の貴族達に焚きつけられた、二人の王位継承問題を知る二人だ。

「女性が生まれれば王家に嫁ぐというのも、間違いではない。レオリーノが女子であったら、確実にカイルの正妃に召されていただろう」

「でも、あまりにも血が濃いのでは?」

「いや。俺と違って、カイルは下級貴族のブリギッテ妾妃を祖母に持ち、さらにフランクル王国のエミーリア様を母に持つから、問題はない。俺は違う。母上もファノーレン王家直系の血を引いている。数代に一度しか直系同士が血を混ぜ合わせることはないから、レオリーノが女子であったら、俺との結婚は難しかっただろう」

なるほど、と言うしかない。

「しかし理由はわからんが、なぜかあの家には女子が生まれにくいんだ。ここ数世代、女子は生まれていない」

「そう言われると、カシュー家の女性って、お嫁入りしたお姫様ばっかりですね」

ディルクもそういえばと首をひねる。グラヴィスは頷いた。

「ミュンスターが言ったのは、おそらくそういうことだ。カシュー家の血が王族以外に放出されることはまずない。そして、男子が『カシュー』の名を捨てたこともだ。あやつにとっては、男子だろうがなんだろうが、レオリーノは、初めて市場に出された、黄金よりも希少な宝石のようなものなんだろう」

声は冷静だったが、その目にははっきりと苛立ちが浮かんでいる。

ルーカスが怒りをこらえながら声を上げた。

「俺は……とにかく、ユリアン・ミュンスターの発言が気に食わない」

グラヴィスは眉を上げる。

「ルーカス？」

「アウグスト殿もどうかしている。ユリアンの甘言に騙《だま》されているのではないか！」

憤るルーカスを観察しながら、グラヴィスはあることに気がついていた。

ルーカスの、レオリーノに対する執着がすっかりなりをひそめているのだ。憑《つ》き物《もの》が落ちたような様子で、レオリーノの扱いに対して純粋に憤っている。そこには、ルーカス本来の情の濃さが垣間見《かいまみ》えた。

「いや、辺境伯はわかっているだろう。辺境伯が何より懸念しているのは次の戦だ。万が一のことを考えて、レオリーノをあらかじめ王都に疎開させた。ユリアンとレオリーノの婚約話も、レオリーノの身元の引受先として考えてのことだ」

「殿下は、それをご存じだったのか」

グラヴィスは頷く。それを見たルーカスは、唇を歪めて吐き捨てた。

「とにかく、あのままではユリアン・ミュンスターに騙されているレオリーノが哀れでならん」

しかし、その発言にはサーシャが首を振った。

「あの子がユリアン殿を選んでも、私達には反対することはできませんよ、副将軍。実際にユリアン殿は、とてもレオリーノ君には優しいのでしょう。

我々に対して露悪的な発言をしたとしても、レオリーノ君を不幸にするとは限らない。むしろ言葉どおり、宝石のように大事にするんじゃないかな」

「だが、あれでは、好事家に高額で売り買いされる馬のようなものではないか！」

あまりにひどい比喩《ひゆ》に、サーシャは顔を歪めた。

「副将軍、我々にレオリーノ君の私的な生活に関与する権利はない……ですよね、閣下」

サーシャが、含みのある眼差しをグラヴィスに向ける。ベテラン医師は、将軍の様子から時折垣間見えるレオリーノへの執着に、すでに気がついていた。

そして、レオリーノも、グラヴィスのことを強く意識していることも。

目の前の男から感情のゆらぎが読み取れないかと、サーシャは医者の目で観察したが、男は簡単に感情を読み取らせるようなことはなかった。

「サーシャ先生」

「なんでしょう、副将軍」

「レオリーノの護衛として、俺のところからも人員を出すぞ」

ルーカスの突然の発言に、サーシャとディルクは首をかしげた。

「今年入った新人で貴族だ。あの生意気な平民の護衛役が同行できない夜会などで、レオリーノを守らせる。いいな、サーシャ先生」

「副将軍……先程も言いましたが、レオリーノ君の私的なところに介入しすぎだよ。それに防衛宮ではあくまでレオリーノ君は位階もない、一介の事務官だ。どんな名目で戦闘部からレオリーノ君に護衛をつけるんだい？」

「言い訳は適当にシュルツに考えさせる。いいな」

「えええ？」

ディルクがチラチラと様子を窺《うかが》っていることに気がついていたが、グラヴィスは腕組みをしたまま、黙って二人のやりとりを聞いていた。

深夜に離宮に戻った主を、いつものように敏感に気配を察知した従僕が、すぐに出迎える。

「おかえりなさいませ」

　私邸用の軽装への着替えを手伝う。テオドールは主人の冷えた怒りを感じながらも、よどみなくその手を動かしていた。そのとき、グラヴィスが低い声で呟いた。

「……テオドール、あれを動かしてくれ」

　従僕は指を止めた。

「今度はどちらの国へ飛ばしますか」

「いや、そうではない」

「……新しいご用命は」

「『心話』ができる者が空いているか」

　従僕は、その時点ですでに、主の意向を理解していた。

「用意できましたら、すぐに閣下のところに伺わせます……それで、その者は、あの御方に付けるということでよろしいですか」

　グラヴィスが頷く。

「何かあれば、俺に『心話』を飛ばすように。レオリーノにはバレないように、守れよ」

　テオドールは了承のしるしに頭を下げる。

　頭の中で、王家が抱える暗部から人員の見当をつけながら、再び黙々と手を動かした。


　ユリアンと休日を過ごした後、副将軍ルーカス・ブラントが直轄する部隊から、レオリーノのもとに、同い年の新人が派遣されてきた。

　サーシャから事前にその話を聞いたときは、ルーカスの意図がわからず、レオリーノは首をひねった。戦闘部からレオリーノのところに人が派遣される理由がわからない。

　そして、当日その新人を連れてきたのは、ルーカスの副官シュルツだった。

　こうしてシュルツと向き合うのは、防衛宮に初めて来たとき以来だ。レオリーノを前にして、シュルツはどことなく居心地《いごこち》が悪そうに見える。

その様子を、同じ将軍職の副官という立場のディルクは、腕を組んでニヤニヤと眺めていた。


シュルツからその人物を紹介されたとき、レオリーノは思わず驚きの声を上げた。なんと、成年の儀式で隣の席に遅刻ギリギリにすべりこんできた、ハフェルツ子爵家のキリオス・ケラーだったのだ。

レオリーノより頭半分ほど背が高く、焦げ茶色の髪と瞳をしている。どことなく落ち着きのない印象の青年だ。ににこと笑みを浮かべて立っていた。

「副将軍閣下の命令で、しばらく貴殿に付かせることになったキリオス・ケラーだ。よろしく頼む。何に使ってくれてもかまわない」

レオリーノは、ルーカスの意図を知りたくて、シュルツに尋ねる。

「副将軍閣下のご意向を詮索するようで僭越《せんえつ》ではありますが、なぜ、とお伺いしてもよろしいでしょうか。僕の研究は、戦闘部の方にご支援いただくような内容ではありませんが……」

レオリーノの疑問はもっともだ。誰もがそう思っている。ディルクとシュルツは、思わず顔を見合わせた。

だが、ルーカスが感じている危機感は、レオリーノの私的な部分に関係するところであり、またこの場で、本人にそのことを説明するのは難しい。

シュルツは苦々しい顔のまま、結局、当たりさわりのない事実だけを伝えた。

「……とにかく、副将軍閣下は、貴殿の護衛を増やす必要があるとお考えだ。ここにいるケラーは、新人ながら、ブラント閣下が認めるほど剣の腕が立つ」

レオリーノはますます首をひねった。

レオリーノはあの事件以降、ほとんどの時間を資料室で過ごしている。必要な用事があるとき以外は、出勤時と退勤時に、衛生部に顔を出すだけだ。定期的に報告をしているので、とくにサーシャも咎めなかった。

防衛宮で働きはじめても、やはりレオリーノの世界はほとんど広がっていなかった。

そんな生活のどこに、ルーカスが懸念するような危険があるのだろうか。レオリーノが悩んでいると、キリオスがニュッと手を差し出してきた。

キラキラと目を輝かせて、握手を待っている。その表情は、レオリーノに対する興味を隠さない。

「成年の儀では隣り合わせましたね！　はじめまして。キリオス・ケラーです」

「は、はじめまして。レオリーノ・カシューです」

レオリーノは反射的に差し出された手を握り返す。するとキリオスは、うれしそうに繋いだ手をブンブンと振り回した。油断していたレオリーノは、思いきり振り回される。

「うぉぉぉ！　やっぱり実物の破壊力すげぇ」

「こ、こら！　ケラー！　その手を放せ！　口を閉じろ!!」

キリオスの奇妙な行動に、レオリーノはぽかんと口を開けた。シュルツとヨセフが横から手を出して、キリオスの手をレオリーノから強引に引き剥がす。

レオリーノはようやく我に返った。

「すごい！　本物に触っちゃったぜ」

握手した右手を掲げて、キリオスが悶えている。

レオリーノは、救いを求めるように、ヨセフとディルクを順に見つめ……最後にシュルツを見た。どうすればいいのかと、小首をかしげる。

「すまない……」

シュルツは疲れたような表情で、レオリーノに頭を下げた。わけがわからないが、これ以上シュルツが憔悴する様子を見ていられない。

「ええと、承知いたしました……まだ、その、副将軍閣下のご意図をつかみきれずにおりますが、ご配慮ありがとうございますと、閣下にお伝えください」

「……ありがたい。このケラーは、少々その、性格に難はあるが、信用できる人物であることは我が部が保証する」

　こうなった経緯をよく知るディルクは、同じ副官という立場のシュルツに同情しっぱなしだった。しかし、念のために確認する。ディルクはディルクで、上官からの指示を受けているのだ。

「よりによって、こんな新人を寄越すとはね」

「……すまない。これでも新人の中では、剣の腕は一番だ。落ち着けば使い物になる……なるはずだ」

「うーん。いまのところ、個人的には不安しかない」

　シュルツは困り果てた。

「ベルグント中佐……貴殿は定期的にここに来てレオリーノ殿の研究を手伝っていると聞く。上手いことケラーを監督してくれるとありがたい。貴殿には迷惑をかけるが、その」

「や、それはかまわないけど。俺もずっといられるわけじゃないしなぁ。レオリーノ君を見るたびにこんな調子じゃ、護衛もクソもなくないか？」

　ディルクの言葉にヨセフがいきりたつ。

「レオリーノ様になんかしたら、速攻でぶっ殺すぞ」

「こら。そこでいきりたたない、ヨセフ君。前も言ったけど、防衛宮内は非常時以外は、剣を抜くのは禁止だからね。君が理性を失ってなにかしちゃうと、君のご主人が困っちゃうからね。よろしくね」

　ところが、その懸念を払拭《ふっしょく》したのは、当のキリオスだった。キリリとした表情で反論する。

「ベルグント中佐、ご心配なく。俺はカシュー君になんら下心もなく、もちろん行動に移すつもりも毛頭ありませんので」

「さっきまでレオリーノ君の手を握って悶えていた

奴に、そんなキリッとした顔で言われてもなぁ」

「あれは『萌《も》え』というものです」

「……うん？　どういう意味だろう、キリオス君」

ディルクが目を瞬《しばたた》かせた。

「想像してみてください。遠くから眺めることしかできなかった綺麗なものを、すっごく間近で見ることができたら、人は誰しも感動するじゃないですか」

キリオス以外の全員が、首をひねる。

「ああ？　まあ。うーん？　するかな？」

「それです、中佐。先程の俺の反応は、カシュー君という信じられないほど綺麗な人を、間近で見た！触った！　すげぇ！　の感動の表れです。それ以上でも以下でもないので、どうかご安心ください」

「……」

シュルツはもはや隠すことなく頭を抱えていた。

ディルクはキリオスを指差しながら、シュルツを胡乱《うろん》げに睨む。

「シュルツ君……これ、本当に戦闘部の人選ミスじゃないの？」

「返す言葉もない……ブラント閣下には、一応、ケラーでいいのか確認を取ったのだが」

うちの閣下が知ったら激ギレしそうだなぁ、とディルクがぼやく。ヨセフも苦々しい顔でキリオ人を睨んでいる。

「こんな変な奴を送り込んでくるなんて、あのデッカイ副将軍閣下は、なに考えてんだよ」

「あー、こらこら、ヨセフ君。言葉遣いね。それに君が『変な』とか言っちゃうのもどうなのかしら」

レオリーノも、何も言えなかった。

自分の護衛役を任される人物は、どうしてこう癖が強いのだろうかと、目を白黒させるばかりだった。

キリオスが姿勢を正す。

「それに、俺は若輩者ではありますが、すでに最愛の婚約者がいる身です。どうかご安心ください」

「はあ、その若さでか？　本当か」

「はい。それに、たとえ万が一カシュー君の美しさに血迷ったとしても、後先を考えると、恐ろしくて実行不可能です。妄想にとどめます」

ディルクはおや、と片眉を上げた。

かなり独特の言い回しだが、レオリーノの立場と、背後に誰が控えているのかを、この新人は正確に理解しているようだ。勘は悪くなさそうだと、ディルクはキリオスに対する認識を少し改める。

ディルクの不信感を払拭できたと敏感に察したキリオスは、不意に剽悍《ひょうかん》な面構えで笑った。

なるほど、見た目どおりの青年ではなさそうだ。


「カシュー君の任務はわかっておりませんが、たぶん、護衛役としては俺は役に立ちます。そこの口が悪いお兄さんよりも、たぶん」

青年の挑発的な言葉に、ヨセフが再びいきりたつ。

「……んだと？　てめぇ、ふざけた面して……俺より強いだと？」

「こーらこらこら。　どーうどう！」

「ヨセフ！　落ち着いて！」

ディルクとレオリーノが、キリオスにつかみかかろうとするヨセフをなだめる。

「俺も任務なんで、しばらく一緒に行動させてもらいます、ってことで、カシュー君よろしく！」

悪びれもせず笑うキリオスのアクの強さに、若干腰が引けながらも、レオリーノもはい、と答えた。

結局、キリオスを派遣したルーカスの意図は、よくわからないままだった。


その後、キリオスは戦闘訓練を除けば、ほとんどの時間を、レオリーノ達と行動をともにするようになった。

挙動不審なことを除けば、キリオスは人との距離を縮めるのが実に上手い青年だった。少なくとも資

料の整理に関しては、ヨセフよりよほど役に立った。

ちなみに、端《はな》からレオリーノの手伝いを放棄しているヨセフは、時折会話に参加するものの、基本的には適当に時間つぶしをしている。

レオリーノは当初、キリオスの存在になかなか慣れなかった。同い年の同僚とここまで親密に関わるのは初めてだし、これほどテンションの高い人物と関わるのも初めてだ。

なにより癖が強い。ヨセフとは違った意味で個性的なのだ。レオリーノを見るたびに、「睫毛がすげぇ！」とか「髪がキラキラしてる！」と奇声を発しながら悶えるのだから、レオリーノにしてはたまったものではない。

そんなキリオスにレオリーノはただ困惑し、ヨセフはいい加減にしろ！　と怒鳴りつけ、ディルクは、気持ちはわかるけどうるさいぞと、苦笑しながらたしなめるのだった。


こうして資料室の一角は、キリオスの参入によって俄《にわか》に騒々しくなった。あまりにうるさいときは、資料室の番人が現れて、キリオスの頭に容赦なく拳骨《げんこつ》を落として黙らせることもあった。

五日ほど経《た》つと、レオリーノもようやく、キリオスがいる状況に慣れてきた。


ある日、キリオスがある知らせを携えてきた。

「レオリーノ君、明後日《あさって》が戦闘部の訓練なんですが、副将軍閣下から言付けをいただきました。よかったら、ヨセフさんも一緒に見学に来るようにって」

それを聞いたレオリーノは、顔を光り輝かせた。ルーカスは競り市のときの約束を覚えていてくれたのだ。

レオリーノの笑顔を目の前で直視したキリオスは、眩しい、と悶えながら目を押さえる。しかし、レオリーノはすでに、キリオスの奇行をスルーする術を身につけていたので、とくに動揺することもない。

というか、ほとんど無視することにしていた。

「行きます！　ヨセフも一緒に行くよね？」

「レオリーノ様が行くところならどこでも」

「キリオス君もその訓練には参加するんだよね？」

「うん、するよ。当日は、だから申し訳ないけど、俺は護衛役はできないんだよ。あ、それと」

キリオスが、なぜかヨセフに向かって、挑発的な笑みを浮かべる。

「副将軍閣下が、よければヨセフさんも訓練に参加したらどうかって」

「えっ？　ヨセフが？」

それは、あまりに意外な申し出だった。ヨセフもキョトンとした顔をする。

レオリーノは、どうする？　とでも言うように、首をかしげながらヨセフを見つめた。ヨセフも主人を見返しながら、同じように首をかしげる。

ディルクとキリオスは、二人のその様子に微笑ましい気持ちになった。繊細で清婉な美貌のレオリーノと、黙っていれば優しげな女顔のヨセフが、一人揃って首をかしげている様子は、可愛くて目の保養になる。

「正式に入軍したわけでもないのに、俺が王国軍の訓練に交じってもいいのか」

ヨセフは、その申し出に興味を持ったようだった。

ブルングウルトにいた頃に比べて訓練が足りず、このままでは腕が鈍《なま》るのではと、実は不安を感じていたのだ。それに、王国軍の軍人達の実力も実際に見てみたかった。

「俺も訓練に参加していいのかな？」

「せっかくのお申し出だし、もちろん良いよ。僕も、迷惑をかけないようにおとなしくしているから」

レオリーノは微笑みながら了承した。護衛役がめずらしくワクワクしているのがわかったのだ。

レオリーノは、こうした機会をくれたルーカスに対する感謝の気持ちでいっぱいになった。

「キリオス君、副将軍閣下は、当日の訓練にはご参加されるのかな」

「閣下？　監督されるお立場だから、もちろんその場にはいらっしゃるけど、訓練自体に参加されることはないと思う」

「それなら、副将軍閣下のお近くで、端っこに控えさせていただくことにする。そうすれば安心でしょう？　ヨセフ」

「わかった。でも、いざというときは、俺はレオリーノ様を優先するから」

ヨセフが頷く。それで決まりだ。

ヨセフとキリオスという顔見知りが訓練に参加することになって、レオリーノは明後日がさらに楽しみになった。


「でも、今回はどんな目的の訓練なのだろう。普通の鍛錬なのだろうか」

レオリーノの疑問に答えたのは、ディルクだ。

「我が軍はいま部隊の編成中なんだ。その再編成にあたって戦闘部隊の実力を確認するための訓練だ」

「部隊の編成？」

「そう、将軍閣下の指示で、実戦部隊の再編成と再配置を検証中だ。普段はベーデカー山脈に派兵されている山岳部隊も、その対象だ。一気に現場を離れるわけにはいかないから、交代で王都に戻ってくる。順繰りに小隊ごとにね。今回の訓練も何部隊か参加するだろう」

レオリーノはせわしなく瞬きをする。

「山岳部隊が……王都に」

「ああ。彼らは精鋭中の精鋭だからね。たしかに、訓練は見応えのあるものになると思うよ」

山岳部隊は、ファノーレン北西部のベーデカー山脈から南の国境まで、広く配備されている、戦闘部の中でも最前線に立つ、精鋭中の精鋭だ。彼らが王都に戻ってくることは稀である。

山岳部隊の小隊には一から百まで番号が振られ、番号が若いほど、最も過酷な地域で作戦を展開する精鋭となる。戦闘部の若手なら誰でも憧れる、屈強な兵士達の集団だった。

そして、かつてイオニアが所属していた部隊でもある。イオニアが部隊長を務めていた特殊部隊は、組織上は山岳部隊に組み込まれていたのだった。

特殊部隊には、イオニアを筆頭に、異能を持つ平民出身の人間が集められていた。

遠くの音まで聞き分けるトビアス・ボッス、手を触れずに相手の動きを拘束することができるグザヴィア・エルトランド。怪力のエッボ・シュタイガー。そして、ツヴァイリンクの火を煽り炎上させた、風を操るエドガル・ヨルク。

レオリーノは胸に手を当てた。胸がざわつく。この胸騒ぎは、期待か、不安か。

国境から近づいてくる運命の足音を、レオリーノは無意識に感じとっていた。

訓練場にて

王国軍の訓練場は王都郊外にある。

ヨセフとキリオスは訓練に参加するため、早朝に王都を出発していた。レオリーノの移動中の警護については、ディルクが護衛役として馬車で同行することで解決した。

ディルクは親しみやすい男だが、王国軍においては将軍の副官という、相当の立場にいる。レオリーノはひどく恐縮したが、将軍の命令だからとディルクから言われては、下手《へた》に断ることもできない。

結局、ディルクと一緒に訓練場までやってきた。

訓練場は、遠目には石造りの城に見えた。

巨大。その一言につきる建造物だ。

門をくぐった先には、土埃《つちぼこり》が立ち昇る広大な空間が広がっていた。城ではなく、真ん中の空間を囲むように建てられた回廊だったのだ。

レオリーノとディルクは到着するなり、門の近くで待ち受けていたシュルツによって、上の回廊へと案内される。訓練場の四方を取り囲む回廊は、突き当たりが見えないほど長かった。連続するアーチ型の窓から、中庭を見下ろせるが、外を眺めるような余裕はなかった。レオリーノは、脚の状態が心配になるほど、長い距離を歩かされた。二回ほど角を曲がって、ようやく一番奥にたどり着く。

そこは大きく中庭にせりだしたバルコニー状の空間だった。

燦々《さんさん》と降り注ぐ初夏の太陽の下に、レオリーノはルーカスを発見する。

逞しい巨躯は、いつもの軍服ではなく、銀色に輝く鎧《よろい》に包まれている。相変わらず、その存在感で周囲を圧倒していた。陽光に照らされた金色の髪が、鬣《たてがみ》のように輝いている。

その姿に、レオリーノは目を細めた。記憶に刻まれた、若かりし頃のルーカスを思い出す。

レオリーノは、今日も目立たぬようにフードを被っていた。フードを下げようとするが、ディルクに止められる。

「こんな開放的な場所でレオリーノ君の顔を出したら騒ぎになるよ？　副将軍閣下が許可を出すまで、フードは被っていようか」

「でも……ご挨拶するにあたって、この格好はあまりに不敬にあたりませんか？」

「大丈夫。副将軍閣下ならすぐに君とわかるだろう」

ディルクの言葉どおりだった。

ルーカスは細身のシルエットを見て、すぐにレオリーノだとわかったようだ。目尻に皺を寄せた。その微笑みに、レオリーノの緊張が少しやわらいだ。

「レオリーノ、来たか」

レオリーノは礼を取る。

「はい。副将軍閣下、この度は貴重な見学の機会を」

「堅苦しいことはいい。早くこちらに来い」

そう言って、ルーカスはレオリーノを手招く。

ルーカスの背後には、いかにも戦闘部の所属といった逞しい身体つきの幹部達が、ずらりと控えていた。いずれも迫力のある男達が、興味深げにマント姿の青年――レオリーノを見ている。

そんな状況で、ルーカスの横に並び立つ勇気はなかった。

レオリーノがためらっていると、そっと背中を押す手がある。見上げると、ディルクが茶目っ気のある笑顔で、レオリーノを見下ろしていた。

「せっかくの閣下のご厚意だ。一番前で見学させてもらうといい」

「……でも、お歴々の方々がいらっしゃる中で、僕などが副将軍のお傍になど……」

ディルクは、幹部達にレオリーノの見学が事前に通達されていることを知っていた。そして興味本位でレオリーノにかまわないようにと、あらかじめ指導されていることも。

「大丈夫だ。失礼にはあたらないから」

「そうでしょうか」

なおもためらうレオリーノに、ディルクは力強く頷いた。レオリーノはディルクに励まされて、意を決して、ルーカスのもとへと歩み寄る。

誰もが訓練用に武装している中、マントですっぽり覆われたレオリーノの格好はかなり浮いていた。

しかし、幹部達は、その人物がレオリーノだとわかっている。ルーカスに歩み寄るのを咎める者はいなかった。

レオリーノはルーカスの前で、深々と頭を下げる。

「副将軍閣下、本日は見学を許可いただき、ありがとうございます」

「ああ、よく来たな。かまってやれる時間はあまりないが、よく見学していくと良い。これほど多くの武装した兵士達が剣を振るうのを見るのは、初めてだろう？」

レオリーノは、曖昧《あいまい》に微笑んだ。

「見学することで、色々と発見もあるだろう。さあ、下を見てみるといい。もうはじまっているぞ」

ルーカスの言葉に、レオリーノが頷いて、バルコニーの端に近寄る。

「ディルクも、ここまで護衛役ご苦労だったな」

ルーカスの労《ねぎら》いに、ディルクは笑って頭を下げた。

男達は小さい声で何事か会話しはじめたが、そのときには、レオリーノはすでに眼下の光景に目を奪われていた。

「どうだ、我が軍の兵士達の訓練の様子は。圧巻だろう」

「はい……はい！　すごい熱気を感じます」

レオリーノはルーカスの言葉に深く頷く。その声は興奮にかすれていた。

訓練場はイオニアの記憶にない場所だ。イオニアはすぐに前線に派遣されたため、ここを利用する機会がなかったのだ。レオリーノはとても新鮮な思いで、あちこちを興味深く観察した。

広い訓練場は、十六の区画に区切られ、それぞれに数十人程度の兵士達が配置されている。

区画の真ん中には空間を設け、そこで一対一の模擬戦が数組ずつ行われていた。歓声と野次と、耳を裂くような剣戟《けんげき》が、あちこちから聞こえてくる。

レオリーノは、兵士達が発する興奮と熱気に圧倒された。記憶の中の戦いがよみがえる。徐々に、血が騒ぐような感覚を覚える。

（ああ、すごい……僕も戦えたらなぁ！）

レオリーノの菫色の瞳は興奮にキラキラと輝き、金色の睫毛はせわしなく瞬いた。その頬は薔薇色に染まり、レオリーノの興奮の度合いを伝えている。

その様子をルーカスは笑顔で見つめていた。

レオリーノが笑顔でルーカスを見上げる。菫色の瞳がキラキラと、眩しいほどに輝いていた。

「訓練場がこんなに広い場所だとは思いませんでした！」

「ああ、この訓練場は、最大で五百人ほどが同時に鍛錬できる。我々がいまいる建物に待機者を収容すれば、一度に千人ほどがここを利用できるんだ」

レオリーノ達が立っている場所は、王族などの貴賓達が訓練を視察するときの視察台で、最も中庭がよく見渡せる場所だという。石造りの回廊も、場所ごとに使用目的が異なるらしい。

ルーカスは訓練場の建物の構造を、指差しながら丁寧に説明してくれた。

「すごいなぁ……すごいなぁ……！　副将軍閣下、あまりにすごい場所で圧倒されました」

「そうか。おまえもやはり男子なんだな。はは、興奮しているのか。顔が真っ赤だぞ」

ルーカスはからかいを含んだ声で、レオリーノの喜びに紅潮した頬を、ちょんと指でつついた。次の瞬間、頬だけではなく、その顔全体が赤く染まる。

「子どもっぽいふるまいを……申し訳ありません」

「なに。俺にとっては見慣れた光景だが、こうも感動されると、はは、見学させた甲斐があったな」

レオリーノは感謝の気持ちを込めた眼差しで、ルーカスを見上げる。その視線を受けて、琥珀色の目が優しい色を浮かべて、レオリーノを見つめ返した。

「……防衛宮で働きはじめて、良かったと思うか?」

レオリーノは深く頷く。

「はい。本当に良かったと、いまは思っています。僕の目に映るものは、眩しいものばかりです」

「そうか」

ルーカスはポンと、フードの上からレオリーノの頭を叩いた。強面《こわもて》にもかかわらず、情け深い性質が垣間見えるその眼差しに、レオリーノの胸に、何かあたたかく、切ないものが流れ込んでくる。

ルーカスの眼差しは、防衛宮の宿舎で最後に抱き合ったときにイオニアに向けられたものと同じだった。どこまでも慈しむような、存在を無条件に肯定されるようなその眼差しに、レオリーノはなぜか不意に泣きそうになる。

「何か聞きたいことはあるか?」

ルーカスの質問に、レオリーノは我に返る。

ルーカスの存在、土埃の匂《にお》い、剣が交わされる鋭い音、そして戦いに昂揚《こうよう》した男達の声によって、レオリーノは前世の記憶に引っ張られていたようだ。

「あの……あの訓練場の区画分けには、何か意味があるのでしょうか」

ルーカスはその質問にああと頷くと、向かい側に小さく見える入口付近を指差した。

指差した先にある門は、親指ほどの小ささだ。くぐったときは巨大だったのに。

まったくこの訓練場はなんて広さなのかと、レオリーノは改めて感動する。

「先程入ってきた入口側からこちらまで、経歴と技能で分けられている。通常は、門に近い向こう側が新兵の区画だ。こちらの視察台に近くなるほど、腕も経歴も精鋭の兵士達が集められている」

「……ということは、キリオス君とヨセフは一番向こうの区画にいるのですか？」

レオリーノは目を凝らしたが、入口側の区画は人が豆粒のようにしか見えない。とうていヨセフとキリオスを視認できる距離ではなかった。せっかくなら二人の訓練ぶりが見学したかったと、レオリーノは内心、少しがっかりした。


入口から視察台まで、かなりの距離を歩いてきた。レオリーノの脚で簡単に往復できる距離ではない。

二人の戦いぶりを見られないかもしれないと、レオリーノが気落ちしたのを察したのか、ルーカスがポンポンと肩を叩く。

「ケラーとあの護衛役の訓練が見られないのはつまらないだろうと思って、特別に二人は、手前右端のベテランの組に入れている。ほら……あそこに、あいつらがいるだろう。見えるか？」

レオリーノは欄干から身を乗り出すようにして、指し示された区画を見つめた。

「は、はい……あ！　いました。二人がいます！」

レオリーノの目が輝いた。ルーカスが言ったとおり、明らかに手練《てだれ》とわかる屈強な兵士達の中に、見慣れた二人の姿を発見したのだ。


護衛役の二人が近いところにいるとわかって、レオリーノはとてもうれしくなった。しかし近いとはいえ、残念ながら、レオリーノがいる視察台からその区画までも、かなりの距離があった。二人の剣捌《さば》きをつぶさに眺めることは、とうていできそうもない。


（もう少し、近くで見ることができたらいいなぁ）

レオリーノが身を乗り出す様子を楽しげに眺めながら、ルーカスは答えにくい話題を振ってきた。

「ケラーが迷惑をかけているようだな？」

レオリーノは興奮に水を差されたといわんばかりの、なんとも言えない表情で振り返った。天使か妖精かと見まごう美貌に、途端に人間くささが宿る。

「迷惑をかけているなんて、そんなことは……ただ、なんと申しますか、とても面白い人物です」

複雑な表情を浮かべたレオリーノの微妙な答えに、ルーカスはついに声を上げて笑った。

レオリーノはあわてて話題を変える。

「でも……一番手前の区画は、お強い方々なのですよね。そんなところに交ざっても、二人は大丈夫なのでしょうか」

「おお、話題を変えたな？　大丈夫だ。ケラーは変わった若造だが、学校を卒業する前から噂になるほど、剣の腕だけは飛び抜けている。それに、見たところおまえの護衛役も問題ないだろう。それどころか、先程はどよめきが起きていたぞ」

「そうですか！　ヨセフがご迷惑をおかけしてないと伺って安心しました！」

ルーカスが満足そうに頷く。

「いや、正直侮っていた。身体つきは頼りないが……速さと剣の正確さは尋常ではない。しかもまだ本気を出していないようだ。たいしたものだ」

それまで隣で二人の会話を聞いていたディルクが、へぇと声を上げた。

「副将軍閣下がそれほど褒めるのであれば、ぜひ、ヨセフ君の腕を見てみたいですね」

「ああ。ヨセフ・レーヴといったな。片手の指を数えるほどの時間で、我が軍の精鋭の首に剣先をつきつけたぞ。しかも片手間だという余裕の風情だった」

ほおと感心するディルクを横目に、レオリーノは二人が戦っている区画をじっと見つめる。

すると、そこにいる大多数の兵士達の鎧が、記憶にある見慣れたものであることに気がついた。ドクッと胸が大きく鼓動を打つ。

「……キリオス君とヨセフがいる区画にいる方々は、山岳部隊の方ですか？」

「ああ、ほとんどがそうだな。あそこは三番小隊だな。三番を相手に一歩もひけを取らないとなると、おまえの護衛役は相当な腕だ」

ルーカスはふむ、と腕を組むと、レオリーノに向かって微笑んだ。

「あの護衛役には、おまえをちゃんと守れる腕があるんだな」

「はい。頼もしく思っています」

「おまえの護衛の腕を、俺もこの目でたしかめたかった。今回はいい機会だった。さすがはブルングウルト出身だ」

レオリーノはルーカスの褒め言葉に、誇らしさと喜びに胸がいっぱいになる。

「そうなのです！　見かけに反して、ヨセフはすばらしく腕が立つのです！　ルーカス様にヨセフが認められて、僕もとてもうれしいです」

「レオリーノ君、こらこら」

「はい、ディルクさん？」

レオリーノが見上げると、ディルクは苦笑気味に、わざと眉間に皺を寄せてみせた。

「興奮しているのはわかるけれども、ここは副将軍閣下の御前だよ」

ディルクにやんわりと口調を正すように注意されて、レオリーノは己の失態に気がついた。幹部達もチラチラとこちらを見ている。

レオリーノはあわてて謝罪する。

「大変失礼いたしました！」

浮き立つあまり、いつのまにか砕けた口調で話しかけてしまった。しかも、公の場で『閣下』の敬称もつけずに名前で呼んでしまった。

ルーカスはレオリーノの失態には触れることなく、再びその頭に手を乗せた。

「……？　副将軍閣下？」

「フードがずれ落ちそうだ。気をつけろ。その顔を荒くれ者どもに簡単に晒してはならん」

「あ、ありがとうございます」

レオリーノは素直に頷いて、フードを再び目深に被った。ルーカスはよし、と頷く。

そのとき、背後から副官のシュルツが、ルーカスに声をかけた。

「――閣下、ご歓談のところですが、そろそろお時間です」

「ん？　――ああ、もうそんな時間か」

どうやらルーカスにはやるべきことがあるようだ。多忙な副将軍職の男を、かなりの長時間、レオリーノの見学に付き合わせてしまった。

「お引き止めして申し訳ありませんでした」

「ああ。俺はいったん外すが、おまえはここでじっくり見学するといい。また後で声をかける」

「はい。貴重な機会をありがとうございます」

そのまま踵を返しそうになったルーカスに、レオリーノはそうだ！　と声をかける。

「あ、あの……。副将軍閣下」

「なんだ」

「できれば、もう少しヨセフとキリオス君がいる区画の近くで、二人の様子を見学したいのですが、ご許可をいただけますでしょうか」

ルーカスはふむ、と思案する。レオリーノの希望を叶えてやりたいと思いつつも、身元が保証された幹部のみがいる、この安全な場所から移動させたくもない。

戦闘部隊の中には前線に配備されており、防衛宮に勤務する人間を知らない者も多い。軍の中でも、とくに気性が荒い男達の集団だ。貴族階級のことなど知らない平民も多く、しかもいまは、戦闘訓練で気が昂っている。万が一のことがないとは言えないのだ。

思案するルーカスの背後で副官が焦《じ》れているのを見たディルクが、助け舟を出す。

「副将軍閣下、俺がレオリーノ君に付いてまわりますから」

「うむ。そうか……いやしかし、おまえだけではいささか心もとない」

その言葉に、ディルクは苦笑した。

ディルクも鍛え上げた立派な肉体の持ち主だ。基本的な鍛錬も怠らない。しかし、武力体力自慢の戦闘部隊の頂点に立つ男からすると、いささか頼りなく見えるのはしかたがないのだろう。

レオリーノはおとなしく、しかし大きな瞳に期待を込めて許可が下りるのを待っている。その期待の眼差しに負けて、ルーカスは妥協案を出した。

「一階に下りるのは許可しない。だが、あの区画に近いところで見学するのはかまわん――そう、あのあたりから見学するといいだろう」

そう言って指差したのは、ヨセフ達がいる区画を見下ろせる回廊の右端だった。


レオリーノ達が立つ二階の回廊は、中庭の喧騒をよそに、行き交う兵士達もほとんどおらず、とても静かだった。

手すりに両手を置いて、レオリーノは飽きずに訓練の様子を眺め続けていた。すでに半刻は過ぎただろう。レオリーノ達は邪魔にならないように遅めに到着したので、もう訓練も終盤に差し掛かっている。

「ずっと立ちっぱなしで疲れないかい？」

「……はい？」

ディルクに話しかけられても、レオリーノは地上から目を離さない。かなり集中している。

「レオリーノ君？」

「はい……？　いいえ？　……ごめんなさい。夢中になって、お返事を失念してしまった」

心ここにあらずといった風情だ。反応はするが、ディルクの質問は耳を素通りしているようだ。

「んー、レオリーノ君、夢中になってるねぇ」

「はい？　……いま！　またキリオス君が素晴らしい腕の冴えを見せた！　ご覧になりましたか？」

先程からずっと、訓練に心を囚《とら》われっぱなしだ。

ディルクはその様子に苦笑を禁じ得なかった。

（やっぱり男子なんだなぁ。すごく興奮している）

「わぁ……！　ヨセフもすごいと思ったけれど、キリオス君もとても強い。ふたりともすごい！　見てください。ほら、見て、見て、ディルク！　ああ、目に焼きつけて帰りたいなぁ」

レオリーノは見るからに楽しそうに、目をキラキラさせながら独り言を喋っている。

いささか口調が砕けすぎているが、ディルクはレオリーノを咎めなかった。

過保護に守られ生きてきた世間知らずの青年が、初めて見る戦闘訓練を心から楽しんでいるのだ。言葉遣いが乱れるくらい、たいした問題ではない。

それにディルク自身も砕けた口調で話すことが多く、注意できるほど立派な言葉遣いでもない。

（初めて会ったときから比べると、ずいぶんしっかりしてきたけど……このフワフワした感じのレオリーノ君を見るのは久しぶりだなぁ）

レオリーノは心底楽しんでいるのだろう。窓から身を乗り出して、真剣に訓練を見学している。一生懸命背伸びをしている姿が、なんとも微笑ましい。

「ルーカス様に見学を許可していただいて、本当によかった！　訓練場に来たのは初めてだから」

フードから覗く笑顔は、ほんのりと発光しているように見えるほど輝いている。

（キリオス君の言っていた意味がわかるなぁ）

本当に同じ人間なのかと思うほど美しい青年が、これほど間近で花が咲き綻ぶような笑顔を見せてくれるのだ。そろそろ見慣れてもいいはずだが、やはり何度見ても、感動するほど美しい。

眼下ではヨセフが、何度目かの一対一の訓練をはじめていた。変わらない腕の冴えで、次々と剣を繰り出している。剣先が見えないほどの速さだ。細身のくせに体力は底なしのようだ。

屈強な体格の相手は、その鮮やかな剣に翻弄され、すぐに喉元に剣をつきつけられる。

ディルクは唸り声を上げた。

「うぅん！　本当にヨセフ君はすごい」

「でしょう！　ヨセフはすごいのです！」

「あの速さと身のこなしが、さっきから全然衰えないんだよな。俺なら、絶対負けるわ」

レオリーノは満面の笑みを浮かべて、何度も頷く。

フードがずり落ちかけるのを見て、ディルクはあわてて元の位置に戻した。念のため、周囲に人気がないことも確認する。

「あんな素早い剣技は初めて見たよ。あれがブルングウルト自治軍の標準的な力量だとしたら、本当にすごいな」

「ブルングウルトの中でも、ヨセフは特別に強いです。でも、ヨセフ以外のブルングウルトの自治軍の者達も、おそらく王国軍の方々と遜色《そんしょく》なく戦えるのではと思います」

そう言うレオリーノは、どことなく誇らしげな表情だ。

さもありなん、とディルクは頷く。

あの国境の要衝を、旧王国時代から守り続けている辺境の猛者《もさ》達なのだ。

「ほう。そうなのか。ますますブルングウルト自治軍に興味があるね」

「僕は訓練しか見たことがありませんが」

「ちなみにヨセフ君は、君の護衛役に着くまでは、何をしていたの？　自治軍にいたの」

「？　いいえ……よくわかりませんが、おそらく、フラフラしていたのだと思います」

「フラフラ……」

レオリーノがフワフワとした雰囲気で頷く。

（フワフワとフラフラ……わかりやすい）

「ヨセフは自治軍の軍隊長の息子ですが、自治軍自体に所属してはいませんでした」

「そうか。いやあ、でも、あれだけの実力を見せられたら、いまごろ山岳部隊が彼をスカウトしているんじゃないか」

レオリーノは首を振った。

「ヨセフの性格では、王国軍に入るのは無理だと思います」

その説得力には、ディルクも頷くしかない。


レオリーノは、再び訓練場を見下ろす。

「あっ、また、今度はキリオス君です！　でも、相手がとても大きくて、強そうな——」

「ああ、本当だ。だいぶ年嵩《としかさ》の兵士だな。ここからだと階級が判別できないが……レオリーノ君？」

キリオスの相手をひと目見た瞬間から、レオリーノは呼吸を忘れていた。

（彼は……！）

キリオスに対峙する壮年の兵士の姿に、一瞬で悲憤と苦痛の記憶がよみがえる。血が逆流するような感覚を覚える。レオリーノは、ツヴァイリンクの炎の記憶の中に呼び戻された。

——『門を閉めろ！』

イオニアの声が、戦場に響く。傷だらけの部下が、絶望的な表情を浮かべて振り返った。

——『できません……あんたを置いていくなんて！』

男の血と煤《すす》で汚れた頬を、悲憤の涙が伝う。ここで別れれば二度と会えなくなることは、お互いにわかっていた。どちらの命も、絶望的であることも。

（ああ、まさか、生きていたなんて……！）

——『行け！　おまえの《力》で、あの門を閉めてくれ！』

（エッポ……！）

どれほど年月が経《た》ち、その容姿が変わり果てても、その男を見間違えることはないだろう。

あの日、悲憤の涙を流しながらイオニアの命令に従って門を閉じた男。そしてイオニアの特殊部隊の、おそらく最後の生き残りである男。

怪力の異能を持つエッポ・シュタイガーが、無惨な炎の爪痕《つめあと》を残した姿でそこに立っていた。

賽《さい》は投げられた

先程までの浮き立つ高揚感は、吹き飛んでいた。

眼下にいるのは、イオニアの部下だった男。そして、あの日ツヴァイリンクで起こった出来事を、レオリーノと共有できる、いまとなっては世界でたった一人の男だ。

レオリーノは、食い入るようにキリオスの対戦相手を見つめる。当時でイオニアより年上だったから、とうに四十は超えているだろう。

エッボはその《力》を制御しているのか、普通に剣で戦っている。当時は剣というよりも、その拳で戦うことが多かったと記憶している。しかし、年齢を重ねているとはいえ、その力強い巨躯から繰り出される剣はいかにも重く、キリオスはその重さに苦戦しているようだった。

この機を、逃してはならない。

山岳部隊に所属しているエッボと、王都の中で何重もの壁に守られて生きるレオリーノ。ここで別れてしまえば、おそらく二度と直接会えることはないだろう。

（……どうすればいい。どうすれば、ディルクの目を盗んで階下に行ける？）

レオリーノは、ディルクの様子をそっと窺《うかが》った。

ディルクは腕を組んで、キリオスが戦う様子を興味深そうに見つめている。

次に、背後の回廊にさっと視線を巡らせる。

レオリーノ達が立っている場所は、視察台がせり出た回廊の右端に位置する。少し先に行けば角に階段がある。二人が立っている場所は、眼下の喧騒と熱気に比べると、人通りも少なく静かなものだった。

レオリーノは拳を握りながら必死で考えた。

無断で階下に下りようにも、レオリーノの脚でディルクを振り切ることは不可能だ。

ヨセフやキリオスに挨拶をしたいと、素直に頼んでみるのはどうだろうか。

いや、それはおそらく許されないだろう。

ディルクはおおらかで優しい男だが、単に人柄が良いだけではグラヴィスの副官を務められるはずがない。相応に、上官からの命令には厳格なはずだ。

レオリーノが丁寧に請い願ったとしても、戦闘部隊の兵士達が大勢たむろしている一階に下りることは、絶対に許してはくれないだろう。

（考えろ……考えろ！）

叶うことならば、エッボの名前を大声で叫びたい。ここに来てくれと、いますぐ話したいのだと。だが、それはできない。レオリーノとエッボ・シュタイガーのあいだには、なんの関係もないのだから。

しかし、絶対にこの機会を逃したくなかった。

眼下の訓練場で、二人の模擬戦は続いている。老練な戦士が上段から重たい剣を振り下ろす。キリオスは腰をかがめ、剣裏に手を当ててその一撃を受けとめる。剣戟が空間を切り裂いて、二階の回廊まで響いた。

レオリーノは、思わず窓から身を乗り出した。そのときレオリーノの胸元で、石壁に当たってゴツリと音を立てるものがあった。その感触に、レオリーノは息を詰める。これだ、と思った。

イチかバチか、試すしかない。

「キリオス君！　がんばれっ！」

レオリーノは突然手すりに手をかけて、思いきり上半身を乗り出した。アーチ型の窓は大きく外に向かって開いている。レオリーノの上半身が、いまにも落下しそうなほど、前に大きく傾いた。

「あぶないっ！　レオリーノ君！　そんなに身を乗り出すな！」

レオリーノの行動にディルクは仰天し、あわててレオリーノの腰をつかまえる。レオリーノの上半身が、空中でグラグラと揺れた。

「……っ！　レオリーノ君！　何を！」

しかし、ディルクが手前に引き戻そうとするところを、レオリーノはなぜか小さな叫び声を上げて身体をよじり、なおも地面に手を伸ばそうとした。

「ああっ、剣が！」

「……やめろ！　危ない！」

レオリーノの胸元から、陽光を反射させながらこぼれて落下するものをディルクも認めた。しかし、そんなものにはかまっていられなかった。

ディルクは華奢な腰を強引に持ち上げた。反動でレオリーノのフードがずり落ちて、白金色の髪があらわになる。

ディルクはそのまま後退ると、レオリーノの身体をぐっと壁に押しつける。その乱暴な動作に、レオリーノは息を詰めた。

グラヴィスほどではないが、ディルクもかつてのイオニアほど背が高く逞しい。レオリーノは怒りを湛えた大きな男の力に、本能的に怯えた。

ディルクはようやく安心したように、はぁっと荒々しい息を吐く。

「無謀にも程がある！　浮かれているからと言って、危ない行動をするな！」

ディルクがいままでになく厳しい口調でレオリーノを叱責する。しかし、その口調とは裏腹に、その目には心配と安堵の色を浮かべていた。

レオリーノは申し訳なさのあまり胸が痛むのを感じながら、それでも必死で演技を続ける。

「ごめんなさい。キリオス君が負けそうだったので、つい……」

ディルクはもう一度溜息をつくと、壁に押しつけた手から力を抜いた。ぐしゃぐしゃと頭をかく。

「普段の君らしからぬ浅はかな振る舞いだ。あのまま落ちたら、取り返しのつかないことになっていたんだよ？」

「……本当に申し訳ありません。反省しています。ディルクさん」

ディルクが再び深い溜息をついた。ディルクは、レオリーノが愚かにもはしゃいで無謀な行動をしたのだと思っているに違いない。

ディルクの信頼を一気に失う行為だ。すべてが終わった後、ディルクはもう二度と、レオリーノを信用してくれないだろう。それを考えると、とてもつらく悲しかった。いますぐこの愚かな芝居をやめてしまいたかった。

しかし、レオリーノは歯を食いしばった。ここからが正念場だ。

「ディルクさん……剣を落としてしまいました」

「ああ、見ていたよ。君の不注意だ」

ディルクは険しい顔つきでレオリーノの両腕をつかんだまま、階下を覗き下ろす。すぐに落ちた剣を見つけたようだった。

「……どなたも、怪我をしておられませんか？」

「ああ、大丈夫だ。あの剣は、大事なものなのか」

レオリーノは、しょげた様子でこくりと頷く。

「王都に出る際に、父からもらった剣なのです。父が幼少の頃使っていた短剣で、大切にしろと」

嘘だ。

あの剣はヨセフが用意したものの中から、レオリーノの握力にあったものを適当に選んだにすぎない。

「失《な》くしたら、父になんと言われるか……」

レオリーノは萎れた様子でうつむいた。内心、ディルクに対する罪悪感で吐きそうになる。

一世一代の芝居だと、レオリーノは必死で懺悔《ざんげ》したくなる気持ちをこらえた。

（お願い、騙されて……ディルク）

ディルクが三度深々と溜息をついて、困ったなとぼやく。窓から身を乗り出して剣をたしかめた。

「……しまった。誰かが拾ったぞ。おい！　それを持ってこい！」

レオリーノには見えなかったが、中庭に落下したそれを誰かが拾ったようだ。

「……チッ、聞こえないか」

ディルクが苛立った様子で舌打ちをする。

（お願い……お願い……ディルク、どうか、どうか僕を一人にして）

ディルクはレオリーノの頭にフードを被せると、しゃがみこんで視線を合わせる。

「……あの短剣は、どうしても取り戻さなくてはいけないものなんだな」

レオリーノは悲痛な表情で頷く。

「そうか。たとえば、俺か……俺じゃだめか。あるいは、将軍閣下が新しいものを贈ると言っても？」

「ごめんなさい、ディルクさん……でも、あれは失くしてはならないものなのです」

ディルクが周囲に視線を巡らせると、再び舌打ちをする。

「こういうときに限って、人っ子一人通らないんだからな」

「本当に申し訳ありません。どうか、あの剣を取りに行かせてください」

「それはだめだ。君が一階に行くのは許可されていない」

ディルクはしばらく逡巡していたが、ええい、と呻いて、レオリーノの両肩に置いていた手に力を込めた。

「……わかった。君の代わりに、俺が取りに行ってくる。すぐに戻ってくるから、そのあいだ、絶対にここを動かないと約束できるか？」

「……はい、約束します」

「絶対だ。いいね。これは上官としての命令だ。君の安全を守るためだ、わかったな」

レオリーノは動悸《どうき》を必死でこらえながら頷く。後ろめたい気持ちが顔に表れていないようにと祈りながら。

「しかたない。すぐに戻ってくる。絶対にそこを動くんじゃないぞ！」

そう言うとディルクは踵を返し、回廊の角の階段を駆け下りていった。

レオリーノは、一人になった。

破裂しそうな胸を震える手で押さえ、詰めていた息を吐く。

（うまくいった……ごめんなさい、ディルク）

剣が落下した場所は真下だ。ディルクはすぐに戻ってくるだろう。

レオリーノに時間の猶予はなかった。

（行かなきゃ……エッボに会わないと……！）

レオリーノはすぐさま移動を開始する。


一瞬、すぐに階段を下りることも考えたが、そうすればすぐにディルクに見つかってしまう。

回廊の壁にすり寄る。

ずらりと等間隔で並ぶ扉に耳を当てた。物音や気配は感じない。もとより人気がなかったことを考えると、このあたりの部屋が控室として利用されているわけではなさそうだと、レオリーノはあたりをつける。

角を曲がってすぐの扉に、手をかけた。

静かに、ゆっくりと取手を回す。鍵はかかっていなかった。

扉を開ける。無人だった。部屋には高い棚が備え付けられ、備品が積み重ねられている。

レオリーノは部屋にすべりこみ、入口横に据えられた棚の陰に身を潜めた。

ディルクは忌々しさを噛み殺しながら、階段を駆け下りた。

すぐに短剣を拾った兵士を発見する。その肩を叩くと、振り返った兵士は武装をしていないディルクの姿に一瞬眉を顰めたが、ディルクの階級章を見るなり、姿勢を正して敬礼した。

「中佐殿！」

「敬礼を解いてよし。訓練中に邪魔してすまない。ディルク・ベルグントだ」

その名前に、将軍の副官だと気がついたようだった。

「何用でありましょうか」

「用があるのは貴殿ではなく、その手にある短剣だ……ああ、それだ。上の回廊から同行者が落としたものだ。拾ってくれて助かった」

「いえ、お役に立てたのなら」

兵士は短剣を手渡した。ディルクはそれを受け取った瞬間、違和感を覚える。

切れ味は良さそうだが、辺境伯が使っていたにしては、装飾もない質素な剣だ。これが辺境伯ほどの名家が使う剣なのだろうかと、ディルクは疑問に思った。しかし、ブルングウルトの質実剛健な気質を思い出して、そういうこともあるかと思い直す。

そのとき、キリオスとヨセフがディルクに気がついて駆け寄ってきた。

「ディルクさん、見てくださったのですか！」

「ああ。君達の戦いぶりを見ていた。話したいが、いまは時間がない。また後で」

そう言ったディルクの表情は固い。

キリオスとヨセフは、普段は穏やかなディルクの常ならぬ様子に眉を顰める。

急いで踵を返そうとする男の手に、ヨセフには見慣れた剣が握られていた。

「それはレオリーノ様の剣じゃないか」

「ああ、レオリーノ君が興奮して上階から落としてしまったんだ。いままで、あそこで君達を見ていたもんでね……じゃ、後で」

ディルクはそれだけ言い捨てると、再び踵を返す。わけのわからないキリオスは唖然《あぜん》としていたが、ヨセフは咄嗟にディルクを追いかけた。

二段飛びで階段を駆け上がるディルクを追いかけながら、ヨセフが尋ねる。

「レオリーノ様がそれを落としたのか」

「そうだ。訓練の様子に大興奮してな。アウグスト殿からもらった大切な剣を落としたと嘆いている」

ヨセフは眉を顰めた。その剣は、ヨセフが王都の業物屋で選んだものだ。

（レオリーノ様がディルクに嘘をついた……どういうことだ？）

しかし、ヨセフが質問する暇はない。すぐに二階にたどり着く。


「……しまった！」

しかし、そこでおとなしく待っているはずのレオリーノの姿が、どこにもなかった。顔を歪めて激しく悪態をついたディルクに、ヨセフが問いかける。

「おい……レオリーノ様はどこだよ」

睨みつけるヨセフの視線を、色を失った目でディルクが受けとめる。

「……数分前までここにいた君のご主人がいなくなった。本人の意志か。あるいは、誰かに拐かされたか」

「なっ……なんだと。てめぇ、本気で言ってるのか」

「ああ、俺の失態だ」

ディルクは厳しい顔でヨセフを見下ろす。冗談を言っている様子はない。ヨセフは本当にレオリーノがいなくなったのだと認識した。

「くそが……っ！　マジかよ！　なんでレオリーノ様を一人にした！」

「……レオリーノ君は、動かないと約束したんだ」

苦渋に満ちたディルクの返事に、ヨセフはすっと青ざめた。最悪の事態を想像したのだ。

「……レオリーノ様なら、ちゃんと言いつけは守る。あの人はわきまえている。一人で無茶なことをするような人じゃない」

その言葉にディルクも頷く。

「……ということは、拐かされた可能性が高いのかもしれん」

ディルクとヨセフは真剣な顔で見つめあう。

ディルクが低い声で言った。

「謝罪はあとでいくらでもする。だがいまは、レオリーノ君の身柄を確保するのが先だ。ヨセフ……探すのに協力してくれ」

「……言われなくたってやるに決まっている」

「まだほんの数分だ。拐かされるにしても、レオリーノ君だって抵抗しただろう。それに、一階には俺がいた。誰も下りてきてはいない」

「ということは、この回廊のどちらかに、レオリーノ様本人がなんらかの事情で自分で移動したか、連れていかれたかだ」

そのとき、中央の視察台のほうから近づいてくる人物がいた。ディルクは胸元の階級を即座に確認する。幹部職の人間だ。

「すまない！　この先でマントの青年を連れた人物とすれ違わなかったか？　このくらいの背丈の人物で、灰色のマントを着用している。あるいは白金色の髪だ」

唐突に質問された男は驚いたようだが、首を左右に振って答えた。

「いや、そういった人物とはすれ違っていない」

ディルクは目を眇《すが》める。その男が嘘をついているようにも思えない。

「……ということは、行くとしたら反対側か。よし、あちらを中心に探そう――ヨセフ、君はこちら側の部屋をしらみつぶしにあたってくれ。俺は先に進む」

「わかった」

ヨセフは頷いた。

ディルクが反対側の回廊に駆け出し、扉を開けながら捜索しはじめる。それを見送ったヨセフも、ずらりと並んだ扉を、一部屋ずつ開いて確認する。

誰か部屋の中にいようが知ったことではない。

このあたりの部屋は、武器や備品を置いている保管庫のようだ。どことなく鉄や埃臭く薄暗い。

「レオリーノ様！　いるのか！」

開放した部屋はどこも空虚で人気がなかった。

ヨセフの焦燥感が募る。ヨセフは必死で主の気配を探った。

「レオリーノ様！」

三番目の扉を開けたときだった。ふと一瞬、レオリーノの香りを感じたような気がした。

しかし部屋はシンと静まり返り、ヨセフの呼びかけに応える者はいない。レオリーノを求めるあまりに幻臭さえも感じてしまうのか。ヨセフは恐怖に首をブンブンと振った。

「くそっ……どこにいるんだよ！」

ヨセフは叫びだしそうになる気持ちをこらえて、次の扉を探るべく、乱暴に扉を閉じた。

レオリーノはかすかに聞こえてくる話し声を拾いながら、二人を裏切ったことに胸を痛めていた。

（ごめんなさい……ディルク、ヨセフ……ごめん）

「レオリーノ様！」

レオリーノが隠れていた部屋の扉が、バンと開けられる。レオリーノは飛び上がりそうになるのをこらえ、必死に口を塞いで、己の気配を殺す。ドクドクと鼓動が耳を打つ。

「くそっ……どこにいるんだよ！」

ヨセフの小さな叫びから、心配と苦悩の感情が痛いほど伝わってくる。


（ヨセフ……ごめんなさい）


やがて、乱暴に扉が閉められる音がした。外光が遮られ、再び部屋が暗くなる。

そのとき、訓練が終了する合図の鐘の音が響いた。重苦しいそれは訓練場の石壁を伝わり、壁に背をこすりつけるようにして座り込んでいたレオリーノの、体の奥を揺さぶった。

この鐘の音は、いまがレオリーノに与えられた唯一の機会だと、運命が知らせる音だ。この機会を逃せば、おそらくもう二度と、エッポには会えない。

鐘の音で、覚悟が決まった。

すでに賽は投げられたのだ。後戻りはできない。


どれだけ信頼する人達を裏切り、悲しませても、いまは信念に従って行動するしかない。

「やるしかない。いましかないんだ」


イオニアの記憶を受け継いで生まれた理由が、ここにある。エッポとここで会えたことにも、きっと意味があるのだから。

ヨセフの足音が遠ざかったところで、そっと扉を開ける。左右を見渡しても、誰もいない。レオリーノは気配を殺しながら、静かに階段を下りていった。


一階の回廊は、二階の静けさが嘘のように喧騒に満ちていた。訓練場から引き上げてくる兵士達で、徐々に混雑しはじめている。

どうか誰からも見咎められませんようにと祈りながら、レオリーノは回廊の石壁に身体を寄せ、気配を殺して歩き続けた。

　レオリーノの祈りが通じたのか、あるいは混み合っているのが幸いしたのか、フードを目深に被った不審人物さながらの格好でも、うまく人混みに紛れることができているようだ。

　レオリーノは誰にも見咎められることなく、男を探し続けた。

　エッボの姿形なら、記憶に焼きついている。あの炎と煙のなかで見送った背中だ。先程実物を目にしたことで、さらに明瞭《めいりよう》になっている。

　あの日あの場所にいた男達の鎧は、血と煤と泥に汚れ黒ずんでいた。いまその鎧は、訓練の後でも、白く鈍い輝きを発している。

（いた……！　エッボだ……！）

　目標とする男の背中はすぐに見つかった。訓練の場所が階段からすぐ近くだったことも幸いした。レオリーノは安堵の息を吐くと、少しずつ距離を縮めていく。

　エッボは数人の男達と会話をしながら、廊下をゆったりとした歩みで歩いていた。わずかに訓練後の倦怠感《けんたい》を滲ませている。

　レオリーノは必死で人混みをかき分ける。そして、ついにエッボの背中に追いついた。

　間近で見た男の背中は、大きかった。

　ルーカスと同じくらい、いやそれ以上の体格だろうか。記憶にある男よりもさらに大きく、見上げるような巨躯だ。レオリーノはその迫力に圧倒される。

　だが、記憶とは違って当然なのだろう。イオニアであれば、さほど苦労せずに視線を合わせることができただろうが、レオリーノにとっては、グラヴィスをはじめとする戦う男達は、誰もが見上げるほど体格が良いのだ。

　その大きな背中に声をかけようとして、レオリーノはためらう。

（なんと話しかけよう……どうやって、僕自身のことを説明すればよいのだろう）

エッポと話さなければと、無謀無策で飛び出したものの、肝心のエッポにどう切り出せば良いのかは考えていなかった。

どうしようかと迷っているあいだに、また距離が空いてしまい、レオリーノは焦る。

ディルクとヨセフも自分を探している。ためらっている時間はないのだ。

レオリーノは、もうなるようになれ、と、背後から小さな声で話しかけた。

「あの、シュタイガーさん……」

声があまりに小さすぎて届かなかったようだ。レオリーノは再び、先程よりもう少し声を張った。

「シュタイガーさん」

ようやくエッポが振り向く。レオリーノの心臓が大きく跳ねた。

名前を呼ばれたような気がして、エッポは振り返った。すると、目線のはるか下に、フード付きのマントで全身をすっぽり覆った細身の人物を発見する。身なりからして男だ。

名前を呼んだのはこのフードの男かと、エッポは眉を顰めた。聞き覚えのない優しく甘い声は、緊張にかすれていた。声だけを聞くと、かなり若い。

男が、わずかに震えながら、もう一度『シュタイガーさん』とエッポの名を呼んだ。

「誰だ、おまえは」

「あ……あの、突然に申し訳ありません。貴方とお話がしたくてまいりました」

その話し方で、人相を隠したこの青年が貴族だとわかった。マントの上からでもわかる細身の身体は、どう見ても戦闘訓練に参加している兵士には見えない。兵士なら、そもそもマントで顔を隠してはいないだろう。しかし、ただの一般人がこの訓練場にいるとも思えない。

心あたりがないエッボは、青年の謎の申し出に首をひねる。同僚達も足を止めて、興味深そうにマントの青年を見つめた。

「なんだい、おまえ、エッボになんの用だぁ？」

「おい、エッボ、このちっこくて胡散《うさん》くさいヤツはおまえの知り合いか？」

青年を『胡散くさい』と表現した男が、フードの下の顔を覗き込もうとする。しかし、青年はそれを嫌って、フードの端を握って顔を隠した。

「エッボ、おまえの知り合いか？」

「……いや。おそらく違う」

エッボの否定に、青年の肩がビクリと震える。

「突然、本当に申し訳ありません。二人だけでお話しできないでしょうか」

青年の申し出にエッボは片眉を上げる。

「……事情は後でご説明します。だからどうか、どこかで」

必死で言いつのる青年に、エッボとの関係を邪推したのか、男達が色めきたった。

エッボの容姿――とくにひどい怪我《けが》の痕跡が残る顔のせいで、男が色恋から遠ざかっていることを仲間達は知っているのだ。

「おいおい、エッボ。おまえも隅におけねぇなあ」

「ずっとベーデカーにいたくせに、こんな若そうなのといつ王都のどこで知り合ったんだよ、ああ？」

「おい、兄ちゃん、エッボに興味があるのか？　なんだよ、顔を見せろよ」

男達のからかいに、青年は身をすくめる。屈強な男達に囲まれて、身の置きどころがなさそうだ。

そのとき、青年がエッボに向かって何かを呟いた。

しかしその声は、荒くれ者達のからかいにかき消されて、よく聞こえなかった。

「なんだ？　何が言いたい」

エッポは哀れに思い、少し身をかがめて顔を近づけた。青年はマントの中からほっそりとした手を伸ばして、エッポの手の甲に触れ、顔を寄せたエッポにもう一度何事かを囁いた。


エッポの同僚達は、その手を見て息を呑んだ。普段見慣れた無骨な兵士達の手とは違って、その手はあまりに白く、優美だったからだ。

しかし、エッポには、その手を眺める余裕はなかった。青年が囁いた言葉を聞いた瞬間、男の全身を衝撃が貫いた。

「なんだと……？」

聞き間違いではない。この見知らぬ不審者は、たしかにこう言ったのだ。


『ツヴァイリンクのあの夜のことを話したい……あの日、貴方が門を閉める前に何が起こったのかを』

「…………おまえ、なぜそれを……」

暗いフードの中から煌めく瞳と目が合う。その瞬間、エッポの頭からあらゆる感覚が遠ざかった。

頭が真っ白になり、やがて幻の炎に煽られ、視界が赤く染まる。


炎に燃えるツヴァイリンクの平原。兵士達が次々と斃《たお》れ、炎に巻かれた夜。血と煤の匂いに馬鹿になった鼻腔。一人、また一人と欠けていく仲間達。そして、エッポを門の外に送り出した男の、菫色の瞳。

エッポは混乱した。

十八年前の記憶が鮮明によみがえる。それと同時に疑問が激しく渦巻いた。

なぜ、この青年は突然ツヴァイリンクの話を持ち出してきたのか。なぜ、あのとき、ツヴァイリンクの門を閉めたのがエッボであることを、こんな年端もいかないような青年が知っているのか。

そう、記録にも残されていないその事実を知る者は、いまとなってはほとんどいないはずなのだ。


「エ、エッボ……お願いだ。時間がない」

青年はエッボに身体を寄せて、小さな声で必死で言いつのる。

「突然のことで、貴方が不審に思っているのはわかっている。でも、お願いします。どうか話をさせて。僕達には時間がないんだ」

エッボは青年の肩をつかむと、震える声で聞いた。

「……どこに行けばいい」

青年の華奢な肩がビクリと震えた。

「……どこでも。すぐに、二人で話せれば」

エッボに応える声も、また震えていた。


エッボは頷いた。

驚いている同僚をその場に置き去り、エッボは突然十八年前の過去を連れてきた青年の肩を抱いて、回廊を歩き出した。


エッボに連れ込まれた部屋は、二階のそれと同じようなつくりだった。先程の部屋のほぼ真下だろう。小さな窓から差し込む日差し以外に明かりはなく、やはり暗く埃っぽい。

「……顔を見せろ」

レオリーノは一瞬逡巡した後に、フードを外す。そして、覚悟を決めたように、伏せていたその顔を上げた。

「…………っ」

エッボは呆然とした。

エッボはこれほど美しい人間を、これまで見たことがなかった。およそ生身の人間とは思えない。奇跡的な美貌だ。

だがその造形の美しさ以上に、さらにエッボを驚愕させたのはその目だった。紫紺の空に暁の光を一筋垂らしたような、稀有な菫色の瞳。エッボには、絶対に忘れることができない瞳だ。


エッボの背筋を戦慄《せんりつ》が走る。何かとんでもないものに向き合っているような、恐怖に似た感覚。


「……おまえは、誰だ」

「エッボ……」

「その目はなんだ……！」

「エッボ……僕は……僕は……」


特殊部隊は、ほぼ壊滅した。

エッボの他には、内臓破裂で死ぬ寸前で見つかったエドガル・ヨルクだけが生き残った。

だから、こんな年若い青年があの悲劇の夜についいて知っているわけがない。そんな人間がいるはずがないのだ。

「なぜ、俺の名前を知っている……なぜ、俺が門を閉めたことを知っているんだ」

「待ってください。説明します……僕は、あの……信じてもらえないかもしれないけれど」

青年の唇がわなわなと震える。何度も言葉を呑み込む様子は痛々しいほどだ。しかしその煮えきらぬ態度に焦れ、いらだったエッボは、忌々しげに顔を歪ませた。

「誰も知らないはずのことを持ち出してきて……おまえは誰なんだ！」


男の顔に無残に残る火傷の痕が、醜く引きつる。

それを見た青年が苦しげな顔になり、何かをこらえるように胸元をぎゅっとつかんだ。

「火傷の痕が……そんなに」

「……この傷がなんだ。これがおまえになんの関係が！　……っ!?」

　エッボは狼狽えた。青年はエッボを見つめながら、いつのまにかその頬を濡らしていたのだ。

「貴方は、それほどの怪我を負って……その火傷は、あの夜に負った怪我なんだろう？」

　菫色の瞳から次々と雫が溢れ、白い頬を伝う。

「なんて、なんてつらい目に……」

　エッボの記憶がよみがえる。

　門を閉めろと命じたのは、隊長だ。

　援軍が来るまで門を閉じること。それがエッボの最後の任務だった。仲間の命を見捨ててもやり通せと言われた、上官のあの命令は絶対だった。

　だからエッボは、たとえ燃えた柱が頭上に倒れてきても、炎に熱された鉄門の鎖が両手の皮膚と肉を焼き溶かしても、命が尽きる限界まで怪力の《力》を使って門を閉じたのだ。

　そして『彼』が言ったとおりになった。援軍が来るまで、その門は敵軍の侵襲を防ぎ、そしてファノーレンは戦に勝利した。

　エッボの全身に残る火傷の痕は、その証《あかし》だ。

　外見はずいぶん損なわれてしまったが、それでもまだ戦える。この傷痕は、男の誇りを損なうものではない。この火傷の痕こそが、十八年前の戦で、隊長はじめ隊員達の命を代償に、特殊部隊がファノーレンに勝利を引き寄せた証なのだ。

　風の噂でエドガル・ヨルクも数年前に亡くなったと聞いた。いまとなっては、エッボは、あの日ツヴァイリンクで何があったかを知る唯一の生き証人だ。

　エッボは、涙をこぼし続ける菫色の瞳を呆然と見つめる。そして青年の白い手がためらいがちに伸びてくるのを、放心したまま受けとめていた。

　細い指が、そっと壊れものに触れるように、エッボのこめかみの傷をたどる。左側のこめかみから耳へ。そのまま首筋にかけて無惨に残るひきつれた火傷の痕を、震える指先でくまなくたしかめる。

小さな手が、そっとエッボの大きな手を持ち上げた。手の甲と掌《てのひら》の両面に這わされた火傷の痕を、優しく撫でさする。

「……どれだけの痛みが貴方を襲ったのだろう。それでも門を守り続けてくれた……命令を、最後まで守ってくれたんだね」


まさかという思いが、エッボの脳内で暴れ狂う。

「そんなはずがない……」

菫色の瞳がエッボの気持ちを砕く。

「俺は夢を見ているのか……」

赤毛に菫色の瞳の稀有な色合いを持つ『彼』の姿が、エッボの脳裏に浮かび上がる。

まだ青年といってもよい年齢だった。しかし、隊員であるエッボにとって、年齢は関係なかった。特殊な異能を持つ者だけが理解しあえた孤独。『彼』が率いた部隊は、その孤独を受けとめてくれる、唯一の居場所だった。

血飛沫《ちしぶき》と肉塊を全身に浴びながら敵を屠《ほふ》り続ける青年の、鬼気迫る背中。その戦いぶりごと、エッボは隊長である青年を敬愛していた。エッボ達隊員は、青年を信じて、どこまでもついていった。


いまエッボの目の前で涙する青年は、『彼』とは正反対の人間に見える。いかにもか弱く儚い姿で、血など浴びたこともないような、真っ白な存在。

だが……その目だけは、『彼』と同じ目だ。悲しみと信頼を湛えてエッボに最後の命令を告げた『彼』の目とまったく同じなのだ。


次の瞬間、エッボの胸に青年が飛び込んできた。

「エッボ……！」

「……っ！」

エッボは衝撃とともに、青年の身体を受けとめる。青年は全身全霊で、まるで祈りを捧げるように、エッボの胸にしがみついた。

「エッボ……ああ、エッボ……！　生きていてくれて、本当に良かった……！」

《力》を使わずとも壊してしまいそうなほど、華奢な青年だった。

「……おまえは、過去からやってきた亡霊なのか」

エッボの弱々しい問いかけに、青年は否定するように首を振った。

「亡霊じゃない。僕の体温を感じて……僕は生きている生身の人間です」

そう言ってもう一度ぎゅっと抱きついた後、青年はその身体を離した。

「僕は『イオニア』ではありません」

壮年の男が全身を震わせる。すると、暁の色を射す菫色の瞳が、エッボの視線をひたと捉えた。

「……でも、僕はイオニアの記憶を受け継いで生まれてきた。だからそう、僕の中には『彼』がいます」

エッボは目を見開いた。

「僕はレオリーノ・カシューといいます。ブルングウルトのアウグスト・カシューの息子です。僕には前世の記憶がある……貴方と同じ異能を持ち、貴方達とともに戦い、そしてツヴァイリンクで死んだ『イオニア・ベルグント』としての記憶が。ここに」

そう言って、レオリーノは自分の胸を押さえた。

「だから、貴方に会いにきた。イオニアの最期の願いを、エッボ、貴方に伝えるために」

それは、とうてい信じられない話だった。

「……こんなことが、起こるわけがない」

エッボが呻く。

苦悩と混乱のあまり頭を抱えるエッボを申し訳なさそうに見つめながら、レオリーノは詫びた。

「混乱させてごめんなさい。でも、本当なんです、エッボ……僕にはイオニアの記憶が受け継がれている。だから、僕は貴方に会いにきた。どうしても会って話したかったのです」

「よしんば貴方が隊長の記憶を持っていたとして、なぜいまさら俺に会いにきたんだ」

「エッボ……」

エッボの叫びは苦悩に満ちていた。それは一人取り残された男の、仲間とともに死ぬことができなかった男の悲鳴だった。

「もう時間は巻き戻せない！　……すべて終わったことだ！　なのになぜ、あんなつらいことを蒸し返そうとするんだ……！」

「エッボ、ごめんなさい……ごめんなさい、でも、話を聞いて！」

「……勘弁してください。貴方も仲間も、皆死んだ。俺を置いて、全員逝っちまったんだ。もう何もかも終わったんだ……隊長」


レオリーノは涙を滲ませながらも、決然とした目でエッボを見つめた。

「まだ終わっていないんだ、エッボ」

「……どういう意味ですか？」

「まだ終わっていない。あの夜、我々を裏切って敵をツヴァイリンクに引き込んだ男がいる」

エッボの驚愕の表情に、レオリーノは頷く。

「裏切り者は、貴方の他にあの夜を生き残った男……エドガル・ヨルクだ。あの裏切り者について真実を知るために、僕は貴方に会いにきた」

運命の代償

レオリーノの衝撃的な発言を、エッボは呆然と聞いていた。

「エドガルが……そんなわけがない！　あんなに内

気な奴が俺達を裏切るなんて」

「本当なんだ。貴方が門へと走り去った後、イオニアは……『僕』は、あの門が閉まるのを見つめながら、二度とあの内側に戻ることはないだろうと死を覚悟した。だけど……まだ立っていたんだ。意識もはっきりしていた。その『僕』の腹に、剣を突き立てて、とどめを刺したのはエドガルだ」

火傷に引きつれた男の顔が激しく歪む。エッボにとっても、むごい過去の記憶を強引に思い出させていることはわかっていた。


（エッボ、エッボ……ごめん……ごめんなさい）


レオリーノ自身も、イオニアの記憶が脳裏によみがえり、強い重圧を感じていた。

これほど鮮明に、まるで白昼夢のように記憶をよみがえらせることなどなかった。それはもはや、自分が自分でままならない、何か運命的なものに操られるような感覚だった。

レオリーノの意識の中で、徐々に『過去』と『現在』の境界が曖昧になっていく。

「エドガルは『僕』を刺したときに、こうも言った……『これであんたも終わりだ。俺のやったことはバレやしない』と」

「なっ……なんだと」

「『僕』は敵を薙《な》ぎ払《はら》うのに必死だった。そのせいで奴を取り逃がしてしまったが、あのとき、すでに気がついていたんだ。あの男が、風の《力》で敵が放った炎を煽り、ツヴァイリンクの平原を焼け野原にするのを、たしかに見た」


エッボは驚愕していた。あのときそんなことが起こっていたとは、とうてい信じられないのだろう。

「火を放ったのはツヴェルフの敵兵かもしれない。でも、我々の仲間を炎で焼いたのは、エドガルだ」

何人もの兵士達が、炎の中で斃れていった。人の肉が焼ける匂い。血と煤。

（僕はイオニアじゃない……じゃないはずなのに……なぜ、こんなにも、つらいんだ……）

レオリーノは苦しさに呻いた。

「……ここに、奴の剣が」

「イオニア隊長……」

「奴は嗤ったんだ。『俺』の目を見ながら。確実に『俺』を死に至らしめる傷だと」

脳裏が血の色に染まる。

鳩尾《みぞおち》に剣が刺さったときの感覚が――レオリーノが感じたことがないはずの痛みが、幻覚となってレオリーノに襲いかかった。唇を噛みしめて、その幻痛を耐える。

蒼白な顔で腹を押さえるレオリーノに、エッポは思わず手を伸ばしていた。青年の白い額には脂汗が浮いている。

「大丈夫ですか……隊長」

レオリーノは呻きながらも微笑んだ。エッポの呼びかけが、なつかしくて、うれしかった。無意識かもしれないが、エッポはこんなに小さな自分を『隊長』と呼んでくれたのだ。

「……僕はもう、貴方の『隊長』ではない」

その言葉に男が息を呑む。レオリーノはエッポに手を伸ばした。

「……見て、エッポ。何の《力》も持たない手を。貴方の『隊長』と比べてどう？　僕が『イオニア』の代わりになれるだろうか」

「……」

「そうだよね。僕はそれをずっと恥ずかしいことだと思っていた。いや、本当はいまでも思っている」

それに……と、レオリーノは自分の脚を見つめる。

「僕はもう、普通の人のように走ることもできない。エドガル・ヨルクがツヴァイリンクで六年前に転落事故で死んだことは知っている？　そのときあの男は、僕を道連れに、あの外壁から落ちたんだ」

　エッボはエドガルの死を知っていたのだろう。頷いた後で、レオリーノの言葉に衝撃を受けていた。

「……っ、な……なんだって？」

「この脚は、そのときに砕けたんだ。切断せずに済んで、いまこうして歩けていることが奇跡だと、お医者様にも言われた」

　エッボの目がわずかに潤む。

「……あいつは、なんてことを」

「僕の自業自得だ。エドガルと会ったときに、奴の裏切りの記憶を思い出した。僕は、そのときはまだ幼くて、よみがえった記憶が意味することも、それを犯人であるエドガルにぶつける危うさも、何もわかっていなかった。そのせいで、浅はかにも奴を追い詰めてしまった……エドガルは罪を暴かれたことで錯乱したんだ」

「あいつは自殺したんですか」

　レオリーノは首を振った。

「いまとなってはわからない。自殺か、錯乱の末の落下なのか……あの前後の出来事のほとんどの記憶を、当時の僕は失っていた。いまでも事故の直前のことは、ほとんど思い出せない。ただわかっているのは、健常な脚と同時に、僕は犯人とその黒幕に繋がる道を失ったということだ」

　エッボの傷だらけの頬に、一筋の涙が伝った。

　レオリーノは、その様子をせつない思いで見つめていた。自分を悲劇的に見せたかったわけじゃない。もう充分苦しんだかつての部下を、さらに悲しませたいわけではないのだ。

「再びすべてを思い出したのは、一年ほど前だ……それからずっと、僕は、どうしても奴の裏切りの真相を暴きたかった。だから、ブルングウルトから王都にやってきた。でも守られてばかりの僕には、まだその術が見つかっていないんだ……」


レオリーノは、ひどく疲れていた。

エッボに告げたことで、心の箍《たが》が外れてしまったのかもしれない。

イオニアの記憶を持っていることを隠し続けたこと。嘘をつき続けていることにひどく疲れて、その重荷を下ろしたくなった。

「……なのに僕は、まだ諦めていない。こんな僕でも、無謀にもイオニアの代わりに、あの日の裏切りの真相を暴こうと決めたんだ」

だが、これは荷物ではない。

運命だ。絶対に下ろすことが許されない、レオリーノの運命なのだ。


「エッボ……エッボ・シュタイガー」

「隊長……」

レオリーノは男の手にしがみついて懇願する。

「……どうしても許せないんだ。イオニアの記憶が、楔《くさび》のようにずっと僕の中にあるんだ。この国を敵に売った裏切り者の存在を、その黒幕の存在を暴けと……『彼』が、『イオニア』が……！　夢の中から訴え続けるんだ」

レオリーノから伝わる必死の想《おも》いに、エッボは心を揺さぶられた。手加減を忘れて、その華奢な肩をギュッとつかむ。

肩の骨が砕けそうな痛みは、イオニアがエッボに与えた非情な運命の代償だ。レオリーノは激痛に涙をこぼしながら、その痛みをこらえた。


「隊長……隊長！」

「……エッボ、お願いだ。協力してほしい。あの日のことは、思い出すのもつらいかもしれない。でも、エドガル・ヨルクのことを知っているのは、いまとなっては貴方だけなんだ……どうか、どうか」

そのとき、回廊を激しく走り回る複数の足音が聞こえた。レオリーノはハッと我に返る。

（そうだ！　ディルクとヨセフが……僕を探していたんだ！）

レオリーノはあわてて、エッボに支えられていた身体を引き剥がす。

「エッボ……もう時間がない。僕を探している人達がいる。ここで貴方といるのが見つかったら、貴方はあらぬ誤解を受けて、罰を受けてしまう」

幻痛を覚えた腹の他に、エッボに容赦なく握られた肩がズキズキと痛んだ。

「いま、誰にも僕の記憶のことを明かすわけにはいかないのです……とくに敵には。僕に『イオニア』の記憶があることを、そして記憶が戻っていることも、絶対にその黒幕に知られるわけにはいかない」

「……隊長。俺は、どうすればいい」

レオリーノは必死で考える。

「エッボ、貴方はいつまで王都にいますか？」

「あとひと月ほどです。いまは部隊の再編中で、次の辞令でどこに行けと命令されるかはわからない」

「貴方はそれまでどこに宿泊している？」

「この訓練場に基本的にいますが、寝泊まりは王都にある仮宿舎です」

「防衛宮の中にある仮宿舎だろうか」

イオニアが国境際から王都に戻ってきたときの仮宿舎かと思いきや、エッボは首を振った。

「あそこは士官用の宿舎です。俺達のような下士官の宿舎は平民街にある」

レオリーノはその言葉に頷いた。

「わかりました。必ず……必ず会いにいく。だから待っていて。この話の続きを、必ずどこかで」

しかし、エッボが顔を歪める。

「隊長……俺はろくな協力はできないと思う。エドガルは俺にとっては、ただ一人生き残った仲間……いまのいままで、最後の仲間だったんだ。それに……貴方の言葉を、まだ信じられない気持ちもある。十八年前の、あの頃の記憶も定かではない。役に立てる可能性は低い」

エッボの痛苦に満ちた呻き声に、レオリーノも苦しそうに顔を歪めた。

「それでもいい。お願いだ、エッボ。僕達はきっともう一度会って、話をする必要がある。鍵は、エドガルの後ろにいた黒幕なんだ。そしておそらく、その黒幕はまだ、我が国の政治の中枢に居続けている」

エッボがハッと頭を上げる。レオリーノは頷いた。

「エドガルがあの日までどういう行動をしていたかを、なるべく思い出してくれるだけで……できるかぎりでいいんだ。苦しめて、本当にごめんなさい。だが、あと一度だけでいい。お願い。協力してくれ。お願いだ、エッボ……！」

逡巡するエッボを、レオリーノは必死の思いで見つめ続ける。

「……わかりました、隊長。貴方が生まれ変わって、再び俺のもとに現れてくれたのだとしたら……俺はまた、貴方の命令を聞くだけだ」

「エッボ……！」

レオリーノは安堵のあまり、身体中の力が抜けた。

「ありがとう……さ、もう行って。ここで僕に会ったことは、誰にも言わないで。こっそりと抜け出して、また必ず連絡するから」

エッボはためらった。

レオリーノを見て心配そうな表情を浮かべる。

「ここに貴方を一人にして大丈夫ですか」

エッボの目の前にいる青年は、どう見ても荒事など無縁の貴族の青年だ。その顔色は真っ青で、いまにも倒れそうに見える。

しかし、レオリーノは小さく笑って頷いた。

「僕は大丈夫です……さあ、早く行って！」


エッボが気配を殺して回廊に消えたことを確認すると、レオリーノはその場にずるずるとくずおれた。

回廊に戻らなければ。そして必死に探し回ってくれているディルクとヨセフに謝罪しなくては。

そう思いながらも、緊張と疲労に疲れきった身体は、すぐには動かせなかった。

嘘をつこうかと、何かうまい言い訳はないものかと考える。レオリーノ自らこんな無謀な行動をしたとわかれば、確実にグラヴィスから処罰を食らうだろう。おそらく自宅からも出してもらえなくなるに違いない。

ただでさえエッボと連絡を取るのが難しい状態で、これ以上、幾重にも囲われた籠の鳥になるのは困る。

だが、もういまは何も考えたくない。

もう、嘘をつきたくない。大切な人達を騙したくない。

一方で、この秘密だけは慎重に守り続けなくてはいけない。ラガレア侯爵の異能によって、すべての記憶を忘却させられることだけは、絶対に避けなくてはいけない。


今回の件は、無謀だったと思う。多くの人に迷惑をかけたこともわかっている。だが、少しでも前進したはずだ。やらなくてはならないことをやったのだと、レオリーノは思いたかった。

それなのに、なぜか後悔と悲しみが、レオリーノを打ちのめす。

ちっぽけな自尊心に拘泥して、グラヴィスやルーカスに真実を伝えることができない。そんな己の愚かさも、本当はわかっているのだ。

そして、こんなときでも脳裏に浮かぶのは、ただ一人、グラヴィスの顔だった。

(エッボはきっと味方になってくれるはずだから……だからきっと、今日はやりきったんだ)

グラヴィスが守るこの国のために、最後までやり遂げると決めたのに。

そう。一歩前進したはずなのに、こんなにつらいのはなぜなのか。

自分の弱さがなさけなくて、涙が止まらなくなる。

「うっ……うっ……ヴィー……ヴィー」

レオリーノは膝に顔を埋めて、ポタポタと涙をこぼしながら泣き続けた。

動く気力のないレオリーノが床に蹲《うずくま》っていると、突然扉が開いた。


ついに見つかってしまったかと泣き濡れた顔を上げ、次の瞬間レオリーノは恐怖に目を見開いた。

「……すげぇ、おまえら、見てみろよ」

下卑た口笛が響く。部屋に侵入してきたのは、先程エッボと一緒に歩いていた兵士達だった。

「……エッボだけがいい思いをするこたねぇと思って来てみたら……なんと、だ」

「しかも肝心のエッボはいねぇときた」

男達がずかずかと室内に入ってくると、狭く埃臭い部屋に、男達の野蛮な汗の臭いが充満した。

「……あの真っ白な手を見たときから確信してたんだ。ほら、見ろよ。信じられないほど綺麗な子だ」

大柄な男達で、狭い部屋が一杯になった。

細い身体が小刻みに震えはじめる。その様子を、男達は楽しげに見下ろしていた。

「そんなに怖がんないで……あぁ、もう泣いてんのか」

「なぁ……美人さん。あんな火傷だらけの醜い男より、俺達のほうが優しいぜ」

扉から差し込む光も、大柄な兵士達に遮られて、レオリーノのもとには届かない。それどころか、周囲を取り囲むように、いっそう暗い影が落ちる。

レオリーノは動けなかった。

最後に入ってきた男が、後ろ手に扉を閉めた。

影の密命

再び合流したディルクとヨセフは、肩で息をしていた。

体力には自信がある二人だったが、訓練場はあまりに広かった。長い回廊を走り回り、二人とも汗だくになっている。しかし、捜索の甲斐なく、レオリーノはいまだに発見できていなかった。

「――二階にはいない」

「ああ……こちらもしらみつぶしにあたった。三箇所ある門はすべて封鎖したが、門からこの半刻出ていった人物はいないそうだ。この訓練場は周囲を平原に囲まれた陸の孤島だ。出ていけばすぐにわかる」

さすがにディルクはヨセフと違って、自ら探しながらも打てる手を打っていた。

ヨセフは内心で感謝しながらも、不安のあまり親指の爪を噛む。

「一階に下りていないとすると、三階にいる可能性があるのか」

ヨセフが肩を落とす。

「……俺が目を離したせいだ。本当にすまない」

ディルクが申し訳なさそうに頭を下げる。ディルクはヨセフからの罵詈雑言《ばりぞうごん》を覚悟していたが、返ってきたのは悲しげな声だった。

「ああ、そうだよ。あんたが目を離したせいだ……

でも、多分、あんただけのせいじゃない」

レオリーノが短剣に関してディルクに嘘をついたことが、ヨセフはどうにも気になっていた。

レオリーノの性格上、言いつけを破ることはあまり考えられない。拐かされた可能性が高いと思っているからこそ、ヨセフもこうして必死で探している。

一方で、姿を消したのはレオリーノ自身の意志なのではないかと疑っていた。

しかし、その理由がわからない。


「……副将軍様には、もう伝えたのか？」

ヨセフの問いかけに、ディルクが頷く。

「ああ。先程シュルツに、副将軍閣下に伝えるようにお願いした。まもなく伝わるだろう」

「副将軍に知られたら……レオリーノ様の捜索も大事になっちまうな」

「しかたがない。我々で捜索するには、ここはあまりに広すぎる。こういうのは早いほどいいんだ、むしろ報告が遅れれば遅れるほど、副将軍閣下もお怒りになるだろう」


その瞬間だった。

ブワリと空気が波立ち、二人のすぐ傍の空間が歪む。ヨセフはその圧力にその場でよろめいたが、ディルクにとっては馴染みがある感覚だった。

「……まさか」

空間を切り裂くように、長身の男が現れる。

シンとした回廊に闇色のマントが翻る。ヨセフは、視界が一瞬にして夜の闇に覆いつくされたような感覚に陥った。


「閣下……!?」

ディルクは突如現れた将軍に向かって、最敬礼を取った。ディルク達を見つめる男の瞳は、底知れぬ昏《くら》さと冷たさを湛えている。

「レオリーノは一階にいる」

ディルクとヨセフはその言葉に驚愕した。

「な、なぜ、レオリーノ君の居場所をご存じなのですか」

しかし、ディルクの質問にグラヴィスは答えなかった。二人に声をかけることもなく、無言で踵を巡らせて、階段に向かって歩いていく。

二人はあわてて将軍を追いかけた。


グラヴィスは、なぜこのタイミングで、突如王都から跳んできたのか。なぜ、消えたレオリーノの居場所を知っているのか。

底知れぬ男に、二人の背筋を冷たい汗が伝う。


しかし、ディルクとヨセフには知る由もなかった。

グラヴィスの密命を帯びて、レオリーノを暗闇《くらやみ》から見守る《影》があることを。その《影》が、レオリーノが自らの意志で階段を下りて、一人の兵士と部屋に消えていくまでをひそかに監視していたことを。さらに、見聞きした状況を、グラヴィスに直接届ける《声》を持っていることを。

そしてグラヴィスには、この大陸において物理的な距離は存在しなかった。

「急げ。レオリーノは、山岳部隊の兵士と一緒だ」


レオリーノは必死に気力をかき集め、近づいてくる男達を睨んだ。マントの下で胸元を探るが、そこにいつもの硬い感触はない。

はっと、唇を噛む。エッボに会うために、先程わざと剣を落としたのだった。

男達は最前列の区画にいるほど戦闘力が高い兵士達だ。短剣ひとつあったところで、とうていレオリーノが敵う相手ではないだろうが、それでも、あるとないとでは大違いだ。

背筋に冷たい感覚が走るのを感じながらも、レオリーノは一番前にいる男を睨んだ。これ以上弱々しい様子や怯えた素振りを見せれば、男達はさらに興奮するだろう。

「……それ以上、こちらに近づいてはいけない」

その言葉に、ニヤついていた男達が足を止めた。

声が震えないように、レオリーノは腹に力を込める。

「僕は、エッボの……昔からの知人だ。僕に手を出したとわかれば、エッボが黙っていない」

「なんだぁ、さっきまで泣いてたくせに」

「エッボはすぐに戻ってくる」


レオリーノは咄嗟に嘘をついた。

あれからかなりの時間が経っているはずだ。ディルク達がレオリーノを見つけてくれると信じて、ほんの少しでも時間稼ぎをしたかった。

「貴方達も、エッボの……彼の、あの《力》を知っているでしょう」

男達はギクリと身体をこわばらせた。

良かった。彼らはエッボの異能を知っているのだ。

「あの怪力を本気で振るわれたら、貴方達だってただではすまない……それに、今回の訓練には副将軍も臨席されている。僕に何かあれば、必ず貴方達は罰されることになる」


一番前の男が舌打ちをする。

「あんた、見た目よりずいぶんと気が強いな」

男はレオリーノの脅しにも怯むことなく、一気に距離を詰めると、レオリーノの顔を覗きこんできた。

「……っ」

レオリーノは怯えながらも、後退りしそうになるのを必死にこらえた。男達に、弱いところを絶対に見せてはならない。

「エッボの《力》を知っているってことは、あんたがあいつと知り合いだってのは、嘘じゃないようだ」

男の手が、おもむろにレオリーノの胸元に伸ばされる。

レオリーノはついに耐えきれなくなり、びくりと震えた。

　男の指がレオリーノのマントの留め金を弾く。両側からマントを引き下ろすと、制服を着たレオリーノの全身を検《あらた》める。

「……なるほど、防衛宮勤めか。あんたみたいな美人が本宮にいるとはなあ。普段辺鄙《へんぴ》な山にこもっているのが恨めしいぜ」

「……僕に触るな」

「ああ、たしかにエッボに暴れられちゃ、俺達も、生きるか死ぬかの大事になっちまうな」

　しかし、そう言いながら、男の指はレオリーノの胸元をからかうようにさまよう。その指が、襟の留め具を外しはじめた。

「……っ、触るな！」

「まぁまぁ」

　パチ、パチと、留め具が外れる音が響く。

　レオリーノは動くことができなかった。いま男を刺激したら大変なことが起こりそうで、手も、足も動かせなかった。

「わかってんだけど、このまま逃すには惜しいな。あんたは本当に綺麗だ」

　シャツから覗く白い首筋に、男達が息を呑む音が大きく響いた。あらわになった細い首筋に、男が手を這わせる。わななく喉に、男が嗤った。

　軽く首を絞めるような素振りをしながら、小指を襟から忍ばせ、浮き出た鎖骨をたどる。その感触のあまりのおぞましさに、レオリーノはついにこらえきれなくなった。

「……っ、やめろ！」

　男の手を振り払い、震えながら睨みつけるレオリーノの様子に、男は嗜虐心を煽られたようだった。

「なぁ……エッボが戻ってくるって言ったのは、本当か？」

「……っ」

レオリーノは自分がついた嘘に耐えられず、思わず目を逸《そ》らす。それを見て男はニヤリと笑うと、レオリーノの小さな顎を掬った。

「……そうかそうか。エッボが戻ってくるってのは、あんたなりの精一杯の強がりか」

「……っ、触るな……っ」

男がレオリーノの肩をとんと押す。

そこは先程エッボに強く握られた箇所だった。痛みによろめいたところを、そのまま地面に転がされる。そして、男がのっそりとのしかかってきた。

「……いやだ……やめろ……！」

咄嗟に手を突っ張るが、抵抗の甲斐もなく、あっというまに、両手をひとまとめにして拘束される。

男がレオリーノの口を塞いだ。それでもう、レオリーノは、手も声も出せなくなった。

「んーっ……んぅっ……！」

「しーっ、静かに。外の奴らに聞こえちまう」

他の兵士達も、笑いながら包囲網を狭めてくる。

「ちょっと俺らと遊んでくれりゃいいだけだ。すぐに済ませてやる」

――これは、罰なのだろうか。

ディルクやヨセフを騙して、勝手に行動したことの罰。エッボの心の傷を暴いたことの罰。そして、大切な人達に嘘をつき続けていることの罪。

レオリーノの目が、絶望に染まった。


エッボは廊下に滑り出ると、訓練終わりの兵士が大勢たむろしている待機所に足を向けた。

まだ心臓が波打っている。

突然自分の前に現れ、とうてい信じがたい話を告げたあの青年に、いまだに心が囚《とら》われたままだ。

最初はその尋常ならざる美貌に驚き、次に、その口から告げられた十八年前の信じがたい話に、エッボは驚愕し、呆然とすることしかできなかった。

美貌の青年が、まるで過去を連れてきた死霊のように思えた。仲間達を見捨てて生き残ったエッボを、断罪しにやってきた亡霊なのではないかと。しかし。

――『生きていてくれて、本当に良かった』

そう言って涙をこぼしながらしがみついてきた、細身の身体。その身体はあたたかかった。エッボに後悔と謝罪の感情を伝えながら、それ以上に、再び会えてうれしいと、ぬくもりを伝えてきた。

その菫色の目が、語る言葉のすべてが、エッボをあっというまに、過去に連れ戻した。

ツヴァイリンクでボロボロになった肉体の傷と同様に、エッボの中には、いまだにあの日見た地獄の記憶が、生々しい傷として残っている。

いまだに、何かのたくらみであの青年に騙されているのではと疑っている。一方で、彼がイオニア隊長の生まれ変わりだという確信は消えない。エッボは理屈ではなく、心で信じはじめていた。

あの青年は、間違いなく、敬愛する隊長であるイオニア・ベルグントの生まれ変わりだ。

あの目、あの苦悩。あの日、死線を共に戦った男の目を、エッボが見間違えるはずがない。

姿かたちがどれほど変わっても、あの魂がもう一度戦えと、エッボのもとに舞い戻ってきたのだ。

そして、青年から告げられた驚愕の真実。

もうひとりの生き残りであったエドガル・ヨルクこそが、裏切り者であったこと。奴があの日にイオニア隊長の命を奪った犯人だということ。さらに、奴の背後に黒幕がいて、いまだにその人物が政治の中枢にいるだろうということ。

青年の口から告げられたあらゆることが、エッボに衝撃をもたらした。いまだに頭が混乱している。

しかし、イオニア隊長がこうしてよみがえり、自分を頼りにしていると言うのだ。

そのときには、エッボはすでに覚悟を決めていた。

待機所に戻ったエッボに、同僚が声をかける。

「おお、エッボ。どこに行ってたんだよ。とっとと宿舎に戻ろうぜ。早く防具を外して小姓に渡せよ」

「……ああ」

エッボは思考から浮上した。

訓練用の胸当てやすね当てを外していく。雑役をこなす小姓にそれらを渡しながら、周囲を見渡す。

エッボはそのとき、あることに気がついた。

「──おい、ダヴィド達はどこに行った？」

先程まで一緒にいた仲間達がいなかった。同僚に聞く。

「ああ？　そういえば、あいつらおまえを探しに行くって、またどっかに行っちまったぞ」

「……なんだと？」

「なんか文句言いながら出てったな。おまえばっかりいい思いしやがってとか、ブツブツと」

それを聞いたエッボの髪が、瞬時に逆立つ。

「……おい！　エッボ!!　どこ行くんだよ！」

次の瞬間、エッボは防具を乱暴に投げ出して、待機所を飛び出した。

（まさか！　あいつら…………！）

どうか悪い予感が当たらないようにと願いながら、エッボは先程まで青年といた部屋に全速力で引き返した。

グラヴィスは、今日レオリーノが訓練場を見学することを、当然のことながら把握していた。レオリーノの護衛にディルクを付けることを許可したのは、グラヴィスだ。

訓練場にはルーカスも、ディルクもいる。さらには、王族のみが使える暗部の《影》も、護衛につけている。十重二十重《とえはたえ》に守られている中で、レオリーノに危険なことは起こるまいと考えていた。

しかし、王宮で会議中に突然《影》から届いた心話の内容に、グラヴィスは顔色を変えた。


訓練場にいるレオリーノが、単独で行動しはじめたと、しかも訓練後の兵士達の中に紛れていったという。挙げ句のはてには、山岳部隊の兵士の一人に声をかけて、二人で部屋に入っていったという、とうてい信じられないような状況を、その《影》は伝えてきたのだ。

室内の様子を探ることができないため、部屋に踏み込んでもよいかと、《影》は許可を求めてきた。

しかし、グラヴィスはそれを却下した。


「──所用ができた。会議はこれで終わりだ」

突然席を立ち上がった将軍を、事情がわからぬ周囲は驚きの目で見つめていた。

グラヴィスは、レオリーノの無事を直接たしかめずにはいられなかった。心配だった。同時に、自分との約束を破ったレオリーノに激怒していた。

(絶対にその身を危険に晒すなと、あれほど言い聞かせたのに──愚か者が！)


いかにレオリーノが人間離れした美貌の持ち主とはいえ、彼を見たら誰も彼もが即座に襲いかかるなどとは思っていない。

しかし、戦闘訓練の興奮も覚めやらぬ荒くれ者達がたむろする場所で、護衛もなく一人で行動するなど、無謀にもほどがある。さらに、王国軍の中でも最も勇猛かつ野蛮な山岳部隊の兵士と二人きりになるなど、あまりに愚かな行動だ。

しかし、レオリーノの突然の行動には、きっと何か理由がある。必ず、なんらかの意図を持って、レオリーノは行動しているのだ。それが秘密にまつわることならば、グラヴィゥは知る必要がある。

かつて二度、レオリーノは無意識に、グラヴィスにその身の危機を伝えてきた。あれは異能が操る心話と同じだ。だが、普段はレオリーノに異能の片鱗《へんりん》もなく、本人も心話を使った意識はなさそうだった。

彼の中に流れる王族の血がそうさせているのかは、わからない。一方的な心の叫びを、グラヴィスがキャッチしているだけなのかもしれない。

いずれにしても本人が自覚していない以上、レオリーノが心話を操れるようになるとは思えなかった。

いまはまだ、レオリーノの《声》は聞こえない。

しかし、ひどく胸騒ぎがする。

そして、グラヴィスは訓練場に向けて跳躍し、そこでディルクとヨセフと合流した。

階下に向かう将軍を、ディルク達が追いかける。

「本当に申し訳ありません。彼から目を離した、俺の責任です。処罰は謹んでお受けします」

ディルクの謝罪にグラヴィスが振り向く。

その表情はいつもと変わらず凍《い》てついていたが、ディルクは長い付き合いで、上官が激怒していることを瞬時に悟った。それが自分に向けられた怒りだと思うと、豪胆なディルクも背中に冷汗が伝う。

「おまえがあれから目を離したのは、たしかに失態だが、今回はおまえのせいではない」

「……それはどういう意味でしょうか」

「姿を消したのは、レオリーノ自身の意志だ」

ディルクとヨセフは息を呑む。

「レ、レオリーノ君が……？　いったいなぜ、どうしてそんなことを」

なぜ、あれほど自制心の強いレオリーノが、ルーカスの命令を聞かずに勝手に行動したのか。

「レオリーノは自分の意志で一階に下りて、そしてある男に声をかけた。その目的はわからん」

しかし、それ以上に不思議なのは、なぜ王都にいたはずのグラヴィスが、その行動をすべて把握しているのかということだ。


二人は混乱し、同時に、男の底知れぬ力に恐怖を抱いていた。

「レオリーノと話せば、すべてわかるだろう」

レオリーノが短剣の来歴について嘘をついたと知ったときから、嫌な予感はしていた。その予感が的中して、ヨセフはぎゅっと唇を噛む。

（レオリーノ様にも事情があるはずだ……何かの事情がきっと……）

その事情が、目の前の男に通じるだろうか。

レオリーノが男から受けることになる処罰を考えて、ヨセフは足を震わせた。


一階の回廊には、訓練を終えた兵士達がたむろしていた。

兵士達の視線が、突如階上から現れた長身の男に吸い寄せられる。男が発する尋常ならざる覇気が、訓練で昂った兵士達の感覚にビリビリと響いた。

「将軍閣下……」

男達が次々に膝をついて、最敬礼を取る。

ほとんどの兵士達が、自軍の将軍を直接見るのは初めてだった。しかし、その圧倒的な迫力と完璧な美貌、闇色に金粉を散らしたような特別な瞳を見れば、男が誰なのかは一目瞭然《いちもくりょうぜん》だった。突然の将軍の登場に、男達は驚愕していた。

グラヴィスは敬礼する兵士達にかまわず、周囲を底光りする眼差しで見つめて、何かを探している。

ディルクとヨセフは、いまだに恐怖心と畏敬《いけい》の念が相半ばする感情で男を見つめていた。

男達が跪《ひざまず》いたおかげで視界が開けた。グラヴィスは、回廊の先、四つめの扉を指差す。

「……あそこだ。レオリーノはあの部屋にいる」

「わかりました……ヨセフ。行ってみよう」

男の指示に頷いて、ディルクとヨセフが踵を返す。

次の瞬間、グラヴィスが指差した部屋に、巨体の兵士がものすごい勢いで飛び込んでいった。

「……っ？　なんだ!?」

男のその鬼気迫る様子は尋常ではなかった。

グラヴィス達に緊張が走る。

「急げ！」

その言葉に反応したのはヨセフだ。

野生の獣のように疾走し、真っ先に部屋に飛び込んでいく。グラヴィスとディルクもその後を追った。

部屋の中から、男の咆哮《ほうこう》が聞こえてくる。

そして、たどり着いた部屋に広がる光景は、最悪の予想どおりでもあり、一方で予想外でもあった。

男の咆哮が聞こえたかと思うと、レオリーノの霞《かす》みかけていた視界が、突然明るくなる。

のしかかっていた男が、突如消えたのだ。

「隊長……っ！」

（エッボ……本当に戻ってきて……？）

別れたはずのエッボだった。

レオリーノを嬲《なぶ》っていた男を、エッボがその怪力で部屋の隅まで投げ飛ばす。重量のある身体が壁にぶつかってものすごい音が響いた。

「エッボ……！　本当に戻ってきやがった！」

レオリーノを押さえつけていた他の男達が、エッボの手から逃れようとあわてて後ろに退く。

エッボの異能、怪力の威力は凄《すさ》まじい。

イオニア達重量級の兵士達が乗った荷馬車が脱輪したときに、人が乗ったままのそれを、彼一人でいとも簡単に持ち上げたほどだ。

いかに山岳部隊の兵士とはいえ、エッボに本気で投げられれば、全身の骨が砕けてしまうだろう。そして、現在の仲間である兵士達は、エッボのその怪力をよく知っていた。


壁に投げつけられた男はピクリとも動かない。エッボの全身から怒気が立ち昇っていた。

「……貴様ら……よくもこんなことを!!」

エッボが再び咆哮する。

レオリーノがよろよろと起き上がると、エッボは腕を伸ばしてその身体を支えた。

「隊長……っ、ご無事で」

「エッボ……もどってきてくれた……」

「あいつらが俺を追いかけていったと聞いて……なんて、なんてことを」

「僕がうかつだった……ごめんなさい」

レオリーノが感謝の気持ちを込めて、エッボの火傷《やけど》の凹凸が残る手を握る。


そのときだった。

「レオリーノ様！」

ヨセフが突然、部屋に飛び込んできた。ヨセフと目が合う。

ヨセフはエッボに支えられているレオリーノの姿を認めた瞬間、髪を逆立て瞬時に抜剣した。

「貴様ァ！　レオリーノ様からその手を放せッ！」

ヨセフが剣を抜いてエッボに襲いかかる。

「……ヨセフ、だめっ！」

「なにっ……おまえは、先程の飛び入りか……！」

エッボが咄嗟にレオリーノを抱えて横に転がる。

ヨセフはチッと舌打ちをすると、剣を構え直した。

ヨセフは普段の飄々《ひょうひょう》とした態度をかなぐり捨て、

細身の身体に恐ろしいほどの殺気を纏っている。

「レオリーノ様を放せ……でないと、いますぐおまえを殺す」

レオリーノはヨセフが誤解をしていることに気がついた。エッポに支えられて、身体を起こす。

「違う！　ヨセフ……！　だめだ！　手を出すな！　この人は僕を助けてくれたんだ！」

必死で叫ぶ主の声に、ヨセフが戸惑う。

「なっ……レオリーノ様？」

部屋の中は混乱していた。エッポが登場した時点で腰が引けていた男達は、突然の闖入者《ちんにゅうしゃ》に、さらに驚いて狼狽《うろた》えた。

「本当だ。この人が助けてくれた。だから剣を引いて……」

そのとき、部屋にいた全員が、扉のほうに言い様のない圧を感じてそちらを見る。

凍《い》てついた気配を纏う男が、部屋に入ってくる。

「……どうして、ここに……」

男の登場に、レオリーノは、それ以上言葉を続けることができなかった。

兵士達も、すぐに男の正体に気がついた。

「う、嘘だろ……なんでこんなところに将軍閣下が」

その全身から静かに発せられる、尋常ならざる覇気が、兵士達の戦闘本能をチリチリと焦がす。

肉体的には男に見劣りしないはずの熟練の兵士達が、男の発する威圧感に膝を屈しそうになる。

それは、レオリーノを支えて立つエッポも例外ではなかった。

「――ディルク、扉を閉めろ」

「……はっ」

名前を呼ばれた副官は、命令どおり背後の扉を閉める。そして上官の前に進み出ると、部屋中に響き渡る鋭い声を張り上げた。

「全員、将軍閣下に恭順を示せ！」

ディルクの鋭い号令に、兵士として徹底的に訓練された男達が直立不動の姿勢を取る。

室内を痛いほどの沈黙が支配した。


グラヴィスは無言で、壁際で変な姿勢で崩れ落ちた兵士と、レオリーノを襲ったと思しき山岳部隊の兵士達、そして、レオリーノを支えて立つ巨体の兵士を、一人ずつ睥睨する。

そして、最後にレオリーノを見た。その視線の冷たさに、レオリーノの膝がガクガクと震える。

グラヴィスに己の無謀な行動をすでに知られているのだと直感的に恐怖した。


レオリーノは無自覚だったが、それは無残な格好だった。上着の留め具はすべて外され、中に着たシャツも腹まではだけ、白い膚が覗いている。喉には、首を絞められた跡がくっきりと残っていた。


乱れた髪と泣き濡れた痕跡の残る頬。そんなボロボロの有り様は、明らかに乱暴されかかった被害者のそれだ。

「ディルク、男達を全員拘束しろ」

「……はっ」


恭順の姿勢を取る兵士達は、その言葉に震え上がった。男達からすれば、エッボを訪ねてきた美貌の青年を、ちょっとつまみ食いするだけだった。ほんの出来心だ。訓練で興奮した身体を鎮めるために、少しだけ遊ぶだけのはずだった。

青年はいかにもか弱く、無力で、エッボにさえばれなければ、問題ないと思っていた。そのエッボが、激怒して駆け込んできたときも、彼さえなだめればなんとかやり過ごせるだろうと思っていた。


男達は唯一動かせる目で、将軍を見る。将軍の視線は、ひたりと青年に向けられている。

「レオリーノ、なぜ護衛もつけない状態で、一人で行動した」

美貌の青年が青ざめた。将軍と青年は顔見知りのようだ。

まさか自分達は、とんでもなく高貴な人間に手を出してしまったのかと、男達は膝を震わせはじめる。

兵士の一人が、恐怖のあまり恭順の掟《おきて》を破って言い訳をはじめる。

「お、俺は、あそこにいるダヴィドに唆《そそのか》されただけで…………ぅぎゃあああああああ！」

男は絶叫した。それ以上、言葉を続けることができなかった。

一瞬前まで遠くにいたはずの将軍が、瞬時に男の前に現れる。次の瞬間、将軍の拳が男の顎を砕いていた。

あまりに簡単に実行された拳による制裁に、その場の全員が震撼《しんかん》する。男達はこれでも、王国軍で最も熟練した兵士だ。それがまさか、これほど一方的に制裁されるとは。

「あがぁぁぁぁぁ……っ」

男がのたうちまわる傍で、グラヴィスは男の顎を砕いた拳を振り、わずかに付いた血を落とす。

「言い訳などいらん。規律を破り、弱者を襲うような畜生は、我が軍に必要ない」

闇夜《やみよ》を思わせる昏く光る目が、恐怖におののく男達の上を素通りする。

そして、再びレオリーノの視線を捉えた。

レオリーノは震えた。

(ヴィーが怒っているのは、この人達じゃない……僕に対して怒っているんだ……)

「ディルク、ここにいる男達全員を、規律に基づいて厳罰に処せ。誰一人例外はない」

「……はっ」

炯々と光る目とは裏腹に淡々と指示する将軍に、ディルクが深々と頭を下げる。

レオリーノはその命令に衝撃を受けた。恭順の姿勢で直立する巨体を庇うように、あわてて震える足でエッボの前に進み出る。

「この人は違います！　この人は、僕を助けてくれたんです……っ！」

グラヴィスはここにきて、初めてレオリーノに直接語りかけた。

「……レオリーノ、俺は言ったはずだ。おまえがこういう事態を招いた場合どうなるかを」

その突き放した言葉に、レオリーノは絶望する。

そうだ。あの防衛宮の事件で、さんざん思い知らされたはずだった。レオリーノの味方だったサーシャさえも処罰を受けたのだ。レオリーノは改めて、グラヴィスの命令を破ったことを後悔した。

しかし、エッボの立場だけは絶対に守らなくてはいけない。激怒されるのを承知で、再び必死で言いつのる。

「すべて僕の無謀な行動が招いたことです。いくらでも罰なら受けます……でも、この人だけは、本当に違うのです！」

「おまえがディルクを欺いてまで、一人で会おうとしたのは……この男か」

レオリーノは息を呑んだ。なぜグラヴィスはそれを知っているのか。

「ど、どうして……？」

「おまえが俺の囲いから抜け出し、自ら危険に飛び込んでいくのを、俺が見逃すとでも思っていたのか、レオリーノ」

咄嗟にディルクとヨセフを見ると、彼らも驚いたようにグラヴィスを見つめている。

（どうして……なんで、知っているの？）

レオリーノが混乱しているうちに、グラヴィスは淡々と副官に指示を出していた。

「──ディルク、この男から、まず尋問しろ」

「承知しました」

「将軍閣下！　お願いです」

グラヴィスが顎で指示すると、ディルクは、恭順の姿勢を保ち続けるエッボの背後に立った。そして、巨体の兵士に向かって、膝をついて両手を背後に回すように命令する。エッボは無言で従った。

「おまえはこっちだ、レオリーノ」

グラヴィスにぐいと引き寄せられる。男の手は、いともたやすくレオリーノの抵抗を封じ込める。エッボは、その様子を悲痛な目で見つめていた。

グラヴィスの腕の中で身をよじりながら、レオリーノはディルクに拘束されるエッボに、必死で手を伸ばした。

「ディルクさん！　エッボは僕を守ってくれたんだ！　エッボを罰したりしないで！」

レオリーノを拘束する腕が、びくりとこわばる。

（エッボ……エッボだけは、守らなくては……!!）

グラヴィスの腕の中で、レオリーノは叫ぶ。

「ディルク！　……エッボを放して……！　彼は悪くないんだ！　エッボ！　エッボ!!」

必死でもがき、巨体の兵士に駆け寄ろうとするレオリーノの肩を、グラヴィスが無造作につかむ。

「あぅぅっ……！」

先程エッボにつかまれて痛めた箇所だ。レオリーノは痛みにのけぞり、悲鳴を上げた。

「隊長……っ！」

レオリーノの叫び声を聞いた瞬間、エッボの巨躯が巌のように膨れ上がる。ディルクを撥《は》ね飛ばして身体を起こすと、レオリーノに向かって手を伸ばした。

その手を瞬時に跳躍して避けながら、グラヴィスは殺気を宿した兵士と睨み合う。

その目は、仲間を守り抜く戦士の目だった。

兵士は、グラヴィスに向かって咆哮した。

「その手を……！　イオニア隊長を放せ！」


それは、グラヴィスの中ですべてのピースが、カチリと嵌《は》まった瞬間だった。

なぜ、レオリーノは危険を冒してまで、この兵士に単独で会いにいったのか。

なぜ、レオリーノが初めて会ったはずの男を、必死で庇いたてるのか。

そしてなぜ、この傷だらけの兵士が、レオリーノを『隊長』と呼ぶのか。

グラヴィスは歓喜のあまり、大声で笑いたくなった。


（ああ……レオリーノ、ようやくだ。ようやく、これで前に進むことができる。おまえはやはり……）

すでに兵士の正体には見当がついている。レオリーノが……いや、イオニアが執着する『エッボ』など、この世に一人しかいないのだから。

「その全身の傷……おまえは、エッボ・シュタイガーだな」

「将軍閣下……」

「最後に会ったとき、おまえは全身を包帯で巻かれていた。傷が残ったな……あの部隊の生き残り。イオニアとともにこの国を守った、英雄の傷だ」

グラヴィスの言葉に、腕の中の華奢な身体が、カタカタと震えはじめる。

グラヴィスに再び歓喜が訪れた。

（……ああ、おまえも気がついたか。俺に、おまえの秘密が明らかになったことを）

グラヴィスはいっそ優しい笑みを浮かべて、青ざめ、小刻みに震えているレオリーノを見下ろす。

「エッボ・シュタイガー、おまえとは、もう一度会って話す必要がある」

「……」

「もちろん、おまえも一緒にだ。レオリーノ」

扉の外が騒がしくなる。ルーカスによるレオリーノの捜索が本格化したのだろう。

グラヴィスはレオリーノを抱え上げた。

レオリーノは絶望した表情で、それでも巨体の兵士に手を伸ばす。

「いやだ、エッボ……、エッボ!」

グラヴィスは抵抗を許さなかった。

「ディルク、この男は処罰の対象外だ。ただし勾《こう》留《りゅう》はしておけ。後はまかせる」

「はっ、承知しました。しかし閣下……」

「俺はレオリーノを連れて、このまま王都に戻る……護衛役、これからしばらく、レオリーノはカシュー家には戻さない。俺の離宮で預かる。カシュー家にもそう伝えろ」

その言葉にヨセフは目を剥いた。しかし、男のあまりの迫力に震えて声が出せない。

グラヴィスは、もう一度腕の中のレオリーノをしっかりと抱え直した。怯える菫色の瞳と目が合う。

「さあ、レオリーノ」

小さく震えるやわらかく頼りない身体が、無性に愛おしい。

貝殻のような耳に唇を寄せ、グラヴィスは囁いた。

「あれから十八年だ………さて、これから、おまえをなんと呼べばいい」

――さあ、レオリーノ。いや、イオニア。誰にも邪魔されない場所で、ゆっくり話をしよう。

そして男は、レオリーノを連れ去った。

我が手に戻る魂を

連れてこられたのは、グラヴィスの離宮だった。

あの日と同じ部屋だ。

レオリーノは抱え上げられたまま、怯えた表情でグラヴィスを見つめていた。

一瞬の表情の変化も見逃すまいと、グラヴィスは金色に光る目で観察している。しかし、その眼差しとは裏腹に、男は微笑んでいるようにすら見えた。

「閣下……」

話しかけたものの、レオリーノは、それ以上言葉を続けることができなかった。

激怒されてもしかたがない。すべて、自分の無謀な行動が招いたことだ。

しかし、レオリーノは、もうひとつの可能性のほうに、胸が破裂しそうなほどの不安に駆られていた。

「……あっ」

レオリーノは乱暴に寝台に投げ出される。衝撃に息が詰まった。巨躯がのしりとのしかかってくる。

いっさいの容赦も気遣いもない行為を、レオリーノは身をすくませて受けとめることしかできない。

あわてて上体を起こして寝台をずりあがろうとするが、足首をつかまれて、すぐに引き戻された。

「っ！　……あ、あしは……っ、やめてください……っ！」

つかまれたのが右脚だったのは、男の情けだったのかもしれない。必死で制止するもその甲斐なく、レオリーノは簡単に転がされると、両脚を割られて、逞しい腰に身体の中心を押さえられた。

レオリーノは、完全に動けなくなった。

「……さて、どちらの話からはじめようか」

必死で腕を突っ張り撥《は》ね除《の》けようとするが、鋼のような身体はびくともしない。

「……そうだな。まずはレオリーノ、おまえが無謀にも一人で決行した冒険の言い訳を聞こう」

レオリーノは唇を噛む。

「せめて、座ってお話をさせてください……こんな姿勢でお話しするのは嫌です！」

「なぜだ？　さっきも同じような状態になっていただろうが」

「あれはっ」

「こんな風に、男達に身体で説得されそうになっていたんじゃないのか」

その言葉に、レオリーノはいまさらながら、男達に襲われかけたことに衝撃を受ける。青ざめたレオリーノを見下ろして、グラヴィスは微笑んだ。

「シュタイガーと話をしたかっただけだとでも言い張るつもりか？　ならば、いまも同じだ。俺はおまえと話がしたい」

「……それを言うなら、閣下のなさりようは先程の兵士達と同じです。こんな風に力ずくなんて、ひ、卑怯《ひきょう》です！」

その甘ったれた反論を、グラヴィスは一笑した。

「脚は傷つけないで。力ずくなんて卑怯だ。……ハ、そう可愛らしくお願いするだけで暴漢が退いてくれるのなら、この世に剣も拳も必要ないだろうな」

「そんなつもりじゃ……っ」

「おまえは本当に、どれほどわからせても無茶をする。困ったものだ」

グラヴィスがグッと上体を倒して顔を近づける。

「――なぜ、俺の言いつけを破って、危険に身を晒した。俺は禁じていたはずだが」

「罰せられるのは、覚悟の上でした……！」

「ほう……それでこのザマか――では、これはなんだ」

「……うっ」

レオリーノは気がついていなかったが、無惨に開いたシャツからあらわになった首元と鎖骨には、男に締められたときの指の痕が残っていた。

シャツに隠れている両肩にも、エッボにつかまれた痕が残っている。

「おまえを傷つけるのは、たとえおまえ自身でも許さんと言っただろうが。俺の庇護下にあることを受け入れないかぎり、これ以上おまえに自由は与えられないと」

グラヴィスは一見乱暴に見えたが、レオリーノをその逞しい身体で押しつぶさないように手加減はしていた。だが、必死なレオリーノは気がつかない。

それどころか、力で押さえつける男に、猛烈な反抗心を抱いた。

「……こんなことくらいで、傷なんかつきません」

レオリーノは衝動のままにグラヴィスの手の甲に思いきり爪を立てていた。爪が食い込んだそこから、じんわりと血が滲みはじめる。

男の目が、わずかに眇められた。

「覚悟して行動しました！　どれだけ傷ついても、しかたないと思っていました……！」

「おまえが傷つけば、ディルクが責任を取らされ、おまえの家族が悲しむとは思わなかったのか」

その言葉にレオリーノは唇を噛む。

当然いろんなことを考えた。しかし、どうしてもエッボと会う必要があったのだ。だからどれだけ迷惑をかけても、それでもやりきると決めたのだ。もっとうまくやれたかもしれない。しかしあのときは、あれがレオリーノにできるすべてだった。

罰を受ける覚悟はあった。

男達に乱暴されかかったことは死ぬほど怖かったが、それも自分勝手なエゴを押し通した結果だ。当然の罰だと覚悟もしたのだ。

「おまえが傷つけられて、俺が悲しまないとでも？」

男の言葉に、レオリーノの鼓動が跳ねる。しかし、同時に怒りがこみ上げてきた。

(傍に置く気はないと言ったくせに……!!)

レオリーノは前回、この離宮に連れてこられた日に決めたのだ。

少しずつでも、自分一人で立てるようになると。

これ以上甘えすぎないように、親しくなりすぎないようにと、男への思慕を殺したのだ。ありのままの自分を受け入れて欲しいと思った気持ちを、いまでも必死で押し殺しているのだ。

「これから一生、貴方や家族達に守られて生きるなんてできない。それに、貴方の傍にいる資格がないと、僕を切り捨てたのは貴方だ……！」

視界に影をつくる大きな身体が、怒気に一瞬膨れ上がったように見えた。

「いつ俺がそんなことを言った？　その結果、あんな兵士達に輪姦《まわ》されそうになったというのか」

そうではない。だが、結果としてそうなった。

レオリーノは唇を噛んだ。

すると男の手が、レオリーノの頬を包みこむ。

「俺に守られることが不満だったということか」

「ちが……っ」

レオリーノはハッと目を見開いた。わずかに血の匂いが立ち昇る。

咄嗟にグラヴィスの手に手を添えると、ぬるりと滑った。あわてて己の指を見ると、指と、爪の間に血が滲んでいる。

(さっきの……！)

「閣下！　あ、あ……！　僕、お手を……！」

グラヴィスは、しかしその傷に一切頓着《とんちゃく》することなく、真っ青になるレオリーノを見て嘲笑った。

「こんな小さな傷をつけたぐらいで怖がって震えて、それでおまえは、いったいどうやって自分を守るつもりなんだ」

華奢な手首をつかみ、グラヴィスはその手を強引に己の腹あたりに押しつけた。

「前は、敵の身体を血飛沫と肉塊になるほど弾けさせていただろうが――こうやって、腹や腕に手を当てて」

「……っ」

グラヴィスのシャツに血の跡がつく。男の仕草の意味がわかったレオリーノは、蒼白になった。

「閣下……」

「もう、そんな呼び方をする必要はないだろう？　あの頃のように呼べばいい」

グラヴィスはレオリーノの指を持ち上げると、己の血に染まった指先に舌を這わせる。

熱く濡れたその感触に、レオリーノは息を呑む。

指先から脳髄に走ったのは、恐ろしく凶暴なまでに官能的な感覚だ。

「レオリーノ……おまえの指先の、なんて柔いことか。それに甘いな」

「閣下……い、いや」

「……あの頃のおまえの指は、硬かったな。剣を持つ者の手、俺とともに戦う戦士の手だった」

指先から移った血で、男の唇が赤く染まる。

「やめっ……はなっ、くっ……」

指をギュッと強い力で握られる。レオリーノは痛みに呻いた。

「レオリーノ……いまのおまえを傷つけることなど、どれほど簡単にできるか、もう一度思い知らせてほしいか」

グラヴィスの目が昏く光る。

レオリーノは恐怖と反発心から、必死で抵抗を試みた。精一杯身体をよじるが、グラヴィスにとっては児戯にも等しいのだろう。

振り回した両腕をなんなくつかみ上げられ、再び頭上に縫い止められる。

細い手首に、節高い指が絡みついた。

「……か弱いものだ。手ごたえがなさすぎて欠伸《あくび》が出そうだぞ、レオリーノ」

(嫌だ！　いやだ、いやだ！　腕力になんて負けたくない……！)

嘲笑う男に向かって、レオリーノは唯一できる抵抗として精一杯の悪態をついた。

「……っ、この馬鹿力！　……んんっ、っ」

しかし、逃れられない。

どれほど死にものぐるいでがんばっても、腕力に屈することしかできない。

イオニアならば、手首をひねるように反れば拘束を外せるはずだった。掌《てのひら》さえ対象物に当てれば、あっというまに粉々にして、すぐに自由を取り戻せた。

そう、この身体がイオニアの肉体だったならば。

だが現実は違う。圧倒的な握力で握られた手首も、押さえつけられた首も動かせない。

「あぅっ！」

レオリーノは痛みに呻いた。

グラヴィスが握った手に力を込めたのだ。

「……これ以上暴れるな。おまえが壊れてしまう」

レオリーノの目尻に生理的な涙が滲む。骨が砕けそうな恐怖を感じた。

「や……いやだ……」

華奢な身体に、ゆっくりと大きな身体がのしかかる。レオリーノはぶるぶると震えた。

(怖い……痛い……怖い……)

痛みというのは残酷だ。

思考のすべてを、痛みで覆い尽くされてしまう。

痛苦に歪んだレオリーノの目尻から、いつのまにか次々と大粒の涙が溢れていた。その目が霞み、うつろになっていく。

「……息を吸え」

レオリーノが気を失いかけていることに、グラヴィスは気がついた。

なんという脆さかと愕然《がくぜん》とする。

実際のところ、グラヴィスはかなり手加減をしていた。本気を出せば、レオリーノの手首は簡単に砕けてしまうからだ。それに、本気で体重をかければ窒息させてしまう。

興奮した頭でも、繊細な身体を傷つけないように配慮していたつもりだった。

それでも暴力をほとんど知らないレオリーノは、グラヴィスがわずかに見せた本気の力に耐えられなかったのだろう。

イオニアの強靭《きょうじん》な肉体とは、あまりに違う。

「……レオリーノ」

レオリーノの目から、生理的な涙がポロポロと溢れる。

指先に徐々に血が戻ってくると、ずきずきと疼く手首の痛みを自覚した。もともと痛めていた肩も、酷使した脚も、とにかく身体中がばらばらになりそうだった。

レオリーノは我知らず嗚咽を漏らしはじめた。

「乱暴にしすぎたか……加減が難しいな。おまえは脆弱すぎる」

その言葉にも、簡単に心が傷ついてしまう。その言葉を失望と受けとめたレオリーノは、痛みよりも屈辱に、さらに涙をこぼした。

グラヴィスが悔やむように眉を顰めた。

「泣くな……痛かったか。すまない」

「……あ、謝るくらいなら、放してください……！」

涙を吸った唇が、瞬間的に瞑った瞼をかすめるのがわかった。なぐさめるような仕草に、顔が熱くなる。

「……もう二度と危ないことはしないと約束しろ」

レオリーノはまとまらない思考のまま、首を横に振った。

約束はできない。なぜなら、もう一度同じ状況になれば、きっとまた同じ判断をするだろうから。

もう嘘はつきたくないのだ。正直でいたい。

恐怖と痛みに怯えながらもけして折れないレオリーノに、グラヴィスは感心したように笑う。

「まあいい。その度にこうして、おまえの身体に言い聞かせるだけだ。一度決めたら譲らない性格は……あいつもおまえも、同じだな」

その言葉に、レオリーノはビクリと震える。グラヴィスはレオリーノの後頭部に手を回して、ぐっと頭を持ち上げた。

「レオリーノ、俺を見ろ」

グラヴィスの美貌が、吐息がかかるほど近くに迫る。グラヴィスの唇が、レオリーノのそれを塞ぐ。

「……んっ！」

きつく、強く貪られる。

レオリーノは必死でもがいた。しかし、男の唇はレオリーノのそれを、甘く、徹底的に蹂躙《じゅうりん》した。

抵抗できない。寝台の天蓋に、細い喉から漏れる乱れた吐息が響く。

「さあ、これからはもうひとつ……おまえが隠してきたことについて話を聞こう」

レオリーノは恐怖した。咄嗟に身をよじる。

「……ヴィ、グラヴィス殿下！　放してください……！　殿下!!　ぃあっ！　痛……っ」

熱い唇の感触を避けようと反らした白い喉元に、次の瞬間、思いきり噛みつかれる。

レオリーノは衝撃に目を見開いた。鮮烈な痛みと暴力にブルブルと震えるレオリーノをあやすように、男は自ら与えた咬傷《こうしょう》を舐め上げる。

男の舌の感触に、レオリーノの脳裏にある記憶が鮮明に浮かび上がる。

グラヴィスと身体を重ねた、最初で最後の夜の記憶だ。レオリーノの心は、記憶の中に刻まれた、グラヴィスへの想いに揺さぶられていた。

「……馬鹿者が。やっとつかまえたんだ。二度と放すものか」

「……っ、で、殿下……」

傷をこそぐように舐めてくる舌の熱さに、こらえきれない嗚咽が漏れる。

「『殿下』なんて呼ぶからだ、馬鹿が。あの頃のように、『ヴィー』と呼べ」

壊れものをそっとなぞるように、男の指がレオリーノの熱く濡れた頬をたどる。

「呼んでくれ……レオリーノ」

叫びたかった。思いきり男の愛称を。だが、できない。

「殿下が何を言っているか、わかりません……」

グラヴィスは華奢な身体をきつく抱きしめる。

「……それとも……こう呼べば応えてくれるか？

――イオ」

「……！」

――『ヴィー』と、『イオ』。

かつてお互いだけに呼ぶことを許した、特別な呼び名。

レオリーノは男を見つめた。

波打つ黒髪、藍色《あいいろ》に金の粒が散らばった、星空のような瞳。年を重ねて一層艶《つや》めいた声に、記憶の中と同じように名前を呼ばれて、レオリーノの心に歓喜が電流のように走る。

小刻みに震えるレオリーノを愛おしそうに見つめながら、グラヴィスが微笑んだ。

「……さっきから、俺のことを『殿下』と呼んでいることに、気がついているか？」

グラヴィスの笑顔に見惚れて、レオリーノは、一瞬何を言われているのかわからなかった。

「ルーカスも、いまだに俺を『殿下』と呼ぶ。昔の癖だな。年下だった俺をそう呼んでいたときの癖だ。そういえば……レオリーノ、おまえも最初に会った頃は、しばらく俺のことを『殿下』と呼んでいたな。イオニアの癖だ」

心の奥から、こみあげるものがあった。

「まだ、俺を『殿下』と呼ぶのか？」

「…………」

「イオ……イオニア、会いたかった」

（そうだ、やっと会えた……）

なつかしい匂い。面影。変わらぬ声。すべてが慕わしいのに、混乱する。『イオニア』として、十八年ぶりに再び相見《あいまみ》えることができた男。それなのに、『レオリーノ』として触れあっている現在《いま》。

——俺もずっと会いたかったよ、ヴィー。

レオリーノは、きつく目を閉じた。

叫んでいるのは、レオリーノの記憶に刻まれたイオニアの魂だ。

「イオ……会いたかった。おまえを喪ったあの日から十八年、あのときの決断をどれほど後悔したか、おまえにはわからないだろう」

「……っ、殿下……」

「『殿下』と呼ぶな……どうか」

華奢な身体がビクリと震える。だが、グラヴィスの身体も震えていた。

「頼むから……あの頃のように呼んでくれ。イオ」

次々とよみがえる思い出が、レオリーノの喉を締めつける。

イオニアだと堂々と言えればよかった。だが、自分は違う。あの頃の、男の親友だった青年ではないのだ。

レオリーノはなけなしの自尊心を支えに、心の支配権を取り戻そうと必死にあがく。

「殿下……違います。僕は貴方が求めている『イオニア』じゃない……」

涙をこらえ、胸の痛みに耐えていると、グラヴィスがその手を強く握りしめる。

「まだ言うのか。なぜそうもかたくなに、おまえの中のイオニアを否定するんだ。だから、エッボに会いにいったんだろう！　だから、おまえは俺達の前に、再び戻ってきたんだろうが！」

そうだ。だが違うのだ。レオリーノは目を閉じる。

「僕は、たしかに、イオニア・ベルグントの記憶を持って生まれました」

グラヴィスの目に歓喜の炎が燃え盛る。

「なぜ……イオニアのことを、なぜ隠し続けたんだ」

「僕が……貴方が求めている『イオニア・ベルグント』じゃないからです」

グラヴィスが瞠目する。

「ルーカスにも言いましたが、僕は、レオリーノ・カシューです。あ、あのとき……貴方もそう言ってくれたではないですか」

「くだらない。おまえはレオリーノであることと同時に、イオの記憶を持っている、それの何が悪い？　なぜ隠す必要があったんだ」

「僕にとっては、くだらないことなんかじゃない！」

レオリーノは絶望に呻く。ズキズキと痛む両手を持ち上げて、目を覆った。

「……言いたかった。ずっとつらかった。記憶を取り戻したときから、ずっと、ずっと、ずっと」

グラヴィスはその告白に、つらそうに眉を顰めた。

「……貴方に会いたかった。王都に来たとき、貴方に会えたときにどれほどうれしかったか……」

「だったらなぜだ！　なぜ言わなかった。俺が――俺達が、どれほどおまえを待っていたか、気づいていただろうに」

「だからです……殿下。どんなにあの頃の記憶があっても……僕は、貴方達が求める『イオニア』には絶対になれないから……、僕は、その屈辱から逃れたかったんだ」

「なぜ……屈辱などと……」

理解できないと、グラヴィスは首を振る。

「見て……」

レオリーノは腕を持ち上げると、その手をグラヴィスの目の前に翳《かざ》した。

「どこにもあのときの面影なんかない。この細い身体も、この満足に動かない脚も……、何もかもがあのときと違う……！」

「イオ……」

その瞬間、レオリーノは叫んだ。

「違う！　『イオ』じゃない！　イオニアになんてなれない……っ！　貴方が背中を預けた男は、あの夜に死んだんだ！」

悲痛な叫びがあたりを覆い尽くす。

「イオニアの記憶を守りたかった……でも、僕にイオニアであれと期待されても、できない。そんなことは、この身体では無理なのです……！」

グラヴィスは深々と溜息をついた。その音に、レオリーノはびくりと震えた。

「……おまえが隠していた理由はそれか」

レオリーノは両手で顔を隠した。肩が震え、嗚咽をこらえているのがわかる。

「顔を見せてくれ、レオリーノ」

「……」

「俺と、ルーカスの……イオに対する思いが、おまえを追い詰めていたのか」

「……」

「俺達がイオニアの存在を求めるあまりに、おまえに失望すると……そう思ったんだな」

レオリーノは、否定も肯定もできなかった。

ただじっと、レオリーノは、グラヴィスの星空の瞳を、泣き濡れた目で見つめていた。

「……貴方が、背中を預けるには」

己の劣等感を直視するのはつらかった。しかし、レオリーノは必死で声を絞り出す。

「貴方が背中を預けるには……僕はあまりに無力なのだと、失望されることがこわかった」

グラヴィスはレオリーノの両手を握ると、泣き濡れた小さな顔をあらわにする。

「……おまえは本当に馬鹿だ。意固地で、頑固だ」

そう言うと、グラヴィスはギュッとレオリーノを抱きしめた。

「まさか、この手に《力》が宿っていないから、無力だから……そんなくだらない理由で、俺から離れていこうとしていたなんて」

「くだらないなんて……っ」

「過去にこだわっているのは俺じゃない。おまえだ、レオリーノ」

レオリーノはびくりと震えた。

「おまえに秘密があることは気がついていた」

「……ヴィー」

「それを俺に差し出してくれたら、おまえに伝えたいと、ずっと考えていた」

無意識に愛称で呼んだレオリーノに、グラヴィスは口角を上げる。

「おまえを愛していると、おまえの愛を乞うと決めていたんだ」

「……いま、なんて……」

レオリーノは目を瞠《みは》る。

「愛しているんだ、レオリーノ、おまえを」

レオリーノは咄嗟に首を振った。グラヴィスの言葉を信じられなかった。

あの日、グラヴィスは、自分の心は死んだと言った。イオニアを求め続けると言った。

「嘘つき、嘘……だって、貴方はイオニアを……僕を、隣で戦わせるつもりはないって」

「あたりまえだろう。おまえを戦わせられるわけがない」

その言葉に、レオリーノの目から再び涙が溢れる。

「これほどか弱くて、これほど愛《いと》しくて守りたい存在を、誰が戦わせられるものか」


落ち着いて話をしよう、と、グラヴィスはレオリーノを抱き起こし、膝の上に座らせた。

疲れきって力が入らない様子に、グラヴィスは背もたれに深く身体を倒し、レオリーノを胸に寄りかからせた。

「俺の人生の半分は、おまえの前世と――イオニアとともにあった。覚えているだろう？」

覚えている。何度も夢に見て、もはや自分のものになった記憶と感情だ。

「気づいていただろう？　俺は、イオニアを愛していた。あいつと、一生ともに生きていきたいと思っていた。そうすると決めていたんだ。あの日まで」

その言葉に込められた、ありとあらゆる感情が、レオリーノに襲いかかる。

戦いには勝った。でも、この大切な男を残してイオニアは死んだ。二人の未来は、永遠にそこで途絶えたのだ。

涙が溢れる。『愛している』と伝えたいと、星空に手を伸ばした、イオニアの最期の願い。

「このまま一生、あいつへの想いを抱えて生きていくのだと思っていた。そして死ぬのだと……だが、レオリーノ、おまえが現れた」

グラヴィスが、つらそうに眉を顰める。

「最初は、おまえに対するこの執着がなんなのか、自分でもわからなかった。イオニアであっても、たとえそうでなかったとしても、俺はおまえのことが手放せないとわかったとき……この感情は、イオニアに対する裏切りとさえ思った」

「ヴィー……」

「だが……駄目だった」

グラヴィスが自嘲する。

「駄目だった。いつからか、狂おしいほどに……この腕から、片時も離したくないと思うほどに、レオリーノ……おまえを求めるようになっていた」

自らの罪を暴くような男の告白に、レオリーノの心は揺さぶられて、ばらばらになっていく。

レオリーノの目の前にいる男は、精悍《せいかん》な美貌も昔のままだ。

だが、やはり確実に年を重ねているのだ。

少年の頃の、どこか余裕がなく何かに追い立てられているような印象はなりをひそめ、いまはどっしりと落ち着いた、成熟した男の覇気を纏っている。

「レオリーノ……俺のイオニアを慕う気持ちは、おまえを愛する気持ちと両立してはいけないのか」

男の大きな手が、レオリーノの前髪をかきあげた。

「イオニアとの思い出をすべて捨てないと、俺に、おまえを愛する資格はないか」


レオリーノはうつむく。イオニアとの思い出を、この男に捨ててほしいのだろうかと、自問自答する。

「おまえが記憶を受け継いだイオニアは、俺にとって大切な男だ。己に課された運命に俺が苦しんでいたときに、唯一背中を預けることができた男なんだ。その魂と記憶を、頼むから否定しないでくれ……それも、おまえと出会う前の、俺の人生なんだ」

レオリーノは、はっと息を呑んだ。

そうだ。自分達とは違う。グラヴィスの人生は、あの日からずっと、続いているのだ。

「ありのままのおまえでいい。イオニアになってほしいなどと、思ったことはない。ただ、おまえの中にイオの記憶が存在していることが、俺にとってどれほどうれしいことなのかをわかってくれ」

白くまろい額に、男はそっと口づけを落とす。


「……僕が、レオリーノでしかなくても……そ、それでもいいのですか」

「ありのままのおまえで、俺とともに、イオニアを大切に思って生きてほしい。そう願うのは、おまえにとってつらいことか」

グラヴィスの心を尽くした言葉に、レオリーノは涙がポロポロと溢れて止まらなかった。そして自然と言葉が溢れていた。


「……っ、き、気づいたのは、さっき……？ エッボが、た、隊長って呼んだから……？」

「──ああ。いや、実際はもっと前だな」

「い、いつから……？」

「いつだろうな……おまえがルーカスにつかまって、泣いていたときだな」

そっと両手を持ち上げられる。

「この細い手に《力》が宿っていないと泣いていたおまえを見て、もしかしたら……とは思っていた。確信を得たのは先程だが」


その瞬間、レオリーノの心が決壊した。滂沱《ぼうだ》の涙が頬を伝い、引きつるような嗚咽が漏れた。

その嗚咽は、いつしか慟哭《どうこく》に変わっていた。

これまで嘘にまみれ、劣等感に苛《さいな》まれて、つらい日々だった。

「し、失望されると思っていた……また会えたのに……こんな、こんなになさけなくて、ぼ、僕は」

「馬鹿が。失望するわけがないだろう。俺が……レオリーノ、おまえをどれほど求めていたか。俺がおまえに執着していたのに気がつかなかったとは言わせないぞ」


グラヴィスの腕にきつく抱きしめられる。

「で、でも……『レオリーノ』としての僕は、もう貴方の背中を預かることはできない。貴方もそう言っていた……だから、傍にいる資格がないって……」

「それはいつのことだ」

レオリーノはしゃくりあげながら訴えた。

「テオドールに……僕が戦うには弱すぎると。背中を預けられないと」


その瞬間、グラヴィスはすべてが腑《ふ》に落ちたように脱力すると、ぎゅっとレオリーノを抱きしめた。

「馬鹿者が……そんなことで、俺から離れようとしていたのか。会話のほんの一部だけを聞いて、誤解して……馬鹿だな」

グラヴィスが、こつんとレオリーノの額に頭をぶつけて叱る。

「……その後に、今度は、俺がおまえの『盾』になる。テオドールにはそう言ったんだ」

レオリーノは目を見開いた。

「俺にはもう護衛も盾も必要ない。今度はおまえが、俺に背中を預ける番だと」

「おまえは精一杯生きている。おまえこそが俺にとって奇跡なのに。これ以上、おまえに何を望む必要がある」

その優しい言葉に、レオリーノは顔を覆い、全身を震わせて泣いた。

「僕も、もう一度、貴方を守れるくらい強く生まれたかったのに……なんでかな……叶いませんでした」

「……レオリーノ」

熱い吐息を吐く冷たい唇が、レオリーノのわななくそれを塞ぐ。

「……っ」

熱い口内をなだめるように舌で撫でる。レオリーノの悲しみを落ち着かせると、男の唇はゆっくり離れていった。

「……ヴィー」

グラヴィスは優しく、からかうように微笑んだ。

「たしかにおまえは、自分の居場所を探すのに必死だったな」

「……そうしないと、ヴィーの傍にいられないと思ったんです」

「おまえが傷つかないで笑っていること以外に、俺がおまえに何かを望んだことがあるか？」

これまでのことを思い出し、しばらくして、レオリーノは、いいえと首を振った。

「イオニアもそうだった。『人間の盾』になることを選択させたのは俺の立場だ。だが、俺は、ただ……ただあいつが、俺の傍にいてくれればよかったんだ」

そして、と祈るように目を閉じて、再びレオリーノの額に、その額を優しくぶつける。

「レオリーノ……いまはおまえが、俺がこの国を守りたいと思う理由だ」

レオリーノの菫色の瞳には、歓喜と不安が複雑に混ざりあっていた。

「お互いのあいだに隠しごとがなくなったら……おまえを愛する資格が欲しいと、おまえに告げるつもりだった。だから、この瞬間を、待ち続けた」

「ヴィー……」

「今度は俺がおまえの『盾』になる。だから今世では、俺におまえの背中を預けてくれ」

グラヴィスの手の甲に、血がほんのわずか滲んでいるのが見える。こんな弱い人間でも、グラヴィスを傷つけた。そう、レオリーノは、この男に不安を与え、ずっと傷つけていたのだ。

「……俺はもう若くない。これだけ年が離れているおまえに求愛するなど、傍《はた》から見れば失笑の沙汰《さた》かもしれん」

レオリーノとグラヴィスの年齢差は十九。親子ほども離れている。

「だが、なんと言われてもかまわん……おまえのその運命ごと、俺に愛させてくれ」

王族という立場も、将軍という立場も捨て去り、ただの男として、一心に愛を乞う男がそこにいた。

レオリーノは涙をこぼしながら、その首に腕を伸ばすと、なけなしの力でしがみつく。

二人は、お互いの境界線を溶かすように、きつく抱き合った。

「どうか、これからも俺の傍にいてくれ。俺より先に命を散らすな。唯一無二のおまえという魂が、俺のところに戻ってくるのに十八年もかかったんだ。もう二度と、俺はおまえを失いたくない」

レオリーノはその言葉に頷いた。

男の想いに応えたい。そのとき、父アウグストの言葉が、レオリーノの脳裏に響く。

『おまえ自身がこれからどう生きていきたいかだ』

そうだ。これからもきっと、イオニアに対する劣等感と嫉妬に、もがくこともあるだろう。

だが、ここまで言葉を尽くして愛を捧げてくれる男がいるのに、いつまでも卑屈の殻に閉じこもっていてはだめだ。

レオリーノは覚悟を決めて、勇気を奮い立たせた。己の心の脆さと弱さを認めて、いまこそ前に進まなくてはいけない。

「……僕もです」

「レオリーノ……？」

「僕も、貴方の傍にいたい」

レオリーノの答えに、グラヴィスの腕に痛いほどの力がこもる。その甘い苦痛に、胸の中に抱えていた苦悩が、少しずつ色褪《いろあ》せていく。

（ああ……これから僕の戦いが始まるんだ）

これから、『イオニア・ベルグント』の記憶を持つ男ではなく、『レオリーノ・カシュー』として、この男の愛に応えるための戦いがはじまる。

肉体的な強さではなく、心の強さを、勇気を試されている。

だから、清算しなくてはいけない。イオニアとして、最期に伝えたかった想い。そして、レオリーノの想いをきちんと伝えて、未来を手に入れるのだ。

「ヴィー……あの鍛冶場《かじ》で初めて会ったときから、ずっと……貴方しか、この人生にはいなかった」

「……それは、イオニアの記憶か」

レオリーノは頷いた。

「貴方は王族で、イオニアは平民だった。しかも貴方は年下で、守るべき存在で……絶対に、この想いは叶うことはないと思っていた」

レオリーノは泣きながら微笑んだ。

「だけど、ずっと心の中で、イオニアは貴方に向かって『愛してる』と言い続けていた。雪山でも、ッヴァイリンクの砦壁の上からも……星空を見ながら、ずっと貴方に向かって、言い続けていたんだよ」

男がぐっと奥歯を噛みしめる。

「あの日、地面に横たわったときにも、星空が見えた。手を伸ばして、ずっと叫んでたんだ……イオニアは、貴方への愛を」


ずっと伝えたかった、イオニアの最期の想いが、十八年の時を経て、ようやく伝えられた。

グラヴィスがレオリーノの肩に額を押しつける。

「イオ……イオ……イオニア……ッ」

そして、くぐもった声で、何度も、何度も、死んだ男の名前を呼んだ。

レオリーノは、男の衝動が収まるまで、じっと待った。

やがて顔を上げると、星空の瞳に無限の哀しみを浮かべ、同時にグラヴィスは微笑んだ。

「菫色の瞳……ようやく謎がとけた……おまえの中には、やはり、イオニアがいるんだな」

レオリーノは頷いた。

イオニアとしての前生も、レオリーノとしての今生も、すべてが溶け合い、そしてまた『レオリーノ・カシュー』という存在に収斂《しゅうれん》していく気がする。


「はい。でも……もう、僕を『イオ』と呼ばないで」

「……レオリーノ」

レオリーノはじっと、グラヴィスを見つめた。

「最初は、イオニアの想いに引っ張られたのだと思います。それほど……どうしようもなく、記憶の中のイオニアは、貴方に血と忠誠を捧げていたから」

グラヴィスが苦しそうに顔を歪めた。レオリーノは、それをなだめるように頬に手を添える。

「でもあの夜、王宮の森で再び出会って……貴方の香りを嗅いで、泣きたいほどなつかしかったのと同時に、イオニアじゃなくて、いまの僕を見てほしいと欲が出ました。きっと……そのときにはもう、僕は貴方に惹かれていたのです……どうしようもなく」

グラヴィスが浮かべた笑顔に、レオリーノは勇気づけられた。

「閣下……ヴィー……僕は、ずっと無力だと自分を貶めてきました」

「レオリーノ……」

眉を顰め否定しようとするグラヴィスの唇に、レオリーノがそっと指を押し当てた。

「僕は救いがたいほど臆病《おくびょう》で、貴方に言葉をもらえないと、この気持ちを伝える勇気がなかった」

身体《からだ》は疲れきっていたが、男の薄い唇にそっと己のそれを寄せる。初めてレオリーノが、自らグラヴィスを求めた瞬間だった。

「これまで臆病だった、僕を許してください」

レオリーノは静かな決意を込めて、グラヴィスの目を覗き込む。そして精一杯微笑んだ。

「でも、貴方が……もし、もしこんな僕でもいいと言ってくれるのなら、僕はもう、自分を卑下して生きたくない。この心さえあれば、僕にも貴方に愛を捧げる資格があると信じたい」

「……レオリーノ」

「イオニアに負けないくらい、僕も貴方を愛しているんです。貴方より、ずっと幼いし……未熟だけど」

逞しい背中に回した手に、きゅっと力を込める。

「愛しています、グラヴィス・アードルフ・ファノーレン。貴方に、僕の心と忠誠を捧げます。だから……僕にもどうか、貴方を愛する資格をください」

「レオリーノ……」

レオリーノは勇気をふりしぼって告げると、男の目を見つめた。その星空のような煌めきに、心ごと吸い込まれそうになる。

「もう一度貴方に会うために、僕は生まれてきた。だから……もう二度と離れたくありません」

レオリーノは全身全霊の想いを込めて、グラヴィスを抱きしめる。そして祈った。

貴方を愛させてほしい。今度こそ、貴方を僕のものにしたい。

何度生まれ変わっても、僕が永遠に貴方のものであるように。


いよいよ力尽きて、気絶するように深い眠りに落ちた愛おしい青年を、男はゆっくりと抱きしめた。

永遠に喪ったと思っていた唯一無二の存在が、再びこの腕の中に戻ってきた。

身分の差も、年齢の差も超えて、ひたむきな献身とともに、グラヴィスの傍にいることだけを求めてくれる唯一の魂。この孤独な人生の中で、一度は失われた魂が、再びこの手に戻ってきた。その、叫びだしそうなほどの歓喜。

菫色の瞳に宿る思いだけが、魂に刻まれた約束としてそこに存在しているだけの、別々の二人だ。

だが、グラヴィスの中では、二人の価値に差はない。ただ、どちらも分かちがたく、なのに別々の、唯一無二の存在として心の真ん中にある。

どちらも違うように、そして、同じくらい愛おしい。


きっと、何度生まれ変わっても、必ずまた出会い、惹かれ合うだろう。

「……会いたかった」

深い眠りを妨げないように、グラヴィスが耳元で

そっと囁く。すると可憐《かれん》な唇から、吐息のように小さな呟きがこぼれた。

そのかすかな囁き。もう二度と、誰にも呼ばれることはないと思っていた、亡き親友だけに呼ぶことを許していた特別な名前。

十八年ぶりに聞くその優しい響きに、男は溢れる涙で、静かに頬を濡らした。

二人の朝

レオリーノが目を覚ましたとき、天蓋の中は薄暗かった。

「――起きたか」

「…………ヴィー…………？」

男が起き上がる気配がする。

いままで抱かれていたのだろうか。離れていった熱に寂しさを覚えていると、再び大きな身体がゆっくりと覆いかぶさってきた。そっとかすめるようにして、唇が奪われる。

「……ん」

ひんやりとした湿り気は、すぐに離れていく。

レオリーノは、眠気の覚めやらぬ頭で寂しさを感じていた。


「体調はどうだ」

「ヴィー……」

まだぼんやりとしているレオリーノに、グラヴィスは囁くように話しかける。それがうれしくて、レオリーノはフワフワとした頭で、男に笑いかけた。

「ヴィー……よかった」

男が小さく笑う気配がする。額に手を当てて熱を探ると、そのまま目覚めを促すように、ゆっくりと頭を撫でつける。

その手つきに促されて、レオリーノは幸福な眠りの底からゆっくりと浮上していった。

「熱はないな、起き上がれるか」

「……はい……おはようございます」

レオリーノは覚醒した頭で、昨夜のことを思い出していた。

次々と湧き上がってくる昨夜の記憶とともに、困惑や羞恥、不安といった様々な感情が沸き起こる。最後に心の奥から浮かび上がったのは、喜びだ。

しかし、この喜びを素直に享受し続けてよいものか、突然不安になって、レオリーノは瞼を伏せた。


「俺を見ろ、レオリーノ」

「はい、で、でも……あ」

再び男の端整な顔が近づいてくると、ゆっくり唇を覆われた。唇を舌でノックされる。素直に開いた隙間《すきま》から、口内に熱い舌が滑り込んでくる。

余裕のある仕草で口内をゆったりと弄《いじ》られると、レオリーノは徐々に乱れた思考から遠ざかり、気持ちよさに夢中になった。


男の唇は、何度も離れてはまた重なる。

レオリーノは、口内をすみずみまで甘く蹂躙され尽くした。グラヴィスが時折息を吸わせてくれるせいか、前のように呼吸困難に陥ることもない。

慣れない様子で必死に口づけに応えるレオリーノの愛らしい様子を堪能しながら、グラヴィスは心ゆくまで、愛しい青年を味わう。


最終的にレオリーノの息継ぎが上手くいかなくなったのを察すると、グラヴィスが惜しみつつも唇を離した。朝からするにしては濃厚な口づけに、レオリーノは放心した状態で、グラヴィスをぼんやりと見つめている。その様子があまりに愛おしく、グラヴィスは満足の溜息をついた。


「ああ……おまえが俺の腕の中にいると思うと、安心するな」

「かっか……」

「『閣下』も『殿下』もなしだと言っただろうが。寝ぼけていないと呼べないのか」

レオリーノは頬に血を昇らせた。もちろん覚えている。

ふやけて皮膚が薄くなったような唇を、グラヴィスの親指でふにふにと弄ばれたまま、レオリーノは意を決して、グラヴィスを愛称で呼び直す。

「覚えています……ヴィー……グラヴィス」

グラヴィスが目を細めた。よくできたと言わんばかりの優しい眼差しに、レオリーノも安心したのか、ほんのりと恥ずかしそうに笑う。

グラヴィスの表情が見たこともないほど穏やかで、それがレオリーノはとてもうれしかった。身体の奥が、さらにふんわりと熱を上げる。

このあたたかくほの暗い、繭のような空間に、一生、二人でこもっていたい。

レオリーノは、この穏やかな時間が永遠に続けばいいのにと祈った。

しかし、どれほど願っても、現実は『朝』という姿を取ってやってくる。幸福な箱庭に逃げ続けることはできない。これからも、二人はそうやって生きていく。

レオリーノはゆっくりと上体を起こした。

「……もう朝ですか？」

「まだ早い。昨夜はあのまま寝てしまったんだ」

グラヴィスは寝台を下りると、レオリーノを抱き上げる。そのまま洗面室へ連れていかれた。

顔を洗い、ひととおりの朝の用を足すと、グラヴィスに手招きされた。

素直に近づいていくと、グラヴィスはおもむろにレオリーノのシャツの釦《ぼたん》を外しはじめる。

レオリーノは戸惑いの眼差しで男を見上げた。

「ヴィー……？」

「おまえを風呂に入れる」

あっというまにシャツを剥かれる。あらわになった上半身を見たグラヴィスが、険しく眉根《まゆね》を寄せた。

「……やはり、あの場で処刑するべきだったか」

レオリーノの首周りには、乱暴しようとした兵士に押さえつけられた痕が残っている。

それ以上にひどかったのは、両肩にくっきりと残っている、つかまれた痕だった。指のかたちがはっきりとわかるほどの痣《あざ》になっていた。

「これも、あの男どもか？」

レオリーノは自分の両肩を交互に見下ろして、くっきりと残る痣に驚いた。レオリーノ自身も初めて見たのだ。どうりでひどく痛むわけだと納得した。

レオリーノの告白に驚いたエッボが、加減を忘れて握った痕だ。

レオリーノは、なんでもないと首を振った。

「これはエッボが……僕の告白に驚いて、一瞬、力加減を忘れてしまったのです」

「エッボ・シュタイガー、怪力の異能か。よく肩の骨が砕かれなかったな……動かしてみろ」

レオリーノは素直に両肩を回す。たしかに痛むが、骨に損傷があるような痛みではなかった。

「大丈夫です。突然訪ねていって、驚かせた僕が悪いのです。僕みたいな者がいきなり『イオニアの記憶があります』と言ったら、誰でも驚きます」

グラヴィスも頷く。

「それに……彼には心の傷もある。とても動揺していました。エッボには申し訳ないことをしました」

「わかっている。おまえを守ろうとしたあいつを、罰することはしない。それに、おまえに痕をつけたというなら……俺も同じだ」

レオリーノの肩からすんなりと伸びた両手。その手首には、やはり大きな男の手の痕がうっすらと残っていた。

グラヴィスが悔やむように瞳を翳らせる。

「おまえの膚は痕がつきやすいな。薄いし、柔すぎる。次から気をつけよう」

「そうかもしれませんが、どうか、過保護にはならないでください。僕は大丈夫です」

本人は気にしていないようだが、レオリーノの身体に残る男達の暴力の痕跡に、グラヴィスは心の底から苛立ちを覚えていた。細い首筋から肩の稜線を、ゆっくりと撫でる。

そんなことで痣が消えるわけがないとわかっていたが、他の男達の痕跡を、この美しい身体から一刻も早く消し去りたかった。つるりと陶器のような膚に残る痕は、それほど、ひどく痛々しかった。

レオリーノを外に出せば、あっというまに暴力や男達の欲望に晒されてしまう。その恐れをグラヴィスに抱かせるには、充分な生々しさだった。

レオリーノをどこにも出したくない。グラヴィスの中で、その思いが再び沸々と沸き上がる。

（一生、この離宮の中で、俺の腕の中で安全に囲ってしまえたら……）

一方、レオリーノは、険しい表情で自分を見つめる男が何を考えているかも知らず、信頼を込めた目で男を見上げている。

グラヴィスは己の理性をなだめた。

いずれにしても、しばらくレオリーノをこの離宮から出すつもりはない。この美しい心と身体が誰のものなのか、徹底的にこの青年に刻み込むまでは。

レオリーノはグラヴィスに頭を洗われ、そしていまはモコモコに泡立った泡で全身を洗われている。畏《おそ》れと甘い期待に心臓を跳ね上がらせて、レオリーノはそわそわと終始落ち着きがない。しかし、グラヴィスは不埒な真似《まね》をすることもなく、淡々とレオリーノを洗っている。

(でも、これじゃ、こ、恋人……といっていいかわからないけど、子ども扱いだ……)

王族であるグラヴィスに入浴を介助してもらっていることが、本当に恥ずかしく、心苦しい。

ちなみにレオリーノは、生まれてこの方一人で入浴をしたことがない。だから、勇気を出して聞いてみることにした。

「……ヴィーは、いつも一人で入浴しているのですか？」

「ああ、そうだな」

「どうして、一人で……？」

「おまえは一人で入浴しないのか？」

レオリーノは顔を赤らめてうつむいた。

「おかしいでしょうか……？」

高位の貴族が使用人に入浴の介助を受けることは当たり前の習慣だ。別に責められることでもない。

「いや、おかしくはないが……また例の侍従だな？ 俺の恋敵は、おまえの侍従かもしれんな」

そう言ってグラヴィスが笑う。

「自分で洗ってみるか？ 練習だ」

「えっ？ は、はい」

「たいした作業ではない。以前も洗えただろう？ いつもやってもらうときの強さで、身体にこれを滑らせればいいだけだ。ほら、やってみろ」

そう言ってグラヴィスは、泡を立たせるための柔らかい布を差し出した。

レオリーノはグラヴィスの腕に、それをおそるおそる滑らせる。

「このくらいの強さで大丈夫ですか？」

「俺を洗ってどうする。自分の身体を洗え」

「そ、そうでしたか……申し訳ありません」

レオリーノは思いきり誤解をしていたことに気が

ついた。そして、まだ洗われていなかった足を、不器用な手つきで洗いはじめる。

グラヴィスは笑いながらその様子を眺めていた。不器用ながらも、レオリーノがきちんと洗えているとわかると、男は自身の身体を洗いはじめる。

「後ろを向け。最後に背中を擦ってやろう」

レオリーノは素直に頷くと、背中を向けた。

グラヴィスは白い背中を優しく擦りながら、先程の続きを話しはじめた。

「俺の場合は、一人で入浴しはじめたのは、半成年の頃くらいからだな」

「それは、どうしてですか？」

「暗殺防止だ。一度入浴の介助をする侍女に扮《ふん》して、暗殺者が侵入した。それがきっかけだ」

「……まさか、そんなことが」

「大丈夫だ。俺は跳べるからな。すぐに逃げられたが、なんせ裸で丸腰だったのがトラウマでな。それ以来、無防備なときは、なるべく信頼できる者以外は傍に置かないようにしている」

レオリーノは息が苦しくなる。イオニアが守りきれなかった場所――この王宮でも、グラヴィスは命の危険に晒され続けていたのだ。

「暗殺の危険は、いまも……？」

「いや。国内では、とくに敵対している勢力はない。しかし、国外も含めるとまったく暗殺の危険はないとは言えんが」

「そんな。離宮でも危ないのですか！」

「いや、ここに忍び込むのはそれほど簡単ではない。俺が洗面室や浴室に入ったら、仕掛けで伝令が走り、離宮内の警備が厚くなるようになっている。王宮における王族の住居は、すべて同じ仕組みだ。さすがに入浴に介助をつけないのは、俺だけかもしれんが」

「…………」

王族が晒されている日常的な危険を知り、レオリーノは絶句した。

「だからおまえを守るのも、ここが最適なんだ」

グラヴィスはレオリーノを抱え上げ、向かい合わせに座らせると、レオリーノを膝の上に置いたまま、自分の髪を洗いはじめた。

レオリーノは濡れた逞しい身体を間近で見せつけられ、あからさまに狼狽え、視線を泳がせる。グラヴィスは腰に簡素な布を巻いていたが、レオリーノは全裸である。

レオリーノの下腹のやわらかな下生えも、その性器も、開脚させられ密着した状態では、グラヴィスに丸見えである。

筋肉の盛り上がった張りのある肉体美に比べて、たよりない身体を見られるのは恥ずかしい。

「ヴィー……この、この格好は恥ずかしいです」

「なぜだ。俺に身体を見られるのが嫌なのか」

グラヴィスの質問に、レオリーノはしどろもどろになる。

「嫌というわけではなくて……恥ずかしいところをぜんぶ、見せているのが」

「ああ、初心な色のおまえのこれが見えているな」

「うぅっ……やっ……！」

グラヴィスがいたずらにレオリーノの陰茎に触れる。レオリーノは思わずその手を押さえた。

「さわ、触らないでください……！」

「なぜだ」

「な、なぜって……また、前のように興奮して、大きくなってしまうから」

グラヴィスがくっくと笑った。

「なればいい。大いに興奮した姿を見せてくれ」

そう言って、掌《てのひら》に包んだそれを、男は泡の滑りを借りてやわやわと揉みしだきはじめる。

レオリーノは突然始まった愛撫におののいた。

「や、め……っ、やめてください……っ」

たしかにイオニアの記憶はあるが、レオリーノ自身はまっさらなのだ。記憶と実際の刺激は、天と地ほどの差がある。

レオリーノは少しずつ固さを増す性器と、そこからもたらされる刺激が強すぎて、ろくな抵抗もできず、頭を振ることしかできなかった。

「んっ……んっ……だめ、ヴィー、だめっ、大きくなってしまう……」

「もうなってるぞ。ほら、固く張り詰めて健気だ。おまえの垂らした蜜で滑りがいい」

淫靡《いんび》に濡れた音が、乱れた呼吸音とともに浴室に響く。レオリーノは、逃れようにも逃れられない快感に全身をくねらせて、必死で耐えた。

グラヴィスは笑いながら、レオリーノを容赦なく追い詰めていく。

「出ちゃ……っまた、粗相をしてしまう……。ヴィーの手を汚してしまう……」

「粗相か……ふ、可愛いな。ほら、粗相してしまえ」

レオリーノの幼い訴えに、男が笑った。

男は、クルクルとくびれの周りを弄んだ。泡にまみれ先走りをこぼすそれを見つめている。

「前にも思ったが、綺麗に剥けているな。自分でしたのか」

なんという質問をするのかと、レオリーノは羞恥で頭が吹き飛びそうになった。

すると、グラヴィスは苦々しい声で「また侍従か」と呟きながら、花茎を玩弄《がんろう》する指を強くする。

「やぁっ……や……あっ」

「おまえ、閨《ねや》教育はちゃんと受けたのか」

レオリーノは泡で滑る手で逞しい肩に必死にしがみついた。さっきから、聞かれていることがいちいちあけすけすぎて、ついていけない。

「受けました……でも、本で、っだけ……」

「女を抱いたことは？　あるいは男を」

レオリーノは首を振って、その質問を拒否した。

すると、グラヴィスが答えを促すように、親指で先端の窪《くぼ》みをクリクリと穿《ほじ》る。

敏感な割れ目を強く刺激されて、レオリーノは声を上げてのけぞった。

「やぁぁ……っ、そこはだめっ」

「答えろ、レオリーノ」

あのときのように、一方的にグラヴィスの手を汚すことだけは避けたい。赦してもらいたくて、レオリーノは必死で男の質問を思い出す。

「誰もっ、誰とも、んっ……こんなことはしていませんっ……あ、脚が悪くて、閨教育の実践も、で、できなくて……あうっ」

「そうか……知識だけなら、まあいい。何も知らんのは、それはそれで困りものだが」

レオリーノは誤解されまいと必死で言いつのる。

「大丈夫です。だいじょうぶ、です」

大丈夫だとはどういう意味かと、グラヴィスは、あと少しのきわまで追い詰める指を緩めた。レオリーノは刺激が止《や》んだのに安心して、ぐったりとグラヴィスの肩に額を預けて、震えをこらえている。

はぁはぁと、乱れた息を必死で呑み込もうとする。

「……知っています。ちゃんと、記憶はあります。イオニアの頃の記憶で、こういうときにどうするかは、なんとなく知っています」

グラヴィスが真面目《まじめ》な顔になった。

「……どうするんだ？」

「お、お互いに腰のものを擦り合って、そ、それで閣下のお腰のものが、僕の尻《しり》に入って、擦ってもらって、それで、それで……」

「……レオリーノ」

レオリーノは、初めてグラヴィスに口づけされた夜に、自室で自慰をしたことを思い出した。そしてそのときに、グラヴィスと繋がり『気持ちいい』と快感に啼《な》いていたイオニアの感覚が知りたくて、最奥を疼かせたことを思い出す。

ギリギリまで高められていた前が、途端にせつなくなった。淫らな記憶に煽られ、弾けたくて、あと少しの刺激が欲しくて、頭が真っ白になる。

「もうお願い、前がつらい……もう出したいのです……っ、うぅっ……ん」

レオリーノはグラヴィスの肩に熱い息をこぼしながら、さわって、さわってと、わななく唇で何度もねだった。そして、硬い腹筋に、屹立の先端を擦りつけるように、ぎこちなく腰を動かす。

「閣下のをお尻に入れてもらったら、気持ちがよいのでしょう？　お互いさまなら、閨では粗相しても許されるのでしょう？　お尻にいただく前に、粗相してしまうけど、でも、お願い。お願いします……」

「……レオリーノ」

グラヴィスはレオリーノの痴態に、理性の手綱《たづな》が切れそうになる。

レオリーノはあまりに幼く、淫らだった。

腕の中で快感にわななく身体に煽られ、自身の屹立が固く張り詰める。

髪をつかんで、レオリーノの顔を無理やり仰向かせると、激しく唇を奪った。

それと同時に、レオリーノの屹立を弄ぶ手の動きを強めた。レオリーノがついに迸《ほとばし》らせた快感の悲鳴を、グラヴィスが唇で受け止めた。

「——っ…………ああっ！」

レオリーノは、一気に快感の階《きざはし》を駆けのぼった。

グラヴィスはレオリーノを抱えてザブリと浴槽に浸《つ》かると、二人の泡を洗い流した。

レオリーノは逞しい肩にぐったりと頭をもたせかけたまま、放心状態でされるままになっている。

「レオリーノ……おまえの知識は概《おおむ》ね正解だが、イオの閨事の記憶は忘れたほうがいい」

グラヴィスの言葉に、レオリーノは重たい頭をやっとの思いで持ち上げた。潤んだ菫色の瞳で、なぜと男に問う。グラヴィスは苦笑した。

「まっさらなおまえが、閨事で一足飛びにイオニアのようにいかんだろう」

「……どうやったら、できるようになりますか」

「そんなに俺を受け入れたいのか？　……ここに、俺のものを」

そう言うと、グラヴィスはレオリーノの小さな尻を割り、奥に秘められた蕾を指先で押した。

レオリーノは、そのむずかゆい刺激に喘ぐ。

恥ずかしい質問に応えるべきかどうか迷ったが、気持ちを偽ることはできない。上気した顔で、素直に頷いた。そうか、とグラヴィスが笑う。

「そんなに気持ちよくなりたいか」

「……はい。僕も、イオニアと同じように、貴方と抱き合えるようになりたい。ヴィーのお腰のもので、お尻の中を擦ってもらいたいです」

先程から繰り返されるとんでもない発言に、グラヴィスは目を覆って、大声で笑った。

「おまえのその、『尻の中を擦る』はやめろ。俺が色々保《も》たない」

「……では、なんと言えばよいのですか？」

「挿入とでもなんでも……まあいい。おまえの身体はまだ無垢だからな。イオニアを抱いたときのように、そう簡単にはいかん」

レオリーノはひどく残念そうな顔をする。

「……そんな顔をしなくていい。できるようになるまで、おまえをつくりかえてやるから、大丈夫だ」

すると、グラヴィスは背中を支えていた手を滑らせて、レオリーノの淡い色合いの胸の尖りを、親指の先で弄《いじ》りはじめた。

レオリーノはその刺激にびっくりする。

「つくりかえる……僕を？」

そうだ、とグラヴィスは口角をわずかに上げた。

刺激にぷつりと立ち上がった小さな乳首を、よくできたと褒めるように、指先が撫でる。

「……この淡い尖りも、俺がつまんで、舐めて可愛がれるようになる。いまは赤子のようだが、いずれ大きくなる……こうやって」

「んっ……あ」

グラヴィスは頭を下げて、片方の尖りを舌で弾いた。レオリーノがぶるっと身震いする。

「気持ちよくなるぞ。ここだけで達《い》けるようになるくらい、敏感に、おまえの快楽の源の一つになる」

「ヴィー、ヴィー……」

男は、先程まで嬲《なぶ》っていたレオリーノの陰茎の先を、再び指先で軽く弄ぶ。遂情したばかりで敏感になっているそこが、湯の中で徐々に固くなる。

「それに、この男の証《あかし》は、そうだな……もう一生、男としての本懐を遂げることは許さんが、おまえが快楽の証を吐き出す場所だ。もういいと泣くくらい、いつも舐めて可愛がってやろう」

レオリーノは、胸と陰茎の両方に与えられた刺激に涙をこぼしながら、湯を不規則に波立たせた。

「そして……ここもだ」

グラヴィスは手を後ろに回し、再び蕾を探り当て、指先を潜り込ませるように、そっと窪みを押さえる。

「ああっ……っんっ！」

「……小さくて狭いが、ゆっくりと拓《ひら》いて、痛みなく俺が嵌《は》まるように、かたちを変えてやろう」

レオリーノは小さく喘いだ。

「レオリーノ、おまえはすっかり変わってしまうだろうが……完全に俺のものになるか」

淫らすぎる宣言に、レオリーノの温まった身体がさらに熱を帯びた。畏れと期待で身体が震えだす。

（この身体をつくりかえてもらえれば、グラヴィスと抱き合えるようになる……）

何をされれば、どう変われるのかわからない。でもできることならば、早く、一刻も早くグラヴィスを受け入れられる身体につくりかえてほしい。

「なりたい……だから、はやく僕を、つくりかえてください……どうか」

レオリーノの答えに、グラヴィスは笑った。

甘やかさないで

レオリーノは裸身のまま、寝台に横たえられた。

大きく逞しい身体が、その上にゆっくりと覆いかぶさってくる。

「ヴィー……」

「レオリーノ、俺が怖いか？」

レオリーノは首を振って、すぐに否定する。

「……こわくないです」

思えば、グラヴィスは会ったときからずっと、レオリーノに『怖いか』と聞いてくる。

それはおそらく、グラヴィスなりの無意識の配慮なのだろう。周囲の人間に畏怖《いふ》されることが当たり前の男は、レオリーノだけは怖がらせまいと、無意識に確認を取っているのだ。

レオリーノは胸が熱くなった。怖い男だが、優しい男だ。昔からそうだった。

情が凍りついたような冷たい表情とは正反対に、大切な人間に注がれるその情は濃く、重い。

これからもレオリーノは、グラヴィスに問われるたびに、怖くないと言い続けようと思った。

「こわくありません。これから二人で何をするのか知っていると、さっきも言いました」

「そうか。それならいい」

「大丈夫です。はやく、うまくできるようになりたい……ヴィーにも、気持ちよくなってもらいたい」

グラヴィスはその言葉にくっくと笑う。

レオリーノは、直接肌が触れ合っている感触に緊張しながらも、どこか決意を込めた目でグラヴィスを見つめている。

「初心なくせに。おまえのその前向きな向上心はどこから来るんだ」

どこから来るんだと言いながら、グラヴィスは、レオリーノが必死なほど前向きな理由に、すでに見当がついていた。

「俺のことは気にしなくていい。おまえがまず、抱き合うのが気持ちよいことだと、この身体で覚えることが先だ」

「でも……僕だけではいやだ。できれば、貴方にもきもちよくなってもらいたいです」

「レオリーノ、落ち着け」

グラヴィスは、言いつのるレオリーノをなだめるように、濡れて伸びた前髪を後ろに撫でつけてやる。

「イオニアとおまえは違うと言ったのは、おまえ自身だろう。過去を気にするな。こういうことは上手くやろうとしなくていいんだ」

レオリーノが瞳を揺らす。

「俺と抱き合ったとき、イオはもう、ルーカスと恋人関係にあったからな、男とするのに慣れていた」

「ヴィー……それは……」

「イオは戦う男だった。おまえとは、体格も、身体の強靭さも違うんだ。これからおまえがどんなに抱かれることに慣れたとしても、イオと同じように扱えば、おまえは間違いなく壊れてしまう」

レオリーノは泣きそうな表情になった。

グラヴィスと開いてしまった体格の差が悲しかった。もっと大きく、頑強な身体で生まれたかった。

しょげかえるレオリーノの頭を、グラヴィスはなだめるように撫でる。

「誤解するな。俺はイオの代わりじゃなく『おまえ』を抱きたいんだ。だから、こういうことができるようになるのは、おまえのペースでいいんだ。イオニアの真似をしなくていい」

「ヴィー……僕は、貴方を喜ばせることができるようになるでしょうか」

「馬鹿者が。おまえがここにいるだけで、俺はいま最高の気分だぞ」

すると、レオリーノがようやく少し安心したようにぎこちなく微笑んだ。纏っていた空気から、徐々に切実さが薄れていく。

グラヴィスを愛する資格が欲しいと言っていたレオリーノ。無垢な身体が発する怯えを無視して、心の衝動のままに、必死にイオニアに追いつこうとしていたのだろう。

そんな健気なレオリーノの想いに気がついて、グラヴィスの胸に愛おしさが溢れた。

「あの頃の話をひとつしようか」

「……？」

「イオがルーカスと寝るようになったと知ったときは、俺は嫉妬に悶え苦しんだ。なぜ俺は、おまえ達より年下なのかと」

菫色の瞳に、後悔と罪悪感と、あとはグラヴィスが窺《うかが》い知《し》ることができない感情が浮かぶ。

（そうだ。イオニアの心の一部は、あの男が持っていったままで、永遠に俺のものになることはない）

だが、レオリーノはどうだろうかと思った。

イオニアと同じ菫色の瞳が、イオニアとは違う感情を乗せて、じっとグラヴィスを見つめている。

「……は、処女信仰など持ち合わせていないつもりだったがな……」

グラヴィスがひとりごちると、レオリーノは首をかしげた。

「おまえが無垢なまっさらな身体で、この腕の中にいることがうれしいんだ」

レオリーノは目を見開いた。

「ヴィー……」

「だから。焦らなくていい。おまえのペースに合わせるから、まずは優しく抱かせてくれ」

その言葉に、レオリーノはようやく完全にグラヴィスに心を開いて、身体の主導権を男に預けた。

経験不足は悪いことではないと、ようやく安心できたのだろう。

「……でも、僕、やっぱりはやく変わりたいです」

「レオリーノ?」

「僕がイオニアと同じようにするのは難しいと、わかりました。でも……手加減されるのは、嫌です」

レオリーノがぎゅっと抱きついてきた。グラヴィスが、ほんのわずか目を光らせる。

「……いいのか？　こわいこわいと、また泣く羽目になるぞ」

「なっ、泣きません」

どうだか、という風にグラヴィスが笑う。レオリーノの強情に呆れているのだ。

「……わかった。だが、痛かったら言えよ。傷つけることは本意ではない」

「は、はいっ……がんばります」

「どれだけこの頭の中に記憶が詰まっていても、おまえ自身はなにも知らんからな。なんせ『粗相』やら『尻の中を擦る』と言うくらいだ」

レオリーノが顔を赤らめた。どうやらそれは閨事においては、適切な言葉ではないらしい。

「では、ちゃんと教えてください……そういうときは、なんと言えばいいのですか」

グラヴィスは小さな耳に唇を近づけて囁いた。

「もうだめ……っ、もう、ほんとうに。もう……あっ、いやーっ、いやだぁっ」

レオリーノは大きすぎる快感の繰り返しに、ずっと泣きじゃくっていた。

涙に溺れたようになってぼやけた目で、必死にグラヴィスに限界を訴える。もう呼吸の仕方すら忘れてしまいそうなほど、延々と喘がされていた。

「ごめんなさい……っ、もう、もうむりです」

しかし男は、涙ながらの訴えを笑って無視した。

「だめだ。がんばると、手加減されたくないと言ったのは、おまえだろう」

「いや、いやっ……いや……っ、無理です」

「いや、じゃないだろう？　レオリーノ、ほら、なんと言えばいいか教えただろうが」

レオリーノはすでに二度、男によって高みに連れていかれた。

そしていまも、強制的に三度目の高みに追い上げられそうになっている。

吐き出した蜜でぐしょぐしょに濡れそぼつ白金色の下生えをくすぐりながら、グラヴィスはその舌でレオリーノの屹立の先を舐めなぶっていた。同時に、胸にも手を伸ばし、ぷっくりと腫れた乳首を、擦りつまむようにして刺激し続ける。

「むねっ、いたい……っ、ズキズキして……あっ、なめ、舐めないで、また、でちゃう、も、つらいっ」

「……は、『粗相する』よりは進歩したな」

胸の尖りも、屹立も敏感になりすぎて痛い。だが、痛いだけではないのだ。執拗に与えられる刺激が他の性感帯に火花を飛ばす。

そこはもう身体の中で、男に触られると気持ちが良い場所として、快楽の回路を結んでしまった。

だが、それ以上にレオリーノを惑乱させているのは、後肛からもたらされる、頭がおかしくなりそうなほどの快感だった。

「どうだ……おまえの望みどおり『お尻の中を擦って』るぞ」

「あーっ……っ、っ、う、も」

男の指を含まされて、どれくらいの時間が経《た》ったのだろうか。

レオリーノはあの後、すぐにパカリと両脚を広げられ、小さく窄《すぼ》まる最奥をグラヴィスの前に晒すことになった。

あられもない格好で、愛しい男に従順に恥部を晒す。観察される恥ずかしさに、レオリーノは必死で耐えた。

グラヴィスはぬめりを帯びた液体を指にまぶすと、まずはレオリーノの屹立の下にぶらさがる双玉を、ぬるぬるした指でもったりと転がしはじめる。

急所を握られる恐怖と、そのもやもやした刺激にレオリーノが喘ぎはじめると、男はもう片方の親指で会陰をくりくりと刺激しはじめた。

小さな窄まりも同じ要領で刺激しはじめる。

むず痒《がゆ》いような気持ちよさを感じはじめていたレオリーノの最奥は、やがて柔らかく綻び、男の親指にチュプチュプと音を立てて吸いつきはじめた。

それを合図とみて、節の高い中指が挿《はい》ってくる。

そこからだ。レオリーノの時間の感覚がおかしくなったのは。

グラヴィスがもう片方の手と舌で、レオリーノの全身をくまなく愛撫するあいだも、最奥をねぶる指はまったく止まることはなかった。

レオリーノ自身は、指を増やされる度に、異物感と入口が引きつれる痛みに涙をこらえていたが、素直な心と身体で、グラヴィスの指が与える感覚に必死についていった。

レオリーノの身体はグラヴィスに比べるとかなり小さく、当然内側もかなり狭く細かった。しかし、男の指に弄《いじ》られ続けた結果、内壁はぽったりと充血し、男の指が内部をくまなく探れるほど柔らかくなっていった。

生理的な反応でびくびくとうねりはじめた熱いその穴の感触を、男の指は、思う存分楽しんだ。

性交を模す動きで、ゆったりとそこを穿《うが》ち続け、拡《ひろ》げていく。あまりの刺激の強さに、レオリーノの頭から、すでに羞恥心は吹き飛んでいた。

屹立を受け入れたときの動きを教え込まれた未通の隘路《あいろ》は、従順になることを覚え、少しずつ、男を受け入れるための快楽のぬかるみに変わっていく。

長い時間をかけてレオリーノの最奥を拓いた三本の指は、いまは内側のふっくらとした弱みを、指先でやんわりと転がすように刺激しつづけていた。

グラヴィスは、レオリーノの前をほとんど刺激しなかった。時折充血した先端をあやすように舐めてやるだけだ。明らかに、後ろだけでレオリーノを三度目の高みに導こうとしていた。

同時に、真っ赤に腫れあがって、哀れなほどピンと立ち上がっている乳首を、その舌であやす。

「んうっ……っく」

レオリーノはそのピリピリとした気持ちよさに、嗚咽をもらした。その肉体の中では、胸を弄られる刺激と後肛で得られる快感は完全に繋がりはじめている。

ひくひくと蠢《うごめ》く内壁が、男の指にも、レオリーノが胸で感じることを如実に伝えていた。

「……気持ちよさそうだな。素直でいい子だ」

もう時間の感覚もわからない。

垂布が引かれた天蓋の中は薄暗く、いまが何時なのかもわからない。レオリーノは身体の中からグズグズに溶け落ちてしまいそうな恐怖を覚えた。

（こわれる……なくなってしまう……）

「うぇ……えっ……ヴィー……こわ、こわい」

「怖くない。泣くな。いい子だな、あと少しだ」

変えてほしいとねだったのは、レオリーノだ。

だが、これほど狂おしい快感を注がれることになるとは、まったく想像していなかったのだ。

緩んで後ろにグラヴィスを受け入れられるようになれば、中を擦ってもらえて気持ちよくなると思っていた。自慰で自身の陰茎を擦るのと同じような快感が、後ろでも味わえるのだと思っていたのだ。

しかしそこで得られる快感は、想像していたものとはまったく違っていた。

腰の奥からトロトロに蕩けそうな、重たい鈍痛にも似た快感は、理性をすべて奪っていく。

そんな重苦しい快感が身体の内側から広がって、いまはレオリーノの全身を灼《や》いている。

「ヴィー……うしろ、こわい……いやぁ」

「怖くない。あと少しだ。ほら、なんと言うんだ。言え」

「やあっ……いや……いく、いってしまう……」

「そうだ。おまえのイイところまで、ほら達け。昇ってしまえ」

その瞬間、指先でひときわ強く内部の一点を押される。

レオリーノはかすれきった声で叫び声を上げると、ついに後ろの刺激だけで昇りつめた。

レオリーノが意識を取り戻すと、男がほんの少し心配そうに見下ろしていた。

「大丈夫か」

泣きすぎて開けにくい瞼を、必死でこじあける。

喘ぎすぎたせいか、声がかすれて出ない。

すると、それに気がついた男が水差しから直接口に水を含むと、レオリーノの口にゆっくり流し込んでくれた。冷たい水を、貪るように求める。

二度ほど繰り返してもらうと喉も潤い、靄《もや》がかかったような頭が、少しずつ晴れていく。グラヴィスはもう一度確認した。

「どこか、痛いところは？　脚は大丈夫か」

「……死んでしまいそうです」

どこも痛めた様子はない。だが、身体がバラバラになりそうな感覚がいまだに残っている。全身が泥がつまったように重たい。とくに弄られ続けた乳首が、陰茎が、何より後肛がひりひりする。

「やっぱり泣いたな」

「ごめんなさい……」

「いや、俺もやりすぎた。ほんの少しのつもりが……おまえは本当に加減が難しい」

あれがほんの少しということであれば、本気の全力だとどうなるのかと、レオリーノは青ざめる。それと同時に、あることに思い至って愕然とした。

「ヴィー……僕の中に……入れてくれましたか？」

気をやった後にどうなったのかと、おそるおそる質問する。まさか、自分だけ何度も気持ちよくなってしまったのではないかと、レオリーノは懊悩した。

それを聞いたグラヴィスが、めずらしく驚いたような顔をすると、呵呵《かか》と笑った。

「いや、まだだ」

「……ごめんなさい」

レオリーノは失敗したのだ。

あれほど丁寧に後ろをほぐしてもらったのに、グラヴィスを受け入れることができなかったのだ。

悲痛な顔で萎れるレオリーノの様子に、グラヴィスは苦笑する。

「最初から挿《い》れるつもりはなかった。どのみち俺のものはまだ入らないから、気にすることはない」

「……でも、じゃ、じゃあ、どうして、あんなに」

すると男はレオリーノの後ろに、再び指を挿しこんだ。レオリーノの最奥の穴は、先程までの感触を思い出して、従順に綻んで男の指を受け入れる。

「んっ……」

「ん、まだ柔らかいな。いい子だ。いま、何本挿れていると思う？」

「指？　……さ、三本？」

「二本だ……三本だと、こんなものだ」

指が増やされると、受け入れられるものの、同時に苦しさも増す。お腹の中がいっぱいになったような感覚になるのだ。

「苦しいか？」

苦しいが、気持ちよくもあった。先程の快感を思い出して、レオリーノはかすれた声で甘く喘いだ。

「……くるしいけど、きもちがいいです」

「そうか。だが、もう一本足すと」

「…………っ？」

グラヴィスはそう言うと、限界まで引き伸ばされた狭い穴の周囲を指でつついた。わずかに潜り込まされた四本目の指に、レオリーノは本能的に恐怖し、ぶるぶると震えはじめる。

(裂けてしまう……！)

後ろをまさぐる男を怯えた目で見つめると、グラヴィスはすぐに指を抜いてくれた。

「レオリーノ、俺のものに触ってみろ」

そう言って、グラヴィスは己の屹立を握らせる。

熱く昂るそれをこわごわと握ると、レオリーノはあまりの存在感におののいた。そして、グラヴィスの言わんとすることを悟った。

「……わかっただろう。おまえのここは、俺を受け入れるには、まだ狭い。未通だからしかたがないが、もう少し慣らさないと裂けてしまう」

理屈はわかった。

そして、グラヴィスがレオリーノの身体を気遣って、無理やり挿入しないように我慢をしてくれていることも。

しかし、レオリーノはとても悲しかった。

「でも……僕のお尻が広がるまで……ヴィーにご奉仕できません」

なんということを言い出すのかと、グラヴィスは半ば呆れながら、あまりの愛《いと》しさに笑った。

「落ち込まなくていい。おまえを可愛がるのは、最高に気分がいいんだ」

「でも……」

「大丈夫だ。おまえの身体は素直で覚えがいい。それに、おまえのここは、とても擦られるのが好きなようだ。あと、一、二回もこうして慣らしてやれば、ちゃんと俺を受け入れられるようになる」

そう言うと、グラヴィスはぽったりと薄赤く腫れた後肛に、再び二本の指を挿し込んであやした。

熱く柔らかく蕩けた潤みに、硬い指をヌクヌクと抜き挿しされる気持ちよさに力が抜ける。レオリーノは頬を赤らめて、気持ち良さそうに喘いだ。

「あ……ああ、ん」

「ほら、気持ちいいだろう。おまえは変わりつつある。すぐにここで……もっと気持ちよくなれる」

「……うん」

レオリーノはすっかり男の指を覚えた場所の変化にうれしくなった。

「十八年も待ったんだ。別に少しくらいなら待てる。そう待ちたくはないがな」

「どうすればいいですか……熱を発散していただくために、僕にできることは……あの、そうだ、お口はどうですか。お口で、気持ちよくなっていただくのは」

グラヴィスが呆れ声で笑った。

「この耳年増め。それもイオニアの知識か。まったく……これが、おまえの口で咥《くわ》えられると思うか」

レオリーノは指を抜き差しされる快感に喘ぎながらも、グラヴィスの勃起をおそるおそる見る。

そして、試すまえに無言で断念した。どう考えてもレオリーノの小さな口に収まりそうもない。

再び落ち込むレオリーノを見て、グラヴィスが何度目かの苦笑を漏らす。グラヴィスは、プニッとレオリーノの唇をつまんだ。

「まあ、小さいなりにやりようはあるから、口の使い方もおいおい教えてやる——だが、そうだな。いまは、おまえの脚を借りようか」

グラヴィスは指を抜くと、レオリーノの太腿にとろみのある液体を垂らした。

「えっ……な、これは、なに？」

「性交のときに使う潤滑油だ。特にあやしいものじゃない、大丈夫だ」

「えっ……あ、えっ？」

グラヴィスは脚を閉じさせると、纏めて片方の肩に抱えた。そして、自分の屹立をレオリーノの目の前で何度か擦ると、その閉じた太腿のあいだに、裏側から陰茎を挿入する。

レオリーノの指には長さも太さも余る逞しい屹立が、レオリーノの濡れた腿《もも》のあいだを一定のリズムで行き来しはじめた。

「やっ……ヴィー！」

「おまえの股を借りるぞ……ああ、いい……おまえのここは柔らかいな」

グラヴィスの硬い屹立が行き来するたびに、敏感になったレオリーノの性器を裏側から擦っていく。

レオリーノはその刺激にのけぞった。

グラヴィスが腰を使うたびに、レオリーノの全身が大きく揺さぶられる。

やがて、グラヴィスが息を詰めて白濁をこぼすと、レオリーノの腹で二人の欲望の証《あかし》が混ざりあった。

「……いい子だ、よくがんばったな」

腹の上に熱く迸る感覚に甘くおののきながら、レオリーノは頭を撫でる優しい手に導かれて、泥のような眠りの中に落ちていった。

眠りの向こうでは

意識を失うように眠りについたレオリーノを上掛けで包むと、グラヴィスは静かに抱き上げた。

体力の限界が来たようだ。それもしかたがない。

昨夜の訓練場での出来事に加えて、目覚めてすぐに風呂で、そして閨で、初めての身体に立て続けに濃厚な情事を仕掛けられたせいで、心身ともに疲れきっているのだろう。

本人に告げたように、レオリーノをイオニアと同じように扱うわけにはいかない。

正直に言えば、ひときわ体格に恵まれたグラヴィスにとって、欲望の発散という意味では、体格の良い同性を抱くほうが気をつかう必要がなくて楽だ。

女性よりは頑丈だろうが、レオリーノほど体格差がある場合、理性を繋ぎ止めておかないと確実に壊してしまう。

なにせ膝の上に乗せても、まだレオリーノのほうが目線が低いくらいだ。イオニアとは比べものにならないほどつくりが細いのだ。そして頑強な体質でもない。脚のこともある。

グラヴィスが抱き上げたまま移動しても、レオリーノはまったく目を覚ます様子がなかった。気絶に近い状態なのかもしれない。

寝室から前室に移動すると、レオリーノを抱えたまま中央の長椅子に腰掛ける。前室にはすでにテオドールが控えていた。

「湯と布を用意しろ」

テオドールは頷くと、そのまま一度部屋を出る。やがて、数名の侍女達とともに再び入室してきた。

侍女達は粛々と視線を伏せたまま寝室へ入っていく。侍女達も貴族出身であり、テオドールによって完璧に教育されている。グラヴィスの腕の中で眠る人物が誰なのか、興味を示すような素振りもまったく見せない。

「……殿下、ご準備ができました」

テオドールはグラヴィスを洗面室に案内した。そこは身だしなみを整える設備以外に、入浴前後に休憩する長椅子が置かれている。グラヴィスはレオリーノをその長椅子に横たえると、裸身を覆い隠していた上掛けをめくった。

レオリーノの裸身には、昨夜の暴力と情事の痕跡がこれでもかと刻まれている。真っ白な肌に残るそれは、哀れで痛々しくも、ひどく淫らだった。

上半身に残る男達の痕跡も生々しいが、それ以上に、そこかしこにグラヴィスに可愛がられた痕が鮮やかに花開いている。

きわめて淡い色をした胸の尖りは、充血して乳輪ごとぷっくりと膨らんでいる。その目覚めたばかりの性感の周囲に、赤い花びらのような痕が散らばっていた。閨でどれだけ男に可愛がられたか、ひと目でわかる淫猥《いんわい》さだった。

えぐれたように細い腰から白い腹にかけては、幾度も吐き出した欲望の証がこびりついていた。白金色に光るささやかな下生えも、束になって濡れ光っている。その下の陰茎も男に散々弄《いじ》られた証に、薄紅色を濃くして、いっそ痛々しいほどだ。性器の周辺の肌にも、吸われた痕がそこかしこに散らばっている。

しかし、そんな姿を無防備に晒しているレオリーノは、意識もなく、ただほっそりとした手足を、無防備に投げ出している。

グラヴィスは胸の奥に強い衝動を覚えた。

何をされても抵抗できないその無力さがせつない。なんとしても守らねばと、男の庇護欲を強くそそると同時に、嗜虐心を刺激する。

テオドールが湯と清拭《せいしき》用の布を、グラヴィスのもとへ持ってきた。手際よく布を絞り、主人に手渡す。グラヴィスは優しい手つきで、レオリーノの身体を手ずから清めはじめた。

「殿下、私がいたしましょうか」

「いや。俺がやる……次の布をくれ」

グラヴィスはレオリーノの脚をそっと持ち上げ、太腿を開かせる。

太腿の内側も、最奥も、グラヴィスが使った潤滑油にまみれていた。白い肌を淫らに濡らし、卑猥《ひわい》に濡れ光っている。最奥に息づく、腫れぼったく赤みを増した小さな蕾を見て、グラヴィスは微笑んだ。

グラヴィスの指は一見細くしなやかに見えるが、身体の大きさに比して、それなりに太く長い。一本ずつ増やされるそれに、惑乱し泣きじゃくりながらも、レオリーノの最奥は健気にグラヴィスの指を呑み込んだのだ。

もう少し拓かせないとグラヴィスの屹立を嵌《は》めるのは難しいだろうが、初めてにしては大健闘だ。

その最奥は、蹂躙の痕跡を残しながらも、いまはもう愛らしく、慎ましやかに閉じかけている。

最終的に、グラヴィスはレオリーノの太腿を使った。けして肉付きの良くないほっそりとした脚だ。

しかし、レオリーノの内腿《うちもも》は筋肉が少なく、細身ながらも、男にしては蕩けるようなやわらかさだった。怪我の後遺症のせいで、歩くときの蹴《け》り足《あし》が利かないせいだ。

男はそのやわらかな内腿を擦り上げ、その感触を楽しみながら遂情した。

その心根のままに、素直で健気な身体だった。全身で、グラヴィスに「気持ちいい」と「好き」を訴えかけていた。何も知らなかった身体には過ぎた快楽だっただろう。自分のペースではなく強制的にもたらされる快感は、ときに拷問になる。

慣れていない身体で後ろを弄られて、強制的に高みに昇らされるのは、さぞかしきつかっただろう。

グラヴィスは後悔した。初めは泣かせないように、優しく抱くつもりだった。だが、手加減しないでと言われて、レオリーノが見せる挑戦的な態度に、つい煽られてしまったのだ。

手をつけてしまえば、泣きながらしがみついてきたレオリーノの、愛らしくも淫らな痴態に嗜虐心を煽られた。そして、わずかに加減を見誤ってしまった結果がこれである。

汚れを拭った布を返すと、テオドールが次の清潔な布をすぐに手渡す。何度か同じことを繰り返してレオリーノの身体を綺麗にすると、最後に乾いた布で丁寧に拭った。

「何も言わないのか」

グラヴィスが話しかけたのは侍従に対してだ。テオドールは静かに答える。

「健気な御方ですね。殿下のお気持ちに、この細い身体で応えるとは」

グラヴィスは笑った。

「年甲斐もないと説教されるかと思ったぞ」

「それについては、むしろ安心いたしました」

「ふ、軽口を言うな、馬鹿者が。だが、レオリーノには無理をさせた」

「しばらくはご様子を見守るようにいたします」

「頼む……それにしても、これほど愛おしいものだとは思わなかった」

テオドールはその言葉に瞠目した。


グラヴィスが汚れをすべて拭《ふ》き清めると、侍従がすかさず寝間着を差し出した。レオリーノの体格に合っている。グラヴィスはあまりに手際の良い侍従に、片眉を上げる。

「準備がいいな」

「閣下が半成年の頃にお使いのものです。レオリーノ様の体格に合うものはご用意がありませんでしたので。本日中には、新しいお部屋着を一式ご用意しておきます」

グラヴィスは頷いた。


清潔になったレオリーノを起こさないように抱き上げる。小さな頭がガクリとグラヴィスの肩から落ちそうになるところを、テオドールが後ろからそっと支えて、主の肩に上手くもたれかけさせた。

グラヴィスは感謝の印に、侍従に頷いた。


情事の痕跡に乱れていた寝台は、すでに完璧に整えられていた。テオドールはいつものように、寝台の準備に不備がないかと同時に、何か不穏なものが仕込まれていないかを入念かつ手際よく確認する。

すぐに、主人に向かって頷いた。

上掛けを剥いだ寝台にレオリーノを横たえる。死んだように深い眠りに入っているレオリーノは、何をされてもまったく起きる気配がない。

レオリーノの白金色の髪は乾いていた。だが、濡れたままで寝台に連れ込まれ、思いきり悶え乱れたせいで、フワフワとあちこちに跳ねている。

その髪を、男の指が優しく撫でる。

「鎮静薬を持ってこい」

テオドールは頷くと、一度席を外し、ほどなくして冷ました薬湯を持ってきた。

グラヴィスは薬湯を口に含むと、レオリーノの喉に少しずつ注ぎ込む。

はじめは少しこぼれたが、やがて要領をつかむと、レオリーノが噎《む》せないように喉を開かせ、少しずつ注ぎ込んでいく。細い喉が、無意識にコクリコクリと薬湯を飲み込んだ。

テオドールは、まるで親鳥のようにレオリーノの世話をする主の様子を、じっと見守っていた。

「……よし、これでしばらくは眠っているだろう。起きるまでは寝かせておけ」

「はい」

グラヴィスはレオリーノの頭をひと撫でして立ち上がる。テオドールはすかさず垂布を引き、寝台を暗くした。


二人で寝室を出る。

「本日は防衛宮へは？」

「これから行く」

テオドールは頷いた。

侍従は一度洗面室に消えると、湯で絞ってホカホカとした布を持ってくる。裸のまま晒されていたグラヴィスの上半身を、その布で清拭した。

グラヴィスの身体にも、先程の情事の名残《なごり》が残っている。痕跡を綺麗にすると、いつものように淡々とグラヴィスの準備を整えていく。

上着の釦《ぼたん》を留めはじめた侍従を見下ろして、グラヴィスは聞いた。

「外はどうなっている」

「レオリーノ様のことですか」

「そうだ。昨夜は根回しもせずに、連れてきてそのままだったからな」

「昨夜の時点で、すでにカシュー家から抗議の文と、殿下に謁見《えっけん》の申し出が届いております。あと近衛《このえ》騎士団にお勤めのガウフ・カシュー殿が、昨夜、直接離宮まで訪ねて来られました。面会は却下してお帰りいただきましたが」

グラヴィスの顔には、いっさいの後悔も躊躇も浮かんでいなかった。

「まあ、そうなるだろう。ただ、辺境伯に伝わるには数日かかる。下手《へた》に伝わる前に、俺が直接アウグスト殿と話をしに行こう。それで、防衛宮からは」

「はい。サーシャ殿とルーカス副将軍から、昨夜の時点でそれぞれ殿下と直接お話をしたいと請願がございました。ルーカス殿はレオリーノ様にお目にかかって、無事を確認したいとおっしゃっています」

グラヴィスはすげなく却下する。

「だめだ。レオリーノがここにいるあいだは、誰も離宮には入れるな。誰の面会も認めない」

テオドールは頷いた。

「かしこまりました」

「それと、ブルングウルト邸からレオリーノの専任侍従を呼べ。あれの世話は、慣れた者以外にさせたくない」

昨夜はカシュー家や防衛宮に根回しする余裕がなかった。掌中の珠であるレオリーノを無断で攫《さら》ってきたことに、カシュー家は激怒しているだろう。グラヴィスに対して不信と反感を強めているカシュー家から、レオリーノの専任侍従を連れてこいというのは、かなり難易度の高い命令ではあった。

しかし、テオドールに、グラヴィスの命令に対する「否」の言葉は存在しない。あっさりと、かしこまりましたと承諾した。

グラヴィスが望む希望はすべて叶える。それが王族の侍従たるテオドールの矜持《きょうじ》である。

「しばらく外には出さん。たとえカシュー家が王宮から手を回して陛下を動かしたとしてもだ。俺の許可がないかぎり何人《なんぴと》たりとも面会禁止だ。いいな」

テオドールは、その指示にも黙って頷く。いつもどおり淡々とグラヴィスの肩にマントを留めた。

「ご準備ができました」

頷いたグラヴィスが、おもむろに侍従の幼い頃の愛称を呼ぶ。


「テオ、幼馴染として聞いてくれ」

主とよく似て普段はめったに感情をあらわにしない侍従だったが、幼少期以来の愛称に瞠目する。

「俺はもう、レオリーノを手放すことはできん」

「……先日こちらにお連れになったときから、殿下のご意向は重々承知いたしております」

「ただ、あれはカシュー家の子だ。厄介なことに、我が王家の血も引いている。イオニアとは違った意味で、『愛人』などという立場で傍に置くのは許されんからな」

テオドールがわずかに微笑んだ。

「殿下。貴方は昔から、本当にやっかいな相手を選びますね」

「は、言うな」

「ええ、幼馴染として申し上げます。レオリーノ様は、血統主義者の私にとっても相当に魅力的なお血筋です。しかし、女子ならばともかく男子です。昔の私なら、真っ先に反対したでしょう」

グラヴィスはちらりと侍従を見た。

「あれほど特別な家の生まれだけに、さらにことが難しくなる。よりにもよってなぜ？　と。せっかくご結婚する気持ちになられたのなら、どこぞの姫をお迎えするようにと説得したに違いありません」

めずらしく多弁な侍従に、グラヴィスは笑う。

「そうだな。このままではツヴェルフとの戦の前に、ブルングウルトと内戦がはじまりかねんな」

グラヴィスの星空の瞳がわずかに伏せられ、何かを考えているようだった。

「どうなさるおつもりですか」

「さて、どうすればいいと思う」

二人の視線が交錯した。だがテオドールは、主の輝く瞳の中に答えを見つけて微笑んだ。

「貴方はお決めになった。であれば、私も従うのみです」

そう言うと、テオドールは再び謹厳実直な表情を取り戻し、忠実なる侍従として頭を下げた。


「離宮にレオリーノ様を正式にお迎えする準備を、はじめておきましょう」

「その前に本人も説得せねばならんし、あれを手に入れるために、ベーデカー山脈よりも高い障害を、山ほど越えねばならんがな。とくに辺境伯と……あとはまあ議会か」

「問題ありません」

しかし、テオドールは淡々と断言する。

「我が君。貴方が本気で望むのならば、それを止められる人間は、この大陸には存在しません——たとえそれが、我が国の王だとしても」

水蜜果《すいみつか》

レオリーノが目を覚ましたとき、やはり天蓋の中は薄暗かった。どれほど寝ていたのか、いまが何時なのか見当がつかない。

(あの後……僕は寝てしまったのかな)

あの後、とは、グラヴィスの大きな屹立を、尻の代わりに太腿で受けとめた後だ。力強く一定のリズムで揺さぶられているうちに、レオリーノの性器も再び熱を持ち……最終的には訳がわからなくなった。

熱い波に翻弄されてしばらくすると、男のくぐもった息遣いとともに、どちらのものともつかぬ熱いモノが、腹の上に迸るのを感じた。

そこから先の記憶は、ぷっつりと途絶えている。


(ヴィーに謝らなくては……)

御礼を言うどころか、そのまま寝てしまうとはなんたる失態だ。

しかし、身体の内側まであれほどいじくり回されることになるとは思わなかった。そして、もう死ぬかと思うほど気持ちよくされて散々弄《いじ》られても、まだグラヴィスの屹立を受けとめることが難しいなんて。

「うぅぅぅぅ……」

恥ずかしいことを思い出すと、思わず声が漏れてしまうのはなぜだろう。

レオリーノは、知っていたつもりでまったく知らなかった、閨事の強烈すぎる現実に、寝台の上でひとり煩悶《はんもん》していた。


身体がズキリと痛む。

レオリーノはあわてて、身体のあちこちに神経を巡らせた。少しずつ意識した箇所に力を込め、小さく動かす。そして痛みがないか、きちんと思ったとおりに動かせるか、一箇所ずつ状態を確認していく。

そうやって身体の状態をたしかめるのは、事故以来の習慣だ。

体調は完璧ではない。とにかく、全身がずっしりと重かった。そして、エッボにつかまれた肩もまだ痛い。さらに言えば、グラヴィスに弄られたあちこちが——とくに尻の最奥に違和感があった。

しかし、ひどく痛めた箇所はなさそうだ。昨夜から色々と酷使した脚だったが、ちゃんと力が入るし、どこも痛めていない。それもグラヴィスが気を遣ってくれたおかげかもしれないが、少なくとも自分の脚が閨事に耐えられることがわかって、レオリーノは安堵した。

（でも……やっぱり、あちこちが痛い。痛いというか、ヒリヒリする）

見慣れない寝間着を着せられているが、胸の先端が布に触れるたびに、そこがむず痒いような、痛いような感覚を覚えて、ビクリと反応してしまう。股のあいだもヒリヒリしている。

レオリーノは寝間着の上から、いまはくったりとしている陰茎にそっと触れた。なんだか熱を持って、皮膚が薄くなっているような感覚だ。それでも、触ってみてもなんともなかった。

レオリーノは安堵して、次に、腫れぼったい乳首をおそるおそるつついてみる。

「ひっ」

ほんの少し触れただけなのに、驚くほどビリビリした刺激が胸に走った。

（な、なんでこんなに痛いのだろう。まさか、もげかけてたらどうしよう）

レオリーノはその想像に青くなった。もう一度とたしかめようと、再び胸の先に指を伸ばす。

「お目覚めになりましたか」

「ひゃっ……は、はい！」

おもむろに天幕の外から声をかけられて、レオリーノは飛び上がった。

「失礼します」

そう言って垂布が引かれると、そこにはテオドールが謹厳な面持ちで立っていた。

「起きられますか？　体調は大丈夫ですか」

「は、はい、ごめんなさい」

レオリーノはなぜか謝罪するとともに、何もしてませんとばかりに、両手を上掛けから見せた。

そうだ。呑気《のんき》に寝ている場合ではない。

あわてて重だるい身体を起こそうと試みる。すると、すかさずテオドールが背中に手を添えてくれた。自力で起きることが難しいレオリーノは、ありがたくその手を借りて、身を起こす。

「ありがとうございます」

「いえ」

「あの、ヴィーは……閣下はどちらへ」

「防衛宮です。レオリーノ様はゆっくり休まれるようにと、気にかけておられました」

レオリーノは頬を赤らめてうつむいた。

(ヴィーと何をしたのか、たぶん、テオドールにバレている気がする……)

バレているもなにも、情事の痕跡が残る身体のすべてを見られている。しかし、レオリーノにはそのことを知るよしもない。

寝間着の下の身体がさっぱりしている。いろんなもので汚れていたはずだ。誰が綺麗にしてくれたのだろうと思い、まさか……と、レオリーノはグラヴィスの侍従を凝視する。

「なんでしょうか」

「い、いえ」

しかし、賢明にもテオドールにそのことについて確認することはなかった。

「テオドールさん、いまは何時ですか?」

「『さん』は結構です。まもなく夕刻です」

たしかに、窓を見ると日が暮れかけている。

なんと一日のほとんどを、自堕落に寝こけていたということではないか。

「申し訳ありません……こんな時間まで、閣下の寝台をお借りしてしまいました」

「謝ることはありません。閣下は好きなだけ眠らせるようにとおっしゃっていましたので、私もお声をかけなかったのです。さて、起き上がれますか。お着替えを用意しました」

「はい、ありがとうございます。あの、でもこの服は……僕が着てきたものではありませんが……」

「私どもでご用意したものです。ご趣味に合わないかもしれませんが」


テオドールが用意した衣服は、簡素なデザインだが、蕩けるような肌触りの上質な布地で仕立てられていた。これほど素材が良く、しかもレオリーノの体格に合う服を、昨日の今日でどうやって調達したのだろうか。

レオリーノは困惑しながらも、ありがたく甘えることにした。寝間着のままでは生活できない。

「とても素敵です。ありがとうございます」

「お手伝いしましょう」

テオドールに着替えを手伝ってもらうことに複雑な感情を抱きながらも、全身がだるいレオリーノは、ありがたくその申し出に甘えることにした。

寝台から下りようとして足元を見れば、なんと新品の靴も用意されている。それも、レオリーノの足にきちんと合っているように見える。

どうやって寸法がわかったのかと首をひねるが、それも全裸を目視で確認されたからだ。


レオリーノは、昨日の昼から何も食べていなかった。テオドールはそれを確認すると、すぐに食事を用意してくれた。

さすがは王族の住まう宮殿の料理である。これまで見たことがないほど繊細な料理だ。

しかし、前菜に手をつけた瞬間、レオリーノはお腹《なか》が空《す》いているどころか、むしろほとんど食欲がないことに気がついた。これでは、主菜までとうてい食べられそうもない。

無駄になる前にと、残りの皿を申し訳なさそうに断る。テオドールは一瞬渋い顔をしたが、黙ってレオリーノの要求を受け入れた。前菜の後に、腹に優しそうなスープと柔らかいパンが運ばれてくる。

これなら食べられそうだとホッとして、レオリーノは礼を述べた。

（フンデルトなら怒られていたなぁ……そうだ。家に連絡しないと。きっと兄上達も心配している）

レオリーノはぼんやりとしている頭に活を入れる。

考えなければいけないことがたくさんあるのに、頭がなかなか働かない。

時間をかけてスープを口に運びながら、訓練場に置いてきてしまった現実のあれこれに、思考を巡らせはじめる。

エッボに打ち明けた秘密を、グラヴィスに伝えるべきだと考えると迷いが生じた。

エドガルの裏切り、そしてその後ろにいる黒幕の存在を教えることは、イオニアが戦死したあの夜のことを詳細に語るということだ。

グラヴィスには、イオニアの死が、後悔と絶望という名の傷になって刻まれている。

話せば、また、傷つけてしまう。

しかし、もう隠し事はしたくない。それに裏切りの根は、いまだにこの国にひそかに張り巡らされているかもしれないのだ。十八年前の事実を隠すことが、グラヴィスの命を危うくする可能性もあるのだ。

その秘密に至る鍵は、おそらくラガレア侯爵だ。

（信じてもらえるかわからないけど……ラガレア侯爵についても、話してみよう）

「レオリーノ様、お手が止まっています。あたたかいうちにお腹に入れてしまいましょう」

テオドールに注意され、レオリーノの思考はいったん中断した。目の前の皿を放置したまま、深く考え込んでしまったのだ。

「はい、ごめんなさい。いただきます」

レオリーノは、いったん食事を終わらせることに専念する。

レオリーノがひととおり満足したのを見てとると、まだお腹に入るようであれば、と、テオドールがデザートに旬の果実である水蜜果《フィルツイヒ》を供した。

「わあ、水蜜果だ！」

水蜜果は、初夏のこの時期に、南方でしか採れない貴重な果物である。繊細な果実ですぐに傷んでしまうため、長距離の移動も、保存も難しい。

北方の冷涼なブルングウルトにおいては、大変な贅沢品《ぜいたくひん》だった。

レオリーノがキラキラした目でその淡紅色の果実を見つめていると、テオドールが微笑んだ。

「水蜜果がお好きですか」

「はい。我が家では、水蜜果はとても贅沢品なのです。母が王都から離れて一番残念がっていたのが、この果物がブルングウルトではなかなか手に入れられないということでした」

「そうでしたか」

スープを完食して満腹であったが、レオリーノは久しぶりの水蜜果を感激しながら楽しんだ。

「あの、閣下はいつお戻りでしょうか」

「殿下は、帰宅時間をあらかじめ告げられることはございません」

「……そうですか」

それはちょっと困る。こうしてのんびりと食事をいただいて、くつろいでいる場合ではないのだ。そろそろ家に帰る算段もつけないと、このままでは、丸一日以上、無断外泊することになってしまう。

落ち着いて考えることが必要だった。

洗面室を使わせてもらいたいと言って、そこに閉じこもる。頭をはっきりさせようと、冷たい水で顔を洗った。

「はぁ……」

濡れた前髪から滴る雫を手で拭いながら、レオリーノは鏡に映る自分の顔を、じっくりと観察する。


そこにいたのは、いつもと変わらない自分だった。

特別な時間を過ごしたところで、レオリーノ自身が特別な何者かに変化したわけではなかった。

目の下にうっすらと隈が浮かんだ、疲れた様子の青年が、どこか途方にくれたような表情で鏡の中から見返している。

レオリーノは、いつもと変わらぬ自分の姿に安堵すると同時に、ほんの少し失望した。


洗面台に手をつくと、濡れた前髪から滴る雫をじっと見つめる。

グラヴィスが帰宅するまで待って、話をしてから家に帰ろう。

今日中にすべてを話すことができなくても、お願いすれば、きっとこれからも二人きりになれる時間を作ってもらえるだろう。

(家に帰って、まず外泊を謝罪して……それから、無謀な行動の後始末をつけなくては)

何もかも、あの訓練場に置いてきてしまった。

エッボはどうしているだろうか。彼が不当な処罰をされていないと信じたい。それにディルクを、そしてヨセフを裏切って、勝手な行動を取ってしまった。ヨセフはきっと心配しているだろう。

しかし、それ以上に謝罪しなくてはいけない男がいる。

（ルカと……ルーカスと、話をしなきゃ）

イオニアの記憶があるとグラヴィスに認めたいま、ルーカスにも真実を伝えなくては。

レオリーノは、ぐっと洗面台に置いた拳を握る。

すると、突然背後から抱きしめられた。

レオリーノがびっくりして顔を上げると、愛しい男が鏡に映っている。

レオリーノの胸に喜びが広がった。

「ヴィー！　おかえりなさい」

花が咲き綻ぶような笑顔に応える代わりに、グラヴィスは白金色の頭にちょんと口づけた。

「身体は大丈夫か？」

レオリーノは頬を染めた。

「は、はい。だいじょうぶです」

「今朝は、おまえを残していくのが心苦しかった」

「僕も……あの後、御礼を申し上げられなかったのが心苦しかったです」

グラヴィスは笑みを深くする。男らしい美貌に、レオリーノはぽうっと見惚れた。

「前髪が濡れてるな」

レオリーノの頭が、喜びから現実的な思考に、かちっと切り替わる。

菫色の瞳に一瞬だけ浮かんだ憂いを、男は見逃さなかった。その目がわずかに眇められる。

「……レオリーノ」

間近に迫る美貌に、レオリーノの鼓動が跳ねる。

グラヴィスはレオリーノの首を上向かせて、その唇を塞いだ。

「んっ……ヴィ……」

若干苦しい体勢だったが、レオリーノはそのまま濃厚に唇を貪られた。帰りの挨拶というにはあまりに淫靡で長いそれに、レオリーノは必死で応える。

やがて全身から力が抜けて、レオリーノは倒れないように、必死で男の胸に縋りついた。

男の舌が小さな口の中をくまなく探求し終わる頃には、レオリーノは完全に腰を抜かしていた。

滴るような官能に侵食され、頭の中が霞《かすみ》がかかったようにぼんやりとしている。

グラヴィスはその様子に笑みを浮かべると、脱力するレオリーノを抱え上げ、洗面室を出た。

前室に控えていたテオドールにグラヴィスが聞く。

「いままでどう過ごしていた」

「先程までお眠りになっていました。お疲れのご様子ですが、ご体調は問題ないかと」

「腹には何か入れたか」

「はい。充分とは言えない量ですが、食後の水蜜果をお喜びになっていました」

「そうか」

グラヴィスは満足そうに頷くと、テオドールに何かを指示した。テオドールは頷く。

「用意できましたら、寝室にお持ちいたします」

レオリーノは男の腕の中で放心したまま、ほとんど二人の会話を聞き取れていなかった。

グラヴィスはレオリーノを優しく寝台に下ろすと、その細い身体をまたぐように膝を突いた。

大きな寝台がわずかに軋む。

「ヴィー……あの、あの……また、するのですか」

「ああ、する」

濃厚な接吻でバラバラになりかけていたレオリーノだったが、頭もはっきりとしてきた。

「ヴィー……その前に、話をする時間をください」

「ああ、話をしなくてはいけない。だが、それは今夜ではない。おまえが考えるのは、しばらくは俺のことだけだ」

「でも、僕はまだなにも……いろんなことを放置したままで……ヴィー！」

グラヴィスはレオリーノをまたいだまま、どんどん軍服を脱ぎはじめる。

「……待って、待ってください」

グラヴィスは再びレオリーノの戸惑いを見てとると、強引に視線を合わせた。

「いまではないと言っただろう」

脱いだ服を躊躇なく床に投げ捨てていく。シャツ一枚になると、次はレオリーノの衣服に手をかけた。

「あっ……ヴィー……駄目です、いまは、話を」

「おまえの儚い力で抵抗しても疲れるだけだぞ」

レオリーノは必死に身体を丸めて下半身を守ろうとするが、グラヴィスの行動をほんのわずかも止めることができず、どんどん服を剥かれていく。


あっというまに、シャツ以外のすべてを剥ぎ取られて、レオリーノは震えながら男の視線の前に無防備な姿を晒していた。

レオリーノは動揺していた。このまま抱かれたい思いもあるが、それでいいのかと逡巡していた。

「お願いです。どうか話をさせてください」

グラヴィスはレオリーノの訴えを無視した。

「おまえがするべきことは、ただひとつ。俺を受け入れられるようになることだ」

レオリーノが戸惑いと怯えに、その目を潤ませる。

シャツに隠された胸に手を伸ばすと、敏感な胸の尖りを、シャツの上からきゅっとつまみあげた。

「あうっ……っ、いたい……」

その刺激に細い身体がのけぞった。くにくにと揉みこんでやると、ふっくらとしたそこから健気に勃ち上がってくる、豆粒のような感触がある。

指の腹にコリコリと触れるようになったそれに、グラヴィスは笑顔を浮かべた。

「おまえの身体は、すぐにでも抱いてほしそうだぞ」

「や、ちがう……今朝《けさ》、ので、触れられたところがどこもかしこも、ヒリヒリするのです」

「感度が上がったせいで過敏になっているだけだ。すぐに気持ちよくしてやる」

グラヴィスは両の掌をすべらせると、小さな剥き出しの尻に手をかける。片方の指で尻の肉をかきわけると、もう片方の指で、探り当てた蕾をツプツプと刺激しはじめた。レオリーノは淫らな刺激に耐えきれずに、身体をよじらせる。


「あっ……あっ、だめです、まず話を」

「おまえを抱くのが先だ」

グラヴィスはレオリーノのシャツを暴いた。釦が弾け飛ぶ。レオリーノは震えた。

発光したような白い肌が、男の前にあらわになる。そこには、今朝男がつけた痕が、点々と花びらのように散っていた。小さな乳首も乳輪もぷくりと膨らんで、愛らしい姿を見せている。

「……抱きたい、いますぐ」


「ヴィー……」

強引に官能を目覚めさせられようとしている肉体に、まだ気持ちが追いつかない。レオリーノは快楽への期待と不安に、泣きそうになっていた。その様子は、むしろ男の嗜虐心をかきたてる。


グラヴィス自身もレオリーノと話をする必要があるのはわかっている。

だが、いまではない。『外』のことで思い悩むのは、いまは自分だけでいい。

名実ともにレオリーノを手に入れるまでは、どうせこの腕の中から外に出すことはないのだから。

グラヴィスは耳朶《みみたぶ》に唇を寄せ、その小さく繊細な輪郭を舌でたどると、囁いた。

「……抱かせてくれ、レオリーノ」

「ヴィー……ヴィー、でも」

「愛したいんだ。すみずみまで、愛しつくしたい」

蜜のように甘い言葉を流し込みながら、レオリーノの理性を奪っていく。

耳から首筋をたどる舌で、官能の回路をひとつずつ目覚めさせていく。レオリーノの吐息が、徐々に甘く、荒くなっていく。

男の唇が胸の尖りにたどり着いた。たしかに赤くぽちりと腫れている。

唇全体で覆うようにして優しく刺激すると、レオリーノの口から、小さなすすり泣きが漏れはじめた。

「レオリーノ……俺が怖いか？」

レオリーノの答えはわかっている。

だから、グラヴィスは何度も聞くのだ。この先を選び取ったのはレオリーノ自身の意志なのだと、自覚させるために。

はぁはぁと乱れた呼吸を呑み込みながら、必死にレオリーノが答える。

「……こわく、ありません」


グラヴィスは微笑んだ。わずかに開いた唇から、水蜜果のような薄紅色の舌が覗いている。

しかし、何かを言いたげに震えるそれが、言葉を紡ぐことはなかった。

グラヴィスは再び、その小さな甘い果肉を存分に味わった。次々と溢れる蜜が小さな口からこぼれる。

グラヴィスがそれを舐め取ると、レオリーノは唇を小さく開いて、もっと啜ってほしいと、男にすべてを無防備に明け渡した。

心も身体も、男の存在で一杯になっているその様子に、グラヴィスは心から満足した。他愛なくもぎとれる、自分だけの無防備な果実。強烈な独占欲に、男の身体が熱く滾《たぎ》る。

「これが何本入ればいいのか、覚えているか」

グラヴィスはレオリーノに見せつけるように、指を舐めるとそこにたっぷりと唾液を絡めた。

「答えろ」

「よ、四本……？」

ぬらぬらと光る長い指を目の前に差し出され、レオリーノの瞳が怯えと同時に、期待に甘く霞む。

「そうだ、いい子だ。さあ……今夜こそ、俺をおまえの中に入れてくれ」

男は、開花を待ち望んですでに疼きはじめているレオリーノの最奥に、ゆっくりと指を沈めた。


レオリーノはグラヴィスの逞しい身体の上に乗せられて、注ぎ込まれる官能を享受していた。

男の舌と指が、ヌクリヌクリと同じリズムを刻みながら、レオリーノの上下の口を犯している。

搦め捕られて甘く啜られる舌が、泣きたくなるほど気持ちがいい。朝の刺激でまだ腫れぼったい後肛も、濡れた指で抜き差しされると、恥ずかしいくらい腰が動いてしまう。

グラヴィスは、華奢な身体が己の硬い身体の上で悶《もだ》える様を楽しんでいた。最奥を弄《いじ》る指と反対の手で、すべすべと触り心地のよい尻を、優しく揉みしだいている。小さくまろい尻の感触を、グラヴィスはとくに気に入っていた。

指の動きに合わせて無意識に腰を揺らす、愛らしい痴態。グラヴィスは小さな舌をあやしながら、目を細めてその様子を眺めていた。

「気持ちいいな」

「……んっ………きもちい、んっ」

レオリーノはこくこくと頷くと、ゆるやかに高められた快感にすすり泣く。

「……あぅっ……いっ」

胸の先が男の身体に触れた瞬間、ビクリと震えてのけぞる。乳首が擦れてしまったのだろう。

今朝の情交で、未熟な身体のあちこちが脆く敏感になっているのだと、レオリーノは不安げに訴えた。

乳首がもげるのではと本気で心配していたのだ。

実際にグラヴィスがそこを軽くつまんでみると、レオリーノは飛び上がって涙ぐんだ。

さすがにその様子が痛々しくなり、グラヴィスはそこを刺激しないように気をつけている。

だが、素直な身体は、後肛を指で犯されると、教えられたとおりに、すぐに乳首を勃たせてしまった。

レオリーノが身悶《みもだ》えるたびに、健気にたちあがったそれを硬い胸板に擦りつけるはめになり、その度に、レオリーノはこうして飛び上がる。

レオリーノの前も健気に勃起していた。グラヴィスの硬い腹筋に擦られて、透明な蜜をこぼしている。

最初は思いきり舐めて可愛がろうとしたが、レオリーノは嫌がった。どうやらそこも敏感になっているらしく、もう触ってほしくないらしい。

だからこうして、グラヴィスは身体の内側を探って、レオリーノの性感を高めている。しかし、感度が高まってもろくなったレオリーノには、その刺激だけで充分だった。

グラヴィスは指を増やした。そこは、二本目の指も従順に受け入れていく。

「んっ……」

「きついか？」

「だ、だいじょうぶです……ただ」

「ただ？」

「指が増えると、もっと奥がムズムズしてしまうので……どうしたらいいかわからない」

グラヴィスはその答えに忍び笑った。グラヴィスにも、その悩みを解決することはできない。

グラヴィスはレオリーノごと身体を起こす。

脚を痛めさせないように慎重に体勢を入れ替えて、レオリーノの上体をヘッドボードに浅めにもたれかけさせた。

「さあ、脚を開け」

「は、はい……」

レオリーノは頷いて、男の前でおそるおそる脚を開くと、素直に尻のあわいを晒した。グラヴィスは、よくできたと白い頬をひと撫でするが、なぜかそのままの状態でレオリーノを放置すると、寝台を下りて前室に消える。


レオリーノは寝台の上で、脚を開いたまま、震えながら男が戻ってくるのを待っていた。

こわい。そして、恥ずかしくて泣きたい。


グラヴィスは灯《あか》りを携えて、すぐに戻ってきた。

「暗すぎて見えないからな。さあ、これでいい」

「あっ……！」

再び寝台に乗り上げると、グラヴィスは、レオリーノの腰をずるりと引っ張り下ろす。細い腰の下に枕を押し込んで、尻を突き上げるような姿勢をとらせた。


あまりに恥ずかしい格好に、レオリーノは真っ赤になって暴れた。これではヒリついた後肛も、膨らんでいる陰茎も、持ち上げられた小ぶりな双玉も、すべてが男の目にあますところなく晒されてしまう。


これはあんまりだと、レオリーノは男に抗議する。

「こ、この格好は、恥ずかしいですっ」

「恥ずかしいくらい我慢しろ」

「ええっ？」

すると、グラヴィスはレオリーノの訴えを一蹴《いっしゅう》するどころか、さらに過酷な要求をしてきた。

「自分で脚を持っていられるか」

「えっ……？　あ」

「両膝を抱えろ。ほら……こうするんだ」

レオリーノの手を取ると、膝裏に回して、自ら固定させる。


レオリーノはあまりの格好に涙ぐんだ。

「ヴィー……恥ずかしいです。こんな格好はしたことがありません。いやです」

「我儘を言うな。おまえの愛らしいここも、もう散々見ている。いまさら恥ずかしがってどうする」

「でも、でも、昨日はこんなことしませんでした」

「閨事はいつも同じことをするわけじゃないぞ」

レオリーノはその言葉に愕然とする。

挿入される前に、しなくてはいけないことが多すぎる。しかし、グラヴィスに、レオリーノをからかう様子はない。

「では、これは、しなくてはいけない……」

「ああ。みんながしていることだ」

イオニアはこんな格好をしていただろうか。そう疑問に思いながらも、レオリーノは羞恥をこらえて、自身の膝裏に手を回す。

そして、男の前に恥ずかしいところを差し出した。


「いたあっ……いっ……っううっ」

三本目の指を呑んで、大量の潤滑油で丁寧かつ慎重に慣らされた穴だったが、やはり四本目の指がなかなか受け入れられなかった。

指先がつぷりと沈むと、その太さに裂けそうな気がする。体格に見合って実際にひどく狭いそこは、緊張でなかなか柔軟になることができない。

こらえようとしても、どうしても痛みに声が漏れて、身体が硬直してしまう。

レオリーノは己の不甲斐《ふがい》なさに涙をこぼした。

「ごめんなさい……できなくて、ごめんなさい」

「謝らなくていい。痛みを与えたいわけじゃない」

グラヴィスが頭を撫でて、涙に濡れるこめかみに口づける。

「おまえの身体は充分素直で覚えがいい。ただ指が無理となると、まだ俺を受け入れるのは無理だ」

苦笑する男に、レオリーノは泣きながら反論した。

「ちがっ……ちが、できます」

「ああ、ちゃんとできるようになる。ただ、それは今日じゃない」

男の熱が、離れていく。

レオリーノは嗚咽をこらえて唇を噛んだ。

これほど丁寧に身体を拓かれたのに、なんという意気地《いくじ》のなさ。なんというなさけなさだ。


男の屹立は、しっかりとレオリーノに欲情してくれているのに。一方的に愛されるだけで、何ひとつ奉仕もできていない。オリーノは思いつめて、グラヴィスに懇願した。

「せめて口で、口でさせてください」

「馬鹿なことを。おまえにできるわけがないだろう」

呆れるグラヴィスに、レオリーノは必死で、できますと首を振る。

だるい身体を叱咤《しった》し身を起こすと、膝立ちの男の股座《またぐら》に、決意を示すように顔を寄せる。


「こら、無理をするな」

グラヴィスは優しく前髪をつかんで、それを制止した。

レオリーノは奉仕を拒否され、悲しくて泣きそうな顔になる。

「無理はしていません……したいです。させてください。上手に、で、できないかもしれませんが、でも、僕もヴィーにご奉仕したいのです」

「……レオリーノ」

「お願い……呆れないで。ご奉仕させてください」

レオリーノはそう言うと、屹立に顔を寄せる。

グラヴィスは溜息をついた。


小さな舌で、丸い先端を舐めはじめる。

間近で見ると、グラヴィスの屹立は、レオリーノのものとは、大人と子どもかと思うほどに大きさが違った。

ずっしりと重量があるそれを両手で捧げ持つよう

にすると、レオリーノはその先端に吸いついた。丸い張りのある先端はすべすべとして、意外と抵抗感もない。

大きすぎる逸物に恐れおののきながらも、愛おしい男のそれに、レオリーノは愛情を込めて奉仕しはじめる。

「レオリーノ……おまえは」

グラヴィスは、閨事のマナーも雰囲気づくりも吹き飛ばすレオリーノの無謀さに天を仰いだ。

結局、レオリーノの気持ちが収まるまで、好きにさせることにする。

「んっ……んっ……」

技巧などまったくない。

咥えるでもなく、ただ小さな舌で一生懸命舐めているだけだ。ひたすらくすぐったいだけだが、天使のような美貌が、赤黒い性器に懸命に舌を這わせる様子は、かなり視覚的にくるものがある。

グラヴィスはほんのわずかに息を乱しながら、少しだけ奉仕の仕方を教えることにした。

「口を開けろ。咥えられるか?」

レオリーノは素直に頷いて、果敢にも挑戦する。

しかし、やはりその小さな口では、雁首《かりくび》までも含むことができなかった。喉の開き方はおろか、口の開き方もよくわかっていない。

しばらく何度か吸いついて必死で挑戦していたが、最終的には、ごめんなさいと言わんばかりに眉を下げて、降参の証《あかし》に力なく首を振った。

「ごめんなさい……ごめんなさい」

ついに泣きはじめてしまった。その様子がどうにも哀れで、これならば自分が可愛がっているほうがよっぽどましだとグラヴィスは苦笑した。

「ならば、舐めていていいから。手で擦ってみろ……こうだ」

グラヴィスは自身を軽く擦って、見本を見せた。

レオリーノはそれを熱心に見ながら頷くと、再び舌を這わせて吸いつく。そして小さな両手で、砲身を擦りはじめた。しかし、前よりは少しマシになったが、達するにはまったく強さが足りない。

「下手くそめ」

優しい声で詰《なじ》りながら、グラヴィスは前後に揺れる小さな頭を撫でる。

レオリーノは目元を興奮に赤らめて、グラヴィスを見上げた。

涎《よだれ》とも先走りともつかないぬめりで、その口周りがベタベタに汚れている。天使のような美貌を汚しているのが自分の体液だと思うと、滾るものがある。

汚れた口周りを指で拭ってやると、グラヴィスはそのままレオリーノの口に、その指を突っ込んだ。

レオリーノは戸惑いながらも、その指を素直に口に含む。同時に、その目で、なぜこんなことをするのかと、首をかしげて問いかけてくる。

「ふ……一丁前に、知ったふりをしたくせに」

恋人から卑猥なことを強要されていることに、まったく気がついていない。

——なんと無垢で、淫らな天使だ。

グラヴィスは微笑んだ。

柔らかい舌を褒めるように指で擦ってやると、その出入りする指に、内側を擦られる興奮を思い出したのか、レオリーノの息が乱れはじめる。

「なんだ、おまえが興奮したのか」

「あの……ヴィー、お願いです……これを、入れてもらいたい。やっぱり貴方と、最後までしたい」

レオリーノは男に奉仕しているうちに、もういっそ強引に引き裂いてくれればと、自暴自棄な思考に陥りながら、必死で男に訴えた。

「お願いです。僕も、イオニアみたいに、ヴィーとちゃんと繋がりたい……だから」

「イオニアと張り合うなと言っただろう」

レオリーノは精一杯の思いを込めて、グラヴィスに懇願する。

「いやだっ、したい！」

「強情な。だめだと言っただろう」

「ヴィー……！　お願いです。痛くてもいい。貴方とちゃんと繋がりたいのです。お願いです」

グラヴィスはレオリーノを無言で見下ろす。

レオリーノの両脇に手を入れて、その身体をやすやすと引き上げると、膝の上に座らせた。

レオリーノは潤んだ瞳で男に懇願する。

「……本気で言っているのか」

レオリーノはコクコクと必死に頷く。

「おまえを傷つけるつもりはない」

「傷ついてもいいです。このまま、ちゃんと繋がれないまま、お別れしたくないのです」

しばらく離宮から出すつもりはないのだから、それは杞憂《きゆう》というものである。しかし、グラヴィスの思惑を知らないレオリーノは、ひどく真剣だった。

これほど裸で抱き合い、手で、舌で、あますところなく愛しながらも、甘い雰囲気どころか、どこか滑稽《こっけい》な状況になっている。

グラヴィスは、心の底からふつふつと沸き上がる愛おしさに、笑った。

イオニアとはまったく別の意味で覚悟を決めろとつきつけてくる青年に、先程からやられっぱなしだ。

この瞬間も、こうしてレオリーノはイオニアと違う人間なのだと見せつけてくるのだから、イオニアと同じになろうと焦る必要などまったくないのに。

「笑わないでください……僕は真剣なのです」

すると、レオリーノはあろうことか、再びグラヴィスの股間《こかん》に顔を伏せた。グラヴィスを興奮させようと舌を伸ばそうとするのを、あわてて止める。

菫色の目がどうして、と悲しそうにグラヴィスを見上げる。その瞳は、お願いお願いと、子犬のように必死で訴えている。

小さな頭を撫でながら、グラヴィスは溜息をついた。その健気さに負けた。

初心なレオリーノを泣かせることになるが、方法はあるのだ。

「何をされても、我慢できるか？」

レオリーノはうれしそうに笑顔を浮かべた。

何をされるかわからないが、レオリーノは男の気が変わる前に、コクコクと頷く。

「はい！　なんでも……してっ、してください」

またいつ、二人きりになれるかわからない。

そう思うと、グラヴィスと繋がれないまま別れるのが怖かった。

官能のアンプリファイア

レオリーノは、グラヴィスが手にしているものを凝視した。

「なに？　……ヴィー、それはなんですか」

グラヴィスは湯の中から道具を取り出す。人肌にぬくめられたそれは、鳥の卵のようなかたちをした宝玉が、細い紐《ひも》で連なっている。輪になっていない首飾りのような形状だ。一見すると装飾品のようにも見える。

レオリーノは、なんの用途かわからない道具の登場に怯えた。両手を握りしめたまま震えはじめる。

「ヴィー……それはなに？　……先に教えてください……ヴィー、こわい」

「大丈夫だ。おまえの中を拡げるために必要なものだ。ほんの少し使うだけだ」

グラヴィスは淫具に潤滑油をたっぷりとまぶすと、

ひとつめの小さな珠を、レオリーノの最奥にツプリと押し当てる。

レオリーノはしかし、泣きながらそれを怖がった。

「……いや、こわい。それいやだ、挿れないで。ゆび、ではないのですか、ゆびで」

「レオリーノ、拡げないと壊れてしまうと教えただろう」

そこに異物を挿れるなど、異常な行為に思える。

「……いや、壊れてもいいから……それはいやだ。ヴィー以外を、挿れるのはこわい。いやだ」

「だめだ。中が拡がったら、すぐに抜く。約束しただろう？　気持ちよくしてやるから、ほんの少しだけ、我慢しろ」

グラヴィスはその先端の丸みを蕾に押しつけ、くいっと内側に押し込んでくる。

レオリーノはその感覚に総毛立った。

「んっ、いやだ、ヴィーがいいのに……あっあっ」

異物感はあるが、痛くはなかった。人肌にぬくめられた宝玉は、充血してふっくらと腫れた内壁をむしろ甘やかすように、ぬるぬるとなめらかに解《ほぐ》し広げていく。

内部を犯されることにすっかり感じるようになってしまった自分の身体に、レオリーノは恐怖した。

涙で溺れそうな目でグラヴィスを見つめる。男の指が、上手に呑み込んだ穴の縁を、甘やかすようにくすぐる。もうひとつ、珠がそこに押し当てられた。

「いやだ……こわい、たすけて、こわい……」

「中を柔らかくするだけだ。すぐに終わる」

男は怖がるレオリーノをなだめ、紐で繋がっている宝玉を、ぷつりぷつりと、レオリーノの中に押し込んでいく。

徐々に下腹が重く、苦しくなっていく。

最後の宝玉が押し込まれた。レオリーノが淫具に馴染むまで、グラヴィスは慎重に様子を観察する。

「んーっ……おなか、くるしい」

レオリーノは惑乱した。これまでにないほど、奥まで刺激を受けた腸壁が蠕動《ぜんどう》する。

そのせいで、宝玉が内部で不規則に転がった。その壮絶な感覚が、徐々に耐え難いほどの快感を生みはじめる。


頭がおかしくなりそうなほどの快楽だった。自分を苛んでいる男なのに、縋りつく相手もこの男しかいない。レオリーノは泣きながら助けてとグラヴィスに手を伸ばした。

「やだ……ヴィー、たすけて……いや、これいやだ。きもちいい、いや、こわい」

グラヴィスはレオリーノの縋ってくる手に引き寄せられるままに身体を倒す。わななく唇を開かせて、舌をあやすように絡めて慰めた。

「んっ、んっ……」

「もう少しだ……あと少しだから。怖くない」

レオリーノが身をよじるたびに、内部で宝玉が擦れて大変な刺激をもたらしているに違いない。

グラヴィスはヒクヒクと痙攣する穴に再び指を当てると、三本まとめてぐっと一気に挿し入れる。

宝玉が隘路の奥まで押し込まれる。レオリーノは背筋をのけぞらせて、声もなく叫んだ。


宝玉の刺激で入口にほどよく力が入り、綻んでいる。グラヴィスはぬくぬくと指を動かしながら、少しずつ指を開いて、慎重に隙間《すきま》をつくった。

「……四本目だ、レオリーノ」

「……っ、や……っ」

グラヴィスがそこに四本目の指を挿し込む。レオリーノが泣きながら呻いた。

「こわれる……こわれちゃう……あ、あ……あっ」

「大丈夫だ。いい子だな、よく呑み込んでる」

レオリーノは本気で壊れると思った。限界まで拡げられた入口が苦しいし、腹の中も苦しい。なのに、気持ちが良いのだ。

「ほら、入ったぞ」

ふぅふぅと荒い呼吸を吐いて、レオリーノは必死でその感触に耐えていた。

「……そろそろだ」

「ヴィー……なに？」

グラヴィスはレオリーノの下腹をたしかめるように、外側から優しく押さえる。薄い腹の上から、コロコロとした宝玉を見つけると、柔らかく揉みはじめた。同時に内側に嵌《は》めた指を優しく動かす。

外側と内側の両方から、レオリーノの蜜壁はゆっくりと刺激された。

「うっ……うっ……」

ゆっくりと内から外から動かされているうちに、身体の内側から、頭がおかしくなりそうな感覚が沸き上がってくる。苦しいはずなのに、気持ちがよくてたまらない。

「あっ……あん、あ……あ」

レオリーノは相反する感覚の波に翻弄されて、身体を燃え上がらせていった。

「……いやだ、嫌……おなか、ぐりぐり、あ……あっ……ああっ」

「達け。そのまま達くんだ」

レオリーノの身体が、どんどんやわらかく蕩けはじめる。グラヴィスは褒めるように親指で縁を撫でながら、少しずつ挿入の動きを模して、指の動きを強めていった。

一関節分ほどのわずかな動きである。その動きが、レオリーノの内壁をこれ以上なく刺激した。蠕動する最奥から、グチュグチュと淫猥な水音が響く。

レオリーノの細い腰は、間違えようのない快感を追いかけて、なまめかしく揺れていた。

底知れない高みに連れていかれる。弱みだけではなく、腸壁全体が感じるように、身体を変えられていく。ゆっくり絶頂感に押し上げられて、レオリーノは惑乱した。

「……いや……もう、死ぬ、死んでしまう……ああああっ」

一番奥まで押し込まれた宝玉が、複雑な動きで奥の行き止まりを小突いた。その瞬間、レオリーノは遂に絶頂を迎えていた。

「あっ……っ、っ……っ」

全身が壊れたように痙攣する。グラヴィスは、ゆっくりと、入口を拡げていた指を引き抜いた。

「……あうっ、あ……あぁ」

「上手に達けたな。そこから下りるなよ……昇ったまま、そのまま力を抜いてろ」

ひくひくと痙攣する身体をなだめるように、ピンと勃った乳首を苛めすぎないように舌であやす。舌の動きと連動させるように、玉をゆっくりと引き出す。高みから下りないように、慎重に。

そして、内壁を擦られながら抜かれるときの気持ちよさを、そこに覚えさせていく。

グラヴィスの命令どおり、レオリーノは絶頂の高みから下りることができないまま、宝玉がぷくりぷくりと一粒ずつ抜けていくたびに、涙を流しながら小さく極め続けていた。

「あっ……あっ……あっ」

すべての宝玉を引き抜くと、グラヴィスはひくつく入口に、自身の屹立を押し当てる。

「挿れるぞ……そのまま力を抜いてろ」

柔らかく蕩けたそこに、ゆっくりと腰を押し込む。狭く、きつい。散々慣らされたレオリーノだったが、やはりその圧倒的な充溢《じゅういつ》に、喉を反らせて耐え、涙を散らした。

「……っ……っ」

「やはり、まだきついな……やめるか」

「や、ぬか、ぬかないで、やめるの、だめっ……」

グラヴィスはその言葉に奥歯を噛むと、覚悟を決めて雁首をグッと押し込んだ。

「あうぅっ！」

レオリーノの最奥が限界まで広がり、男の屹立の一番太い雁首をぬぷりっと飲み込む。レオリーノは涙を散らした。グラヴィスも詰めていた息を吐く。

「……よくがんばったな」

「……………えっ、うっ」

レオリーノは、ほとんどもう何をされているかわからない状態だったが、グラヴィスの雄芯を受け入れることができたことだけは、朦朧《もうろう》と理解していた。幸福感が、ぼんやりと湧き上がってくる。

「もう少しだけ我慢しろ」

男は、慎重すぎるほど少しずつ腰を前に進めて、熱くぬかるんだ未通の地を拓いていった。

グラヴィスの長大なそれは、ほんのわずか挿入しただけで、レオリーノの弱みにたどり着く。

グラヴィスは抜き差しせず、ゆさぶるようにしながら、亀頭で優しくそこを刺激した。

「あっ……あっ、そこ、やっ、ぅやあ……あ」

「ほら。まだ下りてくるな。ここがおまえの気持ちいいところだ」

そう言ってなだめると、ほんのわずか強めに、そこを屹立の先端で擦り上げる。

レオリーノはその瞬間小さく呻いて、前からプシュリと力なく白濁をこぼす。

「う……えっ、えっ」

「また達けたな。覚えがいい。上手だな」

グラヴィスが達したことを褒めるように、レオリーノの双玉をやわらかく揉みしだいた。そのもったりとした愛撫に、レオリーノは大きなものを嵌め込まれたまま腰をよじらせる。

しばらく後ろは刺激せず、小ぶりでやわらかい双玉を掌でゆっくりと転がしてやると、レオリーノはそのゆるやかな快感に溜息をついた。

男の屹立を呑み込んだ後ろの感覚も、徐々に鋭敏になってくる。


レオリーノは、その白い身体を汗に光らせながら、快感に愛らしく蕩けていった。

「いい……きもちいい……」

「どこがいい？」

「ぜんぶ……ぜんぶ、あっ……そこも……」

レオリーノが徐々に快感に浸りはじめる様子を、グラヴィスは慎重に観察した。

「ん……ん……」

グラヴィスの屹立にギチギチと絡みついていた内壁までもが、やわやわと感触を変えていく。

グラヴィスはその変化に安堵した。レオリーノの身体が、完全に快感に針を振ったことがわかる。


もう少しだけ腰を進めて、さらに半分ほど屹立を頬ばらせる。レオリーノは拓かれる苦痛に呻いたが、男はゆっくりとその大きさに慣れさせた。

そして頃合いを見て、少しずつ、規則正しくその身体を揺さぶりはじめた。

押し寄せる波のような動きに、レオリーノはしばらくすると、子猫のように甘い声で啼きはじめる。

抜き挿しはしない。ただ性交の動きを覚えさせるために、ゆっくりと腰を遣って揺さぶるだけだ。

「やぁ……あっ、あっ……ヴィー……」

レオリーノの全身が紅潮して、どこもかしこも水蜜果のように甘く熟れはじめていた。

甘い汗の匂い、そして吐き出した蜜の青い匂いが、男が腰を遣いその身体を揺さぶる度に、二人を濃厚に包みこむ。

「あっ……ん、あっ……あっ……ヴィー……ヴィー！」

「レオリーノ……いいぞ」

本当に素直で、覚えの良い身体だ。

怪我だけはさせたくなかった。さんざん舐め蕩けさせた後に、泣きながら「挿れて」とねだられたが、やはり未熟な身体は、グラヴィスをそのまま受けとめられるほどは拓かなかった。

だから奥を拡げるための淫具を用いて、早急に男を受け入れる身体につくりかえたのだ。

いきなり二度目の閨で淫具を挿入されるなど、さぞや怖かっただろう。

しかし、レオリーノは惑乱し、怯えながらも必死でついてきた。そして、自身の肉体の変化を精一杯受け入れた。

ゆっくりと腰を揺らし続けると、蹂躙する男の存在に慣れはじめた内壁はもったりと充血し、さらに柔軟性を増して、甘い蠕動でグラヴィスの雄を味わいはじめた。そこから甘い水音が漏れる。

「ああ……やわらかく溶けてきたな。いい子だ。ここが気持ちいいな」

レオリーノの瞳から、先程までの恐怖と惑乱が消えていた。小さく甘い吐息をこぼす。

「んっ……きもち、いい……ん、きもちい……」

身体から力が抜けきっているのは、上手に後ろで快感を拾えている証《あかし》だ。

敏感すぎる乳首を怯えさせないように、乳輪の周囲を優しく刺激する。もうそこは、男によって、後ろの快感と直結するようにつくりかえられている。

胸を弄られるほどに、後ろがせつなく欲しくなる。そういう身体に変わりつつある。男性器で得る快感ではない。だが、男に抱かれる身体は、そう変化するのだ。

ふっくらと膨れた乳輪を刺激されて、レオリーノは甘く啼いた。するとますます後ろが蕩けてくる。

狭くきついのに、やわやわと締めつける極上の身体だ。無意識ながらも、男の欲望を上手にしゃぶりはじめている。

これから丁寧に性交に慣れさせていけば、どれほど男に快感を与える身体になるのだろうか。

グラヴィスは愛おしさとともに、無垢な身体を一から変えていく淫靡なたくらみに興奮を覚えた。


ゆっくりとした揺さぶりに、徐々にレオリーノも意識を保てるようになってきたようだ。

額に汗を浮かべ、涙で頬を汚しながらも、グラヴィスに視線を合わせると、目眩がするほど愛らしい笑顔を浮かべた。

純潔の殻を脱ぎ捨て、清らかなくせに、男の性感を刺激する淫らな存在に変身しつつあるレオリーノに、男は目を奪われた。

泣き濡れた瞳が、無意識の誘惑を仕掛けてくる。

「はいった？　……はいりましたか？　繋がれたのですか……？」

「ああ、上手に呑み込めているぞ。ほら」

グラヴィスは頷いて、軽く腰を揺すって内側の存在感を示す。レオリーノはその動きに、あっあっと甘く声を上げた。その声がねだるままに腰を遣って、弱みを突き上げるように可愛がる。


腹奥までいっぱいになっているような感覚を覚えているレオリーノだったが、実際のところ、グラヴィスはその屹立を半分程度しか埋めていなかった。

グラヴィスも柔らかく狭いそこに思いきり突きこんで揺さぶりたかったが、初めてのレオリーノが、これ以上奥まで男を受け入れるのは不可能だった。

ようやく入ったそこは、あまりにも狭くきつい。だが蕩けるように甘美で、溶け落ちそうなほど熱くぬかるんでいる。

永遠に嵌めていたいと思いながら、グラヴィスは愛しい存在を心ゆくまで可愛がった。

レオリーノは、ポロポロと快感に泣いていた。半勃ちの陰茎から、白濁混じりの透明な蜜をこぼし続けている。

「うれしい……うれし、ああっ」

だんだんレオリーノの呼吸が浅くなりはじめる。縋りついてくる腕にも、ほとんど力が入らなくなっていた。グラヴィスはレオリーノの限界を悟る。

「頑張ったな……もう終わりだ」

すると、レオリーノが真っ赤な顔で、縋るように男を見つめる。

「ヴィーは？　……いった？　僕のなかで、きもちよく、なりましたか？　なれた？」

グラヴィスの中に、レオリーノに対する強烈な愛おしさと、凶暴なまでの征服欲が吹き上がる。

ふぅっと息を吐いてひとつ胴震いすると、男は獣のようなその衝動を振り払った。理性を失って、レオリーノを傷つけるわけにはいかない。

グラヴィスは、自身の屹立を引き出すと、雁首のくびれまでを狭い穴に含ませた状態で、砲身の残りを自身の指で擦り上げた。

レオリーノの入口と媚肉が、自慰をする男の先端に、健気にチュプリと絡みつく。

「ヴィー……いりぐち、ぬくって、あ、ぬくぬくって、あっ、あっ」

「レオリーノ……っ」

先端をくるむ熱い媚肉の心地よさと、快感に身悶える愛らしい痴態を目で味わいながら、男は手早く自分を追い上げる。

最後に息を詰めて、ぶるりとひとつ身震いすると、グラヴィスは、初めて男を受け入れた隘路に、熱い欲望の証を注ぎ込んだ。


グラヴィスは意識を失ったレオリーノを抱きしめながら、じっと暗い目で虚空を見つめていた。

レオリーノが話をしたがっていたのは、わかっていた。だがグラヴィスは、今日だけは、すべての憂いを忘れて、愛《いと》しい存在に耽溺していたかった。

だから強引に抱いた。

腕の中の泣き濡れた小さな顔を見つめるたびに、心の底から愛おしさが沸き上がってくる。

同時に、純粋な愛だけで繋がることが許されない、二人のしがらみもわかっていた。

イオニアのように、傷ついてほしくない。

しかし、愛だけで繋がるには、二人の前には、あまりに多くの問題がありすぎた。

グラヴィスは、今日一日のことを思い出していた。

しがらみ

レオリーノを置いていくのは心残りだったが、恋に溺れて政務をおろそかにするには、グラヴィスはその肩にあまりにも多くの責任を背負っている。

定刻よりわずかに遅れて、グラヴィスは執務室の中央に下り立った。そこにはすでに、副官ディルクが控えていた。

「おはようございます、閣下」

ディルクは硬い表情で挨拶する。予想どおり、聞きたいことが山ほどあるという顔をしている。

「閣下……昨日のことですが」

「待て。その前に、今日の予定を言え。午後の予定を変更したい」

ディルクは瞬時に有能な副官の顔つきに変わる。

「至急でご裁可いただきたい上申がいくつか。それと、アロイスが閣下に、急ぎお話し申し上げたいことがあると。グダニス海の港湾でフランクル海軍とグダニラクが小競り合いをしている件ですが、かなり大きな衝突があったとのことです」

「それはいつの話だ」

「四日ほど前のことだと」

グラヴィスはわずかに眉を顰める。

「すぐアロイスを呼べ」

「承知しました……その上で、本件について、フランクルに対して、我が国の意向を執政宮から通達するか、あるいは我が防衛宮から通達するか、ギンター宰相も交えて相談したいと申しております。アロイスからの報告を受けた後、午後に宰相をお呼びしても？」

グラヴィスは即座に首を振った。


「午後の予定はすべてなしだ。午後はブルングウルトに行ってくる」

ディルクがまじまじと上官を見つめる。

「閣下……それは」

何か言いたげな副官を、グラヴィスは無視した。

「先程の話だが、フランクルと我が国の交易路で起こったことならばともかく、グダニス港湾における問題で、執政宮から使者を送ることはなしだ。正式に二国間の諍いに介入すると宣言することになる」

「……たしかに、おっしゃるとおりです。フランクルは、むしろ介入を求めているでしょうが」

「ツヴェルフがグダニラクと通じていることを、我が国がすでに把握していると知らせることになる。牽制はまだ早い。防衛宮から使者を送るんだ。そこをフランクルにも理解させろ。対応は、俺の副官という立場でアロイスが行え。よって、ギンターを呼ぶ必要はない」

「承知しました」


グラヴィスはようやく執務机につく。

「それと、副将軍閣下とサーシャ先生から、閣下とお話ししたいと……レオリーノ君のことで」

「ああ。テオドールから聞いている。たしかに話をせねばならん。だが、今日は駄目だ」

ディルクは意を決して、上官に質問した。

「閣下……聞いてもよろしいでしょうか。昨日の訓練場の件です」

グラヴィスは目で副官に続きを促す。

「閣下は、レオリーノ君をどうなさるおつもりなのですか」

「訓練場の件について、ではないのか」

ディルクは真剣な顔だ。

「結局、私の疑問は、すべてそこに帰結します」

「レオリーノをこれからも防衛宮に勤めさせるかという質問なら、まだ決めてはいない」

「そうではなくっ」

グラヴィスはめずらしく部下に笑顔を見せると、するりと話題を変えた。

「おまえは昨日、あれにどうやって出し抜かれたんだ。簡単に騙されるようなおまえではなかろうに」

「……閣下ならすべてご存じなのでは？」

ディルクはひどく悔しそうだった。グラヴィスは忍び笑いをする。

「嫌味を言うな。俺とてわからんことはある」

「あの場所でレオリーノ君と二人で見学していたんです。その真下で、ヨセフ君とキリオス・ケラーが訓練に参加していたので、レオリーノ君が副将軍閣下に近くで見たいとお願いして。ぴょんぴょん飛び上がって、熱心に見学していました」

その様子がありありと目に浮かぶ。イオニアの強さに憧れるレオリーノは、間近で見る戦闘訓練に、さぞや興奮したに違いない。

「ところが、訓練が終わろうかという頃に、突然彼が回廊から思いきり身を乗り出したんです。あわや落ちるかと思ったら、胸元から短剣を落としたと言って……いま思えば、落としたのもわざとでしょうが……その剣はお父上の辺境伯からもらったもので、失くしては困ると言い出したんです」

グラヴィスは呆れたような顔になる。

ディルクは上官の視線に身をすくめた。そして、深々と溜息をつく。

「……すみません。まんまと、レオリーノ君の思惑に引っかかりました。思えば一緒に連れていけばよかったんですが、レオリーノ君を荒くれどもがたむろしている場所に連れていくのもどうかと……それが判断ミスでした。その場に一人残してしまい……戻ったときには消えていたんです。くそっ」

「その剣は持っているか？」

ディルクは頷いて、飾り棚の上から短剣を持ってきた。グラヴィスはそれを受け取ると、表に裏に返して観察する。

「いい剣だが、実用的な剣だな。辺境伯からもらったというのは、おそらくレオリーノの嘘だろう。まあ、アウグスト殿なら使っていそうな気もするが」

「それは俺も思いました。あの場所は、閣下もすでにご存じでしょうが、階下までほんのわずかな距離でしたので……油断しました。申し訳のしようもない失態です。反省しています」

「おまえが騙されたのは迂闊としか言いようがないが、基本的に、昨日の行動のすべての咎はレオリーノにある。おまえの行動については、気を抜かずに反省すればよい。不問だ」

グラヴィスの言葉に、ディルクは安心するどころか落ち込んだ。

「むしろ罰を受けたほうがいいと思っています。レオリーノ君は罰を受けているのでしょう」

「罰？　そうだな。長いあいだ、俺を騙していた罰としては、充分受けたかもしれないな」

「僕が申し上げる立場にないのは承知しています。

ですが、副官としてあえて伺います。そして、レオリーノ君の友人として」

ディルクは真剣な顔で上官に聞いた。

「閣下、貴方はレオリーノ君をどうなさるおつもりですか」

ディルクのその眼差しに、グラヴィスも真剣に答えることにした。

「おまえにも言わなくてはならんことがある」

「……とおっしゃいますと」

「レオリーノがあれほど無謀な行動をした意味だ。そして……真実を」

「……真実とは？」

グラヴィスは思わせぶりなことを言いながらも、副官の問いには答えない。ディルクは焦れた。

「だが、おまえにそれを伝えるのは、レオリーノ自身の意志に委ねたい。だから、いまは待て」

ディルクは不承不承頷いた。


「……承知しました」

「代わりに、おまえの質問に答えるのならば、あれを防衛宮に今後も勤めさせるかどうかは、まだ決めていない」

「……それは先程伺いました。私が伺いたいのは」

「私的な意味でならば、結論は出ている。レオリーノは、今後正式に離宮に迎えることになる」

衝撃的な上官の発言に、ディルクはしばらく言葉が出てこなかった。

「……む、迎えるとは、つまり………？」

「カシュー家の息子を『愛人』にはできないからな。もとよりそんな立場に置くつもりもないが」

「レオリーノ君を……正式に閣下のご伴侶に迎えるという意味ですか」

「そうだ」

当然のことのように答える上官に、ディルクは絶句した。

王族の世界のことはよくわからないが、ほとんどが早婚の王族の中でも、グラヴィスは珍しいことに、三十七歳になるこの年まで未婚を貫いている。

王位継承権第二位の王族にもかかわらず、血を繋ぐための婚姻を拒否しているとなれば、それは本人の強い意志が働いているのだと、ディルクは推測している。


ディルクが知っているグラヴィスは、一人の人間に執着するような人間ではなかった。彼が唯一執着した人間といえば——おそらく、ディルクの亡き兄くらいであろう。

男女問わず時折適当につまみ食いしているのは知っていたが、ディルクが知るかぎり、特定の愛人を抱えたことはない。そういう意味では、氷のように冷めている男だ。

このまま一生独身なのだろうと、ディルクはそう思っていた。


そんな男が、まさかレオリーノを伴侶に迎えると言い出すとは。

レオリーノのことを気にかけているとは思っていた。それも、普段の上官らしからぬほど熱心に。

しかし、相手は十八歳。成年になりたての、まだ少年といってもいいような青年だ。たとえファノーレンはおろか、この大陸でも稀に見るほどの美貌の持ち主だとしても、自身が奇跡的な美丈夫のグラヴィスが、美醜にこだわっているとは思えない。

青天《せいてん》の霹靂《へきれき》にもほどがある。

「閣下は……その、レオリーノ君のことを、いつから……？」

「それを聞くか。遠慮がないな」

「申し訳ありません。その、興味本位ではなく……」

「わかっている。そもそも恋愛対象なのかと言いたいのだろう」

「……はあ、いや、まあ……」

グラヴィスが苦笑した。

「言いたいこともわかる。親子ほど離れているからな。俺が当時の婚約者と婚姻していたならば、あの年頃の子どもの一人や二人、すでにいたかもしれん」

ディルクは驚いた。

ずいぶん昔の話なのだろうが、この男に婚約者がいた時期があったのだ。

「出会った頃からだ」

「……は？」

「出会った頃から、俺のものにしたかった。そして再会したときには、いずれ俺のものになるだろうと、予感していた」

ディルクはつい考え込んでしまう。グラヴィスが言うところの、出会った頃がいつなのか、そして再会した頃というのがいつなのか、よくわからなかったのだ。

「……なんだ。恥を忍んで話したのに驚かないな」

「いいえ……むしろ驚きすぎて、何も言えなくなってしまいました」

「年寄りが色恋に溺れているのは滑稽か」

「いいえ。ただ、閣下がそれほどレオリーノ君に執心されていたことに驚いています」

「我ながらわかりやすかったと思うがな」

「……」

思い返せば、情を凍りつかせて生まれてきたようなこの男が、レオリーノにだけは感情を動かす様子を、何度も目にしてきたように思う。

誰にも見せたことがないような、優しく甘やかな目で見つめていたことが、何度あったことか。

レオリーノ自身を怯えさせないように、慎重に扱いながらも、ときには驚くほど強引に、その腕の中に閉じ込めていた。

そして、昨日も。

この副官からしてもいまだに底知れぬ力を持つ男

は、おそらくなんらかの手立てを講じて、レオリーノの危険を察知できるように、幾重にも庇護の手を張り巡らせていたに違いない。

この男は、最初からレオリーノに強い執心を向けていたのだと、ディルクは改めて気がついた。


さらに、ディルクは、はたとあることに気がつく。

「ちょっと待ってください。王族の方々は、同性との婚姻は許されていないんじゃないですか」

グラヴィスはその質問に、ふむと口元を覆う。

「別に王族の同性婚が我が国の法で禁止されているわけではないぞ。ただ前例がないだけだ」

「あ、そうなんですか」

ファノーレンは同性婚も禁忌ではない。ただ、後継をつくる必要がある身分の人間ほど、異性婚を基本としているだけだ。

「俺が伴侶を迎えるとなれば、改めて女をあてがおうとする輩《やから》が騒ぐだろうが、厳密には王族の婚姻についてロを出す権限はない。儀礼的に、議会に婚姻を承認させればいいだけだ」

「しかし、レオリーノ君はブルングウルト辺境伯の息子ですよ」

グラヴィスはわずかに口角を引き上げた。

「そうだ。レオリーノは数世代ぶりに外に出されるブルングウルトだ。それを王族がものにすること自体は、むしろ血統主義者の奴らからすれば、大喜びだろう。その性別以外は」

「なるほど。先日のユリアン殿の話ですね」

「あの若造はここで退場だ。この先、二度と、あれの影すら踏むことは許さん」

その冷え冷えとした言葉に、グラヴィスに睨まれた男がどうなるのかと、ディルクは同情した。

「むしろ、問題はカシュー家だな」

ディルクはハッとする。

「だから、これから……」

「まあ、そうだ。王族の特権を行使してもいいが、レオリーノのことを考えると無下にはできん。下手に話が伝わって誤解される前に、直接アウグスト殿に話をしてくる」

そう言うと、グラヴィスは不敵に笑った。

「アウグスト殿には未来の舅《しゅうと》になってもらわなくてはならんからな……はは、俺がまさか、こんなことを言うことになるとは」

ディルクは、普段は無表情な上官の、きわめて珍しい笑い声に仰天した。

同時に、昨日の今日でレオリーノの実家を直撃する男の行動力に震撼する。

「……ちなみにレオリーノ君は、合意してるんですよね？」

「ああ。今朝も愛らしく啼いていた」

ディルクはその言葉に赤面した。そういうことを聞いているのではない。

あの華奢でいたいけな青年が、この体格の良い美丈夫に、閨でいいようにされている様子を想像してしまった自分を呪《のろ》いたくなる。脳裏に浮かんだそれは、あまりにも背徳的な光景だった。

「この際、もうひとつ伺いますけど……レオリーノ君は閣下が、その、ご実家に行かれることをご存じなのですよね？」

上司は意味がわからないというように首をひねる。

「なぜ言う必要がある」

ディルクの悪い予感は当たった。

「なぜあるかって、そりゃ……」

「面倒な雑事で悩ませる必要はないだろう」

「……いや、閣下。そういうことではなく……むしろ、普通は一緒に悩みたいと思いますよ」

どういった急転直下の事態でそうなったのかはわからないが、まっとうに恋人同士になったのならば、恋人が無断で実家に約束を取りつけにいくのは、絶対に喜ばないだろう。

レオリーノは、柔なようで案外と頑固だ。強引なグラヴィスの進め方に、おそらく反発するだろう。

「アウグスト殿がその場で反対でもしたらどうする。レオリーノが傷つくだろう」

「そ、そうですか」

なんたる過保護ぶりだと、ディルクは驚愕した。

「でも、それでも閣下と一緒にいられるのならば、親の反対も望むところじゃないですかね」

「おまえが考えるほど単純ではない。カシュー家から王族になれば、あの子が望むような、普通の男子としての生き方は、ほぼ不可能になる」

「どういう意味ですか？」

「わからんか。レオリーノが背負うものがさらに重くなるんだ。あれが俺の伴侶となり、もし何かあれば、ファノーレンとブルングウルトの両方を押さえられることになるのだから」

ディルクは唸った。

上官は別に、年甲斐もなく色恋に浮かれているわけではなかった。

王族であるグラヴィスが、カシュー家のレオリーノを伴侶に迎えるというのは、それはもはや一般的な婚姻ではないのだ。二人の身分を顧みれば、それもしかたがないのだろう。たとえ二人がどれだけ純粋にお互いを思い合っていたとしても、誰もが認めるかたちでお互いをお互いのものにするには、きわめて政治的な配慮が必要なのだ。

ディルクは上官に同情した。

単純に相手が好きか嫌いかで恋愛できる平民の立場を、ディルクは改めて幸福に思った。

それでも、この男は必ずレオリーノを手に入れるのだろう。おそらくレオリーノに手をつけた時点で、伴侶とすることを決めていたに違いない。そして手をつけた以上、止めるという選択肢はないのだ。

案の定、男の顔は恋に浮かれる男のそれではない。

ディルクは深々と溜息をついた。

「閣下……なんというか、伴侶を迎える男の顔には見えませんよ。もっとうれしそうにしてください」

せめてもの慰めと祝福の言葉の代わりに、ディルクは軽口を叩く。グラヴィスは苦笑した。

「おまえにも、まだ話さなくてはならないことがあると言っただろう」

「はい。そうおっしゃいましたね」

「単純に『愛しい者と結ばれて幸せになりました』と終わりを結べるのなら、どんなにいいか」

「……それは、どういう意味ですか」

するとグラヴィスは突然話題を変えた。

「エッボ・シュタイガーはどうしている？」

「平民街の宿舎ではなく、防衛宮の宿舎に待機させています」

「おまえとともに、奴とも話をせねばならん」

「話とは……何を」

「幸せになるには、過去のしがらみが重すぎるのだ——俺も。そして、レオリーノも」

幸せのかたちを決めるのは誰か

グラヴィスはブルングウルト城の書斎で、辺境伯アウグストと向き合っていた。

「閣下。貴方が直接いらっしゃったということは、どちらの話であろうな」

「アウグスト殿」

「ツヴェルフのことか……あるいは、レオリーノのことか」

穏やかな声だったが、老境に差し掛かった辺境伯の表情は厳しいものだった。青緑色の瞳で、グラヴィスの目をひたりと睨みつけている。

その尋常ならざる威圧感は、さすが大陸の要衝を統治する大領主だ。グラヴィスは怯むことさえなかったが、やはり丹田に力を込める必要があった。それほどに、このブルングウルトの地を治める男は、王族と並び立つ覇気を備えている。

「さて、どちらでありましょう」

「……レオリーノのことだ。改めて、あの子をファノーレン王家にもらいにきた」

アウグストは、ふうっと長い溜息をつくと、額を掌で押さえた。

「……せめて、もう少し婉曲《えんきょく》におっしゃっていただけないものか」

「言葉を飾ったところで、貴殿をごまかすことはできないだろう。それで……許してくれるか」

「とうてい許すことはできませんな」

アウグストは一刀両断した。グラヴィスは眉を上げる。

「我が家は、レオリーノを政争の駒《こま》とするつもりはありません。あの子の身の丈で幸せになってもらいたいのです」

「あれの身も心も、一筋も傷をつけないと約束する」

「できぬ約束はしないほうがよろしい」

「……なんだと？」

グラヴィスが低い声で言い返すと、辺境伯は負けじと眦《まなじり》を吊《つ》り上げる。

「貴方の伴侶となって、あの子の平穏な暮らしが保たれるはずがなかろう」

「アウグスト殿は、俺の力を疑うのか」

「そうではございませぬ。これまではいい。こんな田舎《いなか》の辺境にいたのだから。だが、一度表舞台に出れば、あの子は、あの外見と血筋であまりに目立ちすぎる。あの繊弱な子が王族となる？　……冗談ではない。ファノーレンとブルングウルトの二つの血は、あの子に背負わせるには重すぎる」

「俺の伴侶になることで、危険が増すことは否定しない。だが、王族の義務を無理に負わせることはない。約束しよう」

グラヴィスの誠意を尽くした言葉に、辺境伯はむしろ表情を厳しくした。

「子を生めない身で王族の伴侶となるなど、異例であろう。男子ということで立場も弱くなる」

「女子だからとて、必ず子に恵まれるとはかぎらんだろう。それに、いまさら俺に誰も跡継ぎなど期待しておらん。カイルもいる。跡継ぎに関しては、完全に貴殿の杞憂だ」

男達のあいだに無言の駆け引きがあった。

「……あの子は、いまどこに」

「昨日から俺の離宮に留めている」

老いを感じさせない鍛え上げた大領主の身体が、怒気にぶわりと膨れ上がる。

「……まさか、あの子をすでに我がものとされたのか……！」

グラヴィスは否定しなかった。

「閨事を完遂したかといえばそうではない。女ではないから意味がないが……触れたのは同意の上だ」

「許さぬ！　貴方が王族だからとて絶対に許さぬぞ……！」

アウグストが獅子のような雄叫《おたけ》びを上げる。

「ファノーレンめ……！　ブルングウルトとのあいだに戦を起こすつもりか。ならば受けて立つぞ。この国を分かつことなど、我々には造作もない！」

書斎の壁がビリビリと震えるほどの大喝だった。

グラヴィスは、アウグストの発言に垣間見える本音を咎めることはなかった。

「そんなつもりは毛頭ない。だから、こうして貴殿に許しを得にきたんだ」

「冗談を……！　無理矢理に離宮に引き止めているのでなければ、あれほど世間知らずの子が、この短い期間で、どうやって貴方と心を通じ合わせるというのだ！」

ワナワナと全身を震わせる男を、グラヴィスは星空の目を強く光らせながら、じっと見つめる。

「だが事実だ。レオリーノは、貴殿が思うよりも、ずっと前から待っていた、俺の運命の片割れなんだ。たとえ俺がファノーレンで、あの子がブルングウルトでも、それを障害にはさせるものか」

「閣下ともあろうものが、何を女子どものように夢見がちなことを……！」

「事実だ。俺の言っていることは奇妙に聞こえるだろうが……あの子は、俺の運命なんだ」

座ってくれ、と、アウグストに促した。

「話を聞いてくれ。俺と、レオリーノと……そしてもうひとりの男の話を」

そして、グラヴィスは語りはじめた。


アウグストは、グラヴィスが話し終えても、しばらく言葉もなく呆然としていた。

王弟がまだ少年の頃に出会った鍛冶屋の息子。その少年がグラヴィスの『人間の盾』として育ち、やがてツヴァイリンクで殉職したこと。そして、あのツヴァイリンクの悲劇の翌朝に生まれ落ちた息子が、その青年の記憶を受け継いでいるということ。

「……殿下、貴方の言うことはとうてい信じられん。あの子が、ツヴァイリンクで亡くなった兵士の生まれ変わりだと……そんな、正気の沙汰ではない」

あらゆることが、アウグストの常識外の、奇想天外な話だった。

「信じられないのも無理はないが、事実だ。レオリーノは半成年の頃からイオニア・ベルグントの記憶を夢に見はじめたという。ツヴァイリンクのあの日のことも、すべて覚えているようだ」

「……そんな……まさか」

グラヴィスは、その目に悲しみの色を刷《は》いた。

「……信じてやってくれ。あの子はずっと、一人でその秘密を抱えて、苦しんでいたんだ」

するとアウグストはハッと瞠目した。

「まさか……六年前のあの落下事件も」

グラヴィスが頷く。

「おそらく。あの事件も、十八年前のツヴァイリンク侵攻に関係しているのだと思う。昨日も、あの子は危険を顧みず、訓練を見学中に、当時のイオニアの部隊に所属していた男を見かけ単独で会いにいった。そこで兵士達に集団で暴行されそうになった」

「なっ、なんですと……？」

「安心しろ。未遂で済んだ。レオリーノは無事だ。だがそれで、俺は、あの子がイオニアの生まれ変わりだと確証が持てた」

アウグストは絶句して口を覆った。

「…………なんと……なんということだ」

「レオリーノはおそらくイオニアの記憶をたどり、何らかの思惑を以《もっ》て、王都で何かを探ろうとしている。イオニアの記憶の中に、まだ秘密を抱えているんだ。一人にすると、何をするかわからん。それもあって俺の離宮に保護している」

「……貴方は二度ならず、三度もあの子を助けてくださったのか」

グラヴィスは六年前の事件を思い出した。

「いや……六年前は、助けられなかった」

「何をおっしゃる！　貴方はあの子をここへ運んで、助けてくださったではないか」

「怪我をさせる前に助けられなかった。あの子は大怪我を負った。悔いても悔いきれん。助けられず、すまなかった」

「グラヴィス殿下……」

グラヴィスはアウグストに告白した。

「あの日俺は、イオニアの声に呼ばれたんだ。十八年前のように……だから、あのときあそこに跳んできた」

「それはまことですか」

「ああ。だが、そこにいたのはレオリーノだった。そして、あの菫色の瞳と目が合った。イオニアとまったく同じ色のその瞳を見て、その瞬間に、衝撃が……運命的なものを感じた」

アウグストはひたすら驚いていた。

「ルーカスにも言われたんだ。レオリーノはイオニアの生まれ変わりではないかと。もしそうだったらどうするのだと」

副将軍にも因縁がある話なのか。

まさか六年前から、レオリーノについて、男達のあいだでそのような会話がなされていたとは。

アウグストはいま明かされる事実に驚愕していた。

「だが、俺は……あのときに感じた衝撃を——直感を否定したんだ。政務に忙殺されたことを言い訳に、イオニアの記憶を汚さないように、無意識に、レオリーノの存在から目を逸《そ》らしていた」

グラヴィスの拳に力が入る。

「イオニアへの未練のせいで、レオリーノと再び巡り合うまでに六年も無駄にした。あの子が前世の記憶と大怪我に向き合っていたつらい時期を、一人にしてしまった」

アウグストは、先程レオリーノの前世だという男の死に様を聞いた。当時のツヴァイリンクの様子は、アウグストもよく覚えている。凄惨《せいさん》極まりない現場だった。敵も味方もなく、多くの死体が焼け野原に斃れていた。

あの大量の骸《むくろ》のひとつが、レオリーノの前世だった男なのだ。

「英雄だと持ち上げられているが、実際のところ、俺はいつも、大事な人間の窮地に、あと一歩間に合わない。なさけない男だ」

その呟きには、男が唯一背中を預けていたという親友を助けられなかった、深い苦悩が滲んでいる。

そして、レオリーノは、その男の生まれ変わりだというのだ。

アウグストは初めて、グラヴィスがレオリーノにここまで執着する意味を理解した。

「殿下は……その、イオニアという兵士を」

アウグストの質問の意味することを察して、グラヴィスはあっさりと頷いた。

「愛していた。親友としてではなく。レオリーノを愛しているような意味でだ。だがあいつは、平民で、俺の『人間の盾』だった。結ばれることなど叶わない相手だった」

「……」

「あのとき、俺は十九だった。父王の体調が悪くなり王位継承争いが激化していた頃だ。そして、あのツヴェルフの侵攻だ。だが、たとえ伴侶という体裁は取れなくとも、イオニアと一生をともに歩めるように、ツヴェルフ戦の後で王位継承の争いから退き、ことによれば王家からも離籍する覚悟だった。イオニアにもそう約束した……それが、まったく現実を知らぬ青二才が描いた幻想だとは思わずに」

アウグストは、どこか追い詰められたような表情を浮かべていた当時の少年王子を思い出していた。

「あいつの部隊を、ツヴァイリンクに送り込む指令を出したのは俺だ」

「………殿下」

「その取り返しのつかない過ちを、あの日、イオニアの死で思い知るまで……俺は、ずっと夢を見ていたんだ。あいつと生きていく未来を」

「──幼い頃に一度、あの子をツヴァイリンクに連れていったことがあるのです」

アウグストも思い出したことがある。

「三つくらいの頃でした。小さな頃からレオリーノはおとなしくて……儂《わし》の子とはとうてい思えぬ、本当に天使のような子で……小さく壊れもののようで、愛らしい盛りでした」

その言葉に、当時のレオリーノを想像したのか、グラヴィスがわずかに眦を下げる。

「いずれ毎年の儀式に参加するようになると考え、あれの兄達と一緒に、遠足くらいの気持ちで連れていったのです。それが、ツヴァイリンクに到着した途端です。あの子は火が点《つ》いたように泣き出した」

「……それは」

「まだ言葉もおぼつかない三歳の子が、『門を閉めて』と、喉から振り絞るような声で泣き叫ぶのです」

「…………まさか」

そこで老侯は、はぁと震える息を吐いた。

「儂には泣いている意味がわからなかった。どれほどなだめても、あの子は泣きやまなかった。やがて、熱い熱いと泣きながら小さな身体をかきむしって、最後は、儂の腕の中で意識を失ってしまった」

グラヴィスは咄嗟に表情を隠した。

脳裏に浮かんだのは、生前の姿を留めていない、変わり果てた愛しい男の亡骸《なきがら》だ。焼け焦げて炭のようになった手に見慣れた剣を握ったまま、焼け野原の上で、事切れていた。

それを見た瞬間の絶望を、血を吐くようなルーカスの咆哮を覚えている。

「いま思えば、それもイオニア・ベルグントの記憶によるものだったのかもしれん……それなのに、六年前も、あの砦《とりで》で……」

アウグストは顔を覆う。巌《いわお》のような身体が、ぶるぶると震えていた。

「あの子はなぜ言わなかったのだ……！　なぜそれ

ほどに重くつらい記憶を、一人で抱え込んでいたのだ……！」

老いた辺境伯が慟哭する。

「儂らが告白することを許さなかったのか！　つらいことから遠ざけて、幸福であれと願った結果が……っ、それが、あの子に幸せを擬態させたのか……どうしてだ。なぜこのようなことが……」

「アウグスト殿、それは違う！」

アウグストは深く垂れた瞼の下を濡らしていた。

「閣下……貴方が憎い。過去を連れてきて、儂らの罪を暴く貴方を、憎んでも憎みきれん……」

グラヴィスは、悔恨に身体を震わせるアウグストを無言で見つめることしかできなかった。

「……だが、十八年間、誰が最も苦しんでいたか。それが貴方だとわかるのだ。そして、レオリーノと……レオリーノの前身であるイオニアという男も苦しんだということが」

すると、アウグストが突然、がばりと頭を下げた。

「閣下……！　レオリーノと貴方が、前世の因縁から分かちがたい絆《きずな》で結ばれていることはよくわかった。だがその上で……伏してお願い申し上げる」

「……アウグスト殿」

老伯の巌のような背中が震えている。

「どうか、あの子を諦めてくだされ……！」

「……っ」

アウグストは額を膝に擦りつけんばかりに懇願する。

「カシュー家の当主として、生涯一度の、ファノーレン王家へのお願いであります。あの子に、できるだけの自由を与えたいのです」

グラヴィスは、ぐっと息を呑み込んだ。

「あの子のつらい記憶を聞いたいまだからこそ、そう思うのです。イオニアという男は、貴方とともに戦えるほど強かったかもしれん。だが、レオリーノは……あの子は、貴方の伴侶となるにはか弱すぎる。

どうか、どうかご放念くだされ」

グラヴィスは奥歯を噛みしめた。

アウグストの懇願もわかる。あの存在がどうしても欲しいと思うのは、グラヴィスのエゴだ。

アウグストは、グラヴィスの気持ちを理解してくれている。その上で、レオリーノのために、その想いを断ってほしいと懇願しているのだ。

父親の悲痛な願いに、グラヴィスは苦悩した。

「おまえは、レオリーノとの未来を諦めるべきだと」

「……」

無言はアウグストの答えだ。

ここで手を放せば、レオリーノはもっと自由に、幸せになれる。例えばユリアンのもとで。

グラヴィスとともに生きるということは、肉体的な意味でも、いままで以上に守られた世界の中で生きなくてはならないということだ。

だが、それをレオリーノが覚悟してないと言えるのだろうか。箱入りで何もわかっていないからと、勝手に周囲が、彼の未来を選択してよいのだろうか。

十八年も待たせてごめんなさいと、レオリーノは言ったのだ。

──『貴方に僕の心と忠誠を捧げます。だから……僕にもどうか、貴方を愛する資格をください』

それほどの覚悟を持ってすべてを預けてくれた、レオリーノの強さを信じたい。

たとえそれが、己の欲求を通すためのつじつま合わせだとしても、それでもグラヴィスは諦められなかった。

「アウグスト殿、貴殿の息子は……レオリーノはけして弱くはない」

「……何をおっしゃる！　あの子は！」

「たしかに身体は繊弱でひ弱かもしれん。脚のこともある。しかし、心根は違う」

その言葉に、父である辺境伯は目を見開いた。

「あの子は間違いなく貴殿の血を引く、カシュー家の男子だ」

「…………！」

「誠実で、忠誠心に篤《あつ》い、勇気のある強い男だ。だから、俺は……レオリーノの勇気を信じたい」

「殿下……」

レオリーノを思い描いているのだろう。そのあまりに優しいグラヴィスの表情に、アウグストは心を揺さぶられた。

「十八年も待たせてすまないと、俺を愛する資格をくれと、そして、『心と忠誠を捧げる』と誓ってくれたんだ」

「……あの子が、そんなことを」

グラヴィスが力強く頷く。

「年齢差を考えても、おそらく一緒にいられる時間はそう長くはない。しかし、全身全霊で守ってみせる。だから……これからの人生を、愛しい者とともに生きることを、俺に許してもらえないか」

「殿下……貴方は…………」

「俺は、生涯に一度でいい。愛する者と、夜の闇に紛れてではなく、陽の光の下でともに過ごしたい」

アウグストは、瞳の奥に強い痛みを感じた。

この男は、これまでどれほどの孤独を抱えて生きてきたのだろうか。

王族ともあろう男が、剥き出しの心で、率直に、切々と、レオリーノに対する愛を語っている。その静かに降り積もる祈りにも似た男の想《おも》いに、アウグストは胸を打たれ、それ以上反論する言葉を持たなかった。

父としての想い、男としての想い。そして、武人としての想い、そのすべてをもってしても、アウグストには、複雑な運命の末に出会い、結ばれた二人を引き裂く言葉は、残っていなかった。

「貴殿の、父親としての心配もわかる。どれほど憎まれてもいい。だが、俺の運命が生きて、そこにいるのに、諦めることはできない……すまない、アウグスト殿」

だからどうか、とグラヴィスは真摯な目でアウグストに頼んだ。

王族としての矜持もすべて投げ捨てた、一人の男がそこにいた。

「あの子を俺の伴侶として迎えたい。あの子の心と忠誠を、俺に受け取らせてくれ」

愛は誰を殺し、誰を生かすのか

ブルングウルト辺境伯の返事は、結局否とも是ともつかぬものだった。

しかし完全に反対されなかっただけましだと、グラヴィスは比較的冷静に考えていた。あそこまで腹を割って話せば、アウグストにも充分こちらの本気は伝わったはずだ。少なくとも、レオリーノを奪い合って、ファノーレンとブルングウルトが分裂するような事態は避けられるだろう。

王家がレオリーノを迎え入れるにあたり、辺境伯は三つの条件を出してきた。

一つめは、しかるべき頃合いに——なるべく早急にと聞こえたが、レオリーノを王都のブルングウルト邸に戻すように、という要望だ。グラヴィスに無理強いされたのではないと、レオリーノ本人の意志を確認するまでは、今回の申し出に関して結論は出さないという意思表示だった。

まだ何も知らない……とくにいまは、抱えた秘密でいっぱいいっぱいのレオリーノを、いかに動揺させずに今後の話をするか、グラヴィスは、すでに思案しはじめていた。遅くとも、カシュー家に戻す前には話しておく必要がある。

二つめは、レオリーノを迎えることになれば、必ず正式かつ正当な手続きを踏むこと。即《すなわ》ちレオリーノの立場に傷ひとつつけないように、完璧に歓迎される状態を整え、ふさわしい身分を与えるようにという要求だった。

この要求には、グラヴィスにもまったく異論はない。男は、すでに国王と議会の承認を取るための算段を頭の中ではじめていた。

そして、三つめの条件は、その時期についてだった。アウグストは、婚姻の時期をツヴェルフとの戦の決着がついた後にしてほしいと要求してきた。

来たる戦の戦況によって、ブルングウルトがどういう状態になるのかを見きわめてからにしたいというのが、アウグストの強い意向だった。

これにはグラヴィスが反論した。

ツヴェルフとの戦で負ける気など毛頭ないが、先に伴侶にしておくことで、たとえグラヴィスに万が一のことがあろうとも、王族となったレオリーノは誰よりも手厚く守られるはずだ。

しかし辺境伯の主張にも、おもんぱかるべき事情があった。

もしツヴェルフとの戦争でツヴァイリンクから開戦することになり、万が一、ツヴァイリンクが突破されるような事態になった場合、その次に戦場となるのはブルングウルトだ。

国境であるツヴァイリンク砦壁は王国軍に守備されるが、ブルングウルト領はアウグスト率いる自治軍が守る領土である。ブルングウルトの地は、王国軍も不可侵の自治領。それがファノーレンとブルングウルトの不文律であった。

しかし、『カシュー』の姓を持つ人間は多くない。つまり戦況によっては、カシュー家の血と名を継ぐ人間が一気に減る可能性もあるのだ。それゆえに、家名を継ぐ人間として、レオリーノの『姓』を保護しておく必要があるというのだ。

これはファノーレンの婚姻法に関係している。王家の男子は、本人が臣籍に下らないかぎり、配偶者と離婚することが許されていない。その代わり、複数の妾妃を持つことが許されている。一方で、貴族や平民階級は、複数の伴侶が持てない代わりに、離婚と再婚が可能である。

つまり、レオリーノがもしユリアン・ミュンスターと結婚し姓が変わったとしても、カシュー家の血筋が途絶えそうになった場合、離縁さえすれば、再びレオリーノは『カシュー』の家名を取り戻すことができる。しかし王家に入ってしまえば、レオリーノは『ファノーレン』を名乗れる代わりに、『カシュー』の家名を二度と取り戻すことができなくなる。

アウグストの要求の裏側には、戦地に赴く男に、愛する息子を渡したくないという、父親としての心情も透けてみえた。

王族になるというのは、たしかにファノーレンの貴族にとっては最高の栄誉かもしれない。

しかし、カシュー家にとってはこだわる理由にならない。むしろアウグストから見れば、ユリアンは戦に出ることがない分、レオリーノの伴侶として、より安心だということだ。

アウグストの中では、歴史のある血脈を継ぐ大領主としての計算と、息子を思う父親としての愛情が、複雑かつ巧妙に混ざり合って成立している。

溺愛する末子を安全に守ることができる大貴族の跡取りで、有事において『カシュー』の家名を預ける籠としても最適な男。そう判断して、グラヴィスとユリアンを天秤にかけていた。

グラヴィスは、最終的に三つめの条件についても頷いてみせた。その代わり正式な手続きを経たら、早々に婚約を告示することを交換条件とした。理由はただひとつ、レオリーノに手を出そうとする輩《やから》の排除である。

それだけで、レオリーノにたかるよからぬ虫はあらかた牽制できるだろうし、グラヴィスの婚約者ともなれば、王族に準ずる扱いで身辺を警護することも可能になる。

アウグストが懸念するような未来は、絶対に起こさせない。

たとえ戦が起こったとしても、ツヴェルフに毛筋一つ分ほども、領土を渡すつもりはない。当然、グラヴィス自身も戦で命を落とすことなど考えてはいない。

いかなる相手であっても、ひとたびファノーレンの地を侵すような愚挙を犯す者は、この手で殲滅《せんめつ》してみせる。

この手が我が国にもたらすのは、勝利のみ。

レオリーノが笑顔で生をまっとうできる平和を維持するのだ。それ以外の未来など、グラヴィスには存在しなかった。

孤独を叫ぶ獣達

ブルングウルトでかなりの時間を辺境伯との面談に費やし、日が暮れた頃になって、グラヴィスはようやく王都の防衛宮に戻ってきた。

普段なら遅い時間まで執務を行うところだが、今日にかぎっては、朝方可愛がったまま残してきたレオリーノの様子が気になる。

しかし、執務室に戻ると、そこには二人の男が待っていた。

「誰が入っていいと許可した」

「……私です。閣下」

硬い声で答えたのは副官のディルクだ。

グラヴィスが不在のあいだも、唯一この執務室に常時出入り可能なのが、将軍付きの副官である。

「……ベルグント中佐、いますぐ席を外せ」

何かを言いかけたディルクを遮ったのは、もうひとりの男だった。ディルクは男の尋常ならざる様子に、彼を上官と二人きりにすることを躊躇する。

「俺は、殿下と二人で話をしたい」

「……ですが」

「いいから二人にしてくれ、いますぐにだ」

グラヴィスは射殺しそうに睨む琥珀色の瞳を、無表情に見つめ返した。

「ディルク、外で待機しろ」

「……しかし、閣下」

「大丈夫だ。こう見えて理性を失っているわけではないだろう」

グラヴィスは星空の瞳を煌めかせた。

「俺達は、いまこそ話をする必要がある……なあ、ルーカス？」

グラヴィスを待っていたもうひとりの男——副将軍ルーカス・ブラントは、固く拳を握りしめていた。

「心配しているだろうから先に言っておくが、レオリーノは無事だ」

グラヴィスは一人がけの椅子に腰をかけると、ルーカスも対面に座るように促す。しかしルーカスは拒否した。腕を組み、唇を引き結んで立っている。

「俺に話したいことがあったから来たのだろう」

「俺がレオリーノから目を離した隙に起こったことは、ベルグント中佐から報告を受けている」

「……それで？　おまえの命令を破った罰をレオリーノに与えるべきだとでも言いにきたのか」

その言葉に、巌のような巨躯から怒気が立ち昇った。グラヴィスは淡々と話し続ける。

「あれはもともと俺の庇護下にある。しばらくは、俺の管理下で謹慎させる。おまえの処罰は無用だ」

ルーカスがギリギリと奥歯を噛みしめる音が、聞こえてくるようだ。

「謹慎ならば防衛宮でさせればよいだろうが……なぜ、貴方の宮殿に連れて帰る必要があったんだ」

グラヴィスはそっけなく答えた。

「レオリーノを警備もなしで防衛宮に置いておくことはできんだろうが」

「防衛宮ではろくな警備にならないと？　ハッ、ここを統べる貴方がそれを言うのか」

「ああ、残念なことにな。レオリーノ自身が危険を判断する能力を持たない以上、あれから少しも目を離すことはできん」

ルーカスはぐっと拳を握り、抑制を利かせた声でグラヴィスに尋ねる。

「殿下……貴方は、あのとき言ったな。あの子がいつの生まれ変わりならば、その腕に閉じ込めることになると」

「……ああ、たしかにそう言った」

「俺が駆けつけたとき、あの部屋には、エッボ・シュタイガーがいた。イオニアの部隊の、唯一の生き残りが。レオリーノは、俺の命令を破ってシュタイガーに会いにいったんだろう？　そうではないか」

グラヴィスはルーカスを見つめた。その視線に、ルーカスは真実を悟り、そして声を荒らげた。

「……そういうことだろう!?　あの箱入りが、俺の命令を破って危険を冒してまで、なぜシュタイガーに会いにいく必要があったんだ？　それこそが……その行動こそが証《あかし》ではないのか！」

「……証か」

「そうだ！　レオリーノがイオニアだという証だ！」

男の咆哮が執務室に響き、やがて、その荒い息遣いは残響となって部屋を漂った。

「だからなんだろう？　だから貴方は、レオリーノを離宮に連れ帰った。そういうことではないのか！」

「……たとえレオリーノがイオニアの生まれ変わりでなくとも、結果は同じだ、とも俺は言ったぞ」

ルーカスは震える拳を握りしめて、荒れ狂う衝動を必死でこらえている。

「……イオニアに会わせてくれ」

グラヴィスは、はっきりと眉を寄せた。

「あの子を、イオニアと呼ぶな」

ルーカスの理性の箍《たが》が、ついに外れた。

王族であり上官でもあるグラヴィスの胸ぐらに、本気でつかみかかる。

グラヴィスにとって、その手を避けることは簡単だった。自在に空間を移動できる異能を行使さえすれば。しかし、グラヴィスはあえて動かなかった。

「……あの子の秘密が解ければ満足か、ルーカス」

「それだけではない。だが、まずそこが出発点だ」

二人の視線が激しくぶつかりあう。

「……そうだ。レオリーノはイオニアの記憶を持って生まれてきた。エッボ・シュタイガーに会いにいったのもそれが理由だ」

ルーカスは歓喜の呻きを漏らした。

「……では、本当に……本当にあの子は、イオニアの生まれ変わりだった……俺の」

グラヴィスは自身の胸元をつかんでいる男の手に、静かにその手を重ねた。

「ルーカス、レオリーノを泣かせたくない。だから頼む……あの子を『イオニア』と呼ぶな」

ルーカスはカッと憤り、その手を振り払う。

二人はもはや身分も立場も超えて、古馴染《ふるなじ》みの男同士として向き合っていた。

「なぜだ？　記憶があるのならば、あの日々を……

俺とのことも覚えているのだろう？」

「……ああ、おそらく、覚えているだろう」

「ならば、あの子はやはり『イオニア』ではないか。だから貴方もあの子を連れていったのだろうが！」

「ああ。だが違うんだ」

炯々と光る琥珀色の目が問いかける。

「……どういう意味だ」

ルーカスの腕をつかんで、グラヴィスはゆっくりと引き離す。

「あの子が俺達に隠し続けたのは、俺達の、このイオニアに対する執着のせいだ」

「…………なんだと？」

「あの子は……むしろ俺達にだけは、イオニアの記憶があることを隠したかったんだ」

衝撃を受けたルーカスが、ふらりと後退る。

「……なぜだ。どうしてだ。イオニアが……これほど待ち望んでいた俺を……貴方を、どうして無視していられたんだ」

「あの子は、自分自身をイオニアだと思っていない」

「イオニアじゃない……？」

グラヴィスは頷いた。

「ああ、たとえイオニアの記憶を持っていたとしても、レオリーノはイオニアじゃない。あの子も自覚している。だから、俺達が求めていた『イオニア』になれないと悩んでいた」

「……そんな」

「イオを『聖域』に置いていた俺達が、レオリーノを追い詰めていたんだ」

グラヴィスはひとつ、深い溜息をついた。

「覚えているだろう。あの子が泣いていたのを」

「ああ……だが」

「昨夜もずっと泣いていた。俺達の中のイオニアの記憶を守りたかった。失望されるのが怖かった、と。つらそうに涙をこぼしていた」

ルーカスと違って落ち着いているように見えながら、グラヴィスもわずかに興奮していたのだろう。

ふうっと深く呼吸して、息を整える。

「神のいたずらともいえるこの奇跡を、どう捉えていいのか、いまだにわからん。ただ言えることは、あの子はイオニアとは別の人間……心も、そして身体《からだ》も別の人間だということだ。イオニアが死の闇《やみ》から復活したわけではない」

「つまり……イオニアの記憶があるが、それはあくまで、あの子にとっては他人の記憶ということか」

結局レオリーノはイオニアなのかどうか、ルーカスはそれが知りたかった。

「わからん……記憶を持っていることが、すなわちイオニアということではないのか」

「心のありようは、まだ詳しくは聞いていない。それにイオの記憶についても、どの程度受け継いでいるのかもまだわからん」

ルーカスはもどかしさに呻吟《しんぎん》する。

しかし、グラヴィスの次の言葉に、はっと息を呑んだ。

「だが、たとえ魂は同じであっても、別の人間として扱ってやる必要がある。自分の存在意義が消えてしまうことを、レオリーノは何より恐れている」

グラヴィスは言葉を重ねた。

「レオリーノはずっと、イオニアの記憶を持て余して苦しんでいた。いまもたぶん苦しんでいる。だから……どうか、これ以上あの子を泣かせてくれるな、ルーカス」

ルーカスは混乱していた。同時に苦悩する。

すると、グラヴィスが突然ルーカスに質問した。

「ルーカス。以前も聞いたな。今度こそ、おまえの気持ちを正直に答えてくれ……イオニアの生まれ変わりでなかったとしたら、おまえはレオリーノが欲しいか？」

「……それは」

「おまえは、それでも、あの子を狂おしいほど手に入れたいと……抱きたいと思うか」

ルーカスは答えたくなかった。答えたら、唯一の希望が途絶えてしまう気がしていたからだ。


なぜならば、答えはもう出ている。

どこまでいっても、ルーカスが欲しいのはただ一人、あの強くしなやかな赤毛の青年なのだ。

イオニアの生まれ変わりならば、もちろんレオリーノが欲しい。しかし、イオニアの生まれ変わりでなければ、これほどあの子に執着したのかと聞かれると、途端にわからなくなる。

あの華奢でいかにも壊れそうな青年は愛おしいとも思うし、庇護欲がそそられるのは間違いない。

しかし、レオリーノに対して、イオニアのような衝動を覚えるかと言われると、正直わからなかった。


「俺は……いや、わからん。欲しい、いや……欲しいと思うが、わからない」

ルーカスは、壊れもののように繊細な青年の姿を思い浮かべた。『イオニアではない』と、悲しそうに泣いていた。


——貴方の目には、誰が映っていますか。


あの日もレオリーノは、そうルーカスに尋ねた。

ルーカスとて頭では、レオリーノとイオニアは別人として扱うべきだと、薄々わかっている。

しかし、十八年もの長きにわたって求め続けたイオニアの面影に、もう少しで届きそうなのだ。

別の人間だと言われても、いまだにルーカスの心は、未練がましくその希望にすがりついてしまう。

「殿下……だが、俺はイオニアに会いたい……もう一度どうしても会いたいんだ……！」

ルーカスは頭を抱えて呻く。

目の前に十八年間ずっと求め続けてきた答えがある。届きそうなのに、届かない。

「殿下にはわからんだろう。そうだ……貴方には絶対に、俺の気持ちはわからない」

どさりと長椅子に腰掛け、両手で目を覆う。

「……俺はたしかにイオニアと寝ていた。肉体では繋がっていた。だがあいつは……貴方と出会ったときから死ぬ瞬間まで、貴方のことを想《おも》っていた」

グラヴィスは無言だった。

「あいつは言ったんだ。ツヴァイリンクに派遣される前に、俺に何かを言いかけた。『今度会ったときに言うよ』と笑って言った。いつも厳しい顔をしていたあいつが……おだやかで、いつになく優しい顔をしていた」

ルーカスの呟きに、グラヴィスも思い出す。

イオニアがツヴァイリンクに派遣される直前に、実家の鍛冶場に会いにいった夜、あのときのイオニアは、とても優しい表情をしていた。

ルーカスはグラヴィスを見ることなく、思い出の中に深く入り込んでいる。

「あいつが言いたかったのは、なんということもないことだったのかもしれん。だが……俺は、期待していたんだ。あいつと出会ってから十年、ずっと待っていた。何かひとつでも、あいつが俺に――言葉を……想いの欠片《かけら》でもくれないかと」

厳《いか》つい肩がわなわなと震える。まるで泣いているようにも見えた。

「だが……王都でのそのときの会話が、あいつと話した最後になった」

ルーカスが濡れた目を上げた。

「イオニアは、あの燃え盛る炎の中で、貴方を、貴方だけを見ていた……だが、俺もそこに、貴方の隣にいたんだ！　いたのに……！」

グラヴィスは奥歯を噛んだ。

あの日、王都から大勢の部隊を連れて一気にツヴァイリンクに跳んだ。大量の《力》を消費したせいで、グラヴィスの生命力は途切れかけていた。

それでもイオニアのもとに跳ぼうとするグラヴィスを、震える腕で引き止めたのはルーカスだった。

そうだ。

あれは部下としての行動ではない。おそらくルーカスは、自分の感情よりもイオニアの『願い』を尊重したのだ。

焼け野原の亡骸の前で咆哮し、泣き崩れたルーカスの姿が、いまもグラヴィスの脳裏にくっきりと焼きついている。

「あいつの名前を必死に呼んだ……だが最期の瞬間まで、あいつは貴方だけを見ていた。俺には……何も言わないいまま、心の欠片ひとつも、俺に渡すことなく死んでいったんだ！」

それは、報われない愛を捧げ続けた男の、魂の咆哮だった。

あのとき、ルーカス自身が、誰よりも恋人のもとに走りたかったはずだ。だがルーカスは、愛しい男が目の前で死にゆく瞬間も、グラヴィスを守り抜くことで、イオニアとの約束に殉じたのだ。

「……貴方には、『持たざる者』の苦悩など、けしてわからんだろう」

グラヴィスは黙って男の糾弾を受けとめる。

「俺にも一縷《いちる》の望みを……心の欠片をくれるつもりだったのではないかと……ずっと、ずっと、あのときの言葉を待っていた」

イオニアが、ルーカスに伝えようとしていた言葉。

無私の心でイオニアを愛し尽くしたルーカスは、その『もらえるはずだった言葉』を、生きるためのよすがとしていたのだ。

「女々しいと思われるかもしれん。だが、レオリーノがあいつの生まれ変わりであるならば、あのときの言葉を俺にくれるのではないかと……あの日のように微笑みかけて、あの日の続きを、答えをくれるはずだと……それだけを願っていた」

イオニアを愛し続けた男の想いが、ここまでの妄執に変わったことを、責めることはできない。

グラヴィスの中にも、イオニアを喪ったことでできた底なし沼がある。

そしてその沼には、孤独を癒やすためにレオリーノという『贄《にえ》』をどこまでも貪りつくそうとする、凶暴な衝動を抱えた獣が棲《す》んでいる。

レオリーノという『贄』を与えられた獣には、救済の道が見えたのかもしれない。一方で、ルーカスの中の獣は、いまだに喪った半身を求めて咆哮している。

「俺が、イオニアと出会ったことが間違いだった」

「……殿下」

「俺があの日、鍛冶場であいつを見つけなければ……おまえ達はきっと、別のかたちで出会って、幸せな恋人同士として生きることができただろうに」

イオニアの幸福を思うなら、鍛冶場で会ったあのときに、遠ざけていればよかったのだ。

だが、当時のグラヴィスにはわからなかった。

愛すればこそ、遠ざけるべきだったということが。

人のぬくもりに飢えていた。身分を超えてわかりあえる存在を欲しがっていた。あの出会いは、グラヴィスにとっても奇跡だった。

しかし、その結果がこれだ。イオニアとルーカス、どちらの人生も狂わせてしまった。

グラヴィスは十八年前に決めたことがある。

それは、ルーカスに謝罪しないということだ。

憎まれるならば、いっそとことん憎んで、そして恨んでもらったほうがいい。それで、ルーカスが憎しみを糧に、これからも生きていてくれるのならば。

しかし、今回の裏切りは別だった。


「ルーカス……」

万感の思いで友人の名前を呼ぶ。そして、ルーカスの中の獣に呼びかける。

「ルーカス、俺はおまえに詫びなくてはならない」

ルーカスは顔を歪めた。

グラヴィスが言わんとすることが、すでにルーカスにはわかっていた。

「これからもずっと、俺とおまえの二人で、一生イオニアを想い続けて生きていくのだと思っていた」

「……殿下」

「俺達二人がイオニアのもとに向かうその日まで、永遠に俺達のこの関係は変わらないと思っていた」

「殿下、頼む……それ以上言ってくれるな」


ルーカスとグラヴィスは、鏡合わせの存在だった。

心が求めるままに、平民である男を愛し抜いたルーカス。

すべてを手に入れているように見えながら、重すぎる枷を背負い、誰かを愛する自由だけが手に入らなかったグラヴィス。

太陽と闇夜《やみよ》のように、立場も、環境も、性格も、見た目も対照的な、二人の男。

それを映していた鏡が、赤毛の青年だった。

『イオニア』という鏡を挟んで、二人の男は長きにわたって向き合い続けていたのだ。


「終わりの日が早く来ればいいと……最期のときにはきっと、おまえとイオニアについて語り合うときがくると思っていた」

「グラヴィス殿下……頼む。イオニアを、これからも想い続けてくれ。あいつを忘れないでくれ」

「忘れない。忘れるわけがなかろう」

「ならば……」

「だが……すまない、ルーカス」

グラヴィスの唇にも血が滲む。

「レオリーノを愛してしまった」


その言葉に、ルーカスは絶望した。

イオニアが死んでから十八年。イオニアと一緒に過ごした時間よりも長い時間を、ルーカスはグラヴィスと『イオニアへの愛』という絆で繋がり続けていたのだ。

それもまたひとつの、男達の愛憎の関係だった。

その絆が、いまこの瞬間、ぷつりと断ち切られたことにルーカスは絶望した。

「それはイオニアの存在を殺すことと同じだ……貴方はもう一度、イオニアを殺そうとしている！」

獣の絶叫を、グラヴィスは視線を逸《そ》らすことなく受けとめた。どれほど裏切りを糾弾されても、貫きたい想いがある。

「そうだ。レオリーノの中のイオニアを殺すのは俺だ。レオリーノが生きるために、俺はあの子を『イオニア』と呼ぶことはない……二度と」

「……っ」

ルーカスは皺を刻んだ目尻を濡らし、呪《のろ》い殺しそうな目でグラヴィスを睨みつける。

「俺を恨め、ルーカス」

「くそが……くそったれ」

ルーカスは身体を震わせながら絶望に呻いた。

「おまえにならば、俺は殺されてもかまわない。むしろ、おまえにしか俺を殺す資格はない」

グラヴィスはルーカスに近寄ると、その身体を抱きしめた。震える男の耳元で懇願する。

「……だが頼む、ルーカス。おまえのイオニアへの想いで、レオリーノを壊さないでくれ」

ルーカスは口角を歪めた。

「壊すと……、壊しても、あの存在が欲しいのだと言ったら、貴方はどうするんだ」

「レオリーノを壊そうとするならば、おまえとはこれまでだ」

ルーカスは沈黙し、やがて乾いた笑いを見せた。

「……貴方はどこまでいっても、王族なのだな。生まれもっての傲慢さを咎められることもなく、そうやって、これからも生きていく……欲しいものを手に入れて」

グラヴィスはその言葉に反論したい衝動をぐっとこらえた。人生において、欲しいものが手に入ったことなど、これまで一度もなかった。

いや違う。イオニアの忠誠だけは手に入れたかと、グラヴィスは思い直す。

心で繋がった男と、身体で繋がった男。

親友と、恋人。

イオニアの手を取る資格があったのは、はたしてどちらだったのか。

いまはもう、その答えを教えてくれる赤毛の青年はいない。

「なんという……貴方はなんという酷《ひど》いことを……イオニア、イオニア……」

「……ルーカス」

「どんなに恨んでも、イオニア……おまえが愛し抜いた男を、俺が殺せるわけがないのに……殿下、貴方はどこまで傲慢で、残酷な男なのか」

やがて、ルーカスの巨躯から力が抜ける。

「殿下……俺は」

すべての重荷をごっそりと下ろしたような、あらゆる感情が削げ落ちた表情で、ルーカスは呟く。

その目尻には、十八年の年月が皺となって刻まれていた。

「どれほど貴方を憎んでも、俺は貴方を裏切ることはできん……イオニアが愛し守り抜いた貴方を、裏切ることは、俺にはできんのだ」

男の絶望と愛憎が、グラヴィスの胸を貫いた。

「憎しみと同じくらい、イオニアに対する愛ゆえに、俺は……貴方を」

その目が、ひたりとグラヴィスを見つめる。

「グラヴィス殿下……貴方が憎い」

グラヴィスが憎しみを向けられるのは、今日だけで二度目だ。

「だが、俺はこれからも、あいつの代わりに、我が血と忠誠を……永遠に貴方に捧げ続けるだろう」

ルーカスの琥珀色の目は、わずかに濡れていた。

「俺か、あるいは貴方が生を終える瞬間まで、イオニアに殉じて……殿下、俺の忠誠は貴方のものだ」

グラヴィスは長すぎる一日を終えて、愛しい者が待つ離宮へ戻ってきた。

ひどく疲れていた。

洗面室にこもっているというレオリーノを追いかける。扉を開けたそこには、鏡を覗き込んでいる愛しい者の姿があった。

レオリーノを背後から抱きしめると、鏡越しに花が咲き綻ぶような笑顔を見せた。

ようやく結ばれることができた、運命の半身。その幸せそうな笑顔に、グラヴィスは震えた。

しかし、その菫色の目がわずかに翳る。そこに、イオニアの記憶がもたらす苦悩が垣間見えた。

その苦悩の中には、おそらくルーカスも存在している。どれだけグラヴィスが愛しても、イオニアの記憶があるかぎり、レオリーノの中からルーカスの存在が消えることはない。それを取り除くことは、一生できないだろう。

グラヴィスは胸の痛みをこらえ、狂おしい衝動のままにその細い身体を抱きしめた。

――『これからも、我が血と忠誠を、永遠に貴方に捧げ続けるだろう。イオニアに殉じて』

先程のルーカスの血を吐くような言葉が、いまだにグラヴィスの心を引き裂いていた。

愛する人を手に入れる代償として、これほどの犠牲が必要なのか。なぜ誰も傷つけずに、ただ愛することができないのだろうか。


しかし、レオリーノを分け与えることだけはできない。ルーカスと分かち合う選択肢はないのだ。

もう二度と一人の人間を誰かと奪い合いたくない。そうなれば今度こそ、グラヴィスの中に巣食う獣は、鏡の向こうにいるもう一匹の獣を喰《く》い殺してしまうだろう。

そんな男達の妄執など、レオリーノに見せたくない。レオリーノには笑顔で、イオニアの分まで、幸せにその生を全うしてほしい。

そのためならば、なんでもできる。

グラヴィスは、祈るように目を閉じた。

嘘の代償

グラヴィスと愛しあった翌朝、レオリーノは体調を崩した。

「レオリーノ、大丈夫か」

熱に煩悶するレオリーノの荒い呼吸に気がついて話しかける。しかし、レオリーノは目を開けることなく、額に汗を浮かべながら、ふぅふぅと苦しそうな呼吸を繰り返す。

無理をさせすぎたと、グラヴィスは後悔した。

相当に手加減したとはいえ、レオリーノの懇願に負けて最後まで身体を拓いたのは、やはり無理があったのだろう。レオリーノ自身も、一昨日《おととい》から興奮状態が続いて、自分が心身ともに追いつめられていることをおそらく理解していなかったに違いない。

慎重に、大切に扱わねば、すぐに壊れてしまう。改めてグラヴィスは、そのことを肝に銘じた。

夜明け前の薄明の時間だったが、しかたなく侍従を呼び出す。

主を待たせることなく、侍従がすぐに現れた。いつものとおり完璧な身なりだ。いつ寝ているのかまったくわからない、底が知れぬ侍従である。

「どうなさいましたか」

「レオリーノが熱を出した」

「……レオリーノ様のご様子を拝見しても？」

テオドールは許しを得て寝室に向かう。王族付きの侍従には医術の心得も求められるため、ある程度の状態は見きわめられる。

テオドールは静かに寝台に近寄ると、眠りの中で懊悩するレオリーノの額に手を置いて熱を探り、次に脈を取った。最後に口元に耳を近づけて、しばらく呼吸を聞く。

そこまでされても、レオリーノは目を覚まさない。

ひととおり状態を観察して、テオドールは立ち上がった。

「かなりお熱が高いですね。ただ脈も安定しており胸に喘鳴《ぜんめい》もございません。肺にお熱が回っているご様子はないようです」

「そうか」

「おそらく基礎的な体力の問題でしょう。あるいは閨でご無理をさせたのでは……昨夜は、あれをお使いになられたのでしょう？」

そう言って侍従は、寝台の脇《わき》に捨て置かれた淫具を指し示す。グラヴィスはその質問に頷いた。

「中にも外にも傷は負わせていないはずだ。脚も痛めてはいない」

主の答えに、侍従も淡々とした表情で頷いた。

「色々なことがおありで、心身ともに驚かれて、お疲れが一気に出たのでしょう。レオリーノ様は、かなり体調にムラがおありのようですね」

「ああ、辺境伯からも六年前の事故以来、繊弱なたちになったと聞いている」

「そうですか。では、やはり普段のご様子に詳しい者に、レオリーノ様のお世話をまかせたほうがよろしいでしょう」

「侍従を連れてきたのか」

テオドールは頷いた。

「これからご看病になりますが、まだ時間も早ようございます。レオリーノ様を別室に移してもよろしいでしょうか」

「ここで良いだろうが、なぜだ」

「このまま殿下の寝台でお過ごしいただくのは、双方にご負担でしょう。それに、寝所にレオリーノ様の侍従が出入りすることになります」

グラヴィスは侍従の提案に首を振る。

「いや、ここでいい」

「……殿下、隣室のご用意もすでに完了しております。いずれは、そこでお過ごしになるのですから」

テオドールは淡々と説得する。グラヴィスは片眉を上げたが、やはり首を振った。

「良くなるまでは様子を見たい。その侍従を寝室に入れてかまわん。先のことはまた考える」

テオドールは頭を下げて一度退室すると、すぐに一人の老齢の従僕を連れて戻ってきた。

「レオリーノ様の専任侍従です。これからレオリーノ様のお世話をしてもらいます」

痩せた老齢の侍従は、グラヴィスと目を合わせないように、慎重な態度で深く頭《こうべ》を垂れている。

王族の前に連れてこられて緊張しているだろうが、さすがはカシュー家に仕える人間だ。努めて冷静に振る舞っている。

レオリーノの侍従は、テオドールに先導されるとさすがにホッとしたように、いそいそと主の眠る寝室に向かった。


慣れ親しんだ手の感触を額に感じて、レオリーノは、ほうと息を吐く。

「お熱が高うございますね」

レオリーノは穏やかな声に導かれて、血飛沫と煤にまみれた夢から目を覚ました。

「……フンデルト……？」

「はい、フンデルトがまいりましたよ」

とても呼吸がしづらいし、目の前が暗い。

いまが何時で、ここがどこなのかよくわからない。

燻る熱を全身に感じて、寝台の上で悶えてしまうのをレオリーノは止められなかった。

「あつい……あつい……」

「お熱を出されているのです。お疲れが出たのでしょう」

「ねつ……、ほのおが……」

「お身体を冷やしますので、もう少しお休みになるのです。起きたらお薬を飲みましょう」

レオリーノは二日ぶりに侍従を見て、額に汗を浮かべながらも安心したように笑った。

「……フンデルト」

「はい。レオリーノ様。私がまいりましたからには、けしてご不便はおかけしませんよ。安心してお休みください」

フンデルトは上掛けの上からポンポンと肩を叩いた。すぐに、頭に冷たいものが載せられる。

いつものフンデルトとの時間が、レオリーノに穏やかな心地よさをもたらした。

「少しお眠りになりましょう」

再び垂布が引かれてレオリーノは薄暗い世界にひとりぼっちになる。

もう、ツヴァイリンクには戻りたくない。

うつろな頭でそう思いながら、レオリーノは再び意識を失った。


レオリーノは再び眠りから浮上した。

身体の中で熱が燻っている。燃え盛る炎の中に放り出されているのだと、レオリーノは感じていた。

あつい、あつい、と小さい声で呻く。

しばらく悶えていると、やがて垂幕が引かれて、視界が開けた。

「レオリーノ様……お眠りになれませんか？」

「あつい……エッポと、はなしをしたい……」

フンデルトはなだめるように、ゆっくりと主人に話しかける。

「エッポとは？　どなたのことでしょう」

レオリーノはいやいやと首を振った。

「ヴィーにはいえない……ルカにも……」

「レオリーノ様、私はフンデルトでございますよ」

「わざとおとしたんだ……ディルクに……あやまりたい。あやまらなくちゃ……」

上掛けを握りしめて煩悶する主に、フンデルトは困り果てた。


レオリーノは頭に浮かんだことを、そのまま口に出している。再び主の額に手をかざすと、先程より、さらに熱が高くなっていた。

熱に浮かされると、レオリーノは子どものように駄々をこねはじめる。普段じっと我慢する性格だけに、抑圧された心の箍《たが》が外れてしまうのだ。

「ヨセフをよんで……謝るから」

フンデルトは困り果てた。当たり前だが、ヨセフはここにはいない。

ヨセフと言えば……と、フンデルトは一昨日から今日にかけての顛末を思い出していた。

一昨日の夜、訓練場から帰宅したのはヨセフだけであった。そして、朝方レオリーノを馬車に乗せていったディルク・ベルグントが、なぜかヨセフに同行して戻ってきた。

レオリーノの姿はどこにもなかった。

そして、レオリーノの帰宅を待っていた家人達は、そこで衝撃の事態を告げられたのだ。

それは、訓練場でレオリーノが問題を起こし、レオリーノの身柄が将軍である王弟殿下の預かりになったということだった。


それを聞いたヨーハンの怒りは凄まじかった。

レオリーノの三人の兄の中では、最も温厚なヨーハンが、射殺しそうな目で副官を睨みつける。そして、罪状もなしにカシュー家の人間を拘束するなど言語道断の所業だと強く抗議した。

レオリーノの身柄を即刻カシュー家に引き渡すようにと、厳しい声で言い渡す。さらに、これはもはや防衛宮の問題ではなく、王室とカシュー家の問題と受けとめると、ある意味宣戦布告にも聞こえる言葉で、ディルクを恫喝《どうかつ》したのだ。


ディルクは謝罪こそしなかったが、真摯な態度でヨーハンに怒りを解くよう説得した。

レオリーノに離宮に滞在してもらうのは、不当な拘束などではなく、むしろ保護に近いこと。また訓練場で起こったことには謎が多く、真相究明のために協力してもらっている立場であること。何よりレオリーノの身柄は、将軍が責任を持って丁重に預かるから安心してほしいと、副官は繰り返し丁寧にヨーハンに対して説明した。

その副官の誠実な姿勢と説得に、ヨーハンがしぶしぶ鉾先《ほこさき》を収めると、副官は安心したように小さく笑った。そのうえで、防衛宮ないしは離宮から早々に使者を送ると、改めて約束したのだった。

ヨーハンはじめ家人達は、やはりレオリーノが心配で、不安な一夜を過ごした。前回とは違い正式な通達もないことが、さらに彼らの不安を高じさせていた。

翌日には、王弟殿下の侍従だというテオドールがブルングウルト邸を訪れた。

王族付きの侍従が直接使者に立つことは、極めて異例だ。

ヨーハンは、その使者に対しても攻撃的な態度を隠さなかった。王宮に仕える立場としては、もちろんテオドールのほうが身分が高い。侍従とはいえ、王族付きの侍従は貴族の使用人とは意味が違う。れっきとした王宮の高位の職であり、テオドールは、国王、王妃の侍従に次いで、王太子の侍従と同等の立場である。

しかしカシュー家は、目に見える王宮の序列に縛られる立場ではない。レオリーノと違い、ヨーハンは充分に、自身の家名が持つ力を理解していた。

一介の使用人ごときに知るよしもないやりとりが、書斎で長時間交わされた。家人たちは一様にやきもきしながら待っていた。

すると、フンデルトは突然ヨーハンに呼ばれ、レオリーノの世話ができるように準備をして離宮へ向かうように命令されたのだ。

フンデルトの頭は疑問だらけだったが、とにかく大切な主の無事な姿を見られるならばと、言いつけに従った。

必要最低限のレオリーノの衣服と、身の回りの世話に使うものを急いで準備する。抱えきれないものは後で取りに来られるようにと、他の従僕に準備を頼んだ。

そして、テオドールが手配した馬車に乗せられ、連れてこられたのが王弟の離宮だった。

フンデルトは初めて目にする、巨大な宮殿の壮麗さに圧倒され、震えた。使用人部屋とは思えないほどの豪華な部屋に案内され、そこで呼ばれるまで控えているように言われたのが昨夜のことだ。しかし、レオリーノに会わせてもらうことはできず、フンデルトはまんじりともしない夜を過ごした。

そして夜明け間近に突然ノックされ、主が熱を出したので世話をするようにと呼び出されたのである。

「レオリーノ様、お薬を飲みましょう」

「いやだ、いや……フンデルトは、きらいだ。先生のくすりはにがい」

「我儘をおっしゃってはなりません」

すると、枕元に大柄な男が近づいてくる。

フンデルトはその姿を直視しないように、あわてて頭を下げて後退る。王弟殿下だ。

グラヴィスは身をかがめて寝台を覗き込むと、レオリーノの額に貼りついた前髪を、優しい手つきでかき上げた。

「俺が飲ませよう」

「王弟殿下、そんな……あまりに恐れ多いことでございます」

「かまわん……テオドール、薬をよこせ」

侍従が、薬湯の入った茶碗《ちゃわん》を主に手渡す。

グラヴィスは熱に悶えるレオリーノの上体を抱え起こすと、自ら背もたれになり、胸に寄りかからせた。注ぎ口がある茶碗を手にして、熱に喘ぐ口元に当てる。

「いやだっ……のまないっていってるのに……」

「レオリーノ様……！」

レオリーノはなんと、王弟殿下の手をペッと払い落とそうとしたのだ。

高熱で朦朧としているとはいえ、王族に対して不敬すぎる主の態度に、フンデルトは叫びそうになる。

しかしグラヴィスは、レオリーノの態度を気にしないどころか、その耳元で辛抱強く言い聞かせる。

「我儘を言うな。つべこべ言わず薬を飲め。熱が高いんだ。このままだと体力を消耗するだけだろう」

「いやだっ……にがいのはのみたくない」

「たいして苦くない」

「うそだっ、にがい……いつもフンデルトはうそをつく」

「……俺が誰かわかってないのか」

フンデルトは背中に滝のような汗をかいていた。

言い訳のしようもないほど、レオリーノは完全に子どもがえりしてしまっていた。

「大人ならしゃんとしろ。おまえはやることがあるのだろうが……ほら。おとなしく飲め」

後ろから回した手で、小さな口を開かせて薬湯を注ぎ込もうとする。レオリーノは力なくもがいて抵抗した。しかし、男の手はしっかりとレオリーノの顎を固定していて、顔をそむけることもできない。

「んー……ぬー、のまない……いや」

「駄目だ。飲め」

レオリーノは頑固に唇を閉じて、いやいやと抵抗を試みる。

しばらくして観念したのか、男の手に促されるままに、うーと不服そうに呻きながら、ようやく従順に口を開いて、少しずつ薬を飲みはじめた。

その様子を見守っていた男達は、レオリーノが薬を飲んだことに思わず安堵の息を吐いた。

レオリーノは思いきり鼻に皺を寄せて、不満を表明する。

「にがい……やっぱりにがい……おえー」

「何がおえーだ。熱が下がれば楽になる。子どもみたいにぐずるな。しっかりしろ」

潤みきった目は真っ赤に充血し、視線が定まらず朦朧としている。力なくもたれた頭を上げて、レオリーノはグラヴィスを上目遣いに睨んだ。と思ったら、いきなりその目にみるみる涙を滲ませる。

「どうした？」

「ヴィー……ごめんなさい……ぼくはみんなにうそをつきました」

「そうだな」

「あわなきゃ……」

「誰にだ」

レオリーノは男の胸に頭を預けたまま、ここにはいない誰かを見つめる。

「……ルカに」

グラヴィスはそうか、と言うと、小さな頭を優しく抱き寄せた。レオリーノはポロポロと涙をこぼしはじめる。

「るかー……ルカ、ごめ、ごめんなさい……ルカ」

グラヴィスはその涙を拭いながら、汗の浮かぶ額に唇を寄せる。

「ルーカスも、誰も、おまえを責めることはないいんだ、レオリーノ」

レオリーノはいやいやと首を振った。

「男たちが、エッポがもどるといったら、うそだって……首がくるしい。息ができない……たすけて」

「……そうか」

「ぼくであそぶと……すぐにすませるからって……こわい。でも、これは罰だ……ばつなんです」

レオリーノはふぅふぅと苦しそうに呼吸する。額に浮かぶ汗を、男の手が優しく拭った。

「大丈夫だ。あの男達は、二度とおまえの前に現れることはない」

レオリーノの熱に飛んだ頭の中ではつじつまが合っているのだろうが、聞いているほうにとってはまったく脈絡のない会話だ。

しかし、グラヴィスにはわかっていた。

うなされながら語る言葉ひとつひとつに、レオリーノが抱えてきた苦悩が垣間見える。

レオリーノの高熱は、これまで彼が抱えてきた秘密の重さそのものだ。それを吐き出させて、楽にさせたかった。

「エッボが泣いていた……うそだって……あのひどい傷はぼくのせいだ……すまない、エッボ」

レオリーノは泣きながら謝り続ける。

グラヴィスはただじっと、その細い身体を抱きしめていた。

「エッボと、もういちどはなさないと……でも、うまくできなかった」

「エッボと話ができなかったのか」

「ちがう……ヴィーと」

グラヴィスは、わけがわからんなと呟いて、小さく笑った。


熱に火照る華奢な身体を励ますように、ゆっくりと肩をさすり続ける。

「……俺とはたくさん話をしただろうが。何ができなかったんだ」

「……たまごが……たまご、きらいっていったのに」

「卵……？　ああ……あれか。そうか、嫌いか」


グラヴィスは、今度こそ苦笑した。まさかここで、あの淫具の話を持ち出すとは。

一方、フンデルトは親密な二人の様子に驚愕していた。熱でぐずるレオリーノは、主人を溺愛しているフンデルトでさえうんざりするほど面倒なのだ。

しかし王弟は、呆れながらも辛抱強く付き合ってくれている。

どうやらわりと通じているらしい二人の会話を聞きながら、レオリーノの言う『卵』とはなんだろうかと、フンデルトは首をひねる。


「……ヴィーは、たまごがすきなの？」

グラヴィスは苦笑した。そしてお手上げだというように、チラリとテオドールを見る。フンデルトも隣に立つ王弟の侍従をこっそりと見上げる。しかしテオドールは、二人の視線をものともせず、完璧な無表情を崩さなかった。

グラヴィスが返事をしないことに苛立ったのか、レオリーノがさらにグズグズと男に絡む。

まるでたちの悪い酔っ払いだ。

「ひど、ひどいです……おなかがいっぱいになったのに」

「いや、上出来だ。よくがんばった」

「……つぎはあるの？　またですか、また、たまごですか……ひどい」

「さて、それはここでは答えにくい。おまえ次第だと言っておこう」

レオリーノは熱に潤んだ目から、さらに涙をこぼしはじめる。涙腺《るいせん》が熱で馬鹿になっているのだろう。

「いやだ……またする……ぼくも……イオニアみたいに、おそばにいるしかくがほしい」

レオリーノを抱く男の腕に、わずかに力がこもる。

「資格などいらない」

「かくしててごめんなさい……でも……たまごはいやだ」

グラヴィスは天を仰いで、長い息をついた。

「ああ、わかった。わかったから卵は忘れろ」

「……はい。でも、家にかえる。みんなしんぱいしています……ヨセフ、ごめんなさい、よせふー……」

「もう黙れ。少し眠りなさい」

レオリーノの涙を拭うと、グラヴィスは、目を覆うように掌《てのひら》を瞼に被《かぶ》せた。

「くらい……ねむりたくない」

「いいから黙れ。もう少しで楽になる。目を瞑れば眠れる」

「ヴィー……はなしを、しないと……」

「ああ、起きたら話をしよう」

荒かった呼吸が少し落ち着いて、その代わりにとろんとした口調になってきた。

どうやら薬湯が効いてきたらしい。

「またあの、夢をみる……ねむりたくない……こわい、いたい……あの夢は……」

「もう大丈夫だ。夢は見ない」

「嘘つき……きらい、きらい」

「は……これほどおまえを愛しているのに。嫌いだなどと言ってくれるな」


大きな手で視界を隠されたレオリーノは、その言葉に小さく頷いた。

苦しそうに熱い息を吐きながらも、その口元は小さく微笑んでいた。

「はい……もう、うそはつかない」

「ああ」

「ヴィー……あいしています」

「……ああ、俺もだ。愛してる、レオリーノ」

レオリーノが徐々にうわ言を漏らさなくなる。

男達は誰も言葉を発することなく、辛抱強くレオリーノの様子を見守り続けた。

やがてレオリーノの呼吸が、深い寝息に変わる。


レオリーノは男達に見守られながら、再び回復の眠りの中に落ちていった。


「……これは、熱を出すといつもこうなのか。かなり忍耐力が試されるな」

呆れたように言いながらも、レオリーノの額をそっと撫でる男の手つきは、ひどく穏やかだった。表情は冷静なだけに、その低い声が、なおいっそう優しく響く。

一方フンデルトは、二人のやりとりに腰を抜かすほどの衝撃を受けていた。

『ヴィー』と、先程からレオリーノが語りかけていたのは、まさかと思ったが王弟殿下だったとは。

「お、お熱を出しますと、少々……その、子どもがえりをなさることがございます」

フンデルトが恐々としながらも、主人のために言い訳をすると、グラヴィスはそうか、と小さく笑う。

レオリーノを静かに寝かせて、男は立ち上がった。

遥《はる》かに高い位置から、フンデルトの人となりを見定めるような視線が降ってくる。

その視線に震えながら、フンデルトは膝を折った。

フンデルトからすれば、グラヴィスはあまりに高貴な雲上人である。大切な主がいなければ、ひたすら平伏《ひれふ》したままでいただろう。

「フンデルトと、呼ばれていたな」

どう答えてよいものか、フンデルトが逡巡していると、代わりにテオドールが答えてくれた。

「レオリーノ様の専任侍従、イヴァン・フンデルトです」

「そうか。よく来てくれた。離宮勤めは慣れないだろうが、レオリーノに不便がないように、よく見てやってくれ」

王族でもありこの国の英雄でもある将軍に、一介の侍従ごときが気を遣われることになるとは。

「は……はい。かしこまりました」

フンデルトはなおいっそう、深々と頭を下げた。

「何かわからないことがあれば、テオドールに相談するといい」

そう言うと、グラヴィスは寝室を出ていった。

主の背中を見送った後、テオドールはフンデルトに立ち上がるように促す。

「殿下は近寄りがたく見えますが、とても寛容な御方です。王族だからと萎縮《いしゅく》することなく、普段どおりレオリーノ様のお世話をするように」

「はい。レオリーノ様のお世話なら、それはもう……」

「離宮についてわからないことがあれば、なんなりと相談しなさい。後ほど貴方の下で、レオリーノ様につける侍女達を紹介します」

「恐れ入ります」

「この部屋以外の雑事は、すべて彼女達にまかせてかまいません。貴方はレオリーノ様のお世話に専念してください」

その言葉に、フンデルトは再び深々と頭を下げた。

主がここで相当に丁重な扱いを受けているとわかって、フンデルトはようやく心から安堵した。

「ご配慮、ありがたく承ります」

「早速ですが、レオリーノ様のお世話に入用のものはありますか」

その言葉に、フンデルトはすぐさま主に忠実な侍従の顔つきになる。

「取り急ぎのものは持参してまいりました。後ほどもう一度、こちらへお世話する道具を運び入れさせていただく予定でございます」

「そうですか。それならば、目覚められたときのために、食事のお好みや量などを侍女に伝えてほしい」

「はい。あのご様子ですと、お食事はしばらく汁物だけを召し上がることになろうかと存じますので、厨房《ちゅうぼう》には、多くをご準備されないように配慮いただけるとありがたく……主人は食事を残されることを、かなり気に病みますので」

テオドールはふむと顎に手を当て、思案する。

「昨夜も前菜とスープしか召し上がっていないが、ますます体力が奪われてしまわないか。早くお熱が下がればよいのだが」

「無理に食事を摂らせると、むしろ吐き戻してしまいますので、そのせいで体力を消耗されます。もともと食が細い方でございますので……レオリーノ様の食事の好みやお苦手なものについては、後ほど詳細に厨房にお伝えさせていただきます」

「ああ、苦いものがとくにお苦手そうだな」

侍従は主人の代わりに赤面して目を伏せた。

そういえば、とフンデルトは、テオドールにあることを相談した。

「テオドール様、できれば早々に、ご医師をお呼びいただくことはできますでしょうか」

テオドールは眉を顰めた。

「レオリーノ様の状態はよろしくないのか」

「いえ。お身体にご負担がかかるようなことが続くと発熱されるため、今回もそうだと思われます」

「そうか」

「ですが、いつもよりかなりお熱が高いのが、少し気になって……あと、その、閨事でお身体に相当なご負担がかかっているようですので、念のため」

フンデルトは長年の側仕えの勘で、すでにレオリーノの身に何が起こったのかを察していた。


──これほどおまえを愛しているのに。


あの高貴な男は、レオリーノに向かってそう言ったのだ。そしてレオリーノも、はい、と応えた。

先程の甘やかなやりとりを見れば、二人のあいだに何が起こったのかは、侍従の目にも明らかだった。

つまり主人は、この離宮の主である王弟と、情を交わす関係となったのだ。

そしてあの様子を見ると、昨夜のうちにレオリーノは純潔を失ったに違いない。

フンデルトは想像するだけで胸が痛んだ。そしてカシュー家がその事実を知ったらどうなることかと、未来の修羅場を想像して恐れおののいた。


唯一の救いは、無理強いされた様子がなかったことだ。先程の二人の様子からすると、行為は合意のもとだったのだろう。レオリーノの表情に、男に対する恐怖はなく、全幅の信頼で全身を預けていたことからも明らかだ。


とにかく、すべてがフンデルトにとって驚くべき出来事の連続だった。

レオリーノがうれしそうに『訓練場の見学に行く』

と外出していったのは、つい一昨日の話なのだ。

ただでさえ超のつく箱入りのレオリーノは、誰かを好きになる以前に、そもそもあらたな出会いもほとんどないような環境に置かれていた。

にもかかわらず、訓練場で重大な事態に関与したと言われて離宮に勾留されたかと思えば、なんと、一足飛びに恋人ができていた。さらに、その相手が王族で、すでに肉体関係を結んだとは。

しかも、ただの王族ではない。親子ほど年が離れているが、王位継承権第二位の王弟なのだ。

いったい何をどうしたら、昨日の今日でそういうことになるのか。

フンデルトは混乱していた。もはやフンデルト自身が心労で熱を出しそうだ。

しかし、こうなれば専任侍従にできることはただひとつ。いつもどおり大切な主人の面倒を見ること、いまはとくに、体調の回復に専心することである。


とにかく心配なのは、レオリーノが初めて性交をしたということだった。きわめて立派な体格の偉丈夫が相手だ。体格差を考えると、レオリーノの身体が無傷とはとうてい考えられない。

フンデルトが医者を呼んでほしいと要請したのは、その懸念からだった。発熱も性交時の傷によるものなのではと、心配しているのだ。


その懸念は、テオドールに正しく伝わっていた。

グラヴィスは傷がないか検《あらた》めたと言っていたが、やはりレオリーノにとって、閨事は心身ともにかなり負担が大きかったのではと、テオドールも懸念していた。なにせ未遂とはいえ、男達に乱暴されかかった後だ。

「レオリーノ様の主治医は？」

「ヴィリーというブルングウルトの医師がおります。いまは邸《やしき》に詰めております」

「そうですか……しかし、これ以上離宮に外部の人間を入れることは難しい」

テオドールは思案した。グラヴィスは離宮に人を呼び込むことを――とくにレオリーノに、己の知らぬ人物を近づけることをすぐに許可しないだろう。

「王国軍軍医のサーシャ先生はご存じですか？」

テオドールの提案に、フンデルトは表情を明るくした。

「はい。サーシャ先生なら、レオリーノ様のお身体のことはよくご承知でいらっしゃいます」

誰も離宮に入れるなとグラヴィスは言っていたが、テオドールはサーシャを呼び寄せることを決めた。おそらくその判断を、グラヴィスは咎めないだろう。

「それでは殿下にご相談して、サーシャ先生に診ていただけるように計らいましょう」


高熱を出して寝込んだレオリーノだったが、サーシャの診察を受けて、翌日には熱は下がった。

発熱で消耗した身体のだるさを抱えながらも、寝台で上体を起こして会話できるまでに回復していた。

しかし、なぜか申し訳なさそうに縮こまっている。

フンデルトが心配したとおり、レオリーノはグラヴィスに迷惑をかけたことを、まったく覚えていなかった。

そのことを侍従に指摘されてから、ずっと反省しているのだ。それに、図々《ずうずう》しくグラヴィスの寝台を専有していることも遅ればせながら認識し、身の置きどころがなく萎れている。

「ヴィー……ごめんなさい……迷惑をかけてしまいました」

グラヴィスは、昨日のレオリーノの様子を思い出すと、くっくと笑い、許しを与えた。

「おまえの代わりにあの侍従が恐縮していたのは、おもしろかったぞ」

「……本当に申し訳ありません……しかも、厚かましく寝台まで使わせていただいて」

「おまえが熱を出したのは、半分以上は俺の責任だからな」

レオリーノは首まで真っ赤になった。色事に鈍感なレオリーノだったが、グラヴィスが揶揄することの意味を理解したのだ。


グラヴィスはレオリーノの額に手を当てる。レオリーノは目を瞑った。熱を探るひんやりとした手が気持ちがいい。グラヴィスに触れられるのは、とても心地良かった。

「よし、熱も下がったな」

「はい……ご心配をおかけしました。もう大丈夫です。お話をさせていただきたいと思います」

グラヴィスは頷くと、レオリーノを寝台から抱き上げた。


レオリーノは、もはやグラヴィスに対して、完全に警戒心を解いているようだった。全身をくったりとグラヴィスに預けている。

男なのに頼りないだの、力がないだの、と劣等感にまみれてかたくなだった頃が嘘のように、自然体で男に身をまかせている。その危ういほどに無防備な様子が、グラヴィスの内に、なおいっそうレオリーノに対する愛おしさを募らせた。


「身支度をさせてやれ」

「承知いたしました……殿下、恐れ入りますが、レオリーノ様をそのまま洗面室までお運びいただけますでしょうか」

フンデルトはわずか一日で、まるでずいぶん前から離宮に勤めていたように落ち着いた様子で、かいがいしく主の面倒を見ている。グラヴィスに話しかけられても冷静に応対するようになっていた。

グラヴィスはフンデルトのことを気に入った。淡々と自分の職分をわきまえて行動する人間は、嫌いではない。その人間が優秀であればなおさら。

フンデルトは、グラヴィスの期待どおり、誰よりも細やかにレオリーノを世話している。その忠誠心にも、また満足していた。

グラヴィスはレオリーノを洗面台の長椅子に座らせると、あとは侍従にまかせて部屋を出ていった。

「レオリーノ様……さ、お身体をお清めいたしましょう」

フンデルトが熱い湯を張ったボウルと、清潔な布をいくつか持ってくる。

「入浴はだめだろうか」

侍従は首を振った。

「湯をお使いになると体力が消耗されます。今日一日はご様子を見てからにいたしましょう」

レオリーノは残念そうな表情になったが、不満を言うこともなく頷いた。

もうすっかりわきまえた、いつもの主人になっている。フンデルトは微笑んだ。

寝間着を脱がせると、まだらな痕になった上半身があらわになる。

「わあ、なんだ……ああ、エッボにつかまれた痕が、すごい色になってる。ね、紫色だ」

レオリーノはひときわひどい両肩の痕を、その指でたどる。平気そうな主人の様子に、フンデルトはほっと息を吐いた。

「サーシャ先生がびっくりされておりましたよ」

「サーシャ先生に診ていただいたの？　……音沙汰《おとさた》がなくて、心配していたでしょう？　ご挨拶しないまま失礼なことをしてしまった」

フンデルトが下穿《したば》きまで脱がせると、レオリーノのほっそりとした全身があらわになる。

「お寒くございませんか？」

「ん、大丈夫」

フンデルトは、最初に顔を洗わせると、湯に浸し湿らせた布でおおまかに髪を拭って汚れを落とす。

次に、香りの良い湯で湿らせた布で、白金色の髪を頭皮から丁寧に拭き、もつれた髪を少しずつ束にして整えていく。

髪と顔周りを綺麗にしたら、次は身体だ。香りをつけた湯にくぐらせた布で、フンデルトは主の身体を丁寧に清拭しはじめた。ついでに、全身の関節をよく慣れた動きで動かし、可動域に問題がないかどうかをたしかめる。こわばった箇所を見つけては、優しく揉み、ゆるめていく。

レオリーノは気持ちよさそうに目を閉じていた。

「先生はレオリーノ様のお身体を診た後、鬼のような形相になっておられましたよ。王弟殿下になにやらすごい剣幕でおっしゃっておられましたが……私もお身体を拝見して、とても心配いたしましたよ」

「そうか。この指の痕？　…………あれ、これ」

レオリーノは自分の胸元を見下ろして、小さく驚きの声を上げた。

「フンデルト、この赤いポツポツはなんだろうか」

フンデルトは困った。

それは情交によってつけられた痕ですと、老齢の侍従には言いづらいものがある。

だが、主人が間違った閨の知識を持っては困るので、性教育の一環として、フンデルトは淡々と事実を伝えることにした。

「レオリーノ様のお肌を、王弟殿下がお口で吸われた痕でございますよ」

「唇で吸われた痕がどうして？」

「どうしてとは……さて、覚えていらっしゃいませんか？」

レオリーノは一瞬考え込んだかと思えば、すぐに思い出したのか、ほんのりと頬を染めた。

「……これは、閣下が閨でつけた痕なんだね」

「レオリーノ様に覚えがおありならば、左様でございましょうね」

レオリーノの顔だけではなく、痣だらけの上半身全体が真っ赤に染まっていた。そして、一箇所ずつ、赤い斑点《はんてん》をたしかめるように、指で押さえはじめる。

フンデルトはその様子に、どうやら王弟殿下との新床は、主人にとって甘やかな体験だったようだと、改めて胸を撫でおろした。

「お閨では、普通によくあることでございますよ。たくさん愛された証でございます。それに、数日すれば消えるものですからご安心ください」

「そう……閣下がつけた痕ならばあってもいいのか。これは男性でも女性でもあるものなの？」

もちろんです、と、フンデルトは頷く。

「あるというか、つくものです。ただし、相思われる御方にしか、その痕は見せてはなりません。この場合、そのお相手は王弟殿下でいらっしゃいます」

「わかった」

「お小さい頃にお教えしましたね。お身体を無防備に晒してはならないと。この赤い痕も同様です。つけた方以外には、隠しておくものです」

レオリーノは再び、わかったと神妙に頷く。

「閨事は愛する人としかしてはいけない。だから、閨事の痕も他の人には見せてはいけない」

「左様でございます」

レオリーノは笑顔になった。

「愛する人と身体を重ねるのは、とても心地よいものだと知識では知っていたけど、実際にしてみたら本当にそうだった。気持ちよくてつらくて、大変だったけど、身体が蕩けそうで、とてもびっくりした」

フンデルトはぐっと息が詰まったが、動揺を主人に悟らせることはなかった。

「それに、あのね。ひとつ困ったことがあった」

「困ったこと」

「そう。僕と閣下は、お身体の大きさが違うと言われたけど、実際に、本当に大変だったんだ。閣下のお腰のものが大きすぎて、お尻に入れていただくのが、最初はとても無理だったんだ」

「……レオリーノ様」

フンデルトは困り果てた。

すると、レオリーノは何かを思い出すように、おもむろに両手の指で輪っかを作る。フンデルトは二の腕を拭くそぶりで、その輪っかをさりげなく解かせた。

「……それに、覚えているかぎりで、口でお慰めしたんだけど、『下手くそめ』と笑われてしまった。フンデルトは口でご奉仕する方法を知っている？　どうすれば……」

「……レオリーノ様。どこでそんなことを覚えたのかはお伺いしませんが、そんなことをけして他の方の前ではおっしゃってはいけませんよ」

「言わないよ。フンデルトにだけだよ？」

「……王弟殿下がお待ちでいらっしゃいます。お口を閉じて、急いで全身をお清めいたしましょう」

レオリーノは侍従の言葉にあわてて頷いた。

「すまない。そうだったね」

フンデルトは溜息を噛み殺しながら、慣れた手つきで黙々と主の身体を綺麗にしていく。

最後に、手際よくサーシャから処方された薬をあちこちに塗り込めると、レオリーノの敏感な皮膚を痛めないように、やわらかな素材で仕立てられた室内着を着せつけた。


レオリーノはおとなしく世話をされていた。

しかし、無言でいるあいだに、じわじわと悲観的な思いに囚《とら》われてしまったようだ。まだ情緒が安定していない。フンデルトは、優しく主に話しかけた。

「レオリーノ様？」

「……僕が浮かれていると、思っているでしょう」

レオリーノが小さい声でぽつりと呟く。フンデルトの返事は、求めていないようだった。

「こんなことを考えている場合じゃないって、ちゃんとわかってるよ」

「レオリーノ様」

その声があまりにささやかで、フンデルトは思わず声をかけた。

「離宮を出たらちゃんとする。考えなくてはいけないこと、やらなくてはいけないことがあるから」

フンデルトは、主の肩に手を置いて、ゆっくりと撫でた。

「王弟殿下は、相愛の御方でいらっしゃいますのでしょう？」

レオリーノの頭がこくりと縦に振れる。

「正直私は大変驚きましたが……それでも、レオリーノ様に相思われる御方ができたことは、大変うれしく思っておりますよ」

「ヴィーは王族で、雲の上の御方だ。どれほど相愛でも、今度も、この想いはきっと……どこにもたどり着かない」

『今度』の意味がわからなかったが、フンデルトは主の悲観的な考えには首をひねった。

これほど離宮で厚遇されている状況から推測すれば、今後もその立場を無下に扱われることなどないはずだ。

それどころか……と、侍従は主の将来についてある種の確信を持っていたが、王弟本人がレオリーノに告げないかぎり、推測で発言する資格はない。

フンデルトは皺だらけの手で、ただ何度も励ますようにレオリーノの肩を撫でた。

食事を満足に摂っていないことと、発熱で消耗したせいで、レオリーノは防衛宮で働きはじめた頃のように体重を落としはじめていた。

「……よろしいのですよ。初めてお気持ちを交わされた御方との関係を喜んでも、多少ならば浮かれても。十八歳の健全な若人《わこうど》ならば、誰もかれも恋愛にうつつを抜かしている年頃です」

「そうだろうか」

「そうですとも。レオリーノ様の浮き立つお気持ちも、いたって普通のことでございますよ。誰もレオリーノ様を責めることはございません。そんなに無理しなくとも、御心のままに振る舞ってよろしいのです」

「そうか……そうなのか」

するとレオリーノは深々と溜息をついた。

「僕は同い年くらいの人が、どういう風に生きているのかわからない。どういう風に閣下にご奉仕すれば、喜んでいただけるのかもわからない。学校にも通っていないから……己の無知がとても悔しい」

レオリーノは知識の偏りを恥じているのだ。しかし、通常そんな性技は学校でも教えないのだと、フンデルトには言えなかった。

孫のような年齢の主が初めての恋愛に悩む様子が、フンデルトは愛おしくてたまらない。

「お閨でのご奉仕を知らないことがなんですか。無知を恥じることこそ、男らしくない、恥ずかしい振る舞いでございますよ」

「わかった。では、どうしたら上手くなれるのだろう。どうすれば、嫌われないでいてもらえるのか……この考えがすでに女々しいのかな」

「剣と同じです。レオリーノ様も短剣の扱いは、最初の頃から比べればずいぶんと上達なさいましたでしょう、達人も、最初はどなたも素人《しろうと》からはじめるのです」

「そうか……剣と同じか。そうだね……うん」

「そうですとも。王弟殿下ご本人にお伺いするのです。どうすればお喜びになるのか、素直に率直にご指導を仰ぐのが一番です」

レオリーノは、侍従の助言に少し元気になったようだった。わかった、と力強く頷く。

「……さ、そろそろまいりましょう。殿下がお待ちでいらっしゃいます」

「フンデルト、ここに来てくれてありがとう」

フンデルトはその言葉と主人の花のような微笑みで、これまでのように、一瞬で苦労のすべてが報われた。

「一人で立てますか？」

「立てる。というか立たないと。閣下がすぐに抱き上げてしまうから、このままでは脚が萎《な》えてしまう」

レオリーノは笑いながらゆっくりと立ち上がって、震える脚を叱咤しながら、グラヴィスの待つ前室に戻った。

告白

「レオリーノ、こちらへ」

レオリーノはグラヴィスの向かいに腰掛けると、緊張した面持ちで頷いた。名門の子息らしく、座るなりすっと美しく背筋を伸ばした。だが、あまりにもつらそうな様子だ。

表情は落ち着いているが、顔色も悪く、儚さが過ぎて不安になるほどだ。

「苦しかったら体勢を崩すといい」

「はい。でも……閣下」

「なんだ。『閣下』とまだ呼ぶのか」

「貴方の前でみっともない真似はできません」

その言葉に、グラヴィスは小さく溜息をついた。

「こちらに来い」

グラヴィスが手招きするが、レオリーノはそれに応えるのを躊躇した。

「ここでいいです」

なんとなく傍に寄ると、きちんと話ができずにグズグズになってしまいそうな気がしたのだ。

　レオリーノの警戒する様子を見たグラヴィスは、苦笑した。

「熱が下がったばかりのおまえに、不埒な真似はしない。いいから来なさい。午後にディルクとエッボとの時間を確保している。病み上がりの身で、いまからそんなに緊張していては疲れてしまうぞ」

「は、はい」

　レオリーノは恐縮しながらも、グラヴィスの隣に移動する。いつでも元の場所に戻れるように浅めに腰掛けて様子を見るが、ぐいとグラヴィスに抱き上げられて膝の上に座らされた。

「わっ」

　グラヴィスは、膝の上でなお姿勢を保とうとする身体を、半ば強制的に寄りかからせた。

　レオリーノ自身に自覚はないが、身体に力が入っていない。いまにも倒れそうなのだ。

　グラヴィスは、レオリーノを抱き上げたときのあまりの軽さに、眉間に皺を寄せた。

「おい……おまえこれは、ずいぶんと体重が落ちてるぞ。ああ……肩も尖ってる」

　グラヴィスは回した手で、レオリーノの肩の骨のかたちをたしかめるようになぞる。肩から健全な丸みが失われている。

　グラヴィスが険しい表情になると、レオリーノはこわごわと首をすくめた。

「高い熱を出すと、少し体重が落ちることはよくあります」

「よくあるからといって見逃していいものではない。健康管理は基本だ。今日からちゃんと食事を摂れ。いいな」

「……はい」

　グラヴィスの厳しい言葉に、いまだに食欲がまったくないレオリーノは落ち込んだ。

従順な答えの裏に無言の抵抗を見てとったが、グラヴィスは甘やかすことはしなかった。

「摂れるだけ食事を摂るんだ。いいな」

「…………はい」

渋々ながらレオリーノが素直に返事をしたことに、グラヴィスはよし、と頷いた。

「さて、話せるだけ話してみろ。ただし、思い出したくないことはいい。無理はするなよ」

レオリーノは頷いた。

「……僕がイオニアの夢をはっきりと意識しはじめたのは、半成年を迎える頃でした。僕は夢の中で、鏡に映る赤毛の少年の顔を見て……ああ、これは『僕』だと、そう自覚したのが最初です。鍛冶場の二階の、狭いイオニアの部屋でした」

「半成年を迎える頃ということは、おまえがあの事件に巻き込まれる前か」

「はい。僕は父の鍛冶場で、ストルフ将軍に連れられた貴方と会いました……なんて美しいんだと、貴方のその星空の瞳に感動したことを覚えています」

子どものような年齢のレオリーノに、幼い頃の自分を語られるのはなんとも違和感があるのだろう。

どことなく居心地《いごこち》悪そうなグラヴィスの様子に、レオリーノは微笑んだ。

「そのときのことは、はっきりと覚えています。貴方はとても綺麗で、でもとても気難しそうな少年でした。『ヴィス』と名乗りましたね」

グラヴィスは苦笑いする。

「正直、なぜこんなところに連れてくるのかと、あのときはストルフに不満を持っていたんだ」

「はい。貴方の表情が物語っていました」

「おもむろに『ヴィー』と呼んでいいかと、イオに言われてな。平民風情がなにを、と当時の俺は驚いた」

レオリーノが見上げると、優しい男の表情がそこにあった。

「イオニアは、貴方の身分がまったくわかってなくて。ただ純粋に、貴方と友達になりたい、一緒にいたいと思ったことを覚えています」

あの頃の、グラヴィスの追いつめられたような顔を思い出して、レオリーノはせつなくなった。

「聞いてもらえますか？　……僕が夢の中で生きてきた、『イオニア』の人生を。そして、王都に持ってきた秘密を」

そしてレオリーノは、静かに語りはじめた。


王都に来た目的をすべて話し終えるまで、グラヴィスは黙って耳を傾けていた。

「……僕の話を、信じていただけますか」

レオリーノは疲れた様子だった。どことなくつらそうで、顔も赤く呼吸もせわしない。

「……よく話してくれた。ツヴァイリンクの話は、つらかっただろう」

「はい……いいえ。大丈夫です」

レオリーノを労《ねぎら》った後、グラヴィスはしばし黙考しはじめた。

「おまえを信じたい……だが、ラガレア侯爵が裏切り者で、記憶を操る異能を持っているなど、それこそ夢物語に聞こえる」

「証拠を示すことはできません。エドガルと、ラガレア侯爵の件を、単に繋げただけです。ラガレア侯爵が黒幕なのではというのは、僕の推測にすぎません。でも、それぞれについて嘘は申し上げていません。真実です」

「おまえの言わんとすることはわかった」

レオリーノはほっとした表情になる。

一方、グラヴィスの顔つきは厳しいままだった。

「エドガル・ヨルクの『最後の言葉』か……たしか

に俺は覚えておらん。あの場にいたことは間違いないのに……俺もおまえと同様に、記憶を奪われていたということか……しかし」

グラヴィスの口調は、めずらしく歯切れが悪い。どこかためらいがちでもある。

「僕がラガレア侯爵に記憶を奪われたことは事実です。ヴィー……信じてください」

レオリーノの顔は興奮のせいか、さらに紅潮していた。苦しそうな呼吸が男は気になった。なだめるように背中を撫でる。

「落ち着け。おまえの話を疑ってはいない」

「……はい。ありがとうございます」

「ただ、裏を取る必要がある。確証がないまま動くことはできない。それはわかってくれ」

その方針にまったく異論はない。レオリーノは了承のしるしに頷いた。

「もちろんわかっています。僕もその確証をつかむために、王都に来たのですから」

レオリーノは額に浮かんだ汗を拭う。

そのつらそうな様子を見て、グラヴィスは話題を変えることにした。

「イオニアの記憶はどこまで鮮明なんだ」

それもグラヴィスにはずっと気になっていたことだった。

レオリーノの中には、超箱入りで育ったがゆえの無知さと、イオニアとして経験した記憶から得られた知識が、いびつに混ざり合っている。

だからレオリーノは、ときに己の力を過信して無茶をするし、そのまだらな知識のせいで、理想と現実との乖離《かいり》に落胆することを繰り返す。

その点をきちんと把握しないかぎり、本人の負担なく、レオリーノの心身を守ることができない。精神的にも好ましい状態ではないだろうと、グラヴィスは心配していた。

レオリーノは少し考え込んだ後、申し訳なさそうに首を横に振った。

「おそらくは、貴方が期待してくださるほどには、鮮明でもありません」

「明確な記憶ではないということか」

「いいえ……でも、はい。夢の中ではすべての記憶は繋がっています。とても鮮明です。僕はイオニアの人生を生きている。でも目が覚めると、大事なところ以外の、些細《ささい》なことは抜け落ちていることも多いのです」


その答えにグラヴィスは考え込んだ。

奇跡的な出来事だけに前例もなく、どういった状態が正常なのかもわからない。

「……当時のお父様とお母様と、そしてディルクと暮らしていた光景は覚えているのです。ただ、日常でどんな会話をしたのか、細かいことはあまり覚えていません。印象的なやりとりだけです。学校での会話も、強く覚えているのは、貴方とのこと……そ、それと」

「ルーカスとのことか」

レオリーノはうつむいて、はい、とだけ頷いた。

その瞳には、グラヴィスにも容易に読み取れない、複雑な感情が浮かんでいる。

「貴方と、ルカとのこともそうです。イオニアが何かを強く思ったときのことだけは、繰り返し何度も夢に見ました。すると、そういう記憶だけは、徐々に……鮮明に、だんだんと自分の記憶のようになってくる。ツヴァイリンクがそうです。あの日のことだけは、どの記憶よりも鮮明です」

何度も夢に見る強烈な記憶は、まるでレオリーノ自身の記憶のようになり、それ以外は段階的に朧げになるのだという。

それはどういう感覚なのかと、グラヴィスは想像してみるが、やはり理解できない。

「おまえの知識が色々とまだらなのはそのせいだな」

レオリーノは困ったように首をかしげると、やがてしょんぼりとうつむく。

「……わかりません。最初はただの夢だと思いました。ツヴァイリンクのことを思い出し、僕はやはり、イオニアの生まれ変わりなのかもしれないと思いました。でも……」

「でも？」

「僕自身がイオニアかと言われると、やっぱり違和感があるのです。もしかしたら、僕は単にイオニアの亡き魂と会話をしているだけなのかもしれません」

グラヴィスはしばらく考えこんだ。

「……もはや神の領域だ。余人には理解できるわけもないな」

「貴方の言うとおり、記憶はまだらです。例えば、鍛冶場は明確に覚えています。でも、平民街の地理はわからない。見れば何かしら思い出すのかもしれませんが」

「他には？　覚えているのは」

「学校長の言葉は、覚えています。あの山岳部隊との模擬訓練も。でも学校の校舎などはあまり覚えていません。普段の授業で何を習ったのかも。同級生についても、マルツェルとルカ以外は、ほとんど記憶がありません」

レオリーノは虚空を見つめるようにして、必死で頭の中の記憶を探る。

まるで、イオニアが俺達に伝えたいことだけがレオリーノの中に残されているようだ。

そう考えて、グラヴィスは戦慄した。

（それは、はたしてイオニアの記憶なのか）

それは、もはや怨念《おんねん》、いや執念と言ってよいのかもしれない。

そんな思いを背負って生きるのは、さぞやつらかったろうと、グラヴィスはレオリーノの背負った運命を改めて痛ましく思った。

「そう思うと、僕はやっぱりイオニアの生まれ変わりではないかもしれません。ごめんなさい」

レオリーノは萎れた。しかしグラヴィスにとって大事なのは『生まれ変わりかどうか』ではない。

「レオリーノ、おまえとイオニアの繋がりを、明確にこうだ、と、定義したいわけじゃない」

レオリーノは、わかっていますと言いながら、悲しげに微笑んだ。グラヴィスは紅潮する頬を撫でる。

「でも……やっぱり、できることなら、そのままのイオニアが戻ってきてほしいと思ったでしょう？　僕がイオニアそのものであれば、どれほどよかったかって、こんな貧相なのがノコノコと現れたって失望させたでしょう」

悲しげに言いつのるレオリーノの痩せた肩を、グラヴィスはギュッと抱きしめる。

「まだ言ってるのか。大事なのは、イオニアとおまえが同じであることじゃないと言っただろう」

イオニアの無念をレオリーノが明らかにしてくれたことが大事なのだと、グラヴィスは伝えたかった。

「嘘偽りは言わん。もしいまここにイオニアが戻ってくれるならばと思っている」

「はい」

「俺だけじゃなく、ルーカスもだろう」

グラヴィスは腕の中でうつむいたレオリーノの頭を撫でる。

「だが、それは俺達の未練だ」

小さな唇が、みれん、と男の言葉を反芻する。

「イオニアが死んだときに俺の心の一部は喪われた。それはおまえの存在でも贖《あがな》えるものではない」

「……はい」

「だが、イオが二度と、この世には戻ってこないこともわかっている」

レオリーノはグラヴィスを見上げると、ゆっくりと瞬きした。

「ヴィー……でも、僕は戻ってきました」

「おまえは『イオ』ではない。おまえの代わりに、イオニアに戻ってきてほしいわけじゃないんだ」

美しい菫色の瞳から、コロリと一粒の涙がこぼれ落ちる。

「ただ、イオと俺のあいだにも、かけがえのない記憶がある。それだけだ」

レオリーノはおずおずと見上げると、グラヴィスの目をじっと見つめて真実を探り、やがてくったりと身体を預けた。

「わかっています……貴方を好きになったきっかけがイオニアであることを、僕も否定できないから」

グラヴィスは顎を持ち上げて、菫色の瞳と目を合わせた。膝に乗せてなおレオリーノの目線は下にある。イオニアとは違うのだ、大切に守るべき存在だと、つくづく実感する。

「……卒業式の日に、イオと俺が一度だけ抱き合ったときのことは覚えているか」

レオリーノはぶるりと震えると、やがて小さな声で、はい、とだけ答えた。

「あのときは王族のしがらみを清算して、イオニアと自由に生きられると俺は信じていた」

「貴方のその希《ねが》いは、あのときの僕はもう……叶わぬ夢だと諦めていました」

「おまえは年上で、俺よりも冷静に物事を見ていた。あの頃、母上が——王太后が、おまえに会いにいったのだろう?」

話そうかどうかためらっているようだ。グラヴィスが励ますように手の甲を撫でる。

「……王妃様には、この国に正当な王を迎えるためにも、平民たる立場をわきまえろと言われました」

グラヴィスはそうか、とだけ答えた。

「イオニアは、あのときの選択を後悔していません。ヴィーこそが正当な王位を継ぐべきだと思でした。

ったから……選択肢を残したかった」

「俺は王弟だぞ。継承権は兄上にあった」

「そうだとしても。一時の気の迷いで僕を選んでも、貴方の気高い魂は、王族の責務を捨てたことを、いずれ必ず後悔すると、わかっていたのです」


グラヴィスはその言葉に反論したかった。国よりも、イオニアを選びたかった当時の気持ちを否定されたくなかった。

しかし、イオニアのその決断は、おそらく間違っていなかっただろう。

赤毛の青年は、誰よりもグラヴィスの魂の本質を理解してくれていた。グラヴィスの王族としての使命感は、母である王太后の、王族としての使命を果たす姿勢から引き継いだものだ。

『たられば』の話だとしても、イオニアと幸せになる道を選んで王族としての義務を放棄していたならば、いずれグラヴィスは後悔しただろう。

イオニアは、まだ若く夢見がちだったグラヴィスを追い詰めたくなかったのだ。ただ、当時のグラヴィスには、イオニアのその思いを悟ることができなかった。

未熟だった当時の自分の愚かさが、グラヴィスの胸を苦く焼く。


「後悔……そうかもしれんな」

「……僕にはわかりません。貴方の幸せのかたちを勝手に決めたイオニアを、傲慢だと思うこともありました」

「どうしてだ」

「素直に貴方の手を取ればよかったのにと……目が覚めてから思ったことが何度もありました」

その感傷は、レオリーノが貴族の生まれだからかもしれない。

三歳下の王族の無謀な願いに対して、平民だったイオニアが出せた結論はそれしかなかったのかもしれない。しかし、すべての答えは過去の中にあり、もはや誰にも取り出すことはできない。

「イオニアは間違っていなかったのでしょうか」

「間違っていない。ただ、当時の俺が、未熟で愚かだっただけだ」

レオリーノはその言葉に考え込む。

「……ツヴァイリンクに発《た》つ前に、ヴィーが鍛冶場に会いに来てくれたことを覚えています。そのときには、イオニアはもう貴方に語る言葉は持っていなかった……ただずっと、心の中で貴方に『愛している』と言い続けていました」

レオリーノがグラヴィスの肩に額を寄せた。

「……何もいらなかったんです。あのときにはもう、『僕』は貴方のものだったから」

「俺はそれに気がつかなかった。愚かにもルーカスからおまえを奪えないかと思っていた」

「ヴィー……」

「おまえも、ルーカスも傷つけてしまった」

肩に顔を埋めたまま、レオリーノが静かに泣きはじめる。

「泣かないでくれ」

「……っ、………っ、ただ……ごめんなさい」

「イオニアは、ルーカスを愛していたんだろう」

それはグラヴィスの自虐であり、自身に対する断罪の言葉だ。

しかし、レオリーノは嘘をつけなかった。

「……はい、好きでした。イオニアはルーカスのことも愛していました。ただ、貴方への想いでいっぱいだったから、気づくのが遅かった」

「……そうか」

グラヴィスと身体を重ねたいまだからこそ、レオリーノにもわかる。あの恥ずかしいところのすべてを明け渡すような親密な行為は、気持ちが通っていない者同士でできることではない。

ルーカスの腕の中で眠るたびに、イオニアが感じていた安堵と心地よさが、記憶の中にある。

ルーカスと肉体関係がはじまった頃は、気持ちと身体の乖離に苦しんでいた。だが年月が経《た》つにつれて、その行為は『馴れ』とともに、肉体の快楽以上に精神的な充足をイオニアにもたらしていた。

ルーカスとは身体で繋がっていたと思っていた。『恋人』という名目で共犯者になってくれたと思っていた。しかし、心のすべてをグラヴィスに捧げていたイオニアを、ルーカスは愛してくれた。

ルーカスが冗談めいて告げる愛の言葉の、その意味も、その献身も、当時は生き抜くことに必死すぎて、イオニアは気がつくことができなかった。

あの孤独な日々を支えてくれたのは、グラヴィスではない。ルーカスがいなければ、イオニアはきっと生きていけなかった。

それが、イオニアの記憶に刻まれた、もうひとつの真実だ。イオニアは、二人の男を別々のかたちで、同時に愛していたのだ。

グラヴィスに伝えたくなかった、隠しておきたかった最大の秘密でもある。

「貴方を、そしてルカを……別々に、違うかたちで愛していました……なのにイオニアがあの死の瞬間、最期に思ったのは、ただ貴方への、全身全霊の想いだけだったのです」

イオニアはルーカスの想いに報いることなく、グラヴィスへの愛と忠誠のために死んだ。

(イオニア……貴方はずるい……)

レオリーノに、自分の代わりに、二人の男との清算をつきつけてくる。

単純に、素直に、目の前の男だけを愛していると言いたかったのに。イオニアの記憶が、レオリーノを混乱させるのだ。

「レオリーノ……おまえも、ルーカスをいずれ愛するようになるか」

レオリーノはグラヴィスの質問に考えこみ、しばらくして首を振った。

「わかりません」

「……そうか」

「僕とルカ、イオニアとルカでは、出会い方も違う。イオニアのようにルカを愛することはないと思うのです。でも……」

「でも？」

「僕が貴方を愛したきっかけは、イオニアの記憶です。イオニアの存在があったからこそ、こうして貴方に会えた。でも、貴方を愛したこの気持ちは、僕だけのものです」

「そうだな……イオニアがいなければどうなっていたのか……その仮定がすでに幻想だ」

白金色の髪が揺れる。顎先を撫でるその柔らかい感触が、グラヴィスの胸を締めつける。

「イオニアのことがなくても、貴方のお傍にいられたらと思っていました。なんの取り柄もない僕でも、愛してもらえたらと」

「レオリーノ」

「でも、それは貴方が言うとおり幻想なのです。僕と貴方は、『イオニア』がいたから出会えた」

レオリーノは溺れかけた人間のような必死さで、男の首に縋りつく。

「でも、これが僕に課された運命なのです。何者でもない、ただのレオリーノとして貴方と出会いたくても、その『もしかしたら』は叶わない夢なんです」

グラヴィスにもわからない。

ただ唯一わかっているのは、その前提がなかったときに出会っていたらどうなっていたのか、それをたしかめる術は、グラヴィスにもレオリーノにもないということだけだった。

同意のしるしに頷いた男を見つめながら、菫色の瞳から涙がこぼれた。

「僕がイオニアの記憶を引き継いでいるかぎり、先のことは約束できない。ルカを愛さないとも、愛するとも……」

「そうか」

「僕にはこの運命が導く未来を、まだ貴方に約束できない……ごめんなさい。貴方を愛してる。でもわからない」

「わかった。だからもう、泣くな」

レオリーノはグラヴィスの首に顔をうずめて静かに涙をこぼしつづけた。

「ルカに会いたい……会って、あのときのイオニアの想いを伝えたい。きっとその先にしか、『僕』自身が出す答えはないと思います」

レオリーノは泣き濡れた顔を上げて、グラヴィスを鋭い眼差しで見つめる。その視線に応えて、グラヴィスはしかと頷いた。

「ルーカスと話す機会をつくろう」

「はい。イオニアの想いを、ルカに伝えたい。それがきっと、僕がイオニアから引き継いだ、もうひとつの使命だから」


レオリーノは昼食を完食できなかった。

供されたのは、成人男性としては軽食にもならないほどのささやかな量だ。フンデルトの気配りによって、優しい味つけのスープとパンだけだったが、それでも食は進まなかった。

ついに主が口を押さえて身体を波打たせはじめたのを見て、フンデルトはあわてて食事を中断させる。

グラヴィスの言いつけを守ろうと無理をしたのが

あだになった。

「これ以上、無理をしてはなりません」

「でも……閣下のご指示なのに、残して……ぅぐっ……」

「王弟殿下は無理をしてまでとはおっしゃっていません……さ、少しお身体を休めましょう」

「すまないフンデルト……それにテオドール。せっかく用意していただいたのにごめんなさい」

テオドールも心配そうな表情でレオリーノの様子を見守っていた。

「お気になさらず。まずはご体調を優先いたしましょう」

レオリーノはその言葉に申し訳なさそうに頷く。まだ何度も吐き気の発作に襲われていた。

フンデルトに介助されながら長椅子に移動する。靴を脱がせてもらい、足を座面に投げ出させてもらう。しかし、まだ嘔吐《おうと》感は続いていた。

「少し目を閉じているか、遠くをご覧になっていてください」

楽な姿勢をとってじっとしていると、胃の痙攣が少しずつおさまってくる。少し呼吸が楽になった。

主の様子をじっと観察しながら、フンデルトは内心で深く憂慮していた。

レオリーノは、肉体的な疲労が重なると必ず熱を出していたが、これまでなら、熱が下がった後は、むしろ気持ちのほうが先に意欲を取り戻す。それに引きずられるように、体調も上がってくるのが常なのだ。

今朝《けさ》もそうだった。不安定さは覗かせていたが、気持ちは前向きになっていたようだった。

しかし、グラヴィスと会話した直後に、また体調を崩した。肉体的な疲労ではない。おそらく精神的にかなり負荷がかかっている状態なのだ。

それから小半刻ほど、布を引いて薄暗くしてもらった前室でレオリーノは休憩を取った。

「起きていらっしゃいますか？」

「……起きているよ。心配をかけてすまない」

蒼白だったレオリーノの顔色は良くなっていたが、いまはむしろ、熱がぶり返したように目尻が赤らんでいる。フンデルトは眉を顰めた。

「その体調では、午後のご予定をこなすのは無理でございましょう」

「……だめ。閣下に外出を許可いただいたのに」

「レオリーノ様、無理はご禁物です」

「フンデルト、心配してくれるのはありがたい。でも甘やかさないで。僕にはやらなくちゃいけないことがあるんだ」

離宮で再会してからのレオリーノは、やはりどこか様子がおかしい。

グラヴィスが入室してきた。

長椅子で身体を休めるレオリーノのもとに、険しい顔つきで近づいてくる。

「また体調を崩したのか」

レオリーノはあわてて姿勢を正そうとする。それを見たグラヴィスが、静かな声で止めた。

「動くな。そのまま楽にしていろ」

「……申し訳ありません。テオドールから聞きましたか」

「ああ。食事を摂ることができなかったと」

「申し訳ありません。言いつけを守れずに」

「吐くほど無理をしなくてもいい。少しでも腹に入れられたんだろう……よくがんばったな」

冷たい指が、前髪をかきあげてくれる。

レオリーノはほぅと息を吐いた。一方で、男は眉間に皺を寄せる。

「おまえ、また熱を出したな」

グラヴィスは距離をおいて控えているフンデルトを、ちらりと見る。フンデルトはその視線の意味を正しく理解し、その目で懇願した。

「体調が悪いなら、午後の予定は取りやめだ」

「も、もう大丈夫です。吐き気もおさまりました。熱もほとんどありません。僕は行けます」

「それを判断するのは、おまえではない」

グラヴィスの袖をつかむと、レオリーノは必死で懇願する。

「大丈夫です。お願いします。どうかエッボと話をさせてください」

グラヴィスは呆れた顔でレオリーノを窘《たしな》めた。

「……レオリーノ。落ち着くんだ」

「いやだ。行きます……行かないと、行かせてください」

「レオリーノ」

グラヴィスは縋りつくレオリーノの両肩に手を置くと、わずかに力を込めて黙らせる。

「落ち着け」

「ヴィー……でも、でも」

「落ち着け！　おまえはいま混乱しているんだ」

「そんなことありません！」

「興奮するな！　また熱が上がるだろうが」

なおも興奮するレオリーノに、今度こそグラヴィスは、鋭い叱責を浴びせた。細い身体がびくりと震える。

グラヴィスはレオリーノの両頬を大きな手で包んで、しっかりと目を合わせる。

「……いいか、レオリーノ。おまえがもたらした過去はあまりに重い。真実かどうかを追及するには、慎重な計画も、時間も必要だ。もちろん忍耐も……今日明日で、すぐにどうこうできることでもない」

「……はい、でも、でも」

「おまえだけが過去を暴く鍵なんだ。焦って、取り返しがつかないほど体調を崩したらどうする」

「……わかっています！　でも、エッボと話せた時間はほんのわずかでした。きっとエッボも混乱して困っているはずです」

　グラヴィスは厳しい表情で首を振る。

「おまえがシュタイガーの精神状態を心配する必要はない」

「ひどいです！　そんなことありません！　僕には、彼を巻き込んだ責任があります」

「それでもだ。シュタイガーは四十をとうに超えた男だ。しかも山岳遠征部隊に所属している、歴戦の猛者《もさ》だぞ。おまえが守るべきは、まずおまえ自身の心と身体だ」

　未熟さを指摘されてレオリーノは悲しくなる。

「でも……でもっ」

　グラヴィスは深い溜息をつくと、レオリーノの頬に手を当てた。数日まともに食事ができてないせいだろう。レオリーノのただでさえ小さな顔は、もはや片手でくるめそうなくらい小さくなっている。

　いつのまにこれほど窶《やつ》れたのかと、グラヴィスは胸が痛んだ。

　——頑固なくせに繊細で、弱いくせに一人で何もかも抱え込もうとする。

　グラヴィスは小さく溜息をついた。

「おまえの扱いは本当に難しい」

「難しくありません。これでも案外と図太いです」

　その言葉はとうてい信じられない。どうすればこんなにどこもかしこも繊細なつくりになるのかと、見る度に不安になるほど儚くもろいのだ。

　だからこそ、グラヴィスは何度もたしかめずにいられない。

「大丈夫です。お約束します」

「できない約束はするな」

「はい……いいえ、でも」

必死で食い下がるレオリーノに、しばらくして男はもう一度溜息をついた。

「……本当に大丈夫なんだな」

レオリーノは、ぱっと表情を明るくして頷いた。

「また体調が悪くなったら、すぐに言うんだぞ。隠したら許さん」

「は、はい。ではエッボ達のもとに連れていっていただけるのですか？」

「ああ、許可しよう」

「ありがとうございます！」

王弟から外出の許可が出たとわかった侍従達は、急ぎレオリーノの外出の準備をはじめた。


レオリーノとグラヴィスは二人きりになった。

グラヴィスはほっそりした手を持ち上げると、その指先に唇を押し当てる。

「レオリーノ……俺の願いはただひとつ。おまえが健やかで、幸せでいることだ」

「はい」

指先に灯《とも》されたあたたかい感触がうれしくて、レオリーノは頬を染めた。

「心配してくださっているのはわかっています」

「絶対に無理をするな。おまえの自尊心を奪うような真似はしたくない」


グラヴィスの言葉がうれしかった。心配するあまり過保護になりそうなところを、男がギリギリのところで我慢してくれていることがわかったのだ。

お返しとばかりに、自分の手をつかむグラヴィスの大きな手を小さな手で包む。そっと引き寄せて、グラヴィスがそうしてくれたように指に唇を寄せた。

人差し指から小指まで、小鳥がついばむように口づけを施す。

そのやわらかく湿った唇の感触に、グラヴィスは目尻をゆるめた。

「僕の願いも同じです。貴方も、絶対に傷つかないと約束してください」

「俺は大丈夫だ。そんなことより」

レオリーノは悲しそうに首を振る。

「まず、自分のことを、でしょう？　承知しております……でも」

レオリーノの額が、固く結びあった拳にこつんと当てられる。

「でも、僕はもう貴方を守ることはできないから」

レオリーノは、グラヴィスのことを心配しているのだ。だからこそ焦っている。早く敵を見つけて、グラヴィスを憂いから解き放ちたいと。

グラヴィスは胸の奥が軋むのを感じた。

「レオリーノ。おまえに守ってもらっていたあの頃に比べれば、これでも多少は強くなっているぞ」

「……そんなつもりではありません。貴方を信じています……でも、貴方にすべてを伝えたときから、これまで以上に心が騒ぐのです」

グラヴィスはレオリーノを固く抱きしめる。

「裏切り者が本当にいるなら、早く見つけ出したい。貴方の憂いになるものはすべて取り除いてしまいたい。叶うことならば僕の手で……」

「誰がそれを実行するかが、それほど重要なのか」

「いえ……いいえ」

男の問いに、レオリーノは目を見開いた。また無意識に、自分ひとりで解決しようと焦っていたことに気がついたのだ。

「今度はおまえが、俺を信用する番だ」

「貴方を信じています。でも、どうしても心が不安を叫ぶのです」

「その不安を俺に背負わせてくれないか？」

胸元から響く、くぐもった声。

「……わからない。どうしても、心が逸《はや》るのです」

「レオリーノ。何度も言うが、俺は昔とは違う。簡単に斃れることはないし、おまえを守り抜くだけの権力《ちから》もある」

「わかっています。でも、心が言うことをきかない。貴方を守りたいと……貴方を守る力が僕にあればいいのにと思うのを、やめられないのです」

そうさせるのは、おそらくイオニアの想いだ。

グラヴィスは、レオリーノの顔を持ち上げた。萎れた花は、悲しげに己の記憶と向き合っている。

グラヴィスはその不安を少しでも癒やしたくて、衝動的にその唇を塞いだ。


「……んっ……ん」

「……口を開けろ。俺を受け入れるんだ」

命じられるままに従順に開いた唇の隙間《すきま》から、肉厚の舌がすべりこんでくる。

レオリーノはあえかな声を漏らしながら、徐々に口づけの快感に流されていく。


息継ぎのはざまで、男が低い声で囁く。その言葉はまるで祈りのような響きを帯びていた。

「今度は俺がおまえの背中を預かる」

「ヴィー……ヴィー……」

「……レオリーノ。俺を信じるんだ」

レオリーノは涙をこらえた。わかっている。グラヴィスの言葉は、むしろ『イオニア』に捧げられた祈りだということを。


心も身体も、すべてがままならない。

細い身体の内側で、不安が熾火《おきび》のように燻り続けていた。


「本当はおまえをこの離宮に閉じ込めておきたい」

レオリーノは己の不安に蓋《ふた》をして、あえて明るい表情で笑った。

「僕は、貴方と外に出たいです。どこまででも、貴方が行くところにお伴《とも》したい……この先もずっと」

そう言って微笑むレオリーノの笑顔は、胸が引き絞られるほど美しかった。『花が綻ぶような』という表現がこれほどふさわしい笑顔は、この世のどこにも存在しないだろう。

グラヴィスはもう一度、身体の奥で滾る猛烈な独占欲が煽るままに、レオリーノの唇を味わう。グラヴィスは、再び舌で柔らかな花びらをノックした。

「あ……っん、ん……ヴィー……ん、これ以上は……」

「わかってる……もう一度だけだ」

グラヴィスは甘い唇を思う存分蹂躙しながらも、徐々に理性を取り戻していった。

熱を孕んだレオリーノの口内はどこもかしこも甘く、男の理性を簡単に揺さぶった。

このまま抱きしめて裸に剥いて、思うがままに揺さぶって泣かせたかった。

だが、それはいまではない。

グラヴィスはギリギリのところで理性を繋ぎ止めた。レオリーノの官能を高めすぎないように、なだめ落ち着かせるような舌使いに変えていく。

レオリーノの興奮を吸い上げて、最後に優しく舌を絡ませると、小さな唇から、ほぅと甘い声が溢れた。潤みきった目で恨めしそうに睨まれる。

「……ひどいです、ヴィー。また、はしたないことを望みそうになりました……」

「すまない。やりすぎたな」

レオリーノは手を伸ばすと、グラヴィスの逞しい首に縋った。

「落ち着くまで、このままでいさせてください」

グラヴィスはレオリーノの自由にさせた。

官能の熾火に波打つ身体をなだめるように、その背中をゆっくりと撫でる。しかし、それにもレオリーノは敏感に反応した。

「んぅ……っ……だめ」

「レオリーノ」

鎮火されるどころか、背筋を這う手に煽られたレオリーノは、たまらなくなって男の唇に自身のそれを寄せた。甘い息をこぼしながらもう一度、と、口づけをねだる。

小さな舌に煽られるままに、グラヴィスも要求に応えた。

レオリーノは心が求めるままに、男の唇がもたらす官能を味わった。

これは空想の産物か

レオリーノがグラヴィスとともに資料室に現れると、そこには三人の男が待っていた。

山岳部隊のエッボ・シュタイガー、グラヴィスの副官ディルク、そして資料室の番人カウンゼルだ。

カウンゼルも大怪我《けが》で第一線を退くまでは山岳部隊に所属していた。エッボとは顔見知りであったため、ディルクとともに男が資料室に現れたときはかなり驚いた。しかし、カウンゼルは、なぜと聞かない聡明さと慎重さを持ち合わせていた。

グラヴィスとともに現れたレオリーノを見るなり、男達は衝撃を受けた。

「うわっ……やべぇ」

ディルクの口から心の声がそのまま出てしまった。カウンゼルも苦虫を噛み潰したような顔をしている。

レオリーノは、ひたすらエッボを見つめて何かを言いたげにしている。一方、視線を向けられたエッボは、レオリーノを正面から見つめることができず、厳つい顔を赤く染めて目を逸《そ》らした。

エッボの態度に、レオリーノが悲しげな表情を浮かべる。しかし、エッボが目を逸らした理由をレオリーノは誤解していた。

レオリーノは変わった。清婉で清冽《せいれつ》な気配の中に生々しい色気を纏《まと》い、暴力的なまでに人の視線を奪う存在になっていた。

その光沢のある白い膚も、瑞々《みずみず》しい唇も、細く優美な手足も、蕩けるような甘く初々しい色気を放っている。まるで蝶が羽化したような変化だった。

レオリーノが離宮に隔離されていたのは、わずか数日にすぎない。

だがその数日のあいだに彼に何があったのか、経験深い男達はすでに理解していた。

レオリーノは、自分が男に愛された気配を漂わせていることに気がついていなかった。浮世離れした繊細な雰囲気はそのままに、目のやり場に困るほどの匂やかな蠱惑《こわく》を漂わせている。

ディルクは上官をちらりと見る。ディルクの視線の意味を正確に汲《く》み取ったグラヴィスは、身をかがめて、レオリーノの耳に何かを囁く。すると、レオリーノはハッと目を見開いて、将軍を見上げた。次の瞬間、悲しげにうつむいて考え込んだ。

初々しい色気が若干薄れて、男達を安心させる。

しばらく悩んだ様子でうつむいていたレオリーノが、ようやく顔を上げる。そして、グラヴィスに向かって頷いた。

「ディルクさんにも、聞いてもらいます」

「？　俺もですか？」

てっきりエッポとの伝達役だと思っていたディルクは、首をかしげる。レオリーノは頷いた。

「はい。二人に僕の話を聞いてもらいたいのです」

グラヴィスはカウンゼルに目で合図した。カウンゼルは頷くと、管理庫の鍵を取り出す。男達を先導して管理庫の扉を開けた。そこはいつものとおり、古い紙がある場所特有の、埃っぽく黴臭《かびくさ》い臭いがした。

「こちらへ」

奥まった場所に、閲覧用の小さな机があり、そこに椅子が数脚並んでいた。

「では、私はこちらで」

カウンゼルは何も聞かず、最低限の礼儀を尽くして去ろうとする。

「カウンゼル」

グラヴィスの呼びかけに、資料室の番人はすぐに頷いた。

「……承知しております。閣下。本日ここに、閣下とレオリーノ君はいなかった」

「――そうだ。頼むぞ」

エッボに一瞬だけ気遣わしげな視線を投げると、カウンゼルは灯《あか》りを置いて立ち去った。

残された男達は一様に沈黙を貫く。やがて、管理庫の扉を閉める音が小さく響いた。

口火を切ったのは将軍だった。

「ディルク、シュタイガー、そこに座れ」

「閣下……しかし」

将軍を差し置いて着席するなどとんでもないと恐縮するが、グラヴィスの視線に有無を言わせないものを感じて、結局二人は無言で席についた。

「レオリーノも身体に障る。さあ、座れ」

「ヴィー……で、でも」

「俺のことは気にしなくていい。早く話しなさい」

グラヴィスはレオリーノの背後に立って、その肩に励ますように片手を置く。

「あの……エッボ。いえ、エッボさん……この前の訓練場では、びっくりさせてごめんなさい」

そう言ってレオリーノは頭を下げた。

「隊長……どうか、エッボと」

エッボの言葉に反応したのはディルクだった。

「隊長……？　シュタイガー大尉、貴殿は先日もレオリーノ君をそう呼んでいたな。それはどういう意味だ？」

「ディルク、少し黙って話を聞いていろ。それもレオリーノが答える」

グラヴィスの制止にびくりと震えたのはレオリーノだった。何度か口を開こうとするが、その度に震える息を吐いては、黙り込む。


シンと静まり返った管理庫の壁に、男達の影がゆらゆらと躍る。男達は辛抱強く待った。

「怯むな。やると決めたことを、やり通せ」

泣きそうな表情でうつむいたレオリーノの肩を、グラヴィスがぐっと握る。

「……はい」

レオリーノは、顔を歪めながらも顔を上げた。

「ディルクさん……これから僕が話すことは、荒唐《こうとう》無稽《むけい》な作り話に聞こえるかもしれません。エッポには、すでに訓練場で話しました」

ディルクが思わず隣の巨漢を見る。エッポも無言で頷いた。ディルクはわけがわからない。

「……ディルクさん。僕は、かつては、貴方ととても近い存在だったんです」

「それはどういう意味だろう、レオリーノ君」

「……そ、それは、それは……」

菫色の瞳が、机上の灯りを反射して揺らいでいた。

グラヴィスが再び助け舟を出す。

「レオリーノ、その言い方では伝わらん」

「でも、大変なことに巻き込んでしまうのに……」

「大丈夫だ。シュタイガーはおまえをすでに信じている。同じように、ディルクも信頼しろ」

レオリーノがエッポを見る。傷だらけの巨漢は、レオリーノを見て優しく頷いた。

「隊長。将軍閣下がおっしゃるとおりだ。大丈夫、勇気を出してください」

レオリーノは泣きそうになりながら頷いた。

そしてディルクを正面から見据えた。

「ディルクさん。僕は、十八年前ツヴァイリンク奪還の翌朝、ブルングウルトに生を享《う》けました」

ディルクはうん、と頷いた後で首をひねった。

「でも、僕には、生まれる前の記憶があるのです」

「はあ……え？　は？」

しかし次の瞬間、ディルクは心臓を剣で貫かれたような衝撃を受けた。

「僕は、ツヴァイリンクで戦死した、貴方の兄イオニア・ベルグントの記憶を持っているのです」

「……君は、何を言ってるんだ……？」

ディルクは、レオリーノの正気を疑った。

答えを探すように上官を見る。しかし、グラヴィスは静かに副官を見つめ返しただけだった。

（くそっ、わけがわからない……！　こんなバカバカしい話、タチが悪いにもほどがある！）

「レオリーノ君、君のことは好きだ。だが……君がどこで俺の兄のことを知ったのかは知らないが、正直兄について気安く語ってもらいたくはない」

はぁっと大きく息を吐いたかと思うと、ディルクは強い口調で話の続きを拒否した。レオリーノは唇を噛《か》んで、厳しい言葉に耐えている。

「すぐに信じてもらえるとは、思っていません。僕も、イオニアの記憶を夢に見はじめた頃は、単なる不思議な夢だと思っていました」

「……夢に見る？　兄さんのことを夢に見るのか」

「はい。最初の夢は、部屋の壁にかかった小さな鏡で、自分の顔を見たところからはじまりました。赤毛で……僕とは全然似ていなかったけれど、同じ目の色をした少年が、僕を見つめ返していました。夢の中でもわかったんです。これは僕だ、と」

たしかに兄の部屋には、洗面用のボウルと水差しが置かれたところの壁に、小さな鏡がかかっていた。

「……兄さんのことを誰から聞いた？」

「誰からも聞いていません」

ちらりと上官を見る。グラヴィスは首を振った。

「イオニアの部屋のことは、俺も知らん」

それはそうだろう。当時のイオニアの部屋の様子がわかる人間など、家族以外にいるわけがない。

「初めて会ったとき、僕の目に見覚えがあると……死んだ兄さんにそっくりだと言ってくれましたね」

「それは……たしかに」

「もう一度、僕の目を見てください、ディルク」

レオリーノはディルクをじっと見つめた。紫に暁の色をほんの一匙《ひとさじ》加えたような、特別な色。記憶にある兄の……そう、十八年前に死んだ兄の目が、ディルクに訴えてくる。

「…………最悪だ。誰か嘘だと言ってくれ……」

「ディルク……」


レオリーノは小さく細い手を伸ばした。ディルクは咄嗟《とっさ》にその手を振り払って立ち上がる。

思いもかけず大きな音がした。

「ディルク」

グラヴィスが低い声で名前を呼ぶ。乱暴に扱うなという警告だ。

「閣下、申し訳ありません。しかし、俺は混乱しています。退席を許可いただけないでしょうか」

憤る寸前まで混乱している副官を、グラヴィスは静かな声でなだめる。

「もう少しだけレオリーノの話を聞いてやれ。その上で、おまえの感じるとおりに判断するがいい」

「……わかりました」

レオリーノは小さく震えながらも、ディルクに頭を下げた。

「びっくりさせてごめんなさい」

「それはこっちの台詞《せりふ》だ……乱暴をしてすまない。

話を聞くよ」

もう一度レオリーノは頭を下げる。萎縮《いしゅく》しきった様子は憐憫《れんびん》を誘う。グラヴィスはその肩を叩《たた》いた。

「ほら、しゃんとしろ。二人にすべてを話すと決めて来たんだろう」

「……はい、ごめんなさい。……ディルクさん、信じてほしい。嘘じゃないのです」

「……いまはなんとも答えられない」

レオリーノは泣きそうな顔になった。

「……ヴィーの執務室で会えたとき、貴方を見てうれしくなりました。まだ半成年になる前の少年の貴方しか、僕は覚えていなかったから……こんなにおっきく立派な男性になっていたなんて」

その言葉に、ディルクは自嘲《じちょう》した。そして、こんな茶番はいますぐやめたかった。

まだ少年を脱したばかりのようなレオリーノに、まるで肉親を見るような視線を向けられている。相当芝居がかった様子だが、本人はいたって真剣だ。どう反応していいかわからない。

上官の命令どおり我慢する。しかし、その忍耐もいつまで保《も》つかわからなかった。

レオリーノを見つめるディルクの視線は、明らかに苛立《いらだ》ちはじめていた。

（やっぱり……イオニアに似ている）

穏やかな顔つきのディルクだが、身体つきはイオニアとよく似ている。筋肉が綺麗に張った上半身。長い手足にかっちりついた筋肉。

イオニアのほうが、戦闘を本職とする者らしく、もっと引き締まった身体つきだった。ディルクはその鷹揚《おうよう》な性格を表すように、やや肉付きがよい。

それも当然なのかもしれない。

記憶の中の幼かった弟も、現実の年齢ではもうすぐ三十歳を迎える。イオニアが死んだときよりも、さらに年を重ね、もう若者とは言いがたい、立派な大人の男なのだ。

「いままで記憶があることを隠していてごめんなさい。こんな風に生まれついて、ヴィーにも、ルカにも、貴方にも……自分がイオニアだと知られるのが怖かったのです」

将軍はおろか、副将軍の名前までを愛称で呼んだレオリーノに、ディルクはさすがに耐えがたいと、さっさと忍耐を放棄した。

「レオリーノ君、申し訳ないが、やはりここまでにしてくれ」

「ディルク……」

「君が死んだ兄の記憶を受け継いでいるなんて、とうてい信じがたい」

レオリーノは一瞬だけ、感情をこらえるように唇を噛みしめたが、再びきっと強い視線でディルクを見つめた。机上で握り合わされたその両手は、小さく震えている。

「僕も一生、この記憶を抱えて一人で生きていくと思っていました。でも、あの日の夢を見たんです」

「あの日だって？」

その言葉に反応したのは、それまで黙って様子を見守っていたエッボだった。

「隊長……それは、ツヴァイリンクのことか」

レオリーノは、エッボに向かって小さく頷《うなず》く。

「そうです。イオニアが死んだ日の夜のことです」

「なんだって……!?」

「僕は思い出したんです。ツヴァイリンクで戦ったあの日のことを。そして……十八年前の真実を思い出した。だから王都に来ました」

ディルクは初めてレオリーノを嫌悪した。兄の死をネタにして芝居をするのもいい加減にしろ、と、内心で奥歯を噛みしめる。

「真実……、君が言う真実とはなんだ」

ディルクには、十八年前のツヴァイリンク戦については徹底的に調べ尽くしたという自負がある。きっかけは、もちろん兄の死だ。高等教育学校でも、そして王国軍の参謀部に所属してからも、それこそこの資料室に通い続けて探究し続けたのだ。

なぜ、兄は無惨な死を遂げなくてはいけなかったのか。その謎を解くために、ディルクもできるかぎりのことはしたのだ。

ディルクはたまらず目を覆った。こみ上げる苦々しい思いを隠す。

「……安易に兄さんの死を語ってほしくないよ、レオリーノ君……本当にもう、勘弁してくれ」

「お願いです。話を聞いてください」

「……信じるかどうかは約束できない」

「はい」

ディルクが再びレオリーノを見る。

「話を聞くよ。それで？　ツヴァイリンクで、兄さんに何があったんだ」

「イオニアはあの日、味方に裏切られて死んだのです。イオニアの部下だった男が、腹を貫いてイオニアに致命傷を与えました」

ディルクは呆然《ぼうぜん》とした。

「…………なんだって？」

「味方に裏切り者がいたのです。男の名前はエドガル・ヨルク」

ディルクはその名前を脳内で探しはじめる。はどなくしてたどり着いた。

「エドガル……エドガル・ヨルク。あの後、腹に大怪我を負って発見された男か」

「エドガルの腹の怪我は、イオニアの最後の反撃の証です」

「なっ……!?」

「イオニアはあの男の裏切りを知り、最後に《力》を振り絞って殺そうとしました。でも、その前に巨石を砕いたせいで、イオニアの生命力は残っていなかった。結局……エドガルの生死を見届けられないまま、無念の思いで息絶えました」


「す、すまない……少し待ってくれ」

あまりに衝撃的な話の連続に、ディルクはついていけない。

「エドガルはあの日、外砦《とりで》の敵の侵入を手引した戦犯でもあります」

「……待ってくれ！」

ディルクは叫んだが、レオリーノは激しく言い募った。

「聞いてください。エドガルは、ツヴァイリンクの平原を焼け野原にした裏切り者でもあるのです！」

レオリーノの前に手をかざして制止する。

「ちょっと待ってくれ！　……頼むから」

レオリーノはようやく口を閉じて、ディルクの混乱が収まるまで待った。

「この話は……君の空想の産物か」

「違います。僕がみなさんに伝えなくてはいけない、イオニアが知ったあの日の真実のひとつです。嘘でも、空想でもありません」

「よしんばそれが君の言う『真実』だとして、なぜ君がそれを知っている。君が生まれる前の話だぞ！」

「夢に見るのです」

レオリーノが真剣な表情でディルクを見る。

「貴方の兄である男の人生を、夢の中で、僕はこれまでずっと、ずっと……何度も繰り返し、生きてきたんです」

ディルクはエッボを見た。

正気のよすがとなるものが欲しかった。

傷跡だらけの巨漢の男が、凪《な》いだ目でディルクを見つめながら頷いた。

ディルクは次に、上官に縋《すが》るような視線を送る。

「……閣下、俺は何を聞かされているんですか」

グラヴィスは静かに答えた。

「おまえが感じていることがすべてだ、ディルク」

ディルクは再びレオリーノに視線を戻す。

兄と瓜二《うりふた》つのその目は、少し悲しそうな、どこか不安そうな色を浮かべていた。いつものレオリーノの目だ。


ディルクは冷静になろうと努める。混乱していた。

しかし、レオリーノの語ることが真実であると、頭よりも心が先に受け入れはじめていた。

「本当に……兄さん、なのか……君は……」

レオリーノの笑顔はどこか自信がなさそうだ。

「イオニアそのものというより、貴方の兄として生きた記憶があるだけです。そう生まれてしまった」

「俺とのことは、どれほど覚えている……？」

小さく首をかしげると、レオリーノは記憶を探るように虚空を見つめた。

「すべてを覚えているわけじゃありません。夢から覚めたら、些末《さまつ》な日常事はほとんど抜けています。でも、大事な記憶はあります。だから、ディルク……貴方のことは、もちろん覚えています」

そう言って静かに微笑んだ。

「貴方とは、年が離れていたせいでなかなかかまってあげることができませんでした。とくに学校に入ってからは」

そうだ。入寮してからは、兄はほとんど実家に帰ってこなくなった。

「……なんで、帰ってきてくれなかった？」

「お役目があったのです。グラヴィス殿下を守るお役目が。それに……初めて《力》で人を殺した後、幼い貴方を、何度もこの手で砕く夢を見て……」

ディルクはその告白に衝撃を受けた。

「……毎晩、繰り返し何度も見るんです。人を殺すことにためらいがなくなった自分が、いつか家族を傷つけてしまうのではないか。いつか幼い弟を、間違って殺してしまうのでは……そうと思うと、怖くて家に帰れなくなりました」

兄がそんな悩みを持っていたことなど、まったく気がつかなかった。

「……兄さんがそんなことをするわけがないのに」

「ありがとう……でも、楽しいことも覚えています」

レオリーノは微笑んだ。

「……ディルク、覚えていますか？　イオニアの異能を。手に触れるものは、どんな固いものでも、粉々に粉砕できました」

「ああ……だが」

「僕はおぼろげながら覚えています。僕が父にお願いされて鉱石を砕くのを見ながら、幼い貴方は、綺麗だと手を叩いて喜んでくれた」

「……なぜ、君がそれを」

ディルクはおぼろげな記憶の中に、兄がどんなものも瞬時に砕いてしまう、魔法のような手を持っていたことを思い出す。砕かれた鉱石の破片はキラキラと光を反射して、とても綺麗だった。

レオリーノは優しげな表情になった。

「『キラキラもういっかい』と、貴方が何度もせがむので、僕は父に命じられた以上に材料を粉々にしてしまって、そのときには激しく怒られました。覚えているかな、貴方は小さかったから……」

（そうだ……何度も兄さんにねだった……）

あの金属の匂いがする鍛冶場で、優しく笑う兄の菫色の瞳をはっきりと思い出す。

いま、兄と同じ瞳がディルクを見つめている。

死者ではない。亡霊でもない。生身の生気を纏った稀有《けう》な瞳を持った存在が、思い出の兄とはまったく違う姿でディルクの前に現れたのだ。

それに、とレオリーノがぽつりと呟《つぶや》く。

「ツヴァイリンクに派遣される前の夜に、実家に戻りました。貴方は軍服を着た僕を見て、誇らしげな顔をしてくれた。父が鍛えてくれた剣を見て、褒めてくれた。覚えていますか？　違ったかな」

「……違わない」

ディルクは、最後の食事の光景を思い出していた。イオニアの剣は鍛冶職人である父が鍛えた。装飾もなく実用的だが、それは見事な剣だった。

その剣は、彼の地で葬られた兄の代わりに、血と煤《すす》にまみれて戻ってきた。いまは綺麗に磨かれて、父の鍛冶場に飾られている。

「……大きくなったら、俺も兄さんと同じように父さんの剣を持って戦えるようになる、と言ったんだ……強くて、平民なのに階級も高くて、最前線で活躍している兄さんがすごく誇らしかった」

レオリーノは泣き濡《ぬ》れた顔に笑みを浮かべた。

「そうか。だからあんなに喜んで……ありがとう」

「……君は、君は……本当に兄さんなのか」

呆然としたディルクの呟きが、暗い資料室に響き渡った。

次巻に続く

背中《せなか》を預《あず》けるには2

2021年4月１日　初版発行
2021年6月30日　３版発行

著者　小綱実波

発行者　青柳昌行
発行　株式会社KADOKAWA
〒102-8177
東京都千代田区富士見2-13-3
電話：0570-002-301（ナビダイヤル）
https://www.kadokawa.co.jp/
印刷所　株式会社暁印刷
製本所　本間製本株式会社
デザイン　内川たくや（UCHIKAWADESIGN Inc.）
イラスト　一夜人見

初出：本作品は「ムーンライトノベルズ」(https://mnlt.syosetu.com/)
掲載の作品を加筆修正したものです。

ISBN 978-4-04-111142-0　C0093　Printed in Japan